何建明『五个一工程』获奖作品

奠基者

何建明 著

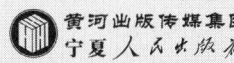

黄河出版传媒集团
宁夏人民出版社

图书在版编目（CIP）数据

奠基者 / 何建明著． －－银川：宁夏人民出版社，2023.2

（何建明"五个一工程"获奖作品）

ISBN 978-7-227-07788-6

Ⅰ．①奠… Ⅱ．①何… Ⅲ．①纪实文学－中国－当代 Ⅳ．① I25

中国国家版本馆 CIP 数据核字（2023）第 027280 号

何建明"五个一工程"获奖作品

奠基者　　　　　　　　　　　　　　　何建明　著

项目监制	薛文斌
项目统筹	何志明
责任编辑	姚小云
责任校对	陈　浪
封面设计	姚欣迪
责任印制	宋　华

 黄河出版传媒集团
宁夏人民出版社　出版发行

出 版 人	薛文斌
地　　址	宁夏银川市北京东路 139 号出版大厦（750001）
网　　址	http://www.yrpubm.com
网上书店	http://www.hh-book.com
电子信箱	nxrmcbs@126.com
邮购电话	0951-5052104　5052106
经　　销	全国新华书店
印刷装订	宁夏银报智能印刷科技有限公司
印刷委托书号	（宁）0025652

开本	720 mm×980 mm　1/16
印张	21.75
字数	300 千字
版次	2023 年 3 月第 1 版
印次	2023 年 3 月第 1 次印刷
书号	ISBN 978-7-227-07788-6
定价	50.00 元

版权所有　侵权必究

真实的历史总比文学和影视更精彩。作为共和国红色经典纪实作品《奠基者》（原著《部长与国家》增订本），以史诗般的激情记录了新中国建设史上那段最激动人心的伟大篇章。让我们以虔诚的心来崇拜英雄的先辈吧！

——何建明

目 录

引 子 // 1

之前，他的职务是中共中央政治局委员、书记处书记、国务院副总理、人民解放军总政治部主任……突然有一日他倒下了，像一座大山倾倒在大海，顿掀冲天巨澜。

嗯，一只胳膊怎么没啦？

1500余天，躺在白色病榻上，他一言不发，生命的华章就像一串忘了收笔的休止符……

第一章 // 11

共和国崛起的急难时刻，毛泽东一锤定音：我看余秋里能当好石油部长。此人人才难得，是个将才！

目 录

第二章 // 27

玉门、克拉玛依、川中会战，反右、"大跃进"、插红旗……首度出征的将军部长如同风里踩浪，颠簸跌坠，忽热忽冷。

第三章 // 63

"吃红烧肉"一波三折，"松基三井"石破天惊，从此石油革命呈现东方旭光……

第四章 // 113

黑金涌出，千里欢腾。

离国庆观礼只有两日，石油钻工刮掉胡子、换上新衣，捧着油样要上天安门见毛主席。

省委书记激情发挥，说："我看这个即将诞生的油田就叫'大庆'吧！""大庆"从此出现在中国，属于中国。

冰天雪地时，独臂将军亲赴松辽，"三点定乾坤"。

第五章 // 165

黑土地上雄狮呼啸，和平会战史无前例。"有条件要上，没有条件创造条件也要上！"

第六章 // 221

　　艰苦卓绝。荒原上迎来"上甘岭"之战。
　　饥饿困扰会战全线，一夜间有几千人因饥饿浮肿而相继倒下。将军部长心急如焚："下泡子逮鱼！上荒地挖野菜！扒树皮！吃雪水！就是用草根泥巴填塞肚子，也不能败下阵来！"

第七章 // 279

　　苦熬不如大干。
　　功勋队、王牌队争当世界冠军，谱写龙争虎斗篇。
　　井喷、火烧……钢铁与血肉厮杀。
　　铁面无私中铸造大庆精神。

第八章 // 321

　　人民大会堂里响起的那句话向世界宣告："中国人民用洋油的日子一去不复返了！"

引 子

之前,他的职务是中共中央政治局委员、书记处书记、国务院副总理、人民解放军总政治部主任……突然有一日他倒下了,像一座大山倾倒在大海,顿掀冲天巨澜。

嗯,一只胳膊怎么没啦?

1500余天,躺在白色病榻上,他一言不发,生命的华章就像一串忘了收笔的休止符……

奠基者

那是秋里的一个日子,距今天已二十余年。

首长昨晚应三女儿晓红之邀,去建国门饭店吃了一顿饭。回来的路上他很高兴,对随行的管理员小陈和警卫参谋小高说,今晚不想再回玉泉山那儿住了,他要回后海边自己的家住。

"还是后海这边进城方便。"首长说。

是啊,首长说的后海便是北京与中南海相连的北海后庭湖池。几十年进进出出中南海工作,住在后海当然方便。老房子因1976年唐山大地震影响引起墙基破裂,国务院事务管理局为此提出给首长修缮房子。无奈,首长全家只好暂时搬到玉泉山那儿住。

装修中的房子尚未全部完工,首长和管理员、警卫参谋进去时还踩了满脚的灰土。

"没事,你们走吧走吧!"首长一进自己的房间,先"轰"了警卫参谋走,又把给他按摩了一阵的管理员小陈"轰"了出去。

哈哈,又回来了!回来了就可以静下心做点事了!首长仰躺在床头,眼睛瞪着天花板,脸上露出欣慰的笑容:30多岁后,自己生命的全部时间,除了吃饭睡觉就是工作——吃饭睡觉也是为了工作;30多岁前,那时的全部时间,除了吃饭睡觉就是打仗,嚯,那个时候吃饭睡觉时也还经常要打仗嘞!

还是在首长当国务院副总理时,有位外国总统得知他的一只胳膊是在二万五千里长征途中的一次激战中失去的,于是非常敬重地问:"副总理先生,您一生中有什么爱好?"

首长嘿嘿一笑,说:"我的爱好就是工作、战斗。"

总统又问:"除了工作和战斗呢?"

引 子

首长挺挺腰杆,说:"除了工作和战斗,还是工作和战斗。"

哈哈,是工作嘞!是战斗嘞!

首长的眼前渐渐映出一幅幅熟悉而亲切的画面,那画面里有毛泽东、周恩来、邓小平,还有老首长贺龙、彭德怀……

"冲啊——"首长的耳边突然响起震天的喊杀声。

怎么啦?部队又发起反击啦?床上的他一个颤动,双手不由自主地抓住床栅,噌地坐起。

"警卫员!警卫员呢?"他四处寻觅,连喊几声,却不见人影,只有黑暗……

敌人都逼到脚跟前了!我们的人都上哪儿去了?

他摇摇晃晃地站起来,嗯,怎么站不住脚嘞?不应该嘛!记忆里闪出那个红军赤卫队队长的自己来。是嘛!二十几岁干吗摇摇晃晃?是怕20万围剿苏区的"蒋光头"军队?不不!

"同志们,冲啊——"突然,首长一个箭步冲出,可他猛然眼前发黑,身子重重地摔倒在地,头部先是一阵剧烈的钻心的疼,之后则变得麻木……他下意识抬手往额头一摸:黏糊糊的,那是什么呢?

"他头部受枪伤了。赶紧送下去!"是战友们的声音。

他被人七手八脚地送到一个农民家里。"天呀,这红军哥像砍了头似的,咋流这么多血嘛?"那农民吓坏了,赶紧找来一位治外伤的中医。

中医先生来了,见躺在木板床上的他更是吓得要逃跑。"你不能走!"那农民也是苏维埃干部,一下用枪顶住中医的腰:"这位英雄要是死了,就拿你的命抵!"

中医无奈,先简单包扎了一下,又说:"这红军哥伤得太厉害了,我没治伤的药呀!"

农民又把手中的枪一晃,吆喝起来:"咱这儿满山是草药,你不会就地

奠基者

取材?"

是嘛!中医放下药箱就往山上跑。一会儿满头大汗地抱回一堆各式各样的草,一边用刀切,一边又觉得切得不够碎,便放进嘴里嚼起来。等嚼烂后,又找上一块干净一点的布,涂上嚼烂的草药,往红军哥的头上一敷,然后挥挥手对站在身后的那农民说:"快上你们的草房上摘个南瓜,刨掉里面的瓢!"

"干啥用?"农民问。

"你啰唆啥?不是要救这红军哥嘛?"这回轮到中医先生发火了。

那农民不敢再吱声了,跑到院子内草房上摘下一个大南瓜,又按中医说的刨掉里面的瓜瓢,送到中医手中。只见那中医反过手掌,就将碗口大的南瓜壳往红军哥头上一盖,说:"好了!"

"好了?这就治好了?"农民瞪大眼睛问。

"是啊。等着看吧!"中医说完,背起药箱就走……

南瓜真的把枪伤治好了!

此刻的首长倒在地上。他摸摸额头,额头疼得钻心,难道敌人的子弹又把我的脑壳打碎了?不,打碎了我也得前进!前进啊!

他想从地上爬起来。那压在身子底下的右手动弹不得,只好扭动一下身子,用左胳膊支一下地想站起来。"哎哟——"首长痛苦地大叫一声,原来他的左胳膊没使上劲,整个身子重新倒在新铺的瓷砖地上。

怎么回事?我的左胳膊呢?再次摔倒的那一瞬,他用右手摸了一下自己的左手。

他大叫起来:"我的左胳膊呢?啊,我的左胳膊怎么了呀?"

"政委,政委啊,你的左胳膊被、被敌人的机枪打烂了……"他看到了团长成本兴在自己身边痛哭流涕。

他奇怪地问:"怎么啦?有啥哭的嘛!"

团长成本兴托着那只被敌人打烂的左胳膊,抖动着嘴唇说:"政委,是你

引 子

刚才为了救我,才被敌人打成这个样子的。呜呜……我对不住你呀政委!"

他火了:"哭啥嘛!我们是贺龙的队伍!把敌人打垮了就是胜利!知道吗?"他的话没说完便昏死了过去。

等再度睁开眼睛时,他看到了几个熟悉的人:啊,是贺龙总指挥、任弼时政委、关向应副政委!

贺龙用手按住他:"莫动莫动。"然后俯下身子,看了看那只血肉模糊的左胳膊,眼里闪着晶莹的泪光,说:"这回长征路上,你得让人抬着走,而且争取要把胳膊保住。"

他一听就急了:"贺老总,我怎么能坐担架走长征嘛!我要打仗!"

贺龙威严地说:"这是命令。"

任弼时政委过来安慰道:"前面是翻雪山过草地,还要跟敌人打仗,你必须保护好身子,才能走过雪山草地,才能重新参加战斗。红十八团的同志们等着你早日归队呢!"

他还是挣扎了一下,可全身骨头好像散了架,没有一点力气。

队伍要出发了。他拖着未愈的残肢回到红十八团,回到贺龙领导的红二方面军。

红二方面军正在向雪山草地挺进。这是一段最为壮烈而艰辛的路程。敌人在后面追击,红军的队伍则在空气稀薄、天气多变的草地和雪山上行进。那种困苦的条件下,多少战士和指挥员因高寒和饥饿而倒在了半途。身负重伤的他,更是难以想象怎样走过这段艰苦卓绝之路的。

"让我下来!下来!"看着一个又一个陷进沼泽而牺牲的战友,他心急如焚地从担架上滚下来,坚持自己走。

警卫员们急着追过来对他说:"让你坐担架是贺司令员和中央领导的命令。"

他火了:"老子本来就是个残人,你们怎么还可以为我而死在这荒山野地里呢?革命还靠谁来完成?"说完,右手托起仍在滴着血的左胳膊,大步朝

奠基者

前走……

"哎哟哟——"伤痛发作了,他疼得在草地上直打滚。可是敌人又从后面追来了,而且越逼越紧。

"准备战斗!"他把左胳膊在冷水里一浸——长征路上没有止痛药,冷水便是他最好的止痛药。"冲啊——"他的左胳膊刚从冷水里抽出,右手握着的枪,已经高高举起。

又一场残酷的肉搏战结束。医生和警卫员们将他抬到草地深处的噶曲河边,解开包扎的左胳膊一看:天,一条条蛆虫正在他那红肿腐烂的胳膊与骨头间蠕动……医生不得不小心翼翼地用镊子将蛆虫夹出,然后再用冷水清洗一下伤口。

又是两个多月的草地行军打仗,队伍到达甘南。一次战斗结束时,贺龙、任弼时等领导来到爱将身边。

贺龙关切地问:"前面的路还很长,战斗也非常激烈,你有什么想法?"

他说:"左胳膊是保不住了,又疼痛难忍,干脆锯掉算了。"

贺龙听后久久默不作声,之后贺龙把任弼时叫到一边,俩人嘀咕了几句,回来又对他说:"既然你已下决心,那我通知红二方面军的卫生部长,让他给你动手术,我们也会尽全力调些药品来,保证手术成功。"

任弼时搂住曾经当过自己警卫队队长的他,深情地说:"同志们正等着你早日恢复健康,锯掉一只胳膊,不是还有一只胳膊嘛!"

他点点头,对两位领导说:"我把生命都交给了党,一只胳膊算个啥?"

手术是在沿途一个小镇的居民家里进行的。长征时的红军队伍,严重缺医少药,卫生部连把动手术的锯子都没有。只好从县城一家钟表店里找了把锯木头的钢锯条,又从修械所找来一把锯弓,这就算手术所需的全部器械了。

没有消毒药水,卫生部长便用稻草灰擦拭了一遍锯子,然后又从包子铺借来蒸笼,把锯子和包扎用的布头蒸了一下,手术就在一间满是灰土和烟尘的房子里开始了……几个小时后,等他醒来时,习惯地用右手摸了摸左手,空荡荡的,

引　子

他知道自己从此再也没有左胳膊了。

贺龙后来问他手术感觉怎么样？他说："我像睡了很香的一觉。"

从这年3月12日负伤到9月20日锯肢，他拖着一只断臂渡过了整整192个日日夜夜，那是在长征路上最艰难的192天啊！

……

摔倒在地的首长这才记起自己的左胳膊是丢在了长征路上。少一只胳膊多么不便。可不就能停止工作和战斗吗？不，决不！就是到一百年后还要工作，还要战斗！

首长吃力地用右胳膊撑地，又用双脚抵住床腿，缓缓地、一点点地挪动着，支撑起身子。他要前进，去工作和战斗，他的脑子像昨天在战场上被炮火震了那样嗡嗡作响，脑袋里则如涌满了水似的……走，一步、两步、十步、二十步……他又被什么东西绊了一下，踉踉跄跄地向前冲去。

他使出最后的一点力气，推开一扇门。他觉得那应该是敌人盘踞的又一个城堡，可他发现是自己的警卫参谋躺在那儿，便奇怪地问："你怎么睡在这儿？"

高参谋惊愕万分地问："首长您怎么啦？"高参谋一看首长有些不对劲，从床上一跃而起，并立即唤醒院子内住着的护士。俩人赶紧将首长扶进房间，但这时的首长已经瞳孔放大，全身像棉絮似的软塌下来……

"爸爸！爸爸你醒醒呀！"三女儿晓红是第一个在父亲倒下后走到他身边的亲人。她从建国门饭店飞奔到家时，301医院的救护车已经随她而至。

"快，快，快做心脏起搏！"那一刻首长身边的工作人员全都手忙脚乱。

管理员陈先学此刻更是满头大汗。他也是在高参谋打电话后，跑步从家里赶到的。"一分钟也不要再耽误了！快送301！"说着，他挽起晓红，连带提起心脏起搏器，与身边的医生和工作人员一起跳上救护车。

北海、平安里、长安街……救护车在乳色的晨曦中呼啸着，一路将附近熟睡的市民惊醒。

"不行了！瞳孔都放大了，赶快进抢救室！"当班的首席专家翻了翻首长的眼皮，迅速命令抬担架的医生和护士。

"脑内已经严重溢血！马上进行开颅手术！"

陈先学一听专家的话，没有半点犹豫，伸手从护士手中抢过一把剪刀。唰唰几下就将首长的头发铰了，这样的动作在平时陈先学就是吃了虎胆也不敢，但此刻他心里想的只有一件事：抢救首长的生命最要紧！

"首长，让您委屈了！您醒来再骂小陈吧！"陈先学一边流泪一边后悔莫及地喃喃着。

怨啊！陈先学怨自己跟首长20多年竟然就这么一天粗心便误了事！昨晚，与首长吃饭时，看到首长的一个动作，当时他就和首长的女儿晓红对视了一下：首长竟然夹着一块肉放进了酒杯，然后再放到嘴里。

"首长，是不是……您觉得味道不对劲？"当时陈先学轻轻问了一句，他想观察首长的这个唐突动作。

"没有。没有啊！味道挺好的。"首长什么也没有发生似的，只管夹菜和吃饭。

陈先学因此和晓红又对视了一下，留在眼里的疑虑也随着首长颇为兴奋的食欲而渐渐消失了。

首长难得心情好，吃完饭后首长却说："北海那儿的房子是不是已经装修好了，装修好了今晚我就回去了！"

"哟，这房子装修得差不多了嘞！小陈，我今晚就住这儿了。你一会儿给刘阿姨打个电话告诉她一声。"首长笑呵呵地高一脚低一脚地踩着仍是满地沙子和石灰的地面，习惯性地甩着那只空洞洞的衣袖，直奔自己的房间，像孩子般地左看看右看看地瞅着久别的"老根据地"，眼里满是新鲜和喜悦。

"不早了，你也回家吧！"首长收起双腿，对正为自己做按摩的陈先学说。

引 子

"还早,我再给您做一会儿。"陈先学蹲在地上没有起身。

首长一把将其拉起:"得得得,不早了不早了,你回去吧!回去吧!"首长从来不愿啰唆。

陈先学无奈地站起身,跟以往一样将几粒安眠药放在床头的小桌上,然后又询问一声:"真没事了?"

"没事!走吧!回去看看你那小子尿炕了没有!"首长带着笑脸,愉快地甩了甩那只空洞洞的袖子,然后又嘿嘿嘿地一阵笑:"啥时候把你那小子带过来我们爷儿俩聊聊天!"

"唉!"陈先学就这样离开了首长,他丝毫没有觉得首长有什么异常。而且他心里默默地想:这回首长总算不用再城里城外地跑了。

陈先学比平时早回到家一个多小时,但晚入睡了三个小时。习惯了那个时间睡觉,早了反而睡不着。

怎么回事嘛!陈先学在梦中突然一个冷战:什么声音?对,是电话铃!快接,肯定有急事!他从床上跳下,一个箭步抓过电话,像有预感地出口就问:"首长怎么啦?"

"首长出事了!"后海那边的电话,不仅惊动了陈管理员,也惊动了首长的秘书和首长家里所有的人。

不一会儿,301医院的手术室走廊里,首长的雷秘书、杨秘书来了;首长的大女儿圆圆、儿子方方、二女儿晓霞、四女儿阳阳也来了。

首长的夫人刘素阁也从玉泉山赶来了……

"首长!首长您醒醒啊!"首长身边的工作人员一遍又一遍呼喊着。

"爸爸,爸爸您睁开眼睛呀!我们都看您来啦!"儿女们的呼喊声震响病房楼上楼下。

只有首长夫人默默地坐在床边,一边不停地抚摸着丈夫的右手,一边不停地流泪、发呆……

首长的手术已经一天、两天、十天、二十天……

夫人、儿女们和工作人员们一天、两天、十天、二十天地这样重复着呼唤，重复着期待，然而首长的知觉始终如一：两眼睁着，谁都不认识，也说不出一个字，发不出一点声音，更没有一点意识……

首长这是怎么啦？秘书和警卫们焦虑万分。

夫人整天紧抓着丈夫的右手，生怕松一下就会永远失去自己的心。

三女儿晓红本是301医院的医生，她觉得在自己工作的医院唤不醒爸爸便是自己最大的心病。"爸爸，爸爸您到底怎么啦？您说话呀！求求您了，哪怕就说一句，说一个字，或者点一下头，眨一下眼也行呀！爸爸，您听到没有？爸爸——"

晓红一直这样喊着。喊了一年、两年、三年、四年……她的爸爸依然一动不动，只有呼吸，只有心跳，却没有知觉，没有意识，直挺挺地躺在床上，如同出征前的一名全神贯注的战士——

大地突然一阵颤动。

一个夹着浓重湖南口音的声音在空中回荡……

第一章

共和国崛起的急难时刻,毛泽东一锤定音:我看余秋里能当好石油部长。此人人才难得,是个将才!

奠基者

世界工业史一次又一次地证明石油立国的理论。不管你承认不承认，20世纪以来的世界，是石油将人类引向了一个又一个辉煌。任何一国的领袖如果谁忽略了对这一来自地心深处涌发的"地球之血"的重视，谁就无法驾驭代表现代文明的本国工业社会的前进巨轮。

老牌帝国的首相丘吉尔是这样。

新兴霸权帝国的总统罗斯福是这样。

东方的人民共和国领袖毛泽东也是如此。

1956年、1957年……这一段时间的"内参"让毛泽东惊心和震怒了：共产党领导的人民政权已经走过七八年，农民从豪绅地主手里夺回土地并实现了"土地改革"之后，城市的工商改造也已进入彻底的脱胎换骨，摆在他桌子上的"情况反映"竟然是：河南、山东的黄河沿线出现大量因饥饿而逃亡的成千上万的难民正在江南一带乞讨，令毛泽东更不能容忍的是连四川这样的"天府之国"竟然也频频出现饿死人的现象！

到底怎么回事？是我们的执政思想和建设方向出了问题？

卫士长这一夜不敢回家睡觉，整宿地待在丰泽园内的菊香书屋外的那个四方小庭院里，在距毛泽东十几米远的地方看着毛泽东一支又一支地吸着香烟，那红红的烟头将长夜催出了黎明之光。

"主席，天都快亮了！您回屋休息吧！明天，不，是今天了——今天上午10点您不是还要开个座谈会吗？您得先眯一会儿嘛！"

毛泽东缓缓地转过脸，长时间地看着卫士长……

"主席，您还有事要我去办？"卫士长低头看了看自己的衣服，又摸摸自己的脸，不解地问，"主席，我、我……没什么不对吧？"

毛泽东突然似答非答地说："是不对。"说完迈开双腿径直向书房兼卧室走去，刚走出几步又回过头："银桥，你通知总理9点前到我这儿来一趟。"

"是。"卫士长快步随毛泽东进了房间，待毛泽东躺下后迅速到值班室给周恩来办公室摇去电话。

这一天中午前两个多小时发生在丰泽园内的事只有毛泽东和周恩来两个人知道。后来有记载的史料使我们获得了一个可靠的推测：二位共和国的伟人一起研究了一件大事，这件大事后来对中国的社会主义事业发展产生了重大影响。

这件大事基本上是一个主题：中国的石油问题和中国石油部部长的人选问题。

毛泽东已经是很着急了。这时期农村人民公社的问题已经够他老人家操尽心了。他在河南视察时说了句"还是人民公社好"的话之后，一夜间从南到北、从东到西出现了千万个各式各样的"人民公社"。"吃饭不要钱"和"向共产主义过渡"成了当时中国的一阵狂热的社会风潮。

但工业的形势尤其是石油工业的形势令毛泽东极不满意。因为在第一个五年计划中，唯有石油工业部没有完成任务。

在中国共产党从国民党手中夺取全国政权前夕，毛泽东一方面在西柏坡指挥百万雄师追穷寇，另一方面已经着手谋划新中国的建设大业了。当共和国国体确定之后，剩下的全部问题就是怎样把一个一穷二白的国家建设富强的事。怎么建设？列宁和斯大林的苏联模式值得效仿，二三十年过去了竟然把一个旧世界彻底摧毁后又迅速建立起了强大的社会主义国家，让人民过上了富裕的日子。苏联搞建设的模式对毛泽东产生了巨大的影响。但毛泽东是个绝对不愿照搬照抄别人东西来建设自己国家的领袖，尤其是通过第一、第二次国内革命战争和抗日战争的实践证明，苏联那种强加于人的思维方式已令人无法接受。他

| 奠基者

在思考未来建设新中国应采取何种建设途径时，已经悄悄将注意力转向了太平洋彼岸的那个仅靠二三百年便迅速崛起的美利坚合众国。

伴着一闪一闪的烟蒂，毛泽东坐在石磨旁的小木凳上，在读完列宁和斯大林的一本本建设国家的著作的同时，也打开了一本本美国建国历史科教书……他在阅读中吃惊地发现了这个新兴的国家近百年迅速崛起的奥秘：石油！石油！

"石油，石油是什么东西？"

卫士长李银桥给毛泽东端来一壶开水，见毛泽东口中喃喃地念叨着，便凑过来说："主席，石油是不是石头里流出的油？"

毛泽东一愣，继而哈哈大笑起来："不错不错，石油就是石头里流出的油！"

李银桥说："可石头里哪能会流油嘛？"

毛泽东站起来，将手中的书往石磨上一放，说："石头当然能流出油喽！而且还能流很多很多的油喔！你没见我们在延安时上延长那个油井参观看到的那黑乌乌的油？"

李银桥想起来了，说："那是洋油，能点亮马灯的洋油。"

毛泽东点点头又摇摇头，似答非答地说："帝国主义害死我们中国人喽，洋油洋油，连我们自己的石头里流出的油也叫成洋油喽！"说完，一脸怒气地走出小院子，向附近的小山坡走去。

卫士长着急了，迅速拿起毛泽东搁在小木凳上的外衣，随后而至。

小山坡上，毛泽东神情严峻地在思索着，口中仍然喃喃着："洋油洋油，中国人用洋油的日子什么时候才能结束啊？"

李银桥看着毛泽东一脸凝重的神情，觉得不便再打扰，便退到一边。可有一个问题他实在不明白，便又忍不住上前请教毛泽东："主席，您刚才为啥又把洋油说成石油？这石油跟洋油是不是一回事？"

毛泽东转头向自己的贴身卫士"嗯"了一声，解释道："外国人把石头里流的油叫石油,而我们中国因为没有石油却把从国外买来的油说成了'洋油'。"

"其实,这石油的发明权是我们中国人的。我们中国也是最早开采石油的国家之一。"毛泽东左手叉在腰际,右手向前一挥,用其浓重的湖南口音道,"你不是也晓得我们延安时有个延长油井嘛!那口井就是宋代一个叫沈括的科学家发现的。1080年时,他被宋朝皇帝派到延安任经略使,负责陕北的军事防务。其间,沈括对延长一带的石油就做了认真的考察与研究。他认为这种生在石头里的油类'生于水际沙石','与泉水相杂,汩汩而出',与其他油类不同。于是他称其为'石油'。沈括在他的名著《梦溪笔谈》中提出了'石油至多,生于地中无穷'的科学论断。因此沈老先生堪称中国石油地质第一人,这在世界科学技术史上也是空前的。"

李银桥跟随毛泽东时间已不短了,但他又一次被毛泽东的满腹经纶所折服。

"那为啥我们还要用洋油,不让那个沈……沈括多刮点油出来?"李银桥问。

毛泽东哈哈大笑起来:"是的喽是的喽!等新中国成立后,我们就要依靠自己的双手,多'刮'些出来,把'洋油'扔到它太平洋去!"毛泽东最爱别人听他谈古论今,于是李银桥又像听天书似的从毛泽东口中听得我国古人怎么开采石头里流出来的油的故事……

"唉,斯时已去,我们却落后了!落后了啊!"毛泽东对天长叹一声。

李银桥见状,有些着慌地一边给毛泽东披上外衣,一边小声说:"主席,都怪我刚才问多了……"

毛泽东摇摇头,口气缓和了许多:"不,莫怪你。我是在想一个大问题喔:我们现在要放下枪杆子搞建设。可要搞建设就得用大机器,这大机器可不像我们红军战士吃草根树皮就能转动得起来的,它可是要喝'洋油'才能动得起来的呀!而现在我们的同志多数跟你一样连'洋油'为何物还都不怎么知道,那我们以后搞建设要受多大的限制啊!"

| 奠基者

    李银桥看到毛泽东心情沉重的样子,想找个话题让毛泽东轻松轻松,脑子里闪出一件曾经听贺龙司令员说过的故事:"主席,我听说贺龙司令员手下有位战将,在抗日战争期间,他们在缴获小鬼子时看到了敌人扔下的几桶机油,就以为是可以做菜的油便拿回部队去让炊事员用了,结果吃了这油炒出来的菜,拉得一塌糊涂哎!"

    毛泽东一听,立即忍俊不禁地哈哈大笑起来:"这事我听说过听说过。你知道这人是谁吗?"

    李银桥摇头:"贺老总没说是谁。"

    毛泽东说:"是三五八旅的政委,叫余秋里。"

    李银桥想了想:"是不是那个独臂战将?"

    毛泽东点点头:"正是他。此人不简单喔!我把蒋介石的几百万旧军队打败并收归到了我们人民解放军队里来,就是此人帮我解决了改造国民党旧军队的一个大难题喔!"

    李银桥问:"你说的就是在延安时向你汇报新式整军经验的那个人?"

    毛泽东以欣赏的神情又一次点头:"是他。我的那篇《西北新式整军运动》文章里,讲的就是他的做法。彭老总也是很喜欢此人的喔!"

    "报告主席,傅作义将军一行今天中午前要到西柏坡来。周副主席请您做好接见的准备。"中央办公厅杨尚昆这时过来向毛泽东报告。

    毛泽东一听,满脸喜色道:"好嘛!我可是已经等傅将军多时了。走,中午我请他吃饭!"

    回小院的路上,杨尚昆悄悄问李银桥:"主席跟你在说什么呢?"

    李银桥小声告诉他:"说'洋油'的事。"

    杨尚昆茫然地说:"'洋油'"?

    李银桥说:"主席说,我们以后搞建设可少不了'洋油'!"

    杨尚昆笑了:"主席已经在谋划新中国建设大业了。"

是的，新中国建设早已在毛泽东的心中酝酿，而告别"洋油"的事更是毛泽东在宣布"中国人民从此站起来了"后一心想做的一件紧迫的大事。

中国必须摆脱"洋油"，要有自己的工业之血！毛泽东下定决心。

在日理万机创建"人民公社"的乌托邦式的共产主义社会时，毛泽东关注石油工业的发展是实实在在的，而且可以说是他在人民共和国在之后的近半个世纪里所下的两着最重要的棋，另一着棋是他钦定的"两弹一星"。前一着妙棋，再具体些可以归结为日后毛泽东决策开发名扬天下的"大庆油田"及其他的大建设。

毛泽东在宣布人民共和国成立后的第 18 天，便以中央人民政府的名义签发了成立国家燃料工业部的命令，并提名资深工业革命家陈郁为部长。新成立的燃料工业部在第二年便设立了石油管理局，著名地质学家、我国第一个石油工业基地——玉门油田的发现者和开拓者孙健初先生被聘为这个局的勘探处处长。"茫茫大地，何处找油？"1950 年 8 月 6 日，西北石油管理局成立，清华大学地质学者出身的老八路康世恩成了这个局的局长。此时，一代石油先驱的孙健初在中国共产党的厚爱下正全身心投入工作之时，却不幸在寓所煤气中毒，猝然离世。新中国石油勘探业因此一度出现停滞。毛泽东和他的助手们不得不把眼睛放在成本极高、产出极低的东北人造油上，并在短时间内恢复了抚顺制油厂（后为石油二厂）、锦西石油五厂、抚顺西制油厂（后为石油一厂）、桦甸页岩油厂（后为石油九厂）、锦州煤气合成厂（后为石油六厂）等几个人造石油厂的生产。所谓人造石油，是以一种叫页岩的岩石，通过大量复杂的干馏等工序，从中提炼出与天然石油成分相近的人造石油来，其成本为天然石油的十几倍。无奈，许多工业和国防建设需要石油，毛泽东等决策者不得不咬着牙关，勒紧裤腰带从石头里挤"生命油"。此时朝鲜战争爆发，油的问题急坏了司令员彭德怀。中央因此又不得不动用本来就少得可怜的外汇，并通过特殊渠道从国外买回些"洋油"。

| 奠基者

"油啊油，真是忧死人哟！"毛泽东和中南海里的领导人无奈感叹着。

1952年8月，毛泽东签发命令成立"中央人民政府地质部"。地质学家李四光是在回国途中听说自己被任命为这个部部长的。当他一踏上祖国的土地时，毛泽东就将其请到中南海。

1955年，中华人民共和国政府的一个新的工业部门诞生——石油部宣告成立。

在谁来挑石油部长此担的问题上，当时的中央只有一种选择，就是从军队的将军中找，因为李四光去了地质部，地质部是地下矿藏的侦察员，是国民经济的先行官，有了对地下情况的了解，才能找矿找油。有人曾经对成立地质部后还要不要成立一个专门的石油工业部而提出过争论，毛泽东后来和周恩来商议的结果是：虽然地质部里也有石油普查部门，但石油开发太重要了，必须列出专门部门，以便加强此项工业的建设。

1956年初的第一届全国人民代表大会上，新中国的国务院里因此有了一个新成员：石油工业部。

这时的毛泽东对成立石油工业部寄予极大希望，在一系列宏伟蓝图中，就有石油产量搞到可以让国家的整体工业建设能够"赶超英美"的水平之上这一目标。然而两三年过去了，石油部的工作令他颇为失望。相比国内轰轰烈烈的人民公社化运动，工业建设战线在毛泽东看来显然"死气沉沉"。当时北边的赫鲁晓夫越来越不像话，南边盘踞在台湾岛上的"老蒋"此时也不怎么消停，总借着美帝国主义时不时地叫嚷要"反攻大陆"，而且派出的飞机敢纵深大陆千里之远，甚至连北京一带都敢长驱直入。

"就是因为我们没有好飞机！老蒋才敢如此猖狂地在我们头顶拉屎。"元帅和将军们愤愤不平。

毛泽东平静而又有几分忧郁地说："飞机是个问题，可飞机用的油解决不了，再好的飞机也没有用啊！"

第一章

总理、副总理和元帅及将军们不约而同地回头看着坐在正中沙发上一言不发的毛泽东,方才热闹纷扬的议论顿时戛然而止。他们面面相觑地猜测着毛泽东到底又在想什么?

"换人!得换人!"毛泽东突然站起身,对周恩来说,"总理啊,你跟彭老总商量商量,让他推荐推荐谁更合适。"说完,毛泽东挥挥手:"今天的会议到此结束。"

毛泽东走后,怀仁堂里又开始热闹起来,有人过来问周恩来:"哎,总理,主席要换什么人呀?"

周恩来脸上平静地说:"暂时无可奉告。"

众副总理和元帅将军们笑:"又来外交辞令了!"

不能怪周恩来,他是政府总理,中央最终没有确定的事,他不好信口言说。出了怀仁堂,周恩来对秘书说:"给国防部打个电话,我要见彭老总。"

彭老总与周恩来见面并听他讲了毛泽东对石油部部长人选的新动议:"其实不把石油产量搞上去,我这个总理压力也是大啊!主席的心思是想找个能善于打开局面的人。"

彭德怀听后习惯地抬起右手,将张开的拇指和食指搁在下颌,又用左手扶住右胳膊,思索起来:这找石油就像打仗时啃块硬骨头一样,还真得找个能打硬仗又得是会打硬仗的人哟!彭德怀自言自语起来:"军队这边还有这样的人吗?按说应该有吧!可到底谁能挑得起这副重担,又能让主席满意?"彭德怀用右手拇指和食指构架成的"八"字形手势,搓了搓粗壮的胡楂。突然,他的眼里放出光亮:"他行!"

周恩来忙问:"谁?"

彭德怀说:"我的总后政委余秋里。"

周恩来一听,那两道浓黑的眉毛顿时一展:"好!好好!这位独臂将军年轻,又能干,关键是他正是主席需要的那种能打开局面的人!这一点最关键。彭老总,你可不准后悔啊,我现在就去向主席汇报。"

彭德怀笑笑:"我有啥后悔的?老毛他要人,我彭德怀啥时候没满足过他?再说我的部队也急等着要油!没油,我的坦克飞机还有军舰都成了一堆废物嘛!"

周恩来笑着与彭德怀元帅扬手告别,临走时他说:"我会在主席面前说,你彭老总一直是最顾全大局的。"

丰泽园。1958年立春后的一个平常日子。

午后时分,一辆天蓝色的华沙牌轿车悄然停在门外。一位中等身材、佩着中将军衔的军人从车内走出。他仰头看着门口上方"丰泽园"三个字,脸庞显瘦,五官清秀,虽然年轻,却依然可见久经沙场者的那种特有的稳重和大气丰神。他收回目光的同时,迈出有力的双腿往菊香书屋走去。只有他甩动的一左一右的两个衣袖特别,一边非常有力,能感觉嗖嗖生风,而另一边那只空洞洞的衣袖则搭塌在腰际的衣缝上,不见任何动向。

卫士长李银桥此时正从菊香书屋的门内往外走,他先见到的正是将军左右两侧两只完全不同的衣袖,卫士长甚至有些愣呆地看着那只空洞洞的衣袖而暗暗吃惊……

"卫士长,主席在房间吗?"将军问。

李银桥一惊,忙从那只空洞洞的衣袖上收回目光,有些歉意地向将军说:"噢,是余政委来啦!主席刚醒,正在里面等你呢!请跟我来。"卫士长走到里面的一个门口前止步,做了一个"请"的手势。

将军径直往里走去。

"报告主席,我来啦!"将军毕恭毕敬地向里面的主人敬了一个标准的军礼。

坐在沙发上正在点烟的毛泽东,微微仰起头:"好,是余秋里同志!"毛泽东满意地看了看站在他面前的年轻中将,起身与其握手。虽然毛泽东没有正

第一章

面去看爱将左边那只空洞洞的衣袖,但他的眼里分明颤动了一下:是啊,人总共只有两只胳膊,可他则少了一半……

"总理和彭老总推荐你当石油部长,听说你有些想法喔?"菊香书屋的主人说话时虽然带有浓重的湖南口音,但总有一种强大的磁性,能在瞬间把一个人的情绪掀到天上,也能推到十八层地狱。将军已经不是第一次有这种感觉了。

这是哪一年的事?对了,一晃就是 10 年了。将军的脑海里一闪,就像昨天的事。那是在延安窑洞里发生的事。年轻的将军在那会儿更年轻,30 岁才出头无几,却已是身经百战的骁勇指挥员了。

"今天把你从前线请到窑洞里来,就想听听你的'诉苦三查'是怎么搞的。"毛泽东那时抽的是骆驼牌香烟,将军当时记得很清楚,因为毛泽东在给自己点烟时间他抽不抽烟。

将军那时虽也是久经沙场的"老长征",但在延安革命圣地的窑洞里,尤其是在自己的最高统帅面前,他是绝对的"小字辈"。毛泽东的问话,叫他有些不好意思。

"抽吧,烟酒不分家嘛!何况今天你是我们请来的客人!"说话间,毛泽东已经把一支骆驼牌香烟放到了他的面前,并且正欲拿火柴给他点上。将军赶紧接过火柴,动作麻利地将火柴盒夹在左腿,然后右手抽出一根火柴,嚓地划着了火,将自己嘴上的那支骆驼牌香烟点燃……"嚯啊啊……"不知是第一口吸得太猛,还是根本就不习惯烟味很凶的骆驼牌香烟,反正有着几年烟龄的将军第一次在毛泽东面前抽烟就露了个嫩。

毛泽东和几位老总哈哈大笑,连声说:"还是嫩。"

倒是萧华出面给将军解了围:"人家江西老表习惯吸自己卷的土烟叶嘛!"

毛泽东从第一次与余秋里面对面接触后,就有非常好的印象。尤其是看到这位年轻骁勇的旅政委也当过很长时间军事指挥官,其身上不仅有贺老总、彭老总对战争艺术理解和运用自如的遗风，而且还是个善于思考、见地独特、方法讲究的优秀政治工作者。

"此人是个将才，以后必大有可为。"毛泽东在听取余秋里汇报新式整军时，悄悄对身边的几位军委领导和中央书记这么说。

"好。你们的做法，证明人民解放军用诉苦和三查方法进行了新式整军运动，将使自己无敌于天下。"毛泽东再次向余秋里递过一支骆驼牌香烟，然后带着几分爱悯地问，"你这左胳膊是在长征路上打掉的？为啥当时没保下来？"

余秋里听了最高统帅的这句问话，下意识地抬起右手捏住空洞的左袖子，非常随意地回答了一声："是的，那时天天打仗顾不上。"

倒是坐在余秋里身边的任弼时很动情地向毛泽东做了较详细的介绍："贺老总跟我说过，秋里的这条胳膊掉得很可惜，要不是当时条件不允许，也不至于后来锯掉……"

毛泽东听后憾叹道："我们的队伍中还有几位也像你这样缺腿断胳膊的，你们都是革命的功臣啊！"

余秋里本来早已忘了自己比别人少只胳膊的事，可看到毛泽东说此话时，眼里闪着泪花，他的心里跟着"咯噔"了一下。

"以后要多注意身体。"这是延安窑洞里毛泽东的声音，立即把余秋里的思绪从战争中拉了回来。

"是。主席，我可以回部队了？"余秋里站起身。

毛泽东点点头。

"敬礼。"那只少了胳膊的空洞洞的衣袖，一直在毛泽东眼前晃荡着，而另一只有力的右胳膊甩动着有节奏的动作，也一直在毛泽东的眼里，直到消失于延安枣园……

"主席，我是怕石油部长这个担子受不起嘞！"现在，将军又与最高统帅面对面坐着说话。不同的是这回只有他们两人,还是在安静整洁的房子里。

"哦?余秋里同志是这样说的吗?"毛泽东从嘴边取下烟卷,眼睛直瞪瞪地看着笔挺坐着的中将同志,带着他特有的幽默调侃语气,笑言道。

"是这样,主席。"余秋里的表情严肃有余。

卫士长轻轻地进来给俩人沏茶,又轻轻地退出。他听到身后毛泽东爽朗的自言自答:"秋里秋里,你这个名字很有诗意啊!"

"主席,我这个名字其实很土。小时候家里穷,请不起先生起雅名,所以家里人就把我叫狗娃子。后来参加了红军,领导问我叫啥名字,我说不上来,又问我是啥年月日出生的,我回答说我妈说我是割谷子后的秋里生的。领导一听就说,那你就叫余秋里吧。"

将军的话引来毛泽东一阵爽朗的笑:"好嘛!秋里这名字蛮好的,秋天总是个丰收的季节,又是火红的岁月……"

"嘻嘻,主席你说好就好嘛。"毛泽东书房里的将军,这回又变成了一副实在又有些可爱的样儿。可一想到刚才的话题,他又犟起劲来:"主席,我们的高级干部多得很,您随便挑哪个都比我强嘞!"

毛泽东弹了弹烟灰,顺手给将军递上一支烟——这回是"中华烟"。而将军见最高统帅现在住的屋子满是书,也不再像当年延安窑洞里第一次接受最高统帅递烟后动作麻利地将火柴盒夹在勾起的左腿里划燃,现在他先将烟卷叼在嘴上,然后又用右手将火柴盒搁在茶杯底上顶住,再划着火。这个动作显然有些笨拙。

俩人开始对抽。

毛泽东思绪有些回闪。他对眼前这位人民解放军总后勤部政委出任新的石油部长,是早已首肯的。一两个月前的全国人大一届五次会议筹备会上,当他询问周恩来关于石油部长人选时,周恩来说准备调余秋里,毛泽东就已经点头说:"行,这个同志行。"现在,毛泽东需要亲自跟他谈一谈,因为石油在毛泽东心中占的位置太重要了,他对新部长寄予厚望。

"人家选了你嘛!"毛泽东说的是"人家",其实他心里的意思是"你也是我选的人嘛"!

将军听出毛泽东调他出任石油部长的决心很坚定,已经没有多少回旋余地了,于是来了个"苦肉计":"主席,我听说那地方很复杂,我又没学过工业知识嘛!"

看着小字辈一副苦相,倒是让毛泽东想笑,可他的脸上依然慈祥中带着几分威严:"我们这些人都是打仗过来的,建设新中国谁都没干过嘛!老祖宗那儿也没啥可学的哟!当年我们长征时爬雪山、过草地,拖着一根破枪,许多人还是马夫、炊事员,可后来革命需要,他们都成了大军事家、战略家!你可比他们强多了!二十多岁就当了红军团长、团政委,后来又当过独立旅司令、政委,解放后又是军校的领导、我们军队的总财务部长,会带兵、会算账,又能做政治工作,我看你当石油部长很合适。"

将军不再坚持了,只是朝毛泽东憨笑。

毛泽东的神态也由慈祥中带着威严变成了慈爱中夹着浓浓的和蔼:"今年你多大年纪?"

"43岁。"

"你年轻嘛!"毛泽东从沙发上站起,迈开步子在书屋有限的空间里走了几步,将军随之跟着直挺挺地站在那儿,目光随那高大的身体移动。"从战争中学习战争,从实践中学习知识,总结经验,是我们党和军队取得胜利的法宝。过去我们的任务是打仗为主,现在不同了,经济建设为中心了,所以我们必须放下架子,向一切内行的人们学习经济工作,恭恭敬敬地学,老老实实地学。这搞经济、搞油其实跟打仗也有些一样,既要有战略思想,又要有不怕敌人、勇往直前的决胜精神。哎,秋里同志,你说对不对?"毛泽东突然立定,闪着炯炯有神的目光问将军。

第一章

"对，主席。"将军好像还有什么话要说，于是不由得耸了耸肩膀，顿时宽阔肩膀上两颗闪闪耀眼的将星映入了毛泽东的眼睛。

"呃，你是不是不愿意脱军装呀？"毛泽东像发现什么似的问道。

"不不，主席，我、我没有那么想。"将军真的不是想这回事，他刚才脑子里的一个闪念是：我会服从主席和总理的安排，可要是干不好石油部长，就让我还回部队。

毛泽东笑了："你不这么想，可我得为你们这些出生入死的将军们想啊！你放心，中央已经做出决定：部长以上的干部调动，不是转业，是党内的分工！"毛泽东说到这儿，又带着几分神秘之色向年轻的将军凑过来，说："不过你要是转业，还可以发一笔财哩！"

将军立即憨笑地说："主席我可没想过这事。"

"好，就这么定了。你年轻，精力充沛，正是干事的好岁数。"

这时，卫士长进门报告："主席，总理和陈云、小平等同志已经到了。"

毛泽东说："好好，请他们进来吧。"

将军一听，赶忙欲退出，被毛泽东拉住："你留下留下，他们来找我，也是你的事喔！"

周恩来、邓小平、陈云，还有李富春，随即进门。

"怎么样，余秋里同志，主席跟你都说了吧？"周恩来笑呵呵地问将军。

将军只好如实报告："主席都说了。我也只好服从嘞！"

李富春过来将将军拉到自己身边坐下："你来石油部，我总算能愁眉见笑颜了！"

将军谦逊地说："还要请李副总理多帮助。"

陈云、邓小平也过来与将军握手："我们都等着秋里同志给我们几个解难喔！石油上不去，主席会天天拿我们是问的。"

将军挺了挺身板："请各位领导放心，我一定全力打好石油这个仗！"

毛泽东高兴地说："好，瞧见了没有，我们的新石油部长有股打硬仗而求必胜的作风！"

周恩来接过话，说："秋里同志，国务院对你的新任命将在几天后的人大会上正式通过。相信你一定能给我们的石油工业打开局面！"

"是，总理！"将军抬手向总理、又向毛泽东等领导敬礼。

第二章

玉门、克拉玛依、川中会战,反右、"大跃进"、插红旗……
首度出征的将军部长如同风里踩浪,颠簸跌坠,忽热忽冷。

301 医院。高干病房。

首长那天从手术室被推出来进病房已经十几天了。今天是拆线的日子。女院长和专家们都来了,大家一起在期待奇迹的出现……

首长夫人带着女儿赶来了。首长的秘书和管理员也来了。

一个多小时后,首长头部缠着的纱布被解下。医生说,首长的手术伤口愈合得还算好。

"我爸爸能醒得过来吗?都十几天了……"女儿晓红挽着妈妈的胳膊,看着床头安详躺着的父亲,眼泪都快涌出来了。

妈妈没有说话,只是用一只手紧紧抓住床头的铁栏杆,显然她不想让女儿和周围的人看出她内心的焦虑与痛苦。她目不转睛地看着床头直挺挺躺着的丈夫,轻轻对女儿说了声:"来,帮你爸换个姿势。"

秘书和管理员赶紧上前帮着一起给首长翻了个身。

女院长和专家将首长的秘书和管理员叫到一边悄悄说:"看来首长要恢复知觉的希望十分渺茫……"

这话被首长的女儿听到。"你们不能就这样下结论!我爸他能醒来!他能!他……"晓红说这话时已是泪流满面。

一旁的首长夫人身子微微一颤,如果不是双手抓住床头的铁栏杆,她会被这无情的事实击倒的。与丈夫相依为命、出生入死几十年,她不相信铁骨铮铮的老头子就这样倒下后再不能起来。永不相信。

在她的记忆中,他是座钢铁垒成的山,纵然用机枪、大炮扫射,或者是炸弹狂轰滥炸,他也垮不了的!

在"女八路"妻子的眼里,无论是在硝烟弥漫的战争年代还是和平建设时期,丈夫始终是在整天忙碌工作，如同一部永不停歇的机器，一部摧不垮的机器。

现在，刘素阁看着直挺挺躺在床头的丈夫，千呼万唤听不见自己声音的丈夫，她从来没认为过丈夫是倒下了，她只觉得丈夫一辈子太累了，是太累了后才想彻彻底底躺下休息而唤不醒的。她更不相信丈夫没有向她交代任何一句话就这样向她告别……

不会的，他不会这样的。刘素阁喃喃地坐在床边，将手轻轻地放在丈夫那布满刀痕的头颅上。她的手有些发颤：这是个什么样的头颅啊，长长的刀痕，一条又一条，脑壳骨上也有无数处不平起伏……妻子的手轻轻地移动在这些长长的刀痕和凹凸不平的颅骨间，泪水模糊了她的视线……

"南征北战几十年，你都死里逃生了。这回你也应该过得了关的呀！醒醒吧，快醒醒，孩子们都想跟你唠唠嗑，都想再听听你以前没时间讲的石油会战故事呀！"以前，刘素阁知道丈夫有忙不完的工作，而且都是国家大事，可现在有时间了，你咋就不说话了？啊，你醒醒，哪怕醒过来给孩子们说上一句话，说上一句你一生最引以为自豪的大庆会战呀！

"妈妈，快看：爸爸的脸色出现变化了！"女儿突然惊叫起来。

病房内顿时一片兴奋：可不，数十天昏迷未醒的首长，此刻脸上的肤色出现一层红晕，像闷了多少话要说又一下说不出、吐不尽——他的整个身体依然是一动不动，躺在那张洁白的病床上……

有人说，植物人也会有知觉和感应的，尤其对亲人和特别熟悉的人的声音会有反馈的知觉和感应。

首长的家人和身边的工作人员对此深信不疑，因为这是他们的全部希望所在。

"余秋里同志，情况怎么样啦？"毛泽东不知什么时候在余秋里的后面将他叫住，盯着这位上任一年零两个月的石油部长，不轻不重地问了句。

奠基者

余秋里回头一看是毛泽东，心头"咯噔"一下：要命！越想躲越躲不过去了。原先，他以为此次在上海锦江饭店召开的党的八届七中全会期间，看着毛泽东整天忙着收拾去年"大跃进"留下的一大堆问题顾不上过问石油工作，心里多少有些侥幸自己可以逃过一劫。现在看来完了！年轻的石油部长此刻叫苦不迭：毛泽东太厉害了！滴水不漏啊！

情况怎么样？糟透了！糟得不能再糟了！此刻的余秋里，恨不得掘个地洞钻钻！可这是豪华的上海滩最有名的宾馆，地面铺设着崭新的地毯，房顶用的是进口天花板，连房子的四壁都还用印花的布包着。此处无地洞，无洞之处可真苦了我们一生刚强好胜的余秋里。

情况确实糟糕，比想象得还要糟。

石油部新任部长知道毛泽东问的"情况"是什么，当然是川中石油的情况喽！余秋里一生没有闪失过，而这是唯一也是让他最难堪的一次丢尽脸面的"遭遇战"。

脸面丢在他上任石油部长后求胜太心切，丢在他对石油规律的陌生，也丢在川中地下情况太复杂上！

那是什么年代？那是中国人饿肚子的年代，那是"苏修"领导人卡我们脖子的年代，那是美帝国主义拉着蒋介石不断挑衅我们的年代，还有南边的印度也在不安分地想咬我们肉的年代。

在毛泽东和第一代中国领导人的心头，迅速让人民共和国崛起，是他们的全部心思。当然这种心思在新中国成立后因为太急切而造成了指导方向与措施上的一些过头做法，但它的出发点和本意仍然令我们所有后人敬重。

余秋里身为石油部长，他深知毛泽东、周恩来、刘少奇和邓小平等中央领导对石油的关切。石油是国家工业经济的血液，国家越向前发展，石油的作用越加显现出来。

被四面封锁又随时必须应付战争考验的新中国，更是如此。

第二章

新中国成立伊始的毛泽东对中国石油的建设所倾注的心思可谓一片苦心。在第一个五年计划刚刚起步时，毛泽东为了石油问题就多次找来地质学家李四光讨教："先生，你说我们中国真的像外国专家说的是个'贫油大国'？"

李四光摇摇头，坚定地回答："主席，我们中国不是贫油国。我相信我们中华大地上也会有丰富的石油蕴藏在地底下，关键的问题是要进行调查和勘探。"

一旁的周恩来听后十分高兴地对毛泽东说："主席，我们的地质部长是很乐观的，他多次这么对我们说，我想我们应该有信心在石油方面加强些力量和投入了。"

毛泽东那天很兴奋，一定要请李四光在自己的家里吃饭，而且又不止一次地说道：搞石油"普查是战术，勘探是战役，区域调查是战略"，"我们只要有人，又有资源，什么人间奇迹都可以创造出来！"

1956年，在听说玉门油田开发取得不断进展、新疆地区发现新油田后，毛泽东约见石油部部长和部长助理时又说道："美国人老讲我们中国的地层老，没有石油。看起来起码新疆、甘肃这些地方是有油的。怎么样，石油部你们也给我们点希望吧！"为此，毛泽东还在一次会议上，对分管工业的副总理陈云说，要给每个县配上一台钻机，不信在中国大地上钻不出石油来！

1958年2月初的人大会议上余秋里被任命石油部长，不久，中共中央在成都召开了工作会议。有名的"多快好省建设社会主义"的总路线就是在此次会议上确定的，从此中国走了一段近似疯狂的"大跃进"岁月。

据中国老资格政治家薄一波回忆讲：其实真正的"大跃进"是从1957年的农业战线开始的。而当全国的农村被鼓舞起来后，毛泽东便开始了工业"大跃进"的考虑。大办钢铁便是余秋里上任石油部长后受到强烈冲击和影响的第一波"沧海横流"。

"十五年内赶超英美！"这是多么豪迈的战斗口号和激动人心的目标啊！毛泽东看着冶金部送到他手上的一份《钢铁工业的发展速度能否设想再快一些》

的报告，顿时心潮澎湃。因为那报告上有这样一段话：我国钢铁工业"基点是三年超过八大指标1050万~1200万吨、十年赶上英国、二十年或者稍多一点时间赶上美国，是可能的"。

毛泽东在这一年的政治局第48次扩大会议上这样赞赏冶金部部长的这一个报告。

中南海，怀仁堂。党的八届二次会议在此隆重举行。余秋里连石油部几位副部长、部长助理和司局长都还不能叫得上名时，他就被拉到此次党代会上与当时的"钢铁元帅"冶金部打擂。

"你去，还是你去。"部党组会议上，有关谁代表石油部在此次党的会议上发言的问题，引起了一点推让。副部长李人俊被一致推荐为发言人，可他坚决推让，并冲余秋里这样说。

余秋里笑呵呵地对这位曾经当过新四军供给部长、被刘少奇和陈毅同志称为"经济学家"的年轻英俊的副部长说："同志们推荐你，可你让我去有什么理由呀？"

李人俊振振有词地说："第一，你是部长，发言有权威，我是副部长，人微言轻。第二，整个石油战线的职工都等着新部长来鼓劲，你这个时候出来说话正是好时机。第三，你和中央首长熟，你讲话他们听……"

余秋里听完摇头："这些理由不充分，还是你去讲。"

"这……"李人俊还想说时，余秋里站起身，右胳膊一甩："就这么定了。散会！"临出门时，又回头对李人俊说："今晚你到我家里，我们一起聊聊怎么个讲法。"随后又扯开嗓门："哎哎，你们几位部长，也一起过来啊！"

北京东城交道口的秦老胡同。自余秋里搬到这儿后，这个胡同的名字在石油战线几乎无人不晓，因为他和战友们创造的"秦老胡同"工作方式，影响了共和国整个石油工业的发展方向。不夸张地讲，石油部后来的所有重要决策都

第二章

是在这"秦老胡同"的"侃大山"中形成和完善的。

余秋里的家和几位副部长的家大多在这条古老的胡同里,他们将晚清重臣曾国藩的府第按各自所分配的居住房屋切割成几片,既自成格局,又相互关联。余秋里是部长,又是中将,当然院子比别人家大一些。特别是他的那间会客室,30 多平方米很是宽敞。将军当石油部长后,除上班在办公室和出差外,这儿是他最喜欢待的地方,而几位助手也乐意上这儿与他纵论中国石油江山。副部长们喜欢上这儿,是因为这儿比部机关的部长会议室里要随便得多。"侃大山"嘛,侃到哪儿算哪儿,没那么多规矩。瞧瞧这独臂将军自己嘛,他也喜欢在这儿侃。在这儿,他可以不装模作样地拿部长架势。他可以把自己农民的本性毫无保留地发挥出来。他爱抽烟,一包包地扔在小桌子上不仅自己一支接一支地抽,而且积极鼓励副手跟着自己学。他一上这儿,就蹭上他那把木椅子,他不爱坐沙发,沙发让给年事较大的周文龙副部长坐。这周文龙年岁高,常常撑不住他们整宿整宿的"海阔天空"乱侃,容易听着听着就在沙发上睡着了,而且呼噜声震天。每每此时,余秋里看着睡梦中流着口水的周文龙时,就会哈哈大笑。震天的笑声会把周文龙惊醒。"什么事?什么事?你们、你们是不是又有新的决策了?"周文龙在梦中惊醒后总会这样问余秋里。这时的余秋里更高兴,亲自给周文龙点上一支烟,然后对秘书说:"送周部长回家休息吧!"

李人俊副部长不爱抽烟,他对烟味有些敏感。"这帮烟鬼!"实在受不了时,李人俊连招呼都不打就走了。

"侃大山"侃得最晚,与余秋里侃得最投机的是康世恩。余秋里欣赏康世恩的才思和滔滔不绝的话题,尤其是他对石油和石油地质的见解。他们两人可以侃几小时十几小时,如果不是白天工作和开会,他们可以侃几天几夜。

余秋里与康世恩在一起工作时,是最亲密无间的一对儿。余秋里双腿盘坐在那把椅子上,瞪大眼睛,听人讲自己也讲。那情景令人倾情和难忘:你瞧,他认真时会将头和身子尽量地前倾着,一个字不漏地把康世恩倒出的石油知识和地质知识装进自己的脑子里;他高兴时会从椅子上噌地跳下来,直用那只有力的右胳膊,敲打着康世恩:"好好,老康,就照你的意思办!"

康世恩呢,这位清华大学地质专业学生在未毕业时就参加了八路军,骨子里有点知识分子的性格。他对从里到外都透着将军气质的余秋里部长,也是特别的喜欢,甚至有些崇拜。他喜欢余秋里的雷厉风行,也欣赏余秋里对出了问题后的那种雷霆万钧、干脆麻利的处理方法,更佩服他在决策时那种坚定果断和决策后为实现目标时所表现出的不达目标不罢休的锐气和战无不胜的作风。

康世恩生前曾不止一次感慨地说:"没有余秋里,就没有我康世恩。"

石油系统无人不知"余康"二人。"余康"二人在石油工作上几十年如一日的默契配合和相互支持,以及彼此的互补,使他们共同承担的事业也变得完美。二人可称得上中国政坛楷模和中国经济战线的两面鲜艳旗帜。

中国石油工业因"余康"而光芒四射。共和国五十年前的经济历史,也因"余康"而光彩夺目。

余秋里让李人俊上中南海党的八届二次会议上发言。发言内容就三千来字,余秋里和李人俊整整折腾了五个晚上,也让康世恩等另外几个副部长一起讨论了好几回。石油部的人都知道,余秋里虽说没上过几天学,即使将后来抗大里学的时间加起来也只能算马马虎虎的"初中文化程度"吧,可他写起文件来呀,能把大学中文系的高才生都折腾死。为了一个字、一段话,他能让你推敲几天几夜。

"文件、决议可不是闹着玩的。不是像吃饭那样少一口多一口没关系,文件、决议可是关系到大局的事,少一个字、多一句话都不行。那会把路走歪的!"余秋里这样斩钉截铁地说。

我到大庆采访时在查阅当年大庆会战的《战报》时看到石油部关于学习毛泽东《实践论》和《矛盾论》决议,全文只有400个字,一字不多,一字不少,

第二章

据说为这400个字，当年起草的宋惠同志好几天没睡觉。这是后话，在此不表。

李人俊的此次发言，意义重大。尤其是对上了"黑榜"的石油部来说，这既是一次在全国人民面前改过自新的机会，也是余秋里上任石油部长后在石油系统外的一次亮相。但余秋里把机会让给了李人俊。

李人俊知道肩上的担子。将军给他撑腰："没啥怕的。你只要记住：我们石油部首先承认落后，但我们不甘落后。我们要在毛主席面前保证：我们誓在第二个五年计划里赶上钢铁大王，他一吨钢，我们一吨油！"

"一吨钢，一吨油，我们行吗？"李人俊底气不足。这底气不足是有道理的，因为当时"钢铁大王"的冶金部已经实现了年产530万吨，而且他们的口号是要在"十年之内赶超英国"，比毛泽东提出的"用十五年左右的时间赶上英国"还要提前了几年指标。

"当然行嘛！他冶金部是人，我们石油部就不是人啦？他能搞一吨钢，我余秋里就不信我们搞不出一吨油来！我们总有一天要掘穿地球，抱他几个大油田出来，让石油'哗啦哗啦'地涌！"将军给李人俊打足气。

中南海的"打擂"开始了！

主席台上，坐着毛泽东、刘少奇、周恩来、朱德、陈云、邓小平……他们笑容满面地看着台下1360多名代表和列席代表。而台下代表们则被主席台上的领袖一次又一次的欣喜目光调足了情绪。有关这场惊天动地的中南海"打擂"比赛，作家陈道阔做了如下描述，在此引以一用：

> ……河南、湖北、安徽的代表相继登上主席台，宣读发言稿。他们一个比一个精神抖擞，慷慨激昂。台下的掌声又为他们烘托起热气腾腾的彩云，使他们一寸寸地离开地面，登上那俯视环球的空中楼阁。
>
> 冶金工业部代表的发言，把会议上的激情推向了波峰浪尖。他宣布，今年的钢产量坚决达到850万吨，七年赶上英国，第八年最多第十年

| 奠基者

赶上美国!

……

按照会议程序,下一个发言的是石油工业部的代表了。

李人俊登上主席台。他身量不高,也其貌不扬,但噔噔地走着颇有精神。他来到蒙着红布的讲台后,按了下麦克风,因为刚才冶金部的代表是个高个子。他抬起头来,似乎把什么忘到台下了,目光在会场上搜索了一下。

余秋里直起了身板,紧紧地盯着主席台。

"主席,各位代表。"李人俊口齿清晰,声音雄厚。

1000多人的会场,寂静得犹如旷古空壑,只有李人俊的声音在嗡嗡轰鸣,似乎要震落这屋梁上的每一粒尘埃。

突然,李人俊的嗓门犹如天崩地裂:

"我们打擂!我们和你们冶金部打擂!"李人俊唰地指着台下冶金部的代表,却像是指向整个会场,"你们冶金部产一吨钢,我们石油部,坚决产一吨油……"

这是掌声吗?听不出是手掌拍出来的声音。山呼、海啸、雷鸣,等等,小学生写作文都是这么形容的,可见这些形容词是多么幼稚。但可以肯定,这种令余秋里耳膜涨疼的声音,很难相信是两片骨肉制造出来的。

这个口号是余秋里和他的同事们在秦老胡同"侃"出来的。当时冶金部长王鹤寿在场,讲他的钢铁生产形势和计划,颇有特色。余秋里不服气,顺口吹了这个牛。王鹤寿听了直笑。因为当时钢铁产量已达530多万吨,而石油仅140多万吨,还不到钢铁产量的1/3。王鹤寿侠气十足地说:"你们是小兄弟,以后有难处找我王鹤寿好了!"他说话算数。在后来余秋里组织石油大会战时,尽管他的日子已不大好过,但仍然全力以赴地支援。

李人俊把双手举过头顶,频率很高地拍击着,如被捆着手腕吊着一般。

第二章

会场终于平静下来。李人俊拿起讲台上的发言稿,正要讲话,一个湖南口音的声音突然出现:

"你们行吗?"

李人俊一怔。

余秋里也一怔。

毛泽东,笑容可掬地望着李人俊。

余秋里唰地站起来……

"行!"

人们听到的是李人俊的声音。因为他对着麦克风,或者,余秋里根本就没说。

毛泽东鼓掌了,而且是带号召性地示意台上台下的人们陪着他一起鼓掌。

周恩来可能一直留意着他的国务院代表们。他鼓掌时,冲余秋里直笑,他大概看见余秋里罚站似的起立过。

那会儿的掌声和这会儿的比起来,简直是小巫之于大巫,河泊之于汪洋……

其实余秋里八大二次会议上出头露面,是有他的深思熟虑的。他是想日后在中央领导和那些打"擂台"的兄弟省长、兄弟部长面前打个出其不意。这是军人惯用的手法。你嚷嚷时,我默不作声;你取小胜时,我依然默不作声;你欲取之大胜时,我则来他个惊天动地。这才叫英雄本色,将帅之气。

多少年过后,我们再审视一下余秋里上任石油部长时的形势,就会看到一个事实:这位独臂将军部长其实一上任就被推上了一匹飞跑的战马上。你不快跑是不行的,你不飞奔也是不行的,你只有豁出命乘势飞跑才行。

余秋里在北京六铺炕石油部大楼里召开了一次重要的党组会议。会议是根据邓小平的指示,确定石油部第二个五年计划战略重点的一次非常具有历史意义的会议。因为在这次会议上确立了两个特别重要的思想:一是中国石油要以开发天然油为主攻方向,二是石油勘探向东部转移的思路。同时在全国确立了10个战略勘探区,除准噶尔、柴达木、河西走廊、四川、鄂尔多斯和克拉玛依外,

| 奠基者

要开辟5个新区，它们是松辽、苏北、山东、贵州及吐鲁番，其中松辽、苏北是重中之重。

"东方不亮西方亮。国家不是现在非常缺油吗？那我们就挑肥肉吃！哪儿有肥肉，就往哪儿冲！"余秋里爱吃肥肉，所以用"挑肥肉吃"来鼓舞他的同事们。这让原先在石油系统占少数派的康世恩特别受鼓舞。

"余部长，我告诉你啊，四川那儿有肥肉吃！"白天在部机关开完会，晚上康世恩没来得及进自己的家，就直奔余秋里的家。进门就往沙发上一坐，指手画脚地给新部长摆起"龙门阵"来："你可不知道，那儿的油可是大有希望！去年春节，我上巴县石油沟，正好巴9井发生井喷，火柱从地底的一千多米深直喷到地面近百米高，那气势大啊！"

余秋里像是真见了肥肉一样，张着嘴巴，满脸惊喜地问："这么高啊！后来呢？这火天天这么烧啊？把它弄住多好！"

康世恩端起余秋里的茶杯，往自己的嘴里倒："后来、后来正好我陪同苏联专家上那儿去了。可我们自己不懂呀，看了这冲天大火，又是高兴又是心疼，高兴的是看到了油，心疼的是大火把多少油气给烧掉了呀？可又不知怎么办！苏联专家阿鲁德热夫说，可以用空中爆炸灭火的办法制止油气。"

"空中爆炸？怎么个爆炸法？"身经百战的余秋里还是第一次听说这样的事，便异常好奇地追问康世恩。

"就是把几百公斤的炸药吊到火柱的顶端，然后猛烈一爆，压住井口的油气，再用泥沙等物封住井口……"

"成功了吗？"

"成功了！"

"好嘛！哎，老康，现在那儿的情况怎么样啦？"就在余秋里询问康世恩时，秘书匆匆从外屋进来报告："四川方面有捷报。"

"快说快说！"余秋里噌地从木椅上跳下来，连鞋都没顾得穿。

秘书说:"龙女寺2号井今天喷油,一天喷了60吨!"

"哈哈哈,老康,那儿真有油啊!"余秋里兴高采烈。

康世恩则忙着问秘书:"其他几口井的情况呢?"

秘书回答:"正在紧张施工之中。"

康世恩一听,脸上挂满胜利的期待,伸手抓起余秋里的烟盒,点上一支烟后,转身就出了门。

"哎哎,老康,你别走嘛!今晚我请你吃红烧肉嘛!"余秋里抬起右手想拉住他,却没拉住。

门外,传来另一个声音:"让他走吧,肥肉留给我吃。"余秋里探头一看,是后院的胡耀邦同志进了他的门。

"哈哈,是我们的青年团书记啊!好,今天我请你吃红烧肉!"余秋里拉住胡耀邦就往厨房里走,"素阁,红烧肉做得怎么样了?"

吃完红烧肉,党组的会议继续开。那时,从上到下的会议特别多,会议也是工作嘛!毛泽东的工作就是主要靠会议来完成的。余秋里继承了毛泽东的某些风格。而此刻的四川方面也像是有意给新来的部长添喜,几天内捷报频传:继龙女寺2号井喷油后,12日南充3号井又见喷油,日产达300吨!16日,蓬莱1号井也出现喷油,日产100吨。三井所处三个构造,相距200多公里,这意味着石油部上下盼望已久的"大油田"就在眼前出现啦!

"我们找到大油田啦!"

"毛主席万岁!"

"共产党万岁!"

"祖国万岁!"

石油部大楼里沸腾了!鞭炮和锣鼓齐鸣,震得四周居民跟着热闹了好几天。那时石油部还有一帮苏联专家,他们同样一个个欣喜若狂。因为在这之前一直没有帮中国人打出油来,很没有面子,连苏联的部长会议主席都批评了他们。

| 奠基者

这回四川频频报捷，苏联专家们总算一扫脸上的阴云，他们把康世恩叫去畅喝伏特加酒，把不胜酒力的康世恩灌得大醉，然后抬着他满街跑……

3月27日，正在成都主持中央工作会议的毛泽东，没有打招呼，突然兴冲冲地赶到四川隆昌气矿视察，并且欣然题词："四川大有希望！"

余秋里得知后，稍稍安排部里的工作，立即与康世恩于4月初赶到四川的三个喷油现场。

这是余秋里上任石油部长后首次到石油勘探现场。当他看到隆隆的机台和飞旋的钻机，尤其是仍在壮观喷油的景观，兴奋不已。他从一个井台走到另一个井台，见什么便问什么，恨不得把钻井和勘探知识一下全部装进自己的脑袋里。

"来来来，抽烟抽烟！"每到一个井台，余秋里便把头上的草帽往旁边一扔，不管脏不脏，一屁股坐在工人的床铺上，毫不见外地盘起双腿，掏出口袋里的"中华烟"满屋子散……

"这就是部长啊？"工人们用油乎乎的手一边吸着难得见到的"大中华"，一边窃窃私语。

"啥部长不部长的，到你们这儿，我就是小学生。你们可得给我好好讲讲这儿的油是怎么打出来的。讲好了，我再给你们抽中华烟。另外还有肥肉吃！"余秋里一番套近乎的话，说得工人和技术员心里热乎乎的。于是你一言我一语，给丘峦碧野的南充大地带来无限春意。

"立即通知各地的局长、厂长都上南充这儿开会！我们要好好研究研究如何集中兵力在四川这儿打个找油歼灭战！老康你说呢？"余秋里听完汇报和几天的现场学习调查，对康世恩说。

"我赞成。"康世恩早已求之不得，这四川的勘探工作是他近年花的最大心血，如今已见油了，下一步怎么把地下的储量搞清楚是关键，所以当余秋里部长提出要开"南充现场会"，便立即让随行的唐克司长向各地发出通知。

"老张啊，你的任务有两个：一是等开会的代表来了，你要好好介绍介绍这儿的勘探情况,二是把伙食搞得像样点。"余秋里对四川石油管理局的张忠良吩咐道。

"是,首长!坚决完成任务!"张忠良把腰杆挺得直直的,向余秋里敬了个标准的军礼。

余秋里瞅着非常满意,说:"我知道你是石油师的副师长,身经百战的红军老战士!哎,抽时间你给我讲讲石油师的情况,你们是毛主席亲自批准的一支集体转业到石油战线的钢铁部队。中国石油的希望主要靠你们了。以后碰到最艰巨的任务,我可要用你们去冲锋陷阵啊!"

"是。首长,你指向哪里,我们就冲锋到哪里!完成不好任务拿脑袋见你!"张忠良又行了一个军礼。

余秋里有些激动了,虽然自己也才脱几天军装,但他喜欢部队,更爱听这样的话。部队嘛就要勇往直前,所向披靡,战无不胜!此刻他想起了毛泽东在菊香书屋那天找他谈话时曾吩咐他:找石油就像打仗一样。要把石油师用好,用在刀刃上。如果什么时候再需要部队,我负责给你!

毛泽东是军事家,是用兵如神的大军事家。在建设共和国时期,毛泽东作为领袖和统帅,仍经常喜欢用当年推翻蒋家王朝和打日本鬼子的方法,使用军队和军队干部来承担艰巨任务和特殊行业的工作。他任用独臂将军余秋里为石油部长,其本身就是和平建设中的一部分"军事艺术"。

余秋里来到石油部后,深知这支担负国家经济建设特殊任务的找油队伍长年在野外作战,既独立又分散,以一个机台或一个地质普查队为单位,如何有效组织和指挥这样的队伍,引起了余秋里深深的思考……

"我们的找油是以井队为生产单位的,所以一切工作在于井队,一切跃进在于井队,各个地区工作做得好不好,也都集中反映在井队。所以,加强井队建设,是我们石油勘探能否取得成功,以及部、局工作意图能否获得顺利执行的关键。毛主席早就说过,红军之所以艰苦而不溃散,支部建在连上是一个很

| 奠基者

重要的因素。我们的井队当然还有地质普查队，也应该把党支部建设好，每个井队都要有政治指导员，这是完全必要的，完全正确的……"南充会议上，余秋里以其军事政治家的真知灼见，提出了石油队伍建设的一个开创性思路。从此，中国石油部队有了"支部建在队上"和"指导员制度"，这是余秋里的创造发明，也是我们党和军队光荣传统在石油队伍中的继承发扬。几十年来，中国石油队伍南征北战，石油部的领导换了一任又一任，但余秋里的"支部建在队上"和"指导员制度"从未变更过，即使在20世纪80年代曾经出现工业部门统统取消"政治机关"的风潮与机构改革中，石油部仍保留"政治部"编制。实践证明，像石油部这样执行特殊任务的经济工作战斗队，支部建在井队和政治指导员制度，是符合中国国情的，也是一条使队伍取得胜利、队伍坚强有力的政治保证。

余秋里的这一贡献影响着整个石油工业建设，也将继续影响石油工业发展。

然而，余秋里的更大贡献还在于他用其在革命战争年代锤炼出来的那种克敌制胜的娴熟的战争艺术，指挥了石油开发的战役。

"既然四川已见油，我们希望尽快地打到大油田。那么用什么办法？我看集中我们的优势兵力，像毛主席指挥打三大战役一样，打大会战是可以实现的！你们说呢？"余秋里挥起有力的右胳膊，询问部下。

那时的部下们，几乎都是清一色的从部队里来的指挥官，他们太熟悉打仗了。转业到石油战线后，已经好久没有听到这样熟悉而亲切的军事用语了。经将军部长这么一说，顿时一个个热血沸腾，仿佛又可以回到那个战火纷飞、杀他几百个回合的大决战了！

"行！我看行！"

"我们赞成部长的建议！"

"对头，要干，就痛痛快快地干！"

局长、厂长们个个摩拳擦掌。就连整天戴着宽边眼镜、看上去文质彬彬的康世恩也把袖子一卷，高喊着说："我看行！就打大会战！"

第二章

现在轮到余秋里笑呵呵了。突然，会议代表见他脸色一变，挥起拳头，重重地砸在那张长条桌子上，近似吼着说："好！现在我提议：中华人民共和国石油工业部川中石油会战成立领导小组，组长康世恩，副组长张忠良、黄凯，参谋长唐克！"

"是！"康世恩和张忠良、黄凯，还有唐克，齐刷刷地站起来接受任务，并向余秋里行军礼。

"新疆局的张文彬、玉门局的焦力人、青海局的杨文彬，你们回去以后，要迅速组织最强的兵力，参加川中会战！"

"是！"张文彬、焦力人、杨文彬以同样的标准军礼接受将军部长的指令。他们无一例外都是军人出身。张文彬，原中国人民解放军第十九军五十七师政委，是他和师长张复振带领全师官兵于1952年接受毛泽东主席的命令，集体转业到石油战线，成为新中国第一代石油工业的开拓者和领导者，离休前曾任石油工业部副部长；焦力人，1938年入党的"老延安"，离休前任石油部常务副部长；杨文彬也是位"老八路"，离休前为石油战线的领导之一。

一群战争年代走过来的将士们，以其军人的特有风格，以其排山倒海之势，拉开了新中国石油工业史上的第一场会战序幕——

一时间，来自共和国几支石油主力部队的勘探队分别从玉门、新疆和青海的油田上挥师"天府之国"。余秋里与康世恩商量后，又做出在成立由张忠良为局长的四川石油管理局的基础上，再成立川中、川南两个矿务局的决定，并从玉门石油管理局调来一名大员，名曰秦文彩，与四川有名的大地主刘文彩只差一个姓，但秦文彩是位地道的赤贫出身的革命者，后任石油部副部长、中国海洋石油总公司总经理。柴烟白塔，绿肥红瘦，嘉陵江畔的川中土地上，100多台钻机，在7条地质构造上威武雄壮地摆开战阵。而康世恩对秦文彩下达的命令是：必须在已经见油的南充、蓬莱、龙女寺三个地质构造上迅速拿出20口关键井，作为整个会战前的勘探主攻任务。

奠基者

"大油田、小油田,就看这20口井出油情况了!"康世恩雄心勃勃地说。

"可我觉得川中这样的地方,地质复杂,不宜如此大动干戈搞会战。最好再等等已经出油的几口井观察一下为妙。"年轻的四川石油管理局总地质师李德生面对一群将士出身的军人指挥员摩拳擦掌的架势,提出了不同看法。

康世恩的眼睛一下瞪大了:"你再说一遍!"

李德生梗着脖子,说:"我还是坚持等地质情况弄弄清楚再大干也不迟。"

康世恩一下火了:"不迟?你不迟我还觉得迟呢!"然后问余秋里:"你是部长,你说呢?"

余秋里本来是坐着的,听康世恩一问,便噌地站起来,大步走到李德生面前,两只眼睛凶狠狠地盯住李德生,声音是从鼻孔里出来的:"你再说一遍!"

李德生是知识分子出身,哪见过这阵势?吓得直冒冷汗:"我、我是说不能蛮干,要干也得等地质资料都收集齐了才好决定怎么干嘛!"

"那你说要等到什么时候?"看得出,将军部长是硬压着心头不满。

"这个我说不准,或许半年……也可能一年、两年……"

余秋里一听就火了,拳头猛地砸在桌子上:"扯淡!等你资料收集齐了,人家钢铁大王都已经把英国美国赶超了。我们还干个鸟!你这叫动摇军心知道吗?油都喷到天上了,这是最好的资料,亏你还是个总地质师呢!"

李德生大汗淋淋。

康世恩在一旁对生产一线的干部们挥挥手:"该干什么还去干什么!战场已经摆开,不能有任何动摇!"

两位军人出身的指挥官深知决定了的事不能有半点马虎,否则就实现不了战役意图。

余秋里见川中战局已布置就绪,便对康世恩说:"老康,看来我们得抽出时间专门关注一下东北那边的事了。"

康世恩频频点头:"我也这么想。听说地质部那边已经有了不小的进展。"

余秋里一听又来劲了:"是吗?既然这样,咱们也得赶紧动作!小平总书记不是指示我们千万要注意战略、战术和战役三者之间的关系嘛!川中会战可以说是我们今年争取拿出产量赶指标的战役,而玉门、克拉玛依和柴达木三个主力油田生产基地是我们只要采取有效的战术就能抓稳产的地方,东北松辽则是我们今后有可能搞到大油田的战略方向。与战术和战役相比,战略对我们石油工业发展更具有关键性意义。走,立即回北京研究松辽的问题!"

早期的找油,有点像瞎子捉迷藏的味道。浩浩960万平方公里的面积,千把台钻机、几万地质队伍就像天上撒下几粒芝麻粒儿,真可谓微不足道。但不管是瞎子捉迷藏,还是天女散花,毛泽东和中国共产党人要在自己脚下开出"哗哗"直冒的大油田,这既是中国人民一直以来的愿望,也是国家经济发展的迫切需要。还有便是国家安全的紧迫需要。那会儿美帝国主义刚在朝鲜战场丢了面子,仍不甘心,便不断借台湾小岛上的蒋介石残余势力,在我国东南沿海进行捣乱和挑衅。毛泽东决意要给美国人和"老蒋"一点颜色看看,金门一带变得战局十分紧张。现代战争,特别是海战,舰船和大炮离不开用油。余秋里虽说已离开军队,但老帅和国防部的统帅们时不时地询问他:油找得怎么样了呀?这无疑给将军部长增添了很大压力。这种压力是石油部门的一般干部和普通职工体会不到的。

余秋里承受的压力还在于当时风起云涌的"大跃进"的政治压力。

余秋里在川中刚刚安排好战局,欲求本年度力争完成好国家交付的年度石油计划,而毛泽东此时又在北京下达了这一新指标:"干脆,今年的钢铁产量比去年翻一番!何必拖拖拉拉嘛!"

石油部长叫苦不迭:本来李人俊代表石油部党组在中南海向毛泽东和全国人民喊出的"一吨钢一吨油"还可能有点儿戏,这回毛泽东又把钢铁指标"翻一番"了,不等于要他余秋里的命嘛!更严重的问题是,那股山雨欲来风满楼的"全民炼钢铁"狂潮,已经刮到连搞石油的人也不得不放下手中的钻机与地质锤的

奠基者

地步了。

余秋里回到北京，见自己的石油部大院内烟雾弥漫，人声鼎沸。一边是一群机关干部架着几口大铁锅说是在"炼钢"，"原料"来自各家各户包括机关后勤处那儿搜集上来的一些破铜烂铁，甚至是做饭的锅、烧水的壶；一边是勘探司的人在后院搭着几台像食堂灶台一样的人造炼油炉……真是好不热闹！

"炼出来多少钢水啦？"余秋里眯着眼，走到"炼钢"同志那儿问。

炼钢者皱皱眉头，踢了踢甩在一边的几块像马蹄形的铁块，胆怯地说："部长，就这么点儿，可我们已经几天几夜没休息了……"

余秋里又皱着眉头走到"人造油"炼场，问："搞出几滴油了？"

炼油者提出一个铁桶，不好意思地说："部长，我们可没有马虎过，这玩意儿它不怎么出油呀！"

余秋里脸色一板，站在大院内吼道："你们听着，立即给我把这些破破烂烂的玩意儿统统扔了！有力气就给我使在找油上！以后谁再吃饱了撑着干这些玩意儿，我就把你们赶到玉门、赶到青海去！"

石油部大院顿时重新变得清净和干净了。

别人的事没法管。这时的余秋里想：自己部门尽快多搞点油出来比什么都强。

5月27日，在余秋里主持下，石油部党组做出几项重大决策：成立松辽石油勘探局、华东石油勘探局、银川石油勘探局和贵州石油勘探局。这样，就全国的石油布局而言，基本实现了邓小平年初确定的战略转移目标。其中后来对中国石油工业产生决定性作用的要算松辽石油勘探局的成立。这是后话，现在我们跟着余秋里的目光一起关注四川的战场吧。

大将军余秋里给我们玩了一个战略家的游戏，他这回没上"天府之国"，而是搭上飞机去了西北那个人烟荒芜的玉门。将帅毕竟是将帅，在考虑战略时的高明之处终有其高屋建瓴的思维方式。四川方面刚刚布置完毕，千军万马调向"天府之国"时，余秋里的目光已经转到了西北正在担负国家石油生产主要任务的玉门油田和克拉玛依油田。

此时此刻，北京城里的毛泽东已经连续不停地向政治局的同志讲"破除迷信"的问题，同时又提出"插红旗拔白旗"的"反右倾"号召。

余秋里出北京前暂时让秘书把毛泽东的这些讲话精神材料放进了皮包，他现在的全部心思是尽早看到被朱德元帅称为"中国石油摇篮"的玉门油田。

玉门油田在20世纪50年代中期太出名了。几乎在整个20世纪50年代，国家对玉门油田关爱有加。毛泽东、周恩来对玉门油田有过数次专门的运筹与谋划。1952年2月，毛泽东以中共中央军委主席的名义，签署了一道特殊命令——

……我批准中国人民解放军第十九军第五十七师转为中国人民解放军石油工业第一师的改编计划，将光荣的祖国经济建设任务赋予你们。你们过去曾是久经锻炼的有高度组织纪律性的战斗队，我相信你们将在生产建设的战线上，成为有熟练技术的建设突击队。你们将以英雄的榜样，为全国人民的，也就是你们自己的，未来的幸福生活，在新的战线上奋斗，并取得辉煌的胜利……

接到毛泽东这份充满激情和期望的命令，五十七师8000名官兵在师长张复振和政委张文彬的带领下，随即成建制地奔赴石油战线。"石油师"的光荣名字和光荣传统，在中国石油工业发展的光荣历史中起到了决定性作用。原"石油师"政委张文彬老人，经常拿出一张几十年前他和战友们接受毛泽东主席改编命令时的老照片，十分自豪地扳指头数着从"石油师"成长起来的部长级领导干部的名字：除他之外，还有宋振明、陈烈民、李敬、秦文彩……而当时"石油师"的官兵基本上都分配到了玉门油田。那时的玉门就是新中国的"工业圣地"，吸引了大批优秀社会青年和支边人员前来投身社会主义建设。新中国首批进口的汽车、拖拉机、无缝钢管等大批设备器材，更是源源不断地运抵玉门……

| 奠基者

沉寂几万万年的祁连山下，成为全中国人民向往和瞩目的地方。像朱德、陈云、邓小平、彭德怀、叶剑英、聂荣臻等开国元勋先后到过玉门视察。1958年7月，余秋里上任不到5个月，在安定四川战局后，与康世恩等人来到当时占全国产油51%的玉门油田。

将军部长第一眼看到玉门油田时就非常激动。一路上问了康世恩无数个问题。作为新中国接管玉门油田的"钦差大臣"，康世恩更是兴致勃勃、如数家珍地向将军介绍了玉门的全部历史和现状——

玉门油田位于祁连山北麓的山腰地带和山脚的戈壁滩上，西距玉门县（今玉门市）100公里，东距酒泉市80多公里，海拔2500米。与万里长城西端终点的嘉峪关城楼遥相呼应。早在1600多年前的西晋时，祖先就发现这里有石油。以后各朝代也都有石油的记载。清末名将左宗棠坐镇酒泉时，曾派人去玉门取油样送往法国化验，证明油质十分理想。但当时条件不具备，无法开采利用。到了20世纪初，在中国石油事业的开山鼻祖翁文灏及他的弟子、"中国陆相生油论"创立者之一的谢家荣到甘肃玉门考察后，才真正开始了玉门石油的开采工作。20世纪30年代，在翁文灏安排下，中央地质调查所地质师孙健初曾先后3次来到玉门考察石油。1937年10月，孙健初在西北试探队队长史悠明的引领下，从酒泉向西行进，相继在玉门县几个地方考察，结果在一条名曰"石油河"的老君庙一带见有几个农民在河里捞油。这让孙健初他们大喜，"玉门有油"，很快报到南京的中央地质调查所。

这时的中央地质调查所所长是一位与邓小平同龄同乡的四川人，1928年毕业于北京大学地质专业（北大首届地质专业毕业生总共才有4名学生），从瑞士伯尔尼大学留学回国不久、年仅34岁的著名地质构造学家黄汲清（黄汲清后来是大庆油田的主要发现者之一）。瘦小的黄汲清一听"大胖子"孙健初的报告，欣喜若狂。因为他接手"中央地质调查所"后，所里捷报频传，周口店北京猿人（今周口店北京人）遗址的挖掘工作刚刚完成，玉门又发现大油田，能不让这位当时中国唯一一个科学技术专业部门的年轻领导者高兴吗？黄汲清迅速将玉门的消息报告了时任行政院秘书长兼经济部长和资源委员会主任的翁文灏。翁文灏听后大喜，连忙向蒋介石报告。哪知此刻的蒋介石根本没有工夫管这类事。九一八事变，弄得他焦头烂额。那时东北三省吃紧后，关内的中国整个局面都出现了能源的严重紧缺。顾维钧甚至不得不亲自出面以"顾少川"的名义，串联财界巨头周作民，组织了一个"中国煤油勘探公司"，而顾维钧的公司虽不乏财力，但缺少技术，于是找到黄汲清的"中央地质调查所"。

此事非同小可，是关系到国家存亡的大事。黄汲清便与政府实业部国煤救济委员会委员、勘探队长史悠明商议。

"既然玉门见油花了，那就干吧！"史队长倒是个痛快人，说，"过去先生想和我干也干不成，现在财神爷给拨钱了，时不再来呀！"

于是黄汲清、史悠明二人商定，组织一个以"中国煤油勘探公司"和"中央地质调查所"共同携手的混合普查勘探队，再往玉门一带进行普查工作。

就这样，1937年10月，孙健初带领队伍再次赴老君庙，并在冰天雪地里苦战6个月，全面彻底查清了这一带的生油层地质情况。剩下的就是打钻出油了！当"孙胖子"写完《甘肃玉门油田地质报告》时，他猛然发现自己仍是在纸上谈兵，说找油找油，可连台钻机都没有啊！

这事也难住了远在南京主持调查所工作的黄汲清。他跑到翁文灏那儿求助，翁文灏对他说："老蒋的家底你不是一点不知道，时下又面临全面抗战，哪来钻机可调？"

翁文灏的话使黄汲清大失所望。对呀，有一个地方有钻机呀！黄汲清突然脑袋一拍，兴奋地跳起来："我听严爽（另一位地质学家——笔者注）说过，延安那边也在打油井，他们那里有钻机，不妨借来用一下！"

翁文灏点点头，说："是听说过。不过共产党肯不肯借又是另一回事！"

急脾气的黄汲清嗓门大了："试试再说呗！"

奠基者

"那就试试吧。"翁文灏说。

几天后,翁文灏专门前往汉口的十八集团军办事处会晤了中共代表周恩来。周恩来当即表示:同心为国,决无异议,同意拆借。并指派汉口八路军办事处主任钱之光具体办理,后由中共驻陕代表林伯渠亲自安排,陕甘宁边区的延长油矿派出钻井工程师等 15 名技术骨干,两台"顿钻"钻机,包括两套锅炉和汽轮机、12 根套管,还有钻头、钢丝绳等物资共 30 余吨,由武装的八路军一路护送,辗转运到千里之外的玉门老君庙地区。钻机一到,工人们就开始日夜奋战起来,并于 1939 年 8 月 26 口打出了第一口冒油的井。苦于为资源走投无路的国民政府上下大喜,连蒋介石都当众说:毛泽东也是做过一些有益于民族的好事嘛!高兴之余,蒋介石还批准了经翁文灏提名的玉门油田领导成员,任命著名实业家孙越崎为总经理,严爽为玉门油矿矿长,金开英为玉门炼油厂厂长。这三人中,金开英后来到了台湾,成了"中国炼油第一人"。严爽成为中国石油事业的开拓者之一,而孙越崎则成为新中国建设事业值得人们尊敬的重要功臣。

"这么说,在我们石油工业史上,也有很精彩的一段国共合作历史啊!"余秋里听到这儿,不由舒心一笑。随后又问康世恩:"哎,说说当年你接管玉门油田时是啥情形嘛。"

康世恩深情地回忆道:"经过解放前 11 年的建设,我们奉彭总司令之命,于 1949 年 9 月 28 日正式接收玉门油田。当时玉门的原油年产能力 8 万吨,炼油厂年加工能力 10 万吨的规模,是当时中国规模最大、产量最多、工艺技术最为领先的现代石油矿。有职工 4000 多人,大部分人对石油勘探和开采及炼油技术颇为熟练。国民党政府是不会轻易把这块"肥肉"送给我们新中国的。在我们接管前夕,国民党西北长官公署的马步芳对时任油矿经理的邹明不断施加压力和威胁,要求他做好破坏油矿的计划。邹明一想,这怎么行?玉门油田为国家和抗战做了多少贡献不说,这真要把油田炸了,几千名职工咋个活法?

他不干,于是决定团结广大员工进行护矿守矿。这个时候,我军在彭德怀大将军的直接指挥下,加快前进。余部长你的老战友、第三军军长黄新廷率领的机械化装甲团以迅雷不及掩耳之势,于9月25日上午到达矿区,才使玉门油矿免遭破坏。黄军长他们解放玉门油田的第三天,即9月28日,王震司令员就向朱德总司令建议并获得批准,我就奉彭德怀司令员的命令做了玉门油矿军事总代表。"

"那时你34岁对不对?"余秋里以欣赏的口吻问康世恩,"你算是我们新中国最早的石油工业领导干部之一了!"

康世恩推推眼镜,谦逊道:"不都是服从命令听指挥嘛!"

康世恩说到此处,感慨地说:"中国的石油,有彭总的一片苦心啊!"

余秋里感慨地说:"你我都是彭老总推荐来石油战线的,我们的担子不轻啊!"

踏上玉门油田的第一步,余秋里迎着西北高原习习的清风,心潮起伏。现在,他是来领略和指挥新中国最重要的油田开采新高潮的。

"这就是余部长啊?怎么一点儿架子都没有?"工人和干部们对新部长的到来,怀着十分好奇的心情,他们惊喜地发现,这位"少一只胳膊"的部长,所到之处,毫无官样,该说的该笑的,跟他们钻井工人没什么两样呀!至于吃的睡的,工人们是啥样,他"少一只胳膊"的人也啥样。

有一回,"少一只胳膊"的人还提出要跟钻机工人上一天班。工人们哪好意思让"少一只胳膊"的人干一样的活嘛!于是提钻起钻时便将"少一只胳膊"的人挡在一边。"少一只胳膊"的人急了:"你们这是干啥?我又不是来吃闲饭的!"说着,就拨开人群,上前抓起钻杆就抬。工人发现这"少一只胳膊"的人力气一点不比他们小喔!

"少一只胳膊"的人看到自己扛上的钻杆,顺着隆隆轰鸣的钻机徐徐下至千米的地下深处时,站在机台上呵呵呵地笑个不停。

| 奠基者

一个西北汉子悄悄上前握了握"少一只胳膊"人的那只右胳膊，不想被对方紧紧握住捏在手心里。"哎哟哟——"那西北汉子顿觉自己全身发酥。

"部长，你的一只手挺厉害的噢！"西北汉子涨红着脸，对"少一只胳膊"的人说。

余秋里风趣地挥动右拳，说："你可别小看我只有一只胳膊，打仗时我就靠它端起机关枪嗒嗒嗒地扫哩！"

从此西北油田上，大伙儿都知道他们的部长虽比别人少一只胳膊，但论力气还是蛮大的喔！

工人和干部们最欣赏他们部长的还是看他在开会时的那种神态：个头不高，站在那儿，却像铁塔那么敦实。说起话来，声音却像山庙里的铜钟，声一出，震天动地。再看他挥胳膊时的气势，比沙漠里刮起的沙尘暴还厉害！一切挡路绊脚的乱石，在他铁臂挥动之间，都会惊得满地乱滚，无地藏躲。要说他表扬你时，定叫你热血沸腾，斗志高昂百倍。他要批评你，那非令你浑身刺骨冒寒……

这就是余秋里。

余秋里这回到玉门不是想表扬谁，更不是想批评谁，用他自己的话"是来学习的"。所以一连数天他不是上机台就是钻到"干打垒"里与工人们促膝倾谈，海阔天空地谈。瞧他盘着双腿，抽着烟卷，一坐就是四五个小时，那么开心，那么倾情，那么专注。

"部长，北京来电，请你立即启程回去开重要会议。"秘书李晔过来悄悄对他说。

余秋里只好起身，与工人们一个个握手，然后颇为遗憾地对大家说："时间短了些，短了些，等我开会回来，大伙儿再唠唠！"

但等余秋里再回到玉门时，他的脸上不再那么整天露着笑容。"是来学习的"话也不说了。整天找干部开会，讨论油田如何增产的事。

这当儿，中国南边发生了大事，8月23日下午5：30，我军3万发炮弹，以雷霆万钧之势，射向金门岛，令全世界震惊。毛泽东则在北戴河的别墅里笑谈风生，继续他的"钢铁指标问题"。

军事用油，彭老总紧催不休；经济"放卫星"，作为"小弟弟"的石油部被逼得无处可躲。余秋里的压力别人无法理解。

上，必须尽全力上！

"诈唬什么？就连吃奶的力气也得给我用上！"余秋里发威了！打娘肚子里出来后，他什么时候服过输？

王鹤寿在冶金部当了"钢铁元帅"，全国人民跟着他们去炼钢。石油部有啥资本？充其量就是玉门、柴达木和克拉玛依这么几个油田。四川的情况刚刚布局，百台钻机还不知什么时候见成效。余秋里可以发威使劲的就是这大西北了！

"立即通知各矿厂负责人到克拉玛依开现场会！"与康世恩一商量，余秋里命令部机关向全国石油系统发出紧急通知。

地处准噶尔盆地的克拉玛依真的不错。这里与玉门和其他油田相比，可谓天堂了。机关办公有楼房，工人住的也不是"干打垒"，一切都是像模像样的。正如朱德元帅所说："三年时间，在荒凉的戈壁滩上，建立起一座4万人口的石油城市，这是一个很大的成绩，也是一个很动人的神话。"

这个神话大半要归功于苏联老大哥。因为克拉玛依的建设开发是新中国成立后的第一个"中外合资企业"。"老大哥"建矿可不像中国穷兄弟，一确定矿要开发，油还没见多少，楼房、舞厅都已到位。人家会生活嘛。

余秋里第一次来此，望着整齐划一的楼区和办公地，有些意外，也对此没有多说话。但在现场会上，他的声音却特别大："同志们，新疆克拉玛依现场会今天正式开始了！"他的面前是五六个麦克风，本来就洪亮的声音被放大了好几倍，震得戈壁滩上的乱石跟着他的声音一起跑。

台下，一万余名干部职工全神贯注。

| 奠基者

"我们开这个现场会的目的是什么？一个目的：国家现在要油！我们石油部就要急国家所急，多找油！多出油！多贡献油！"

油——油——油！千里戈壁上，被一个"油"字，震得雷声隆隆，风腾云舞。

要多找油，就不能让阻碍找油的理由成为理由！

四川局的总地质师李德生听得汗水淋淋。

要多出油，就不能让干扰出油的理由成为理由！

刚上任几个月的川中勘探局的秦文彩听得后背发冷。

要多出油，就不能让缩手缩脚的理由成为理由！

老红军出身的张忠良听得四肢在颤抖。

作为石油部的党组书记，余秋里同样需要坚定地执行毛泽东的"拔白旗"精神。"拔白旗"之后是"插红旗。"

大会执行主席张文彬宣布"插红旗"的劳动竞赛开始："有请玉门局钻井公司贝乌五队队长王进喜上台讲话！"

只见一位头戴鸭舌帽的中年男子，一脸憨厚，噌噌几下跳上主席台，然后掏出一沓皱巴巴的发言稿。余秋里一看就乐了：是王进喜啊！王进喜同志，你就别用发言稿了，放开讲吧！

王进喜回头一看是独臂将军在对自己说，脸上便露出一片憨笑："嗯。"然后转过身去，对着麦克风，突然发出一声雷吼："我是代表玉门贝乌五队来向新疆1237钻井队挑战的！"

会场一万余名干部职工开始一愣，继而爆发出雷鸣般的掌声。

最高兴的要算余秋里和康世恩等领导了。余秋里瞅着台前的王进喜哈哈大笑，对康世恩说："看看，我说王进喜这个名字好吧，他一来，就会给我们石油战线带来喜事儿！"

这个时候的王进喜并没有像大庆时的王进喜那么响牌，人家也不叫他"王铁人"。王进喜生来是条汉子，所以从他一出现在玉门，石油战线就被这条"龙"

第二章

搅得翻天覆地。

这位和平时期的英雄、工人阶级的杰出代表,出生在20世纪20年代第三个年头,与余秋里同生在秋天的季节里。他也是赤贫出身,倒不像余秋里连个大名都没有。别看王进喜个头不高,生他的时候,妈妈将其放在筛子里一称,整十斤哎!于是他第一个乳名就叫"十斤娃"。王家距玉门油田不远,是玉门县赤金堡王家屯人。王进喜的父亲王金堂按其堂兄王进财往下排,就给自己的儿子取名为王进喜。可旧社会那会儿,王金堂没有因为儿子取名"进喜"而得过啥喜,家里依然穷困至极。"我6岁就要出去讨饭。"王进喜对小时候的苦难记忆犹新。

王进喜是15岁那年到玉门油田打工谋生的。那时旧社会资本家统治,对打油工人压迫很残酷。玉门油矿门前有四根石柱。工人们在油矿干活,生死由天。故而这一带有民谣说:"出了嘉峪关,两眼泪不干。进到玉门矿,如进鬼门关。"王进喜在"鬼门关"里渡过了他苦难的青少年时代。

余秋里初次听说王进喜是在一次玉门局局长焦力人汇报工作之中。焦力人说,他们这儿有个钻井队长什么事都要抢先,少了他就跟你急。年初油田为了响应部里"努力发挥老油田潜力,积极勘探开发新油田"的号召,组织了一批先进钻井队在玉门老油田附近的白杨河一带工作。当时玉门有个标杆队,队长是景春海为首的贝乌四队,正在与新疆局的以队长张云清为首的1237队在进行劳动竞赛。两个队都想在"钻井大战"中获得先进。王进喜开始并不知道,后来听说这事后很生气,非闹着也去"大战白杨河"参加竞赛。一直闹到焦力人局长那儿,弄得焦力人只能让他带钻井队去参战。这一去,王进喜就名声大振,他把原先的两个钻井队全都甩在后面,创造了全国钻进速度第一名。余秋里平生就喜欢这样敢打敢闯的虎将:"走,你带我去看看那个大闹调度会的王进喜!"于是焦力人便跑在前头,领着余秋里来到白杨河工地。余秋里在钻机台上握着

奠基者

王进喜的手赞扬道:"王进喜,你这个名字好啊!进喜进喜,你叫咱们石油部也进点喜嘛!"

王进喜后来真的给中国石油带来了大喜。这大喜是在两三年后松辽大地上出现的。

克拉玛依现场会场上的王进喜,把矛头直指新疆局的标杆队时,对方的领头人是谁?他是名声显赫的"石油师"原警卫排排长张云清,张文彬手下的一名虎将也。正规军人出身,战场上杀敌建过奇功,敢上刀山、敢下火海的人物。

张云清原来也是玉门局的人,后来新疆成立石油勘探局,便随师政委张文彬来到了克拉玛依。这时听玉门的王进喜的手指着自己在挑战,他张云清怎能忍得住?只见他跃上主席台,抢过麦克风,既对王进喜,又对全场一万余名参会者吼道:"我们这个月要打7000米!"张云清说月钻7000米是因为知道玉门的王进喜来者不善,他王进喜是因为听说张云清上个月创造了月钻进4000米的全国纪录后,很不服气,于是来克拉玛依前王进喜在队上几经动员和研究,决定这回乘现场会之机,决意要跟张云清他们搅和搅和。哪知张云清不吃他那套,你不是要超过我吗?那我就放他个"卫星"让你"老王"做缩头乌龟!

王进喜是谁?天塌下来敢去用脖子撑的家伙呀!见张云清夺过麦克风喊出了"7000米"时,便伸手就将麦克风重新抢回来:"我们要打7200米!向毛主席报喜!"

张云清气呼呼地看了一眼王进喜,凭借其高半个头的优势,将其挡在一边,又冲着麦克风大喊:"我们8000米!"

"我们打8500米!"不知什么时候,王进喜钻到张云清前面,只见他双手各抓一个麦克风,嘴巴都喊歪了。

后台的余秋里和康世恩等人笑得前仰后合。台下一万余双手更是拼命击鼓。

张云清个高手长,猛地夺回麦克风,这一使劲,麦克风的铁管子都扭弯了。

第二章

但电线没断,张云清不管三七二十一,今天非要压倒你这"玉门佬"——在新疆局的兄弟们面前要是输了面子,他张云清以后还怎么做人?

"我打9000米!"

王进喜愣了一下,看看对手,突然挥动拳头,朝主席台上的桌子"哐"地砸去:"我们打1万米!"

"1万米!"

"1万米!"

王进喜的声音几乎把全场的人都震得耳聋。

张云清心想你这家伙是疯了!好吧,今天咱们一起疯到底吧!他正准备上手再抢回麦克风时,大会执行主席张文彬快步走到两人中间,要回麦克风,说:"好了好了,不能再没边沿了!这1万米就算标杆,谁完成1万米谁就是卫星队!你们俩有没有决心?"

"有!"王进喜和张云清比起嗓门了。而在台下的万众也跟着喊起来:"有!"

余秋里从来没有笑得这么开心。

只见台上的张云清向主持人张文彬行了一个标准军礼。张文彬是张云清的老首长,而警卫排长出身的张云清,用现在的话说,又是个帅哥。他这么一个军礼,让台下又响起一片掌声。

王进喜赤贫出身,他看张云清来这一手,两只眼睛气得恨不得将对手吃掉。

余秋里一看,连忙起身上前把两位对手叫到自己身边,也不知跟他们唠了些什么。只见王进喜和张云清友好地握了握手,然后重新并排站在麦克风前,先是王进喜举手,后是张云清举手——

"玉门人是好汉!标杆永立祁连山——!"

"新疆人是好汉!永葆标杆插天山——!"

两个各呼一句后,又用一只胳膊对着麦克风振臂高喊,这声音胜过十只雄

奠基者

狮："石油工人是好汉！坚决拿下 800 万！"

克拉玛依的青年广场上地动山摇。

"石油工人是好汉！坚决拿下 800 万——！"

这回领喊的是余秋里。跟随他喊的是一万余名石油人。800 万是石油部向毛泽东和全国人民保证的全年产油任务。

石油人都这么告诉我：余部长一喊口号，能把大地震撼了！能让人的血液沸腾！

这一天余秋里心情舒坦，好像又找回了那种在杀敌战场上翻江倒海的感觉。

"余部长，我必须向你报告：有点不妙情况。"晚上，康世恩皱着眉头，来到余秋里的小房间。

余秋里忙问："哪儿情况不妙？"

"四川。"

余秋里噌地站起："快说，到底是怎么回事？"

康世恩继续报告道："在川中前线原定打的 20 口关键井，已经钻完 19 口。可是战绩平平，其中只有少数井产油，而且产量悬殊。有些井产量下降很快。有的井产量平稳，关井后再开井，一滴油也不出了……"

"你说得具体些！"余秋里有些烦躁，并不停地在屋子里走动。这川中的找油战是他上任后布置的第一个战役，毛泽东、邓小平都在等他的喜报呢！毛泽东在几个月前视察四川隆昌气矿时不还亲笔题词说"四川大有希望"嘛！主管石油的总书记兼副总理邓小平甚至对他余秋里说过这样的话："四川有一吨石油，也算有了石油工业了！"怎么，到了你余秋里的手，四川就这么一点没希望啊？

康世恩如实报告："原先的龙女寺 2 号井，当时日产 60 吨，可经过两个月的压力喷油，产量一直不上升。等后来我们需要关井测井底压力时，哪知再加压让它出油时，一滴油也不出了！"

余秋里说:"那个南充3号井呢?以前不是一天喷油300多吨嘛!它怎么样了?"

康世恩垂头丧气地说:"跟龙女寺2号井差不多,开始还时喷时歇,后来干脆停止了。"

余秋里气得嘴里直骂:"小娃儿尿尿!呸!我不信,既然它们以前都出了油,而且油量还是很大的嘛!现在就躲起来啦?跟我们捉迷藏?"

康世恩检讨道:"看来我对地质情况摸得还不够,布孔可能也有问题。"

余秋里说:"这说明'地下敌人'在暗处,我们在明处,它是有意捉弄咱们的。那好,我们就来个集中兵力,打他个无处躲藏的大战役!你看怎么样?"

康世恩与余秋里一样心急,这川中明明是有油的,怎么转眼油井就全灭了?作为地质学家,他康世恩百思不解。

"我赞成。"康世恩说。

余秋里的右胳膊一甩:"好,等党组会议通过后,你要亲自坐镇四川组织会战。只许成功,不许失败!"

康世恩扶扶眼镜:"我明白!"

北京六铺炕。石油部召开专门研究川中会战的党组会开得特别沉闷。余秋里有几次在会上自言自语地喃喃着:"奇怪得很呢!一会儿它们往外哗哗地直冒龙,转眼咋就影子都不见嘛!你就是喊它老子亲爹也没用!这么狡猾的敌人噢!"

党组会议最后做出决定:再调集部分力量,加强川中会战力度,争取在1958年年底前拿下川中油田!余秋里再一次对他的同事们强调:"此次任务,只准成功,不准失败!"

在一片战斗动员令下,"天府之国"找油更加战火纷飞。四川局全力以赴,玉门、新疆和青海三个实力最强的勘探局分别也派出了最优秀的钻井队和试油队,都由一名局领导亲自带领,于11月中旬全部开赴会战地。与此同时,部机

奠基者

关也派送了设计院所、石油院校等技术部门前往支援。此刻的川中大地上不仅是钻机隆隆的勘探大会战,而且是石油技术攻关战。

将军天天与远在"前线"的康世恩通话。康世恩则白天在施工现场指挥,晚上又忙着找各钻井队队长和技术人员商议生产进展情况,然后再向北京的将军汇报。

"余部长,看来这儿的情况真的很复杂,我们遇上了狡猾而又顽固的敌人了⋯⋯"经过两个多月的苦战,在又完成37口钻井的勘探后,康世恩不得不语气沉重地如实汇报道。

"⋯⋯"北京的长途电话里许久没有将军的说话声音。

康世恩紧张地连声"喂喂"地喊起来:"余部长,你在吗?你听到我刚才说的了吗?"

北京那边终于说话了:"我在。"又是一阵很久的沉默。

康世恩鼻子酸酸的,他真想在自己亲密无间的好领导、好战友面前哭一声。但他硬支撑着:"余部长,是我工作没做到家⋯⋯"

"别这么说。是敌人太狡猾!也怪我们太轻看了它。"北京那边又传来声音,"老康,我看这样:既然我们一时逮不到'敌人',那就留着以后等我们的技术过硬后,我们再杀他个回马枪,你看怎么样?"

康世恩连连点头:"好的好的⋯⋯"

"同志们,现在我宣布:鉴于川中地区地质情况复杂,本次川中会战宣告结束,请各局把'前线'的队伍撤回原单位⋯⋯"电报大楼里,余秋里语气沉重而又坚定地向远在四川"前线"的队伍和全国各石油单位如此宣布道。

新一年的2月,余秋里被刘少奇叫去,当听到川中的情况后,刘少奇也很纳闷道:"真是古怪脾气啊!要不真是可能地下的油是分散的?没有'大仓库'?"

余秋里当时看看刘少奇满脸疑惑,感觉自己作为石油部长非常内疚。这是他第一次在组织和领导面前没有完成好任务。

第二章

1959年4月3日在上海召开的党的八届七中全会会议期间,余秋里又一次被毛泽东当众叫住,问的还是他的"最痛"。

毛泽东的问话声音不高不低,但对余秋里来说仿佛天打雷霆。他是军人出身,在自己的统帅面前,无可回避,而且必须如实报告。

"主席,四川情况不好。"

毛泽东像是没有听清似的朝余秋里"嗯"了一声。

余秋里不得不重复报告:"报告主席,四川情况不好。经过勘探,发现那里的油层薄,产量低,下降快,我们没有找到大油田。"余秋里的头低得特别低,像犯了错的孩儿见长辈,直挺挺地站在那儿等待毛泽东发落。

"噢?那好嘛!既然那个地方找不到,就换个地方找。东方不亮西方亮嘛!中国这么大的地方,我就不信找不到油!"余秋里觉得毛泽东就在自己耳边说话。

"是,主席。我们一定在别的地方找到大油田!"余秋里内心一阵激动,当他抬起头,想向自己的最高统帅保证什么时,见毛泽东已带着他的同事走进全会会场了……

余秋里如释重负地深深松了一口气。

川中啊川中,你个狡猾的"敌人",我余秋里记你一辈子!

这场"遭遇战"后来真的让余秋里记了一辈子。在1994年出版的《余秋里回忆录》里他这样说:"川中石油会战,可以说是我刚到石油部后打的一场'遭遇战',也是转到石油工业战线后的第一次重大实践。在这次会战中,我们碰上了钉子,也学到了不少知识,得到了有益的启示,对我以后的工作大有好处。通过川中找油,我进一步认识了石油工业的复杂性。实践证明,一口井出油不等于整个构造能出油,一时出油不等于能长期出油,一时高产不等于能稳定高产。总之,川中会战经验教训是深刻的。我曾对四川石油管理局的同志说:'感谢你们四川,川中是教师爷,教训了我们,使我们学乖了。'"

几个月后，余秋里真的在松辽的大庆会战中，把"川中教师爷"一直请在自己的身边，每逢重大决策之前，他都要默默地请教一番"川中教师爷"，然后再决断千军万马是进还是退。

这里有两个细节要补充：在川中会战中被余秋里"拔白旗"的四川局总地质师李德生，后来被余秋里一纸调令调到部勘探司任总地质师，他在大庆油田发现中建立了重要功勋，是中国科学院院士。

另一位被批过的秦文彩，也被余秋里重用，后任石油部副部长、中国海洋石油总公司总经理。余秋里在川中会战失败后不久的一次大会上，当众代表部党组向秦文彩道歉，并以一个将军的名义，给秦文彩行了个正正规规的军礼。

李德生和秦文彩每每谈起这一幕往事，都感叹道："秋里同志既是个好领导，又是条硬汉子，他一旦知道自己错了，敢于当众承认并立即改正，这一点在我们高级干部中难能可贵。"

还有一个重要内容需要补充：余秋里、康世恩领导的第一场石油会战——川中会战，在当年确实以失败而告终，并不是说这次实践没有意义。相反，他们的工作对一二十年后重新发现四川盆地的油气田打下了坚实基础。只是当年限于技术和装备的不足，执掌石油部的余秋里没能幸运地在当时逮住狡猾的"敌人"而已。

第三章

"吃红烧肉"一波三折,"松基三井"石破天惊,从此石油革命呈现东方旭光……

奠基者

1959年农历大年初四，北京街头虽仍有寒意，但市民们欢度春节的气氛却浓浓烈烈，来往拜年的人川流不息，喜庆的鞭炮声接连不断。

这一天早晨，一行人叩开了老将军、地质部副部长、党组书记何长工的家门。邻居们注意到，几天来，一群又一群的人给老将军拜年，总是待上几分钟，就得让给新一批的拜年者。而今天拜年的却叫人感到蹊跷：一阵兴高采烈的贺年声过后，就再也没有人出来，且老将军家的门也紧紧关闭了……

多年后，这一秘密被揭开：此次前来拜年的均是石油部、地质部和中国科学院的部长、副部长和专家们。领头的是余秋里，他身后还有康世恩、旷伏兆、孟继声、顾功叙、沈晨、张文昭……

这是事先招呼好的"拜年会"。

这是老将军何长工非常得意由他"当家做主"的、"三国四方"参加的"国家会议"，而且属于想开就开的不定期会议。

需要做些解释。自中央决定重点实现石油自给的战略决策后，找油任务分别搁在了石油部、地质部和中国科学院身上。地质部成立早于石油部，中国科学院又集中了一批顶级科学家，中央要求合三支队伍之力，尽快找出油来，于是"三国"就这么形成，它们分别是以地质见长的地质部、以勘探打出油见长的石油部和以科学技术研究见长的中国科学院。所谓"四方"是指石油开发的四个主要环节：普查、物探、勘探、科研。

"三国四方"的"国家会议"再次在何长工家召开，这意味着中国石油工业战线正在揭开一场史无前例的伟大战役。

指挥这个战役的两个"司令"便是石油部的余秋里和地质部的何长工。与何长工相比，余秋里属于开国元勋中的"小字辈"。何长工资格太老了，余秋里那会儿在江西吉安老家当赤卫队员时,何长工已经是瑞金苏维埃中央政府的军政大学政委和红军军长了。关键是,何长工老将军有过特殊的历史功勋:毛泽东和朱德在井冈山会师时,他是牵线人。如果少了这个"朱毛"的井冈山牵线人,中国革命后来还不知往哪儿走呢!

余秋里敬重这样的前辈。而何长工自当了地质部党组书记兼副部长后,在石油工业建设问题上,对余秋里也是十分赞赏。年轻人嘛,干劲大,有勇气。何长工不止一次当面夸奖余秋里,并说:"找油问题上,你秋里怎么让我这个老头子协助,我就怎么跟你转!"

从踏进老将军家门的那一刻,余秋里的脸上就挂满了喜色和满腔壮志。

"老将军,我和康世恩他们几个向您老拜年。祝您寿比南山,福如东海!"余秋里只有一只胳膊,不能作揖,只能行军礼。

何长工笑哈哈地拉过余秋里等人往客厅里走:"你们都是我的'国家会议'成员,别客套了。坐坐,往里坐。"与余秋里等人在一起,是老将军最得意的事,因为他又可以主持这海阔天空的"国家会议"——国家的事在家里开,这就是何长工的"发明"。

"老伴,快上茶,我们的'国家会议'又要开始了!"老将军往里屋喊了一声,笑呵呵地请余秋里他们坐下。

余秋里从老将军夫人尹清平大姐手中接过茶杯之时,何长工已经向他发起攻势:"秋里啊,你上任第一年,就给石油部摘了'黑牌',祝贺你啊!"

余秋里脸一红:"老将军,你是夸我还是骂我呀?"

何长工认真地:"'一五'期间,就你们石油部没完成任务,去年你们不第一次完成了国家原油任务嘛?"

康世恩插话:"才勉强多了几十万吨,我们是使了吃奶的力气的呀!"

何长工笑:"这也已经很不容易了。"又问余秋里:"哎,听说你们在四川那边不太顺利?"

| 奠基者

余秋里连连摇手："别提了，别提了，我们被狡猾的'敌人'给耍了！"

何长工听后用慈祥而又有几分狡黠的眼神看着余秋里，突然哈哈大笑起来，换了个音调对余秋里说："秋里同志啊，你们在毛主席面前的牛可是已经吹出去了，今年再不打出油来他老人家可要打你屁股了！"

余秋里一听，噌地从木椅上站起，一拍大腿，毫不含糊地回敬道："我说老将军，你的牛吹得可不比我们小啊！你当着主席和全体中央委员的面说：'我们可以找到中国的巴库！'"

何长工一听，两眼发直，盯着比自己年轻的余秋里。余秋里呢，也不示弱地将目光直盯老将军。

突然间，俩人叉腰仰天大笑。一边坐着的康世恩、旷伏兆等人跟着笑得彼此捶拳。因为在场的人都知道石油部和地质部两部领导在中央面前"吹牛"的秘闻——

余秋里上任不久，毛泽东在中南海召开了中共八届二次会议上。那天冶金部的王鹤寿放了"今年我们全国的钢产量坚决达到850万吨！争取七年赶上英国，第八年最多十年赶上美国！"的话后，余秋里让李人俊上台"打擂"，放出了石油部要跟冶金部"一吨钢一吨油"的打擂赛口号。石油部是新成立的小部，石油部既然如此气魄，当时坐在台下的地质部的何长工浑身冒冷汗。

突然间，主席台上通过麦克风传来一个声音："下面由地质部代表何长工发言。"

怎么回事？正在思忖的何长工茫然地抬起头，发觉四周的人都盯着自己看。他再往主席台上一看，原来是主持人周总理正在向他示意："何长工同志，请上主席台来！"噢，轮到我了！何长工赶忙站起来，他那双本来就有点跛的腿此刻比平时更跛了。

场上发出了轻轻的窃笑——那是友善的笑。

第三章

"长工,你有什么'卫星'可放?"

老将军刚刚走到麦克风前还没来得及镇静一下情绪,主席台正中央那个湖南人的声音不紧不慢地响了起来。是"老毛"喔!老将军不用像李人俊那样回头看,他何长工对这个声音太熟悉了:从1918年在长辛店的第一次见面算起,他跟"老毛"也认识有40多年了吧!私下里和一般场合下,他何长工是叫毛泽东"老毛"的,但这种会议上他必须跟大家一样叫法,于是他说——

"报告主席:'卫星'我不敢放,但我代表地质部几十万职工可以在这里向主席和全体代表报告一个喜讯⋯⋯"何长工毕竟是快60岁的老将军了,他不能像前面发言的几个年轻部长那样冲动,但力量仍然不小。

"好嘛,说说你的喜讯。"毛泽东今天特别高兴。

"是这样。"何长工把秘书准备的稿子搁在一边,顺着"老毛"和整个会场的气氛,这样说道,"经过我们地质工作者几年艰苦奋斗努力,我们已经对全国的'地下敌人'有了比较清楚的了解,不仅抓到了'敌人'的一批'团长''师长',而且还抓到了好几个'军长''司令'!"

这样的比喻,很对台上台下大多数老战士的口味,于是何长工在获得一阵热烈掌声后继续说:"⋯⋯对了,我们没有石油,国家就强大不起来。找不到石油是我们的耻辱!找不到石油我们得通通滚蛋!"何长工说完此话,回头朝主席台看看。他看到毛泽东的脸上毫无表情,只有炯炯的目光盯着自己。

"是的,过去洋人都说我们中国'贫油'。"何长工继续说,"到底贫不贫呢?我们的科学家不相信,我们的广大职工不相信。毛主席也不相信!"老将军突然把嗓门一提高:"在我国的东南西北邻境都有石油,难道唯独我们伟大的中国就没有石油?这岂不怪哉?我们不信这一点!绝对不信!我在这里可以负责地向大家透露:我们中国不仅能够有油田,而且能找到大油田!找到中国的巴库!"

"巴库?"毛泽东听到这里,侧身向旁边的周恩来轻轻耳语。"是苏联的大油田。"周恩来说。毛泽东立即点点头："噢，听康世恩以前说过。"

"好，为长工他们能找到中国的'巴库'鼓掌！"毛泽东这一声"好"说得很响，而且带头鼓掌。于是全场再次响起暴风骤雨般的掌声……

"老将军，想啥子事啦？快看看这个'总体设计'行不行嘛？"余秋里用胳膊轻轻捅捅依然沉浸在一年前的那个往事中的何长工。

"噢噢，还是开我们的'国家会议'吧！"老将军自感有些失态，赶紧收回自己的思绪。他对余秋里认真地说："你我的牛都吹出去了，现在只有一条路：拼出老命也要把'敌人'的大家伙找到！"

"是嘛，今天来找你就是为了松辽平原底下的那个大'敌人'嘛！"余秋里说。

何长工一听松辽底下的大"敌人"便情绪高涨，忙招呼"三国"代表："好好，大家都来先说说那边的情况。"

余秋里谦虚地请地质部的旷伏兆副部长先说。旷伏兆也是老红军，中将军衔，余秋里的江西同乡。

旷伏兆的双眉一挑，说："那边的形势应该说是喜人啊！我们的地质工作开展得比较顺利，收获也不小。自从1955年黄汲清、谢家荣和翁文波等'普委'的同志圈定松辽地区为重点地质普查的方向后，当年8月，东北地质局在接到'任务书'后就开始向松辽平原行动了，特别是韩景行带的6人小组，几个月后就在吉林北部和松花江沿线找到了含油页岩样品。经李四光部长和黄汲清、谢家荣等专家的研究，判定了整个松辽平原是个巨厚沉积且具有含油大构造的盆地。去年4月中旬，我们地质部的松辽石油普查大队501钻机第一个打出了油砂，之后普查大队又在几口浅井中见到了油砂，其中最著名的是南14孔，昆井位于吉林怀德境内的五家窝棚，从井深300米处开始见油砂，井深1000多米的变质岩裂缝中还可见稠油，全井共见含油砂岩20余层达60米之厚！"

何长工笑呵呵地对余秋里说："我就是听说这个情况后才敢在中南海向'老

毛'报告说中国有'巴库'的。"

余秋里佩服地朝老将军笑笑，又向中科院的物理专家顾功叙询问："老顾，你说说，物探对松辽地下油层储量前景是什么看法？"此刻的余秋里已经知道：石油勘探是个庞大的系统工程。这一系统工程可以概括为：普查先行，物探定论，钻井出油。地质部已对松辽的普查工作做得非常好了，物探能够对确定所普查的地质情况进行定论，那么他的石油勘探队伍就可以早日让松辽地底下的石油冒出来！

顾功叙说得非常干脆和肯定："根据已经进行的物探工作，我又和黄汲清等专家研究认为，松辽盆地是个面积约26万平方公里的新生代沉积盆地。其盆地的最深部位在中西部，可深达5000多米，所划范围之内均有较好的生油层和储油层。而且根据地质部长春物探大队所进行的工作可以初步这样下结论：松辽平原上有几个构造中藏着丰富的石油资源！现在的关键是要找到它，只是眼下我们定下的两口基准井形势有点不妙。这石油部你们是知道的。"

余秋里与康世恩交换了一下眼神，说："老康，你说说两口基准井的情况吧。"

康世恩揉揉猩红的眼睛强打起精神。

何长工发现了，说："康世恩你是不是昨晚又开夜车啦？"

余秋里解释："他这过年三天，一天也没休息，天天跟几个技术人员在商量基准井的事。"

何长工忙向里屋叫道："老伴，快把人家给的那盒蛋糕给端上来！"

老伴尹清平大姐一边应着一边举着一个大蛋糕进客厅。

何长工把第一块切好的蛋糕放到康世恩的手中："快吃，不吃好睡好怎么能找出油呢！"

康世恩："谢谢老将军的关心。"吃完蛋糕，康世恩顿觉精神了许多。他本想补充一下石油部在松辽一带做的先期地质工作，后来还是省去了，因为从

奠基者

分工而言，地质部对松辽的先期地质普查工作确实要比石油部多做不少，而且就技术力量相比，他们上有李四光、黄汲清、谢家荣这些大地质学家，下也有朱大绶、吕华、朱夏、关士聪、王懋基这些中坚力量，不用说像韩景行这样最先勇闯松辽平原的，在荒蛮的北大荒上能找到油砂本身就是功勋卓著的表现。松辽有没有油，不仅仅是哪个部门的事，而是全中国包括毛泽东在内都关注的大事。过去美国人和日本人也都在松辽一带做过地质普查工作，但结论是"松辽无油"。是李四光、黄汲清、谢家荣和翁文波等首先指出了"松辽有油"的理论方向，特别是陆相地层生油理论的产生对松辽盆地找油产生的理论影响功不可没。

康世恩是学地质出身的，他心里清楚，至少他清楚两件事：一是松辽即后来的大庆油田发现的理论依据是陆相生油理论，这个理论的最早提出者是潘钟祥教授和黄汲清先生。潘钟祥教授死得早，又没能参与大庆油田发现的具体工作，所以黄汲清和谢家荣及翁文波先生成为主要的陆相生油理论找油的实践者和论著者。特别是他们在1955年1月20日召开的全国第一次石油普查工作会议上，商定的《关于1955年石油天然气普查工作的方针与任务》中，就已经点明了松辽地区作为重点石油地质普查的对象，及一年后由黄汲清领导、翁文波等人参加的新中国第一份《中国含油气远景分区图》，更加清楚无误地划定了松辽地区是中国未来找油的主要方向，这张《中国含油气远景分区图》，现在只有一份保存在清华大学图书馆里。翁文波先生在提及发现大庆油田的理论贡献时，非常明确地指出：陆相生油理论确实决定和指导了大庆油田的发现工作。

黄汲清和翁文波是20世纪五六十年代最重要的地质学家，他们两人关系之好，除了共同的事业追求外，还有一层非常深的特殊关系：黄汲清的恩师之一是翁文波的堂兄翁文灏，而翁文波在1936年从清华大学物理系毕业时，在面临下一步学什么做什么时，得到过时任"中央地质调查所"代所长的黄汲清的建议：你既然学了物理专业，就应该让自己成为有世界水平的人才，到国外去学物探专业吧，中国地质事业前景很大，可物探的人才很少。翁文波后来真的考上了英国伦敦帝国学院的地球物理探矿专业，并且从此走上了报效祖国的物探事业。黄汲清和这位"老弟"在新中国成立前的玉门油田发现中就并肩战斗过。新中国成立后，黄汲清最早身兼两个职务：既是地质部石油地质局的总工程师，又是康世恩领导的国家石油勘探管理局主要技术负责人。翁文波呢，是石油部勘探司的总工程师。黄汲清说："如果不是因为当时我是右倾分子，政治命运捏在别人手里，又因中国地质科学院硬拉我去任职，我或许就是余秋里和康世恩手下的人了！"

说到黄汲清和翁文波对松辽地质理论的贡献，还有两个人必须着重提一下，因为他们对中国石油的贡献和最后的命运反差极大。第一个是石油部第一任总地质师陈贲，这位为发现和开发玉门油田做过特殊贡献、在新中国多处油田洒过热血的杰出地质学家，正当他雄心勃勃准备为松辽油田准备大干一番时，却被打成了右派，随后下放到青海石油管理局监督劳动，1966年"文化大革命"来临，再度受冲击的陈贲不堪耻辱，于当年6月12日含怨自尽于一间破落的小屋里。另一位大地质学家谢家荣几乎与陈贲的命运如出一辙，他是地质部的总工程师，也是1957年被打成右派，也是在"文化大革命"开始时便不堪折磨而以最古老的方式结束了自己的生命。谢大师的妻子在丈夫离世没几天也以同样的方式告别了人世……那一幕令我们不堪回首。

康世恩还想讲的一件事，那就是在地质部进行普查工作的同时，他所领导的原石油总局和后来的石油部地质工作者也一直在松辽一带进行着卓有成效的工作。比如1953年，根据群众报告，康世恩派出石油总局的宗丕声、邱振馨等人到黑龙江尚志县进行过四次油苗调查。1954年，石油总局的张传淦、陈良鹤和唐祖奎等人多次到辽宁阜新、吉林安图和黑龙江依兰等广大地区进行过地质调查。这些调查同样证实了这些地方有油苗、沥青和油页岩存在，对松辽盆地东部边缘的地层和构造情况有了初步了解。从1956年开始，石油工业部的专家、

奠基者

领导以及部党组成员，或写文章，或会议发言，或写正式报告，纷纷呼吁把松辽盆地作为石油勘探的重点地区。比如，1956年1月，在石油部召开的第一届全国石油勘探会议上，康世恩就指出：松辽盆地是全国含油地区之一，"应即着手进行地质调查工作"。康世恩还在当月的20日，特别给石油部召开的第一届全国石油勘探大会专门写了一份长达1.6万字的《在中国如何寻找石油》的信。这是他奉李聚奎老部长之命到苏联考察和学习了整整三个月、走遍苏联各大油田之后又结合中国地质情况而用心完成的一份具有理论与实践相结合的"找油指南"。同年2月，石油部党组给中央的正式报告中明确提出："松辽平原是可能含油地带"，并将它列入石油资源的后备地区之一。3月，石油部党组在给中央财经委员会主任、国务院副总理陈云的报告中提出了自己部门的具体战略：争取在两三年内，在华北地区（渤海湾盆地）和松辽盆地等地找到一两个大油田。比如，1957年，石油部总地质师陈贲在当年石油部勘探会议上，做了《七年来勘探工作的经验和今后的方向》的报告。其中第二个五年计划期间的工作部署，就建议把松辽盆地作为五个重点地区之一，加强勘探力量。而就在这年初，石油部指示部属的西安地调处组建一个地质综合研究队，专门负责松辽盆地的石油地质调查研究工作。这个队被命名为116队，由队长邱中健等7位地质人员组成。他们从1957年3月开始，冒着淫雨与严寒，踏遍了东北地区的山山水水、沼泽湖泊。在北京和长春等地，夜以继日地工作，广泛收集了有关资料。经过反复的对比分析，终于得出了松辽盆地是极有可能含油的地区的结论，于1957年底，编制出了松辽盆地含油远景图，并提出了在这个地区开展地球物理勘探的部署和钻探基准井井位的意见。

关于松辽前期发现的贡献，有许多不同说法的"版本"，但这些千差万别的"版本"中在一个问题上却惊人的相同，即石油部、地质部和中国科学院三方科学技术人员的功绩各有所长，谁也不能抹杀。而且需要特别指出的是：那会儿"三国"之间关系密切，不分你我，因为他们有一个共同的目标：为共和国建设尽快找出大油田，这才是他们真正想的事。

2004年5月的一天，我在大庆文联李学恒先生的引领下，来到大庆石油管理局的一个职工宿舍，见到了坐在床头的杨继良老先生。杨继良是国家正式确定对"大庆油田发现"上做出杰出贡献的23位科学家中石油部方面名列第二的人。大庆油田发现初期，杨继良还是个刚刚结婚不久的小伙子。40多年后我见到他的时候，他连话都不能说了，一张嘴口水从嘴里流出——他在半年前中风了。再看见这位为共和国做出杰出贡献的科学家的家时，我心里非常难过：老两口住着几十来平方米的旧房子，没有任何装修，瘦小的老伴——也是当年大庆找油的女地质队员，每天靠发气功给丈夫治病——看着老太太那么瘦小，我直怀疑她发功能不能起作用，但她很自信，说一定能给杨继良治好。想当年，这对小夫妻来到松辽时，孩子才8个月，为了早日找到油田，他们把孩子放在天津的亲戚家，俩人便来到会战第一线，而且一直分居了两年多，那时会战前线没有房子可供家属们住，这对会战夫妇只能各干各的，只有在指挥部开会的时候偶尔见一次面有那么一点机会。艰苦的岁月里他们就是这样度过。而今几十年过去了，他们能够日夜厮守在一起，但老夫妻俩却过得如此清贫和艰难。

我感到意外和震惊的是，那天杨继良老先生一听说我请他谈大庆油田发现的事后，竟然一边流着口水，一边一字一顿地对我清楚地说道："大、庆、油、田、发、现，是、大、家、的、功、劳……"

我们还是把目光收回到何长工家的"国家会议"上吧。

余秋里看着康世恩狼吞虎咽地吃着尹大姐给的蛋糕，便把自己手中的那块也给了他，又风趣地对何长工说："老将军啊，还是你这儿丰衣足食嘛！"

何长工笑："现在你们石油部是饿了一点，不过等找到大油田了，你可别忘了给我们地质部一口饭吃啊！"

余秋里来劲了，站起身，嗓门大大的："老将军你记住，只要咱们石油部钻出了'哗哗'流的大油田，我第一个请你吃红烧肉！"

何长工瞪大眼："噢，搞了半天你余秋里这么小气？就给一顿红烧肉来打发我这个老头子啊！"

余秋里立即改正道："哪是一顿嘛！你老将军什么时候想吃，我就在石油部大门口恭候！不不，我让康世恩同志他们亲自来接你和尹大姐到我们那儿去！"

两位部长的"红烧肉"之争，惹得满堂宾客哈哈大笑。

"红烧肉"在五六十年代之前的中国家宴上都是一种最好的菜肴，尤其是在南方。毛泽东喜欢吃红烧肉，毛泽东和他的那些大半是南方人出身的共和国元勋们也都爱吃红烧肉。奖励一顿红烧肉是他们那一代人之间的一句口头禅。余秋里也不例外，且终身爱吃红烧肉。

然而，松辽找油问题上的这块"红烧肉"并不那么容易吃到。地质学家们已经通过考察和研究，得出了松辽平原存在石油资源，但再伟大的理论也只是纸上谈兵，见不到油等于是零。

余秋里和石油部的人要实现的就是把"大敌人"逮到手、把真正的"红烧肉"夹进嘴里。这不是一般的功夫。需要倾情倾力，甚至耗尽举国之力。

余秋里也清楚着呢！

油在何处？茫茫北大荒，浩浩松辽地。地质学家在人民共和国的雄鸡形地图上潇洒地用红笔一圈，扛三脚架的地质战士和扛钻机的石油工人们就不知要跑多少腿、流多少汗才能寻到一片沉积岩、一块油砂石啊！

在玉门和克拉玛依调查研究时，余秋里在那里听到的几件事感动得他几度拭泪：

事情发生在这一年的8月18日，在依奇克里野外进行区调的113地质队女队长戴健，正带着两名队友越过依奇克里沟，向另一座荒山挺进。戴健一路前进一路用地质锤敲敲打打，观察地貌，采集标本。中午时分，天空突然变色，

第三章

随即暴雨倾盆。三位姑娘赶忙收拾已收获的地质资料和标本，贴着如削的岩壁寻求藏身之地。在她们的脚下，一股汹涌的洪水已经形成。不知是谁挎在肩上的标本包坠入水中，戴健赶忙俯身去抓，这时"哗啦——"一排浪波劈头撞来，将手拉手的三人打散。第一个从旋涡里冒出的小张，幸运地抱住一块石头而获生。一个多小时过去后，暴雨渐停。坐在石头上的小张高喊着队长戴健和另一个队友的名字。戴健和队友没有回音，小张忽然嗅得一股浓浓的石油芳香，再朝洪水退去的沟谷看去，只见众多油砂散落在她四周。小张兴奋不已，她以为是队长她们给自己留下的成果，又直起嗓子一遍又一遍地喊着："队长——戴队长——"然而空旷的山谷除了几阵回声外，没有人应答她。"队长，队长你在哪儿呀？"小张哭了，哭得撼天动地，但也没能将戴健队长和另一位女队友唤醒。第二天，邻近工作的施工队闻讯赶来，几十个人排成队，拉网似的将依奇里克沟寻遍，最后在沟谷的下游十几公里处，发现了戴健的尸体，那情景惨不忍睹：姑娘原本一头的秀发被乱石全部剥去，两条小腿也被尖利的碎石划得皮开肉绽，露出白骨……后来在不远处又找到了另一位姑娘，已是个一丝不挂的尸体……队友们无法忍受这样的惨景，他们脱下自己的衣服，把戴健和另一位名叫李月人的女石油地质队员包裹好后用沟谷的乱石垒成两座坟茔，再点上篝火，随后全体寻找失踪战友的同志们默默地静坐在戴健和李月人的坟墓旁，整整守灵两天。数天后，戴健所在大队召开隆重的追悼大会，戴健的悼词全部内容是她在武汉大学当教授的父亲得知女儿牺牲后写来的一封长信。戴教授的信中说：莫道芳龄几何，花蕾初绽早谢。小女忠骨埋边陲，遥望西北老泪流。白发父母送青丝，健儿天国行，多珍重……

9月25日，在另一个地区进行野外调查的117队则被一场突如其来的暴风雪吞没了，气温骤然下降到零下四十摄氏度，女队长杨拯陆和实习生小张刚刚完成一条测线，就在一座无名山上被冻死了……队长杨拯陆这年才不足22周岁，她是著名爱国将领杨虎城的女儿，也是杨虎城将军最小的"掌上明珠"。那年

| 奠基者

杨将军惨遭蒋介石暗害时，拯陆正好随两个姐姐到了西安才幸免一死。1955年，拯陆听从在玉门油田当管理局副局长的哥哥的建议，从西北大学毕业后自愿分配到新疆地质调查队工作。不愧将门之女，拯陆年纪轻轻就被委以队长之职。她工作努力，从不叫苦，人们以为她一定是个在旧社会吃过千辛万苦的贫苦儿女。队友们后来在拯陆牺牲的地方发现了那个地区的第一个石油地质构造，就命名其为"拯陆背斜"地质构造。

余秋里拿着戴健和杨拯陆两位年轻漂亮的姑娘的遗照，双手发颤着连声喃喃着："娃儿可惜，娃儿可惜啊！"

娃儿们却在照片上含笑着对她们的部长说：我们不感到可惜，我们感到光荣和自豪，因为我们是唱着《地质队员之歌》和《克拉玛依之歌》而牺牲的。

"同学们，《地质队员之歌》是怎么唱的，我很想听听！"一年前的中南海，国家副主席刘少奇以难得一见的激昂，这样高声问着一屋子围聚在他身边的地质学院的毕业生们。他们明天将奔赴祖国各地的找油和找矿战场上去。

于是一群朝气蓬勃的青年高唱起来：

> 是那山谷的风，吹动了我们的红旗，
> 是那狂暴的雨，洗刷了我们的帐篷；
> 我们有火焰般的热情，战胜了一切疲劳和寒冷；
> 背起了我们的行装，攀上了层层的山峰，
> 我们满怀无限的希望，为祖国寻找出丰富的矿藏！

"好，这歌非常好。同学们，你们说，地质勘探工作是个什么工作啊？"刘少奇点上一支烟，举目问身边的年轻人。

年轻人于是争先恐后地回答。有的说地质勘探就是千里眼，一眼能看到地

底下的矿藏；有的说地质勘探就是先锋官，祖国建设我们走在最前边。

刘少奇笑笑，猛吸了一口烟，然后习惯地踱起步来："地质勘探嘛——我打个比喻吧！就像我们过去打游击，扛着枪，钻山洞、穿森林，长年在野外，吃饭、穿衣……都是很大困难。今天的地质勘探工作和这差不多，也要跋山涉水、吃不好饭、睡不好觉、吃很多很多的苦……可是我们为什么要吃苦呢？"

没有回音，只有一双双聚精会神的目光和沙沙作响的笔记声。

"过去，我们那一代人是革命战争时期的游击队。吃苦，为的是打出一个新中国。今天，你们去吃苦，是为了建设美好的中华人民共和国。"

少奇同志拍了拍坐在一边的老将军何长工，把声音提高了一倍，"打游击是需要付出代价的，你们知道这位老将军的腿是怎么跛的吗？就是打游击留下的残疾！现在轮到你们打游击去了，你们怕吗？怕苦吗？怕献出生命吗？"

"不怕！"同学们齐声回答。

"对，不要怕嘛！因为你们是建设时期的游击队、侦察兵、先锋队！"

"哗——"那雷鸣般的掌声经久不息。在场的年轻大学生们以这特殊方式回报领袖对自己的崇高褒奖与希望。

"过几天，同学们要奔赴四面八方，为祖国找宝，打游击去。我很想送给你们一件礼物。"少奇同志的话使肃穆、庄严的气氛顿时活跃起来。

"刘伯伯，您给我们讲了三个小时，就是最好的礼物了！"有同学兴奋地站起来说。

"不，礼物是一定要送的，否则有人会哭鼻子的！"刘少奇诙谐的话，引来一阵阵哈哈欢笑，"对，我把伏罗希洛夫同志给我的猎枪送给你们。当年我在打游击时很想得到一支枪，但没有。现在你们打游击了，应该有支枪。有枪就不怕危险了！"

"可以赶跑野外的老虎和狼嘛！"何长工的话又让同学们捧腹大笑。

这是多么幸福与难忘的时刻。

| 奠基者

  余秋里拿着两张英勇牺牲的年轻女队长的照片的同时，他还知道另外两名石油勘探地质队的男队员确实是带着猎枪出发上野外的，可他们却没能回来——那是115队的一个送水的骆驼队的驼员，年仅18岁。那天晚上暴风刮来，十余峰骆驼跑了，这位队员就带上猎枪顺着骆驼留下的新鲜脚印去追踪。可两天后队上的同志们仍没等到他回来。队长急了，发动全队人结群到处寻找，最后在距队部200多公里的山岭边发现了骆驼，而同时也在距骆驼群50来公里处的一个黄色土堆前发现了这位小队员的尸体——那儿无水无草更无人，只有一望无际的荒漠。那小队员的胸前布满了他自己的指痕，那是他口渴、胸闷、难忍而用自己的手指抓留下的伤痕。队友们见此景，一拥而上抱住其尸体，个个号啕大哭……与115队相邻的另一个地质勘探队的一名男队员却因出去为同志们拉水而一去未归。队友们找遍了整个大盐滩，除找到点点遗物外连遗体都未见……

  这就是昨天的建设者。这就是余秋里领导下的石油战斗中的战士们。

  松辽找油战斗比这要惨烈得多！余秋里曾经做过这样的心理准备：松辽找油大战中或许要牺牲几千人……

  现在不是谈论牺牲多少人的问题，而是油在哪儿的事。

  油，能在哪儿呢？

  余秋里已有些日子在为松辽的找油前景焦虑和着急了。自他上任石油部长后，部里已经向松辽平原派去了一支又一支队伍。康世恩从地质业务的角度告诉他：要想在一个不见油砂露头、不见明显地质构造、又不见任何前人留下的原始资料的"三无"地区逮住地下"大敌人"，就必须不断加强那儿的普查和勘探队伍。余秋里是谁？什么仗没打过？在用兵问题上，他有娴熟的指挥艺术。

  此时，余秋里关心的是如何迅速打开一直在雾里观花的松辽找油局面。所谓"雾里观花"，就是开始外国人一直说，中国"贫油"，后来地质学家们——包括苏联大专家们都说"东北有油""松辽前景可观"，再后来地质部何长工

第三章

先是送来韩景行他们到野外采集到的油砂,再后来是"南17孔"的岩芯含油喜讯,而石油部自己的队伍也相继获得一份份"松辽有油显示"报告,可油到底在哪儿?余秋里要的不是两军对峙前那些侦察员向他报告的有关敌方的捕风捉影的虚玩意。

"'有预料,便有希望。有希望,便有光明。'这话我不反对,可我更想能逮到就早逮到,逮到了就早吃掉!"秦老胡同夜深人静后,李人俊他们几个副部长都走了,秘书们也一个个在隔壁的房间睡下时,会客厅里就剩下余秋里和康世恩时,余秋里把脚上的鞋子往边上一甩,双腿盘在屁股下面,拿起烟盒朝康世恩甩过一支烟后,张大嘴巴、仰着头这样说。

康世恩笑了,说:"根据目前已经掌握的第一手资料,以及我跟苏联专家分析的结果看,逮到'大敌人'是早晚的事,到时候我还担心你余部长吃不掉呢!"

余秋里噌地又从木椅上放下脚,光着脚在地上来回走起来,然后突然停在康世恩面前,大声说:"那我们俩再回部队去,向主席提个请求,让我们俩联手跟台湾的老蒋干一仗!到时把所有的大炮、军舰,都装满装足我们的油,然后直杀到那边去,省得老蒋和美国佬总在那边吵吵嚷嚷的,害得毛主席和全国人民不得安宁。"

康世恩又笑了:"怕真到那时,毛主席还是不会让我们回部队的。国家建设那么快,用油的地方太多,他老人家还不希望我们再多逮住几个'大敌人'嘛?"

余秋里耸耸肩,甩一甩那只空洞洞的左袖,自己也笑了:"那倒是。"

这时,秘书手持一份电报进屋:"报告部长,松辽那边来电说,松基一井今天正式开钻了。"

余秋里和康世恩几乎同时伸手捏住电报,兴奋地说:"好啊,终于要看结果了!"

"走!"只见余秋里的右胳膊向前一甩,便直奔院子外。

| 奠基者

秘书着急道:"部长您干啥呀?"

"回部里去呀!"黑乎乎的院子外传来爽脆的声音。

康世恩拉着秘书,笑:"走吧,你还不知道他的脾气。今天晚上让他睡也睡不着了。我们上部里给松辽那边打长途问问情况!"

古城北京,东方欲晓,一轮霞光正透过天安门城楼,射向四方。

一辆苏式轿车越过安定门时,车内传出余秋里的声音:"老康啊,松基一井是我们松辽勘探战役的第一炮,关系重大,这个钻井队是哪儿派去的?"

"是玉门那边调去的32118钻井队。这是我们的王牌钻机了,苏式的超级深井钻机,能打四五千米呢!"这是康世恩的声音。

"不是一共调了两个钻井队吗?"

"是,还有一个钻井队是32115队。这个队的任务是准备打松基二井,过些日子也马上要开工了。"

"噢。这两口基井都很重要,但第一口井意义更大些,我建议派个得力的队长去!"

"好的,我把你的意见马上转告给松辽局。"

余秋里和康世恩在车内的这段对话是俩人正准备赴玉门和新疆等西北油田调查考察之前说的。

搞石油勘探的人都知道,要探明地下生储石油的情况,就先得钻上那么几口基准井。大松辽平原,从南到北,从东至西,茫茫几十万平方公里,一亿万年前,这儿曾是一个风景秀美如画的水乡泽国,气候温暖潮湿,河湖的四周岸头,树木参天,绿荫成林……随着亿万年的地质变化,这里的湖河以及在此滋育成长的生物也跟着沉积在厚厚的封尘之中,折叠成松辽盆地这本叠叠层层的地质构造巨著。基准井的目的就是通过钻探获得这部"巨著"的每一个时代留下的科学符号,也就是说科学家们通过钻探手段取上的岩芯来判断地下宝藏到底有没有、在哪个位置、有多少储量。松辽平原找油初期,根据石油部和地质部的约

第三章

定，两个部门在地质调查和地震物探方面的工作有分有合，主要以地质部为主，而在钻探和施工方面则主要由石油部的队伍来完成。基准井决定着当时松辽找油的直接前景，加上只有石油部才具备深井钻探的技术与设备条件，因此在两个部门的技术人员确定基准井方案后，石油部迅速调集了两个"王牌"钻井队来到松辽。

这时间应是在余秋里执掌石油部帅印后首次赴四川前后与康世恩共同在东北地区布下的一着战略棋子。

松辽第一口基准井确定在黑龙江安达县建设乡，距安达县城47公里，简称松基一号井。松基二号井确定在松辽盆地的东南部的隆起区域，即前郭尔罗斯蒙古族自治县登娄库构造上。这两口基准井说是重要，但当时石油部在松辽前线工作的技术力量少得可怜。像承担基准井研究队队长的钟其权、参与确定基准井位置的地质工程师杨继良他们，都才是二十四五岁的年轻人。余秋里有些不放心，让康世恩从石油部研究院调了资历相对老一些的余伯良等人过去。后来在关键时刻又搬出了翁文波这样的大家坐镇前线，进行技术决策，当然康世恩在这样的重大技术问题上是跑不了的。

何长工在松辽基准井准备开工之前，向余秋里叫苦："秋里你虽来石油部几天，但论装备我还得叫你石油部是'老大哥'，说地质部搞普查和打浅井没问题，可打几千米的深井，连台机器都没有。这份功劳你余秋里一个人捞着，我何长工尽管很眼红，但也只能望尘莫及。"

余秋里初来乍到，很一阵得意，可当他一问康世恩，心里也有些凉：原来石油部的家底也可怜得很。比如32118队，只有2名正副队长和4个钻井班，其他方面的干部和工人——应该还配有非常重要的钻井、地质和泥浆技术员都没有。32118队原来在玉门油田，接到命令转赴几千里之外的松辽平原后，同志们下火车一看，要路没路，要运输车没运输车，要吊车没吊车，这咋办？几十吨重的钻探设备怎么才能搬到四五十公里之外的目的地呢？

奠基者

"愣着干啥？没有吊车还没有肩膀吗？学着我的样——抬！"八路军骑兵连长出身的老队长李怀德将外衣一脱，肌肉在阳光下闪闪发亮。

石油战士的人拉肩扛是从这个时候就开始的。安达火车站很小，但它的历史不短，俄罗斯人、日本人早在这儿驻足。时过百年后的2009年5月的安达火车站，仍见到俄罗斯人留下的许多建筑原物，特别是那座一度被余秋里作为大庆会战指挥部开会用的车站俱乐部，百年过去后仍然风貌依旧，令人颇为惊叹。40多年前，32118队的石油勘探队员来到这儿，把重达20多吨的钻机和2台同样分量的泥浆泵靠肩膀从火车上抬下时，引起小小安达站不小赞叹：这石油工人就是牛啊！都是肉蛋蛋捏成的人，咋他们就那么大本事？

运输、安装，2个月的蚂蚁搬骨头精神，一座钢铁钻塔耸立于千里平展展的北大荒草原上，震撼了那儿的百姓。41米高的铁塔，现在看起来也就是半座普通住宅楼房的高度，可那会儿的松辽大地上人们就像看到了一个巨人出现一样，多么好奇和振奋啊！

7月9日，骄阳似火的日子，头顶万里无云，地上锣鼓喧天。32118钻井队举行了隆重的开钻仪式，大队长一声令下："松基一井——开钻！"飞旋的钻机顿时隆隆响起，沉静的北大荒上从此没有宁静过……

"报告！"长春石油部松辽石油勘探局局长办公室的门口，来了一位充满朝气、全身戎装的年轻军人。

"请进。"

正在伏案批阅前线发来的一份份报告的宋世宽抬头见向他毕恭毕敬行军礼的年轻人，疑惑地问："你是……"

"原人民解放军少校军官、转业军人包世忠前来松辽石油勘探局报到！"

"你就是包世忠同志啊！好好好，来得正是时候。"宋世宽就爱看雄赳赳气昂昂的军人。他笑呵呵地对包世忠说："我们两个的名字里都有一个'世'字，知道为什么吗？"

第三章

15岁就参加抗日游击队、21岁是四野营长，又刚从硝烟弥漫的朝鲜战场上下来的包世忠被眼前这位笑呵呵的中年领导问住了："首长，这个……"

宋世宽哈哈大笑起来，说："那是因为你参加过小八路，我当过老红军，我们俩一生下来就有一个解放全世界的共同任务！所以爹妈给我们的名字里都添了个'世'字，你说对不对？"

包世忠一下被这位第一次见面的领导的幽默所感染。"是！首长。"包世忠又行了一个军礼。

"听说你的家眷就在本市？怎么不先回家看看？"宋世宽亲切地问。

"报告首长，听说这儿要找到油田啦，我着急呀！请首长快给我安排工作吧！"

不知怎么的，才见面两分钟，宋世宽就喜欢上了这位少校转业军人。

"首长你不知道，我这个人性子急，闲着就难受。这不我刚从部队转业就赶上了全国人民都在'大跃进'，我可不能回到家里睡大觉去！首长你放心，我参加过许多大仗，像攻克四平、锦州战役和朝鲜战场上的鸭绿江保卫战等我都参加过，我喜欢打硬仗！"包世忠像是怕首长真让自己回家休息似的，急着掏出一心窝的话。

"好啊！"宋世宽大喜。只见他稍加思索，便说："我们马上要打一口基准井，就像打仗一样，要取得一个大战役的胜利，就先要拔掉敌人的第一个据点，这找油也得先钻个窟窿，基准井起的作用就是这。派你上那儿去怎么样？"

"行，只要有工作做就行。我一定在那儿当个好钻工。"包世忠说。

"哎，不是让你去当工人的，是让你当队长。"

"当队长？我哪能成嘛！首长你……"本来就天热，房子里连把扇子都没有。包世忠急得满头大汗。

宋世宽递过一条毛巾，做了个摇摆的手势："你不用说了。在你来之前我们就看了你的材料。正好余部长和康副部长要求我们加强基准井的钻井队领导，而承担一号井的 32118 队老队长另有任务,所以我们决定让你去那儿。这是组织决定。"

包世忠一听"组织决定"四个字,就再也没有推辞:"是,首长,明天我就去钻井队报到。"

宋世宽高兴地送这位雷厉风行的新队长出大门时,突然发现这位雄赳赳气昂昂的年轻人走路时怎么像地质部的老部长何长工那样跛着脚呢?宋世宽后来才知道,少校转业军人包世忠原来是个战功赫赫的三等甲级残疾军人。宋世宽有点后悔派这样一个同志上当下最要紧的前线,但勇士已经启程,那是不可能叫得回的。

包世忠来到 32118 队时,松辽基准一井已经开钻,他从零学起,一直到熟练指挥整个钻机的操作和战斗,但石油部和地质部乃至中央都很重视的松基一号井并不理想。从盛夏到深秋,包世忠和队友们苦战数月,于 11 月 11 日完成设计钻探进尺 1879 米。战斗英雄队长的包世忠看着一箱箱圆柱状的岩芯被地质师排列有序地放在钻台旁边,那些夹带小鱼、螺壳和树叶等化石物体的奇妙石头,如同天书般地吸引着他。包世忠每天美滋滋地看着这些宝贝儿,脸上总是露着笑容。但勘探局的技术人员告诉他:这个井基本失败。

"为什么?"包世忠有些急了,"我们哪儿做得不对?还是质量不合格?"

"都不是,是因为没有见到油!"

包世忠像泄了气的皮球,他似乎这才明白找石油并不比抢占敌人高地简单。

在 32118 队开工一个月后进入施工的松基二号井也不理想。这口井钻井深 2887 米,除了在井深 168 米到 196 米之间的岩芯里见过少量的油砂外,同样并没有获得工业性油气流。

这上任的第一年,对将军部长来说是个很不吉利的一年。"川中会战"之痛一直留在他心头不说,地质部已经提出"三年拿下松辽大油田"的口号,可油在哪儿一直是个问题。松基一号井和松基二号井相继没有逮到真正的"敌人",

而越是逮不到"敌人",石油部上下越是摩拳擦掌。

当然,最着急的还是他们的部长余秋里。

这一天深夜的秦老胡同里,安静得出奇。余秋里家的那个会客室里被烟雾笼罩得进不得人。孙敬文、周文龙等几位副部长因为受不了而早早离开了,李人俊也感到再跟着"吸烟"肺都要染黑了。屋里只剩下余秋里和康世恩,俩人面对面地一支接一支地抽着烟,谁也不说话,四只眼睛盯着同一个方向——铺在地上的那张松辽地质图……

就这样几十分钟、几十分钟地过去。

余秋里在等待康世恩最后确定"松基三号井"的井位方案,而康世恩则在等待前线地质技术人员向他报告被退回去的报告。

用地质部老地质学家黄汲清的话说:"事不过三。"这松辽找油如果三口基准井都没有工业性石油显现,问题可就大了!

余秋里能不着急嘛!余秋里一着急,一不说话,康世恩就更着急了,像打大仗时,参谋长不能给定夺战局的司令员拿出个可行的作战方案一样,那要他这个参谋长干啥?

小桌上的几包"中华烟"都空了,最后只剩下一支烟了,余秋里刚要下手,不客气的康世恩抓过去就往自己的嘴里塞。余秋里一愣,笑了:"老康,抽完这支烟你就先回去休息吧!"

烟雾中的康世恩摇摇头:"回去也睡不着,还不如在你这儿好一些。"

余秋里没说话,双腿从木椅上放下,拖上布鞋,进了里屋。一会儿又回到客厅,只见他手里拎了一瓶酒和两只杯子,咕嘟咕嘟地各倒了大半杯,也不管康世恩喝不喝,自个儿先往嘴里倒。康世恩一见,甩掉手中的烟蒂,顺手端起酒杯,生怕落后……

外面下着鹅毛大雪。院子里已经积起厚厚的一层银装,余秋里和康世恩似乎根本没有发觉,依然喝着沉闷的小酒,一杯又一杯。

"怎么搞的,这酒跟以前不一样了!苦啊!"余秋里突然大叫一声,眼睛盯着杯子里的剩酒,迷惑不解。

康世恩也像一下被提醒似的,看看酒杯,又品上一小口,说:"没什么不一样嘛!"

"不对,就跟以前的不一样!"余秋里坚持说。

康世恩苦笑一下,再没说话。

雪夜,秦老胡同里,两位石油决策者依然一杯又一杯地喝着。他们在苦闷和期待中等待着新年的钟声。

松辽前线关于"松基三号井位"的最后布孔方案终于送到了部里。余秋里让康世恩找地质部和自己部里的权威们赶紧研究商议。

"余部长很关心松基三井的事,今年春节我们几个就别休息了,抓紧时间争取把三号井的事敲定。"康世恩对勘探司的副总地质师翟光明说。翟光明转头就去告诉松辽前线来京汇报的局长李荆和与张文昭。

李荆和一听部长们还要进一步商量"松基三号井位"的事,有些惊讶地问:"这已经来回折腾好几回了,怎么还不能定下呀?"

翟光明闷着头说:"你也不想想,如果三号井再见不到油,余部长还不吃了我们几个?"

李荆和伸伸舌头,苦笑道:"那倒也是。"又说:"不过如果三号基准井再打不出油,余部长第一个要撤职的肯定是我这个松辽勘探局局长。"

干吧!在这样的"只许成功、不许失败"的将军面前还能有什么路可走?

2月8日,是农历己亥年的春节。石油部办公大楼二楼的一间小会议室里很热闹。值班的人探头往里一看:哟,康世恩副部长和李荆和局长,以及翟光明、余伯良、张文昭等人都在里面呀!

再仔细一看,不大的会议室里,却铺展着一张巨大的松辽地质勘探图。康世恩脸色颇为凝重地说着:"松辽第一口基准井打在隆起的斜坡部位上,不到

第三章

2000 米就打进了变质岩,没有让我们看到油气显示,看来是没打到地方。二号基准井打在娄登岸构造上,虽见一些油气显示,可一试油又没见什么东西,我想可能太靠近盆地边缘了。因此松基三号井就必须向盆地中央去勘探!李局长,你跟张文昭同志再把你们那边的情况和近期对确定松基三号井位的补充资料说一下。"

张文昭连忙把手头的资料和几份报告塞到李荆和手中。李荆和其实用不着看什么资料了,他知道康副部长对情况已经相当熟悉,所以李荆和重点挑了松基三号井的井位情况做了简要介绍:三号基准井的位置早先由地质部松辽石油普查大队拿出的方案是确定在"吉林省开通县乔家围子正西 1500 米处"。地质部松辽普查大队还对上面的井位确定理由做了五点说明。但石油部松辽勘探局的张文昭、杨继良和钟其权不同意上述意见,认为地质部松辽普查大队提出的三号基准井位存在三大缺陷:一是井位未定在构造或者隆起上,不符合基准井探油的原则。二是盆地南部已经有深井控制,探明深地层情况不是盆地南部迫切需要解决的问题。三是该点交通不便。他们提出应向盆地中央的黑龙江安达县以西一带布井,并陈述了相应的理由。地质部的同志很快同意石油部张文昭他们的建议,并派最早进入松辽平原的韩景行和物探技术负责人朱大绥前来听取张文昭等石油部同志对具体布孔的理由。

杨继良和钟其权等人面对同行的"考试",很是一番辛苦,可当他们摆出五大依据时,物探专家朱大绥摇头表示:地震资料不够,没有电法隆起的基础工作,难说新孔是不是在所需的隆起构造上。

专家们的讨论异常激烈。康世恩那个时候正好跟余秋里上了西北的克拉玛依那边,他通过长途电话问张文昭情况怎么样了,张文昭只好报告实情。

"地质部同志的意见非常对,你们赶紧抓紧补充地震电法资料。一方面请朱大绥他们帮助,另一方面我知道最近苏联专家有一架飞机要在松辽盆地进行一次考察,你们争取挤上一个人,从空中看看新布孔的所在地貌……"康世恩说。

张文昭问杨继良去不去乘飞机兜一圈？杨继良高兴得手舞足蹈："去啊！我可还从来没有坐过飞机呢！"

杨继良到了苏联专家坐的那架小飞机前时，地勤人员却将他拦住了，说："你块头这么大，没你坐的地方！"

杨继良急了："我是块头大了一点，可也没有苏联专家大嘛！"

地勤人员说："人家是外国专家，要照顾他们嘛！"

杨继良悻悻地："那我就站着不占两个人的座位行不行？"

地勤人员看看这个背地质包的胖子，也就只好如此了。

太美了！飞机上下来的杨继良冲张文昭和钟其权的第一句话，就是这三个字。

"我们选择的井位没有错。那是盆地的一个大隆起构造……"杨继良言归正传。

张文昭告诉他："前些日子，钟其权和张铁铮等同志跟随地质部物探大队的朱大绶他们一起上大同镇一带进行了地震工作，地震队在现场提交了高台子地区初步的构造图，表明那一带真的是一个大隆起构造。综合资料看，我们原先定的井位，只需要稍做移动，就是理想的井位了！"

杨继良听后兴奋不已，由他执笔的松辽石油勘探局58字第0345号文件连夜上报北京，该文指出："松基三号井的井位已定，在大同镇西北，小西屯以东200米，高台子以西100米处。"

石油部接到杨继良他们写的报告时，余秋里和康世恩已从克拉玛依回到北京，于是在余秋里参加武昌召开的党的八届六中全会之前，他指示康世恩尽快通过研究后给松辽局一个批复。11月29日，石油部便以油地第333号文件给松辽局批复同意他们的松基三号井井位。

也许有过一号、二号基准井的失败教训，余秋里和石油部这回对三号井的位置特别重视，就是文件下达了，仍没有放松进一步的论证工作。旧年底和新年初，余秋里指示康世恩让翁文波和勘探司副司长沈晨陪苏联专家布罗德再去长春一次，与地质部的同行再认真讨论一次基准三号井的井位。专家们经过几天反复审查已有的地质和物探及航探资料，最后一致认为：大同镇构造是松辽盆地内最有希望的构造。苏联专家布罗德更是一口肯定：再不见油，我就断了自己嗜酒的习惯！

1959年新春刚刚来临，石油部系统的厂矿长会议隆重举行。会议期间，余秋里带着李人俊、康世恩等多位副部长和机关业务部门的司局级干部用三天时间听取了张文昭对松辽勘探成果及下一步工作重点的汇报，张文昭特别重点介绍了松基三号井井位确定的前后过程及理由。

"这事不用再议了，我看专家们的理由是充分的。成败在此一举！不过，这么大的松辽平原上钻么三个眼，我想即使都没见油，也不能说明那儿就没有大油田！"余秋里说到这儿，右手握成拳头，使劲往桌子上嘭地一砸："我是做了打十口一百口勘探井准备的！既然大家认为那儿地底下有油，那我不信逮不住它！"

春节前，余秋里因为要向刘少奇汇报石油工作情况，康世恩就连续利用春节几天时间把专家们请到部办公大楼上又细细讨论了松基三号井的每个开工前的细节。

大年初四，余秋里和康世恩，以及沈晨来到何长工家开"国家会议"时，就是带着包括松基三号井方案去的。

"老将军，您快仔细看看我们的总体设计方案还有什么问题……"在春意浓浓的老将军家中余秋里问道。

何长工慢悠悠地戴上老花镜，还是看不清。余秋里干脆就把图托到他眼前。

嗯，这回行了。老将军面对松辽地质普查勘探图，看得仔细。末了，又翻起一本厚厚的文字材料，然后抬头对余秋里说："很好。这东西把两个部的协调与分工写得比较明确。下一步就看我们能不能早日见油了！"

余秋里的眼里顿时露出光芒："那春节一过，我就让人以我们两个部的名义把这份总体报告向松辽方面发了？！"

"可以。"老将军说完，发出一阵爽朗的笑声，然后拉着余秋里的手，说，"我们俩都在毛主席面前发过誓的，说要三年拿下松辽。现在就看松基三号井了！"

余秋里听完老将军的话，用手往铺在地上的松辽地质图一指，做了个斩钉截铁的姿势："对，我们的决心没改变：三年时间坚决攻下松辽！"

何长工开怀大笑："看来我们的目标是一致的！这样吧，4条地质综合大剖面的工作由我们地质部来承担，你们石油部就全力把松基三号井完成好！咱们携手并肩，在今年干他个漂漂亮亮的大仗！"

兴头上的余秋里还要说什么时，却见康世恩装腔作势地凑到何长工耳边："老将军，我还有个请求。"

何长工开始一愣，继而抬起左手，朝康世恩的后脑勺轻轻一拍："我知道你的'请求'是什么！"

旁人不知怎么回事。何长工满脸诡秘地冲康世恩一笑，然后朝厨房一挥手，大声吆喝道："老伴，上饺子噢！"

"啊哈——，知我者何老将军也！"康世恩乐坏了，他从何长工老伴尹大姐手中抢过一大碗白面饺子，就神速"战斗"起来。

"好兄弟，慢点儿。瞧，饺子里的油都流外面喽！"

何长工一把拉过老伴："你甭管他，秋里说他这几天光顾开会，春节都没休息一天。让他吃个够。不过明儿他要是不给我在松辽弄出油来，看我怎么罚他这条饿狼！"

"报告老将军，我接受您的挑战！"康世恩顽皮地拿起筷子向何长工行了个军礼，然后又可怜巴巴地拿起手中的空碗，朝老将军说："谢谢您老再给来一碗！"

第三章

"哈哈哈……"余秋里等人乐得前仰后合。

石油部、地质部在何长工家开的此次"国家会议"具有历史意义。

之后，余秋里在部党组会议上，迅速布置了新一年松辽勘探的战略部署。谁来打松基三号井，这是个问题，但这毕竟又不是个问题。

32118队自完成松基一号井后，在队长包世忠的带领下，利用冬季整休时间进行了大练兵。从干部到普通钻工，个个精神饱满，斗志昂扬，又通过技术培训，技术操作也跃上新台阶。大队长看在眼里，喜在心头：松基三号井的任务就他包世忠队了！

32118队全体干部职工接到再战松基三号井的任务后，一片欢腾。从松基一号井址的高台子村到新井位的小西屯村，相距130多公里。之间，没有一条像样的路，净是翻浆的泥地田埂。120余吨的物资怎么搬运到目的地，成了包世忠的一大难题。因为队里仅有松辽勘探局配备的4辆运车最大运力也只有4吨重，而队上的2台泥浆泵外壳就有19吨重，且是不可拆分的整件。怎么办？包世忠发动群众集体议论，大伙儿越说点子越多：没有大型吊车，他们就用三脚架和滑轮倒链提升近20吨的泥浆泵体，在悬空的泵体下面挖出一个斜面坑，再让运车徐徐内进，然后松开三脚架上的倒链，20来吨的庞然大物就这样安然地放在了运车上。而严重超载的运车启动后，包世忠像看着自己的闺女出嫁一样，一步不落地跟着。啥叫难啊？这一路运载才叫难啊！走在田埂上怕陷进去出不来；走在沿途小桥，怕一旦遇上拐弯什么的就惨了。就是走也不是、退也不是……包世忠记不清这春节是怎么过的，反正每天他要带着全体队员，像蚂蚁啃骨头似的将一件件、一根根铁柱重墩——当然还有一颗颗小小的螺丝钉和一片片岩芯碎片，全部搬运到130多公里外的新目的地。

"蛮干！"

"胡来！"

"破坏生产，个人英雄主义！"

| 奠基者

32118队以这种"蚂蚁啃骨头"的精神,实现了在无任何外界帮助的条件下完成井队整体长途搬迁,却遭到有些人的政治攻击。拖着残疾之身的包世忠竟然为这不得不到局干部大会上做检查……

余秋里得知后气得直咬牙关地痛斥道:"我的队伍是去找油的,油找不到,你们可以批他们、撤我职,但眼下我们上下都在为拿下松辽革命拼命干的时候,你们这样打击干部和群众积极性,我不答应!"

然而这仅仅是石油战线面临当时整个社会的政治压力所出现的极不正常的冰山一角而已。余秋里身为部长,中央的重要会议或会议精神他应该是非常清楚的,但对在"大跃进"、极左浪潮下可能出现的现象仍然估计不足,或者有些事是他想都想不到的。

正当余秋里和战友们摆开松辽找油大战之际,全国性的大炼钢铁运动仍在一浪高过一浪地进行着。毛泽东虽然在1958年冬的武昌会议上提出了"压缩空气"的建议,但在制定国民经济生产计划时坚持"以钢为纲"的方针。在经历大炼钢铁和"共产风"之后的国力受到严重损害的形势下,中央又把有限的资金和物资用于保证钢铁建设方面,石油工业怎么办?

余秋里心急如焚。

石油部内部有人在这个时候提出,既然工业战线都在"以钢为纲",我们石油战线何必争着干吃力不讨好的事?让吧!让钢铁老大先行吧!

但多数同志则坚持认为,国家统一计划下,我们可以摆正石油工业在国民经济中的地位,既服从大局,又可以合理使用国家分配的投资和物资,在内部充分挖掘潜力,努力完成和超额完成国家任务,同时尽量争取多找油。

"我看这'又让又上',比'只让不上'好!"在全国石油系统厂矿长会议上,余秋里挥动着那只有力的右胳膊,铿锵有力地说,"从我们石油部的实践看,对待困难,一般有三种态度:一种是看到困难就调转方向,在困难面前躺下来。另一种是不利条件看得多,有利条件看得少,当伸手派,不积极想办法克服困难。

第三章

持这种态度的是少数人。第三种,也是我们石油工业中绝大多数同志的态度,就是把困难看成是客观存在的,要依靠群众去克服的,使之成为推动我们前进的动力。我多次提出要做克服困难的勇士,而非做困难面前的逃兵!困难越大,干劲越大,办法越多!没有干劲,不动脑筋,必然步履艰难,一事无成!"

一年多来,余秋里对自己的队伍抱有足够的信心,他相信这支多数由部队军人出身组成的石油大军在困难面前表现出的勇气和克服困难的能力。但余秋里对下面一些单位由于受社会政治影响而把握不了自己工作方向的现象同样忧心忡忡。

新疆局就是一个例子。本来是一个朝气蓬勃的新油田开发基地,竟然有人放下石油不钻,整天热心搭起小炼钢炉炼钢铁,竟把国家进口来的无缝钢管锯断后去凑炼钢量。

"你们这帮败家子!谁要再敢这么干,老子就派人把他抓到北京毙了他!"余秋里大发雷霆,把值班室的电话摔得八丈远,"你,马上到那儿去一趟,把党组的精神传达给他们,必须坚决制止他们的这种败家子行为!"他把副部长李人俊找来,命令他立即赴新疆。

那时石油部下属的单位实现双重管理,即业务上受石油部领导,而在组织和人事方面由地方管理。李人俊到新疆局后,人家听不进余秋里和石油部党组的精神,反说李人俊是右倾,恨不得就地批判。

"反了!简直是反了!"余秋里不仅是大发雷霆了,而且怒发冲冠。这一天他被周总理叫去了。

"秋里同志啊,南边的形势很紧,军方一再向我要油。新疆那边的运力不行啊!得想个办法呀!"周恩来见余秋里后就愁云满面地说。

余秋里像做错了事似的站在那儿直挺挺地等待总理的进一步批评:"总理,是我们工作没做好。"

周恩来摇摇头:"这不能怪你,一是我们的车子太少,二是那边的路程实在太远。运一车油到南边,得走几千公里,成本太大了!"

余秋里心里想说:"总理啊,石油东移战略绝对是对的,得早动手多下点本钱搞呀!"可他没有说出口。

"这样吧,我再请薄一波同志从国库里调拨1100辆汽车给你们!"周恩来操起电话,立即给薄一波办公室打电话。打完电话后,握住余秋里的右手,周恩来不无期待地说,"你得帮我这个忙啊!"

余秋里无言可答,只是默默地点头保证。

夜深人静。长安街上肃风猎猎,无几个行人。余秋里坐在车内一言不发,他想起刚才周总理的话和神情,心头阵阵隐痛。有几件事他没有向总理说,但一直像铅似的坠在他心头。前阵子,国家炼合金钢要新疆克拉玛依油田炼油厂增加生产,甚至国务院还专门派飞机去那儿空运过石油焦。可当他余秋里根据李富春副总理的指示,给新疆局下达石油焦生产计划时,那边竟然这样回答部里:"炼铁7000吨,钢1000吨,一定要完成;努力完成石油焦任务。"

"狗屁!这是狗屁报告!"余秋里把新疆局发来的文件甩在地上,重重踩了几脚,愤愤地骂道,"石油焦是国家的急需物资,一级任务!他们却说'努力完成'。炼钢铁是他们的任务吗?瞧他们那么起劲,什么'一定要完成'!我看他们完全本末倒置!岂有此理!"

还有一件事更使余秋里无法容忍。国家为了从新疆多运一些成品油,经周总理批准,决定把石油五厂部分炼油设备调到新疆克拉玛依炼油厂。石油部正式下文给五厂,指示他们按中央精神迅速执行,并且还专门派人去督促。哪知五厂领导就是拒不执行,而且找出种种理由来搪塞部机关。

"你们以为自己是谁?是中华人民共和国之外的独立王国了?以为保护本厂利益就是最崇高的了?呸!一点最起码最基本的全局观念都不知道!在社会主义建设事业中,一个只顾局部利益的单位、厂矿,能搞得好吗?不行!永远不行的!"余秋里在部署厂局矿工作会议上,让五厂干部站在众人面前,暴风骤雨般地一阵训斥。平时经常被人猜测的那只空袖子此时甩得嗖嗖呼啸，吓得五厂的干部脸色发白。

"部长我们错了。回去立即改正……"

"改正？改正就完了？"那只嗖嗖呼啸的空袖子甩动得更加激烈，"知道什么叫贻误战机吗？那是要杀头的！"

"是，要杀头的。"五厂干部的后脖子直发凉。

一部之长，受国家之命，调所属一个工厂竟然屡屡遭到如此反复和不从，余秋里深感当时复杂多变的政治形势和石油队伍"双重"管理所带来的重重问题。而所有问题的原因，则来自一个因素：中央和地方的极左风盛行，盛行到大有势不可当的地步。

刚刚起步的石油队伍面临着一场空前的生死选择！

找油人要去炼钢。热心石油事业的干部则被批判为右倾分子。

余秋里为此苦恼和焦虑。

暂不提松辽战局的事。当时支撑着中国石油工业的主要基地如新疆石油局与玉门石油局，都面临"不干正业、干正业反被打倒"的局面。

新疆石油局局长张文彬，是原"石油师"的政委，从 1952 年接受毛泽东之令带领全师官兵转业到石油战线后，一心想为中国的石油事业出力流汗，多做贡献。可有人则把他搞石油的干劲说成了反"大跃进"的右倾行为，欲停其职。余秋里得知后，立即责令新疆石油局党委必须纠正对张文彬的错误做法。为此余秋里专门与新疆维吾尔自治区党委的王恩茂同志通话，力主保下张文彬。

玉门油田的情况更是触目惊心。在"大跃进"思想的影响下，全油田不按科学规律办事，一夜间让所有油井"放大嘴"，即开足马力出油，结果造成整个油田的油井陷入"空肚"的危险境地。许多原本是高产油的井，变成了低产油井；那些本来可以稳定产油的井，则成了"闭经"的枯井。局长焦力人因为反对这种浮夸风，竟然被玉门市委决定要召开公审式的批斗大会进行批判。

会议定在第二天 8 点正式开始。焦力人此刻已经知道，他是上面定的右派名额之内的人员了。而就在离开会只有十几分钟的时候，局机关秘书匆匆地过来向焦力人和局党委书记报告道："北京来长途，让焦局长和书记你们俩去接。"

"谁打来的？"那个准备主持批判大会的党委书记不耐烦地问。

"是余部长来的。"秘书说。

党委书记一听是余部长的，只好朝焦力人招呼一声："走吧！先接电话去。"

"玉门吗？我是余秋里呀！你们俩听着：我现在命令你们马上启程到北京来开重要会议！"长途电话里，余秋里以毋庸置疑的口气命令道。

"部长，我们、我们正要开大会呢！能不能……等开完会再启程行吗？"那党委书记支支吾吾地问。

"不能！你们两个立即上北京来，不得耽误一分钟！"北京的长途电话啪地挂了。

焦力人和那个党委书记弄不清北京余部长这么急让他们去干什么。于是也不敢耽误一分钟，夹起衣服又从财务那儿领了些路费直奔嘉峪关飞机场，火速赶到北京，直奔石油部机关。办公厅工作人员见焦力人他们来后，很热情地给安排在部招待所，一人一间房，而且还特意在房间里放了些水果。

第一天没见有人来通知他们开会。

第二天还是没有人通知他们去开会。

第三天了，焦力人和那个党委书记坐不住了，上办公厅问。

办公厅的同志热情而又客气地说："余部长说了，让你们俩好好休息休息。"

"不是说有紧急会议要开吗？怎么让我们天天闲着呀？"那个党委书记莫名其妙地问。

办公厅的同志笑笑，摇摇头说："到底怎么回事我们也不清楚，可余部长是这样向我们交代的，他特意说让你们来北京后好好休息几天。"

四五天后，余秋里终于出现了，他先找焦力人问："玉门到底发生了什么事？他们干啥要把你打成右派？"

焦力人说："就因为我看不惯他们拼命要求油田高产。"

余秋里一听，说："我知道了。你先歇几天，回头我跟你们一起回甘肃去。"

几天后，余秋里带了另一位副部长，乘火车来到兰州。焦力人和那个党委书记遵照余秋里的指示没有下车，回玉门去了。

余秋里下火车时，甘肃省委和石油部运输公司驻兰州办事处的车同时到站接他。当时的石油部运输公司在兰州非常出名，因为国家的石油主要是靠他们运输到全国各地的。听说自己的部长来了，运输公司办事处的同志脸上很有种洋洋得意之气，他们知道部长的脾气：肯定不会上省委招待所，而是愿意上自己的运输公司办事处去住。

"这回我想住省委去。"余秋里将那空袖子一甩，没多说一句话，坐进省委的车子就呼啦一阵风走了。

省委招待所的宁卧庄宾馆，虽不像现在的五星级水平，但在当时也是兰州数一数二的只有高级首长才有资格入住的地方。余秋里进了宁卧庄，没有先歇脚，唤来自己石油部运输公司派来的一辆"伏尔加"，随后到了兰州炼油厂（以下简称"兰炼"）。

兰州炼油厂位于兰州西郊，它南靠小平子山，黄河正好从它身边悄悄流过。兰州炼油厂在20世纪五六十年代名声显赫，是苏联援建的156个重点工程之一。它的任务是将玉门、克拉玛依和柴达木油田运送来的石油进行加工冶炼，然后再在这儿将成品油源源不断运送至祖国各地。兰炼因此是那个年代的一个石油骄子，也是西北工业的一颗璀璨明珠。它宏伟的建筑、交错纵横的管道，及高耸云霄的高炉，象征着新中国蒸蒸日上的景象，被无数人所崇敬仰望。兰炼的建设是快速的，一年多时间便拔地而起。其规模之宏大，设备之先进，以及车间、食堂、各种小会议室、洗澡堂、喷水式的饮水器……所有这些在当时简直让中

| 奠基者

国人看了就是"共产主义社会"般的缩影。

兰炼是当时的国宝,更是石油部的掌上明珠。为此,余秋里在当部长后,就派一名非常得力的部长助理、新中国第一位接管国民党旧政府石油机构的徐今强(后任石油部副部长、化工部部长)去管理兰炼,任该厂党委书记兼厂长。

余秋里来到兰炼,见了如此宏伟的现代化工厂,真是心潮澎湃。但与之极不和谐的是他看到自己的助手、兰炼一把手徐今强怎么总畏畏缩缩,连句话都不太敢讲似的。

"今强,你这是怎么啦?是病了还是身体哪儿不舒服?"余秋里停住步子,问徐今强。

"不、不不,余部长,我、我啥病都没、没有。"徐今强结结巴巴地说着。

余秋里疑惑地看着这位昔日敢说敢干的助手,皱皱眉头:"要不就是你不适应这儿的生活习惯吧?"

余秋里继续被相关领导带领着在厂区各个地方参观视察。

中午开饭,有肉有鱼。余秋里忙将徐今强拉到自己身边:"来来,你这身子骨得补补,这顿饭你多吃点。"

徐今强拿着筷子,就是夹不动桌上的鱼肉,最后他不得不对一脸疑惑的部长吐露真情:"部长啊,他们把我打成'右倾机会主义分子'了。"

余秋里一听就急了,嘭地将筷子往碗上一搁,问:"为什么呀?"

徐今强支支吾吾不敢说。

余秋里更火了:"我在这儿你还有什么支支吾吾的?"

徐今强了解余秋里的脾气,于是如实报告:他是因为抓炼油而对大炼钢铁不热心才被省里抓反面典型弄成"右倾机会主义分子"的。

余秋里听完,非常生气地扒了几口饭,便将筷子往桌上一甩,站起身:"这顿饭也吃不香了!我要上省委去。"

第三章

这天晚上发生在兰州的这一幕后来连毛泽东都知道：

晚饭很丰盛，酒菜齐全，且是超规格的。本来余秋里让下面的人吩咐由他们石油部出面招待省委书记，但人家省委的人不干，说余部长上甘肃来，再让石油部掏钱请客，他们省委领导的面子没地方放嘛！

"那就客随主便吧！"余秋里对秘书说。

傍晚时分，宁卧庄宾馆的上上下下都知道省委书记要前来设宴招待石油部长，于是不到5点钟就有人在大门口站着恭候。

"哎呀书记好书记好！我已经有些日子没见您这位老首长啦！"余秋里提前几分钟在下榻的房间走廊里等候省委书记的出现。来者的身份不仅是甘肃省委书记，而且是当年在长征路上与余秋里一起走过雪山草地，后在西北野战军当过四纵政委、兼任陕甘宁晋绥五省联防军副政委呢！论资排辈，余秋里叫他首长一点不过分。

"好好好，余部长，你现在可了不得呀！年轻有为，毛主席赏识，中央重视的石油部长喔！"省委书记一番夸奖，露出少有的羡慕之情。

"来来，给书记敬酒！"余秋里喝酒的水平一般，但为了表达诚意，他今晚不得不全力以赴。借酒意，他向省委书记一次次地表达心愿："我们的玉门油田、兰炼、运输公司，都在你书记的地盘上，仰仗你和省委的正确领导和关照，我们才有了些成绩，感谢书记，感谢甘肃人民！"

省委书记也是个不胜酒力的人，几杯下去，满脸通红，舌头根都有些硬了："余、余部长你太、太客气了，我们不都是在毛主席和党中央的领导下干工作嘛！石油部在你余部长的领导下，去年就打了个翻身仗，今年形势更是一片喜人，毛主席表扬你，我们甘肃人民更感谢你！你瞧瞧，玉门、兰炼，还有周总理一直特别关心的运输公司，都在我们这儿，都是我们甘肃省的光荣和自豪啊！我们甘肃只要有这几个单位'大跃进'了，我们就会向毛主席和党中央交份满意的卷子了！你说是不是余部长？为这，我得先谢你！来来、干——干了这

奠基者

一杯！"

"干！为了社会主义新中国！为了毛主席他老人家的健康！干杯！"余秋里今晚有事要求省委书记，所以人家的酒是不能不喝的，而且必须喝到主人尽兴的分上。

酒后的闲聊该是轻松了吧？否也。会客厅的大沙发上，省委书记脱掉鞋子，说要舒服舒服。人家是老红军，正式场合一言一行，有板有眼。从台前走下来后，该是"老农民"的那套习性一点不马虎地彻底恢复。余秋里在这一点上非常喜欢省委书记，他们都是从小吃不饱穿不暖才扔了锄头跟共产党闹革命出来的，虽然现在官当大了，但骨子里的生活习惯还是农民一个。

余秋里也不含糊，屁股坐上沙发后，脚上的鞋一脱，跟着人家主人双腿盘在沙发上，不同的是人家仰躺在大沙发上。"不好意思了，余部长，今晚给你多灌了几杯，有点那个了……"省委书记舌头根真有些发硬了，脸绯红的，仰躺在沙发里冲北京来的客人歉意地笑笑。

"书记说笑了，那点酒对你来说就像当年战场上捡几根敌人的烧火棒一样不在话下。"余秋里从不奉承人，今儿个例外。

省委书记笑着在沙发上用手指指余秋里："你至少比我少喝三杯！三杯肯定是有的……"

余秋里的心思早已想着有求于人家的事，便引出正题地对省委书记说："书记啊，这次我来拜访你可是有求于你啊！"

省委书记半闭着眼："说，你余部长的事不就是我的事嘛！"

余秋里一听很受振奋，赶紧把手里的烟一掐，说："我今天是为兰炼的徐今强的事请您帮忙了！"

"徐今强？！噢，他这个人到底怎么样嘛？"

"当然是好同志了！对党忠诚，作风正派，工作认真负责。"

"这些我知道。可我听说他在兰炼的表现挺那个'右'的啊！"省委书记不耐烦地挥挥手,说,"省里正在研究下面报来的材料,好像他有点悬啊!离'右派'就那么几米了呀!"

余秋里显得有些着急:"我不相信这个同志有什么'右倾'思想,更不相信他也会是右派!"

省委书记把头往沙发里头一侧:"具体的我也不是很清楚。"突然又转过头,向外面喊着:"喂——组织部的小李过来一下!你是经办人,你给余部长说说到底是什么情况!"

那个经办人匆匆从门外走进来。先看了一眼自己的书记,又看了一眼横眉冷对的独臂将军部长,心里有些发毛地说:"是这样,余部长,下面反映徐今强只知道抓炼油,而对毛主席和中央大炼钢铁的事有反对意见。群众因此对他……"

余秋里生气地打断对方的话:"搞石油的人不抓炼油的事还要他干什么?"

经办者很害怕石油部长的两只眼睛,尤其是他那只空洞洞的袖子,一扇动就叫人心惊胆战起来,到底胆战些什么,也说不上来,反正挺叫人害怕的。"可、可大炼钢铁是毛主席号召全党要抓的头等大事,他徐今强不但自己不热心,而且也不支持兰炼的群众炼钢铁,这样影响就很坏。"

"坏什么?我看很好嘛!"余秋里的声音很大,一下惊醒了酒醺之中的省委书记。只见他揉揉惺忪的眼睛:"怎——怎么啦?"他看看余秋里脸色不太对劲,便对手下说:"小李,你、你给余部长讲讲徐今强的具体事。"说完,他又力不从心地重新将头转向沙发的里面。

"对嘛,我听听啥事实嘛!"余秋里缓了下口气。

"是这样,余部长。当时我们地方有人借兰炼一台备用的大型鼓风机去炼钢铁,可徐今强就是不同意……"

余秋里立即打断对方的话:"这有什么不对?徐今强做得很对嘛!你们就凭这说徐今强有右倾思想,要打成他右派?啊?那我余秋里不是更大的右派了嘛！我让我们的玉门油田、新疆油田，还有柴达木油田不许把石油的设备和物资去炼钢铁，那我不是更大的右派了？！这是什么逻辑？荒唐！"余秋里越说越火气冲天，噌地从沙发上站起来。

那经办人员吓得赶紧退出会客厅。

省委书记惊醒了，吃力地支撑起身子。看着余秋里赶走自己的手下，颇为不满地说："余部长，你别发那么大火嘛！这抓破坏'大跃进'的'右倾机会主义分子'是中央的精神，大炼钢铁也是毛主席的号召，你不能不让我们要求下面的单位行动嘛！"

会客厅的门嘭地被余秋里关上，但里面的声音，无一遗漏地传到了外面的几位秘书和宾馆工作人员的耳里——

"那也要看什么人干什么事！如果徐今强把鼓风机借出去了，一旦正在工作的鼓风机出了故障需要更换备用的又找不着时，这会造成炼油厂的瘫痪你知道吗？"这是余秋里的声音。

"事情不会那么巧合的。再说，大炼钢铁已经是全民行动起来了，他徐今强只顾本单位的局部利益，根本不顾全局的大炼钢铁和群众性运动，影响非常之坏。"这是省委书记的话。

"徐今强没有错！他是站在党的立场上考虑问题的。"

"这么说我们响应中央号召大炼钢铁就不是站在党的立场上考虑问题了？"

"你这是跟我混淆概念。再说了，他徐今强还是我们石油部的部长助理，如果省委认为他有什么问题，至少也得给我们打个招呼吧！"

"反'右倾'斗争，是当前全党的一项头等的政治任务，还需要向谁打招呼吗？那这也招呼一下，那也招呼一下，我们上哪儿去抓'右倾分子'呀？"

"你书记上哪儿抓'右倾分子'我不管，但你要在我们石油系统随便抓所谓的'右倾分子'，我看你抓个试试看！"余秋里的声音刚落，只听"哐当——"一声巨响。

第三章

秘书和工作人员赶紧轻轻推开会客厅的门缝往里面瞅：原来独臂将军站在那儿正大发雷霆，他的右手还紧紧握着拳头，两眼直冒火焰地盯着对面沙发上坐着的省委书记。这时余秋里的目光转到门口，秘书和工作人员们赶紧又关上会客厅的木门。

"除了徐今强不能抓外，玉门的焦力人，运输公司的张复振，你们一个都不能动！一个都不能斗他们！谁要是敢动他们的一根汗毛，我立即把他们都调回北京去。你省委有意见，我们上党中央那儿去说！"

会客厅的门突然哐的一声开了，只见独臂将军部长气呼呼地从里面走出，朝走廊里等候的秘书和随行人员一挥右臂："走，回北京去！"

一个部长和一个省委书记干仗，这不算小事。消息马上传到北京的中南海。毛泽东听后扼腕道：自古就有不怕死的谏官嘛！

刘少奇听人说后，颇为感慨地以欣赏的口吻赞扬余秋里：为了党的利益，就是要抛开个人，抛开单位，据理力争。

那是一个党、国家和许多个人命运搅在一起的特殊年代，政治风暴和经济压力下，使得全国上下个个都处在斗争状态。余秋里以一个卓有远见的政治家和办实事的工业部长的魄力，为石油战线，尽量把一批干实事的优秀领导干部们保护下来，可以说费尽心思。

时隔40余年，83岁的焦力人老部长谈起这件事时，颇为感慨地说，对这事他一生感谢余秋里，如果不是余秋里当时全力保他，那他恐怕后来的命运就非常惨了。后来余秋里把他弄到北京后，玉门那边的右派名额就落到了另一位市委领导的头上。这位代他顶右派帽子的姓杨的市长，直到几十年后才平反，挂了几年酒泉地区副专员后终因积忧成疾，过早离开了人世。"如果不是余秋里部长当时救我，我的命运绝对好不了多少。"焦力人这位延安"鲁艺"毕业的老革命家、新中国石油工业的重要组织者和领导者如此说。

那个年代受难的还有许多人。共和国极其重要的一位开国元勋彭德怀的命

| 奠基者

运也许是最惨的。1959年7月初,正当余秋里与同事们热切地等待松基三号井的战果时,他被召到江西庐山开会。

那个风景如画的地方在这一年经历了中国共产党历史上一次流血的疼痛,对共和国的发展也带来了不可轻视的巨大伤害。余秋里亲历了全过程,虽然他在当时并非那场政治斗争的中心人物,但他最崇拜的两个统帅人物——毛泽东和彭德怀之间出现了水火不相容的矛盾与分裂,使他内心深深地受到震惊并感到痛楚。他崇拜毛泽东,一生按照毛泽东的指示和思想行动。纵观余秋里一生在军事和经济战线上所做出的那些卓越贡献和"特别能打开局面"的事情,我们可以无一例外地看到他余秋里熟练运用毛泽东思想做指导并进行创新式的工作内动因是什么,这就是对毛泽东思想的具体执行和实践的结果;他爱戴彭德怀,无论在战争年代他作为贺龙的一兵一将还是后转为彭大将军手下的一名高级指挥官,他对彭德怀的军事艺术天才和正直为人的品质佩服又敬重,并一生视为榜样和楷模。但庐山会议上余秋里无奈地看着自己的这两位崇拜者之间出现的各不相让、各持己见又最后在完全不均衡的较量中草草结束了这场心底流血的"路线斗争"。

庐山会议对余秋里内心深处的影响是巨大的,而对他正在全力指挥石油战线打开新局面的战斗也带来不可低估的负面影响。

在参加庐山会议之前,松基三号井已经开钻两个多月。包世忠这位满身带伤的残疾少校钻井队队长也真不简单,在没有吊车、没有大型运输工具和没有一条像样的路可走的条件下,硬是把120多吨重的机台设备搬到了地处黑龙江肇州县联合乡高台子村和小西屯之间的那片空地上。开钻的仪式也并不像余秋里、康世恩和何长工他们在决策井位时那么翻来覆去、几经周折那么复杂和劳神,基井综合研究队队长钟其权找来一根小方木杆,上面写了"松基三井"4个字,用榔头往地里一钉,对包世忠他们说:"就在这儿钻!"

包世忠是带兵的出身,他懂得鼓舞士气该怎么做。于是在4月11日开钻那天,让队里的几个年轻人给41米的钻塔披上鲜艳的红旗,还特意上镇上买了几挂鞭炮。全体队员列队站在钻台,他一声令下:"开钻!"

顿时5台300马力的柴油机齐声怒吼,将强大的动力传送给钻杆。直插地心的钻杆开始飞旋,泥浆带着水花,溅向四方,令围观的几百名村民一阵阵欢呼和惊叹。

但是松基三井的钻探并不一帆风顺。一天,包世忠正在为解决职工的吃菜问题,带人在一片荒地上垦荒翻土,副队长气喘吁吁地跑来报告:"队长,快去看看,井上出事啦!"

"什么?"包世忠没有顾得上问清是怎么回事,就直奔井台。

带班的司钻耷拉着脑袋报告说,由于开钻的时候井队没有配好足够的循环泥浆,钻井开始后他们用的是清水造浆办法钻开了地表层。这办法通常不是不可以,但东北平原的地层与西北黄土的土质不一样。钻杆下旋不多久,地下的流沙层出现,造成表层套管下放时井壁出现坍塌,在一百多吨的钢铁钻塔下出现一个不见底的深坑正吞噬着地表松软的土层……情况万分危急,如此下去,不光钻进无法继续下去,弄不好连整个钢铁钻塔都有陷下的可能!

怎么办?千钧一发之际,全队将士们看着包世忠,盼他拿主意。松基三井关系到余部长、康副部长和全石油系统对松辽找油抱不抱希望的关键,谁也不敢轻举妄动,可眼下要是连钻塔都保不住,这问题可就大了去啦!

"愣什么?快填井吧!"包世忠与几个技术人员和队干部迅速商量后,立即回到机台,果断做出决定。

填,用可凝固的沙泥夯实塔基!

填,用碎石子和草根条阻挡住坍塌的流沙!

填,用心和意志拦阻险情与恶果!

高耸入云的"乌德"钻机重新抖起精神,发出"隆隆"的清脆歌喉……

"同志们哪,我们要把昨天损失的时间夺回来!加油干哪!"包世忠再次

奠基者

站在井台上做战斗动员。

然而老"乌德"好像有意要跟32118队较劲似的,在他们革命加拼命抢回前些日子因为填井后放慢的进度,钻至1051米时,测井显示井孔斜了5~6度,这与设计要求直井井斜每千米深度不得大于井斜度的标准相距甚远。

包世忠这回是真急了。生产分析会上,他的脸绷得紧紧的,说话也比平时高出了几倍:"都在说'大跃进''大跃进',可到底怎么个跃进法?如果光想要数量,不讲究质量的话,你打了几千米成了废井,这不是什么'大跃进',而是大败家子!……当然,责任不在大伙儿身上,我前阵子脑子就有点发热,不够冷静,一心想把松基三井打完,所以指挥上有操之过急的地方……"

"这不是一个基层单位的每位队长、书记头脑发热、不够冷静的问题,而是我们整个石油系统都有这一热一冷的问题!"庐山会议回来不久,余秋里在党组会议上面对当时部内外山雨欲来风满楼的局势,以一个马克思主义革命者的胸襟和气魄,用辩证唯物主义的观点,阐述了"热"与"冷"的关系:

"什么是热?就是冲天的革命干劲!是对社会主义事业的积极态度!什么是冷?就是科学分析,就是要符合客观规律。热和冷是矛盾的两个方面,是对立的统一。没有冲天的干劲,就没有做好工作的基础;没有科学的分析,干劲就会处于盲目状态,不可能持久。这就像打仗一样,是勇与谋的关系。冲天干劲和科学态度结合起来,我们才能立于必胜之地……不然,我们就会犯大错误!"

也许今天我们听这样的话并没感到什么,但在庐山会议刚刚结束的那个时候,余秋里能这样说话,真可以用振聋发聩来形容。

空袖子甩进秦老胡同时,已经是又一个深夜了。房间里的电话骤然响起。

"喂,余部长吗?你还没有休息吧?我是康世恩呀!对对,刚才松辽那边来电话,说他们今天已经在泥浆里见着油气泡了!"

一听康世恩报来的喜讯,余秋里一边接电话,一边将汗淋淋的白色圆领汗衫脱下,露出光光的上身,声音特别大地说:"好啊,你知道他们现在打到多少米了？"

"1112米。"

"那油气泡能证明下面一定有油吗？"

"那边电话里说，他们井队的技术员取了气泡样品，用火柴一点，你猜怎么着？点着了！是一团橘红色的火苗。肯定是我们要的油！"电话里的康世恩激动不已。

余秋里用握电话的右臂膀蹭蹭颊上淌下的汗珠："这样，老康，既然那边有情况了，我看你应该立即上前线去，坐镇那儿，等待进一步成果！明天你就出发上哈尔滨！"

"我也是这么想的。那我明天一早就动身了？"

"好。我在北京等待你的好消息。"余秋里放下电话，见齐腰高的三女儿晓霞揉着眼睛，从里屋摇摇晃晃地出来："爸爸，你又把我吵醒了。你真讨厌！"

余秋里高兴地上前一把抱起女儿，用胡子扎晓霞："爸爸真讨厌吗？啊，还说我讨厌吗？"父女俩嘻嘻哈哈一阵闹后，妻子终于摇着扇子出来干涉了："都深更半夜了，还让不让人睡觉？"

"走，到妈妈那儿去！"余秋里放下女儿，自个儿进了另一间屋子去冲澡。这个澡用的是冷水，可他觉得十分爽快，竟然一边冲澡一边少有地哼起了"社会主义好，社会主义好"……

这是1959年盛夏的一天。此刻松辽平原上的那口松基三号井现场，变得特别紧张和热闹。

昨天包世忠亲自看着技术员将气泡用火柴点出一团橘红色火苗后，立即命令钻工："抓紧时间取芯，说不定下一次提杆就能逮住油砂呢！"

果不其然，今天刚刚天亮第一个早班的队员们在提取岩芯时，发现了一段厚度达10厘米的黑褐色油砂。

包世忠欣喜若狂地对自己的队员们高喊着："今晚我请大家喝酒！"这个

酒是值得喝的，油砂出现，意味着钻机已经摸到油王爷的屁股了。

这一天，康世恩已经到达哈尔滨，在华侨饭店住下。一同来的有苏联石油部总地质师米尔钦柯及中国石油部苏联专家组组长安德列耶柯夫等人。

"好啊！你们尽快把有油砂的岩芯送到哈尔滨来！我和专家们要看看，越快越好！"康世恩的电话打到离松基三井最近的大同镇邮电局。那年代国家的通信设备极其落后，钻机井台上不用说根本没有电话，连电报机都没有，所有对外的联系必须经过当地最基层的邮电局来完成。于是，小小的大同镇邮电局成了松基二井和北京及石油部领导们唯一的联络点。

长途电话的声音极其微弱，每一次通话，无论是余秋里还是康世恩，都得站直了身子、用足力气才能让对方听得到自己的声音。

自打包世忠第一次向上面汇报见油砂后，大同镇邮电局简直忙得不亦乐乎。包世忠向北京和外面汇报一件事、说一句话，几乎全镇上的人都知道——他不吊高嗓门喊着说话不行呀，而且经常一句话要重复喊几回才行！油砂出来那几天，正逢大同镇所在的肇州县开人代会。县委书记找到包世忠，说："你一定要来列席会议，给我们农民兄弟们讲讲咱这儿发现了油田的特大喜讯。"包世忠面对全县人大代表赶紧更正："我们现在发现的是油砂，还不能说咱们这儿的地底下一定有油田，但这是个重要的希望！"

"好——毛主席万岁！"代表们依然欢呼起来。

从这时起，32118 队钻井台成了十里八乡老百姓赶集一样的热闹地方了，天天有人里三层外三层地前来参观，谁都想第一个看到地底下"哗啦啦"地冒出黑油来。

"北京的余部长着急，派康副部长来哈尔滨听我们的消息了。你俩赶紧收拾一下，带上油砂上哈尔滨去，康副部长和苏联专家都等着要看我们的油砂和测井资料呢！"包世忠对地质技术员朱自成和测井工程师赖维民说。

"是。队长，我们坚决完成任务。"朱自成和赖维民带上含油砂的岩芯样

第三章

和测井资料，早已按捺不住内心的激动和喜悦，搭上火车，直奔哈尔滨。

北国冰城哈尔滨的夏天，特别美丽。这一天，富丽堂皇的哈尔滨国际旅行社宾馆的四楼会议室，灯火通明，里面不时传来阵阵欢笑。

"同志们，现在已经到了关键时候，只要我们抓紧工作，松辽找油肯定会有重大突破！"这是康世恩的声音。

突然，楼道里有人急促地喊着："快让路！让路！松基三号井的技术员到了！"

康世恩三步并作两步地直向门口走去。当他看到手里抱着一大包资料的赖维民气喘喘地进来时，连声说："辛苦辛苦！你是负责电测的赖维民工程师吧？"

赖维民忙点头应道："是，康部长，我把测井资料都带来了！"说着，将肩上挎的和手里抱的一股脑儿放在会议室的沙发上。

"岩芯也运来了吗？"康世恩一边迫不及待地翻着测井资料，一边嘴里问着。

"运来了。朱自成技术员就在楼下……"赖维民一边擦汗一边说。

"请朱技术员上来！"康世恩嘴里说着，眼睛一直目不转睛地盯着密密麻麻的电法图……

"康部长，油砂样品拿来了！"朱自成抱着重重的岩芯，轻轻在康世恩的面前放下。

康世恩一见黑褐色的油砂，眼睛闪闪发亮，连声赞叹："太好了！太好了！"

"快请专家！"突然，他对身边的人说。

正在房间里洗澡的米尔钦柯听说是康世恩请他，那颗圆润而布满银丝的头颅高兴地摇晃起来："噢，康肯定要告诉我们好消息了！"

情况正如米尔钦柯猜测的那样。康世恩见老朋友、也是他的苏联恩师之一笑呵呵地进屋，便一把拉过米尔钦柯："好消息！尊敬的米尔钦柯总工程师先生，你快看看这些资料和这油砂……"

米尔钦柯看了一眼岩芯，又用鼻子闻闻，连连点头，然后又伏在电法图纸

| 奠基者 |

上认真看起来,而且看得特别仔细。这位苏联石油部的总地质师,也是苏联第二巴库等大油田的组织发现者,不仅在苏联石油界享有威望,而且在世界石油界名声显赫。康世恩和在场的中国技术人员们等待着米尔钦柯的结论。那一刻,四楼会议室静得出奇,连手腕上的手表走针声都听得一清二楚。

米尔钦柯终于抬起头。他朝康世恩微笑了:"康,祝贺你!这口井的油气显示很好。要是在我们苏联,如果得到这么可喜的情况,我们就要举杯庆祝了!"米尔钦柯说完这话,屋子里的人全都欢呼起来了,唯独康世恩的笑容里带着几分若有所思的神色。

"康,难道你还有什么不满意的地方?"米尔钦柯有些奇怪地问康世恩。

"不,我是在考虑下一步的问题。"康世恩说。

"下一步?你指的下一步是什么?"

"松基三井目前的进尺是 1460 米,而且出现了 5~7 度的井斜。我想如果按照设计要求再钻进到 3200 米深,肯定有不少困难。纠偏井斜需要时间,往下再钻进 1700 多米,如果没有什么特别意外的话,恐怕还得用上一年时间……"康世恩嘴里念叨着,既像对米尔钦柯说,又像是在询问自己。

"怎么,你想现在就完钻?"米尔钦柯瞪大了眼睛。

康世恩这回清清楚楚是对米尔钦柯说的:"是的,我想我们打基准井的目的就是为了找油的,现在既然已经看到了油气显示,就应该立即把它弄明白,看看这口井到底具备不具备工业性油的条件。"

"不行!"不想米尔钦柯像一下失控似的冲康世恩叫嚷起来,完全没有了苏联大专家的样儿,更顾不上外交礼仪了。他抖动着根根银丝,愤愤地道,"康,你这样做是不对的。松基三井既是基准井,那它的任务就是取全芯、了解透整个钻孔的地下情况。这是勘探程序所规定的,不能更改!"

"可勘探程序是你们苏联定的。我们中国现在缺油,国家需要我们尽快地找到油啊!找到大油田才是最根本的目的!"康世恩解释道。这话更让米尔钦柯火冒三丈，老头子气得不知如何是好，于是冲着康世恩大叫："松基三井必须坚决打到 3200 米！不这样你们就是错误！错误！"说着，双手一甩，气呼呼地回到房间，嘭的一声关门后再没有出来。

怎么办？会议室顿时出现了少有的紧张气氛。二十多双眼睛一齐聚向康世恩。

"看我干什么？我脸上生油？"康世恩吩咐自己的中国同行，"他说他的，我们干我们的。"

会议室顿时又恢复了欢乐。

康世恩让人安排好从前线报喜来的朱自成和赖维民，然后说："我要给北京打长途！"

于是这一夜，哈尔滨—北京、康世恩—余秋里之间有了一段重要的通话。

"……情况就是这样。现在请余部长你拿主意。"康世恩静等在电话边，他的心跳得很紧张。

北京。余秋里家。

长途电话被一只有力的右手握着，这是需要做出决断的时刻。松基三井，影响到松辽找油整体方向，也关系国家能不能摘掉"贫油"帽子！区区一井，非同寻常啊！

余秋里双眉一挑，对着电话筒，大声说道："我同意你的观点——松基三井现在就停钻试油！这个责任我负！"

"好！我、我马上组织人员试油……"听得出，康世恩的声音微微发颤。

余秋里放下电话，大步走到小院子的中央，仰头看着满天的星星，心潮起伏：松辽啊松辽，现在就看你松基三井这一步的结果了！

"秋里吗？我是何长工呀！你们的决定我赞成。既然现在已经看到了油气显示，再往下打又有不少困难，那就停钻试油嘛！至于专家说的取岩芯的事，我看这样：我派我们的队伍在松基三井旁边，重新钻口井，设计深度与松基三井一模一样，全程取芯，以补松基三井的地质资料！"

余秋里接此电话，脸上露出少有的感激之情："老将军啊，你这是解我大难啊！"

"哎——一家人别说两家话。松辽找油，我们地质部和你们石油部是一盘棋的事。祝你成功。对了，别忘了你说过的话：等钻出油了，你得请我吃红烧肉！哈哈哈……"老将军在电话里发出爽朗的笑声。

"唉，我一定！一定！"余秋里的嘴都乐得咧开了。

第四章

　　黑金涌出,千里欢腾。

　　离国庆观礼只有两日,石油钻工刮掉胡子、换上新衣,捧着油样要上天安门见毛主席。

　　省委书记激情发挥,说:"我看这个即将诞生的油田就叫'大庆'吧!""大庆"从此出现在中国,属于中国。

　　冰天雪地时,独臂将军亲赴松辽,"三点定乾坤"。

奠基者

自余秋里和康世恩决定松基三井停钻试油后，石油部上下这几天可是既兴奋又担忧，兴奋的是松辽找油的旭光即将出现，担忧的是松基三井再试不油来，那可就霉到家了。松基一号、二号井打了一年多，基本上是失败的，如果三号井再来个水中捞月，那石油部有何脸面向国人交代？不说别的，光一口基准井的成本就是几百万元哪！几百万元在当时是个什么概念？等于打一口井，要让几万人饿一年肚子！这还不说，松辽找油自地质部韩景行等第一支正式普查队伍进驻安达之后，这三年多中，已经陆陆续续有几千人在这儿工作，浅孔深孔多多少少加起来，那就不是几百万的事了。早在余秋里上任石油部时，在他全力支持康世恩找天然油为主的战略方向时，有人曾在背后捣鼓过不少事，说康世恩是能干，可他只会花国家的钱而见不到油——人家说这话的根据是，在"一五"期间，石油部投入在找油上的勘探费远远高于人造油的成本，但获得的油气量却没有人造油多。这回好，余秋里上任后，石油部在寻找天然油的勘探经费上的投入更大，瞧瞧川中会战——有人又把这事抬出来了，花钱海了，油呢？油没见着嘛！等着吧，今年再抱不到"金娃娃"，看余秋里和康世恩咋个收场！说不准哪，连我们的工资明年国家都不一定给了！

人言可畏。余秋里没有亲耳听到这样的话，但他的司机也是石油部机关的老百姓呀！老百姓之间聊天啥话都能传到首长身边的人耳朵里。余秋里当部长后，他对基层和百姓了解的一个重要信息来源，就是从他的老司机那儿得到的。

松基三井进入停钻试油阶段，余秋里虽然人在北京，却心系北国松辽。在听完康世恩下一步行动计划时，余秋里告诉康世恩："既然固井和试油是关键，就要调玉门最好的技术人员支援松基三井！"

康世恩立即表示马上调人。

第四章

"哎，老康，还有一件事：听说松基三井那儿经常有野狼出没，你让松辽局或者当地武装部给井队配几把家伙！"余秋里在长途电话里补充道。

康世恩笑了："我知道了。"

康世恩接电话时，身边有松辽局的同志在，他们不解余部长除了帮助他们调几个试油的技术人员外，怎么还要配啥家伙？

"就是打狼的枪！"康世恩说。

"哈哈，这事余部长都知道啦？"大伙儿笑开了。

松辽的事余秋里哪样不知道？

队长包世忠给前往井台指导工作的工程师们描述得绘声绘色：那狼大喔！而且特狡猾，它正面不袭击人，总是等你背过身去，忙着干活的时候，它就悄悄走近你，然后突然发起进攻……钻机刚搬到松基三井时，狼崽子开始还挺害怕的，钻机一响，它们就拼命地跑，后来听惯了，就不害怕了。瞅着我们在干活时，它们远远地躲在草丛里等候机会袭击，有一次地质员一个人在井台后摆岩芯，那几只狼就呼啦一下扑了上去。千钧一发之际，我们井台上的同志正好在提钻，一股泥浆水顺着巨大的提力冲出地面，溅向井台四周，那几头狼崽吓得拔腿就跑……包队长的故事讲得惊心动魄，也传到了部机关，传到了余秋里的耳里。说者无意，听者有心。于是余秋里就想到了要给钻井台配几把"家伙"。

打狼是小事。试出油则是天大的事。

一切为了松基三井出油！那些日子里，北京的余秋里、前线的康世恩，每天通一次长途，一次长途短则几句话，有时一两个小时。

"松基三井的地下情况还是不十分清楚。主任地质师张文昭必须在现场。"

于是松辽局的主任地质师张文昭背包一打，就住在了小西屯村，天天在井台上与钻工们一起一身水一身泥地盯班。

"固井？固井解决问题？……我明白了，那就调玉门钻井部工程师彭佐猷同志去。"

奠基者

于是彭佐猷带着助手直奔松基三井。8月23日、24日，彭佐猷一到那儿就指挥固井战斗。几千吨的水泥要从堆场扛到搅拌现场，正在这里"督战"的松辽局副局长宋世宽一声令下："跟我走！"100多名工人、干部，脱下上衣，在炎热的大太阳下，扛着50公斤一包的水泥袋，飞步在堆场与井台之间……

"试油？试油碰到难题了？85/8寸套管上的采油树底法兰缺失？井场上连试油的计量器也没有？没有那些东西也得试！土法上马嘛！对了，我看赵振声行！别看他年轻，技术可蛮过硬的呢！调，调他过去！我给焦力人讲！"

余秋里一番调兵遣将，各路精英汇聚松基三井。

康世恩下过"只准捞水，不准捞油"的命令之后，井底的清理已经就绪，现在就看效果怎么样了！

赵振声果然不负众望。他和井台技术员朱自成、赖维民和前来支援的钟其权、焦亚斌等通力合作，连连攻克难关。这是见油前的最后准备：赵振声和他的战友们做的第一件事是——组织测井队和钻工们挖一个试验坑，下入一段85/8寸套管，埋入地面以下长度1.5米，管外灌水泥环厚330毫米，先试射4发58~65射孔弹，在进行射孔观察后再发射10发57~103射孔弹。没有见过这种特殊井下射击的人无法想象这一道工序对采油是多么重要和多么复杂。用通俗的话来解释，就是钻杆往地底下打后，油并不是那么容易"哗啦哗啦"自然就涌出来了。它需要有个孔道，这个孔道应该是坚固的，固井的作用就是为这。但一固井又把油层与孔道隔绝开来，而且几千米深的井孔，有有油的地层，也有没有油的地层，为了保证能让有油的地层与孔道相通，就必须在加好的钢管上打开孔隙，射孔弹的功能就是准确无误地完成这一程序的手段——把射孔枪轻轻放入钻孔内，在预想的地方发射，打穿钢管，让油层里的油通过弹孔源源不断地涌出地面……

够复杂和神奇的吧？赵振声他们要做的第二件事是——找一块一寸厚的钢板，并设想一个用气焊割下大小两个环形钢板焊在一起制造出一个土制的大法

第四章

兰。啥叫法兰？那是采油树上的玩意，很专业。啥叫采油树？以前我看过石油部作家写的小说，却从未见过这么一个富有诗意的东西。到了大庆我才看到这采油树原来就是油井出口处由大大小小各种阀门组成的器具，一排一排的，像结满果的桃李树，所以取名为"采油树"——当我第一次在大庆油田的松基三井纪念地看到它时，我真的很激动，我才真正明白石油工人对采油树的那份情感，也明白了石油作家们一提起采油树时的那种掩饰不住的冲动。采油树是石油人的象征，"采油树"是石油事业的总阀门。

那天在松基三井纪念地，我久久凝视着左臂右膀挂满各种"果实"的"采油树"，突然发现那棵"采油树"其高度和肢体与我尊敬的石油指挥者、独臂将军余秋里十分相似，相似得惊人！因为那棵"采油树"的肢体不是均衡的，有一边的阀门比另一边少一枝，我因此联想到这是不是就是独臂将军那不灭的身躯和散布在神奇大地上永远不散的石油魂呢？

当我再转向千千万万大庆油田里的"采油树"时，我又觉它们有的像康世恩，有的像王进喜，有的像翁文波，有的像张文彬，有的像李人俊、焦力人、宋振明……也像杨继良、李德生、翟光明、包世忠……它们像所有我认识和不认识的石油人！

这让我感动不已。"采油树"的名字可以是一首诗，也可以是一部书，更可以是一种象征，一把火炬……可现在还不是我抒情的时候，松基三井的试油阶段一切都是在严肃而紧张的科学程序中进行着。

赵振声他们真有办法，第三天就把土法制作的一个大法兰搞成功了：往采油树上一挂，然后进行清水试压——试压压强到72个大气压时，法兰处没有任何渗漏，这说明土法法兰成功了！

井场上一阵欢呼。

第三件事是邱建忠几个地质人员研究的结果，他们认为从地下油层组的油气显示和油层情况看，松基井下的油难以自喷、大喷，对它采取提捞法试油不会出现"万丈喷涌扼不住"的局面。因此建议积极准备提捞手法和相应的措施。

| 奠基者

第四件事还是赵振声做的——他从废料中翻腾了半天，找到一根约13米长、4寸直径的管子，然后再请车间工人师傅动手，自制了一个下井捞油的捞筒！这东西看起来很土，却是实实在在第一个与千米之下的石油"亲密接触"者。

剩下最后一件事：做两个大油桶，每个能盛200升的油桶——余部长说了，如果松基三井出油了，就得知道它能出多少油。

万事齐全，只欠东风了——这东风就是下去捞油上来！

"不行，现在不能捞油！只准捞水！"康世恩好厉害喔！他在哈尔滨坐镇指挥，就是不让松基三井的人在固井和试油开始阶段捞油，只许捞水。

为什么？我不懂。只有专家知道：松辽地底下的油是稠油，而油层上面有水层，下面也有水层，先捞油的话可能把油水搅在一起，油都"游"走了！这明白了吗？康世恩是大专家，他身边还有一群更大的专家——苏联专家组在一起研究分析呢！

听他们的没错！这是技术问题，更是科学。

苦了包世忠他们32118队的全体钻工同志们了！可包世忠他们并不感到苦，从玉门到松辽，打了一井又一井，不就是为了看到涌出油来嘛！

捞！捞！把地球的胆水也捞他出来！

捞！捞！把地球的每一滴血都挤出来！

"停！停停！"康世恩又发话了。这回是不让捞水了——地球的苦胆水都捞尽了，只有血了、黑色的血了！

9月26日，1959年的9月26日。中国人应该记住这个日子。因为这个日子中国的松辽出了石油，哗啦哗啦地直往外冒的石油！

有人也许会问为什么1959年9月26日这个日子松辽出了石油才需要人们记住它，而不是1874年春天晚清同治年间钦差大臣沈葆桢在台湾苗栗山挖井出油的那个日子，或者也不是1907年9月12日日本人帮助下在延长打出油的那个日子，再为什么也不是1939年8月11日玉门老君庙油田第一口油井出油的日子，或者也不是新中国发现开采的第一个油田克拉玛依油田第一井出油的那个1955年10月29日那个日子呢？

道理非常简单，所有1959年9月26日之前中国出油的地方，都无法与松辽出油的这个日子相比。松基三井出油是一种标志，它预示了中国乃至世界上少有的一个大油田的诞生。这就是我们后来人人皆知的大庆油田的诞生。大庆油田的诞生改变了世界的石油经济格局，石油经济格局的改变，延伸下去就是世界政治和军事的全面改变。这一点，20世纪的世界历史演变过程充分地证明了。

9月26日，松基三井的井台上一片繁忙，大家期待已久的目光全都盯在那根通向采油树阀门口的一根长长的出油管……下午4时左右，主任地质师张文昭一声令下："开阀放油！"

"哗——"那根8毫米的油管里顿时带着巨大的呼啸声，随即人们见到一条棕褐色的油龙喷射而出……

"出油啦！"

"出油啦！"

那一刻，整个松辽平原欢呼和震荡起来。32118井台上一片沸腾：包世忠抱着油管直哭，朱自成跟着队长也哭了起来，张文昭从老乡那儿拎来一只葫芦瓢盛满新鲜的原油，他看了又笑，笑了又看，最后竟然情不自禁地坐在地上失声号哭——那是兴奋的。突然，张文昭捧起原油，飞步离开现场……

"出油了！我们出油了！"这一天，黑龙江石油勘探大队党委的领导同志正在松基三井驻地开会，张文昭端着葫芦瓢闯进会议室，欣喜若狂地向与会者喊着。会议室的同志呼啦一下围住张文昭，争先恐后地抢着看那瓢中散发着清香的油花。有人太心急，将手伸进瓢中，于是葫芦瓢承受不了太多的手，扑通一下落在地上，黑色的原油顿时溅在所有围观者的身上。大家兴奋得顺手捧着原油往自己的脸上和手上抹，仿佛少抹了会吃亏似的，欢笑声一浪高过一浪。

"出油啦！而且油量很大！日产能达十几吨！"身在哈尔滨的康世恩比预

定的时间早出两小时给北京的余秋里报告道。

"好嘛！"这头，余秋里像早有预料似的，回答得特别简单，只是"好嘛"这两个字说得比平时爽朗和有力得多。

这一夜，秦老胡同反倒安静了许多。一则因为康世恩不在北京，二则松基三井出油后，余秋里表面上变得不像初来乍到石油部时急切期待能够立马"抱个金娃娃"的那股劲头。

孩子们这一晚见自己的爸爸总在电话旁打着一个又一个电话。忽而往松辽那边打，忽而往中南海打，忽而往地质部何长工家打，忽而干脆坐在木椅上一声不吱地猛抽烟……

"爸爸今天有点怪喔！"晓霞拉着妹妹晓红偷偷从门缝里看着父亲，回头对妈妈说。

妈妈便笑盈盈地告诉孩子们："松辽那边出油了，你们爸爸今天事多，别去打扰他。"

晓红和晓霞手拉手，轻声细语地走到会客厅："我们要睡觉了！晚安爸爸！"

沉浸在思考中的余秋里，一见是两个宝贝娃儿，顿时站起身来："好，睡觉！我今晚也早点睡！"

余秋里睡下了，但他哪能睡得着嘛！他的心早已飞到了松辽……

松辽那边此刻早已热闹透了。热闹的还有黑龙江省委的上上下下。

"喂，是李局长吗？我是省经委老封呀！你们快把松基三井的石油送点来给省委领导报喜呀！"松辽石油勘探局的李荆和局长刚从32118队现场回来，省经委封仲斌的电话已经追到他的办公室。

"好好，我马上派人送喜报。"李荆和放下电话，就找到黑龙江石油勘探大队党委书记关耀家同志："关书记，省里等着我们报喜去，你下午就动身上哈尔滨吧，带上油。"

关耀家愉快地接受了这一光荣任务，并随即起草了一份喜报，请李荆和

第四章

审定后写在大红纸上。下午，他和办公室秘书小李俩人抱着喜报和两瓶原油，从安达火车站赶到哈尔滨。经委封主任约定他们明天在哈尔滨市工人文化宫门外等。

第二天上午，关耀家他们准时到达。不一会儿，封主任满面春风地对关耀家他们说："走，我们上对面的'107'去。"封主任说的"107"是黑龙江省委的招待所，这所看起来很普通的两层建筑，其实是省委领导经常开会的地方。

封主任带关耀家等人来到"107"二楼的一个会议室，当他们推开大门时，正中央坐着的一个身材中等、年约六旬的老同志立即站起来："来来，是松辽前线来的同志吧？快过来让我们看看油是什么样的！"

封主任向关耀家等人介绍说："这是我们省委第一书记欧阳钦同志。"

关耀家早听说过欧阳书记，但却是第一回见面。他抱过油瓶和喜报，正要张开红纸念时，欧阳书记笑着对他说："喜报就别念了，给我们讲讲就行。"看得出，欧阳书记也有些迫不及待了。他指指关耀家放在地毯上的那个瓶子，问："这就是原油吗？"

"是的，就是埋藏在1000多米的地下喷上来的原油。"关耀家说。

欧阳书记的眼里露出了光芒："是真的吗？拿火点点看能不能着呀？"

关耀家说："能着。"说着他便顺手卷起一个小纸条，然后伸进油瓶内蘸上原油，再用火柴点燃。

原油熊熊燃烧。

欧阳书记兴奋地冲屋里的常委们大声说道："看见了吧？这是真正的原油啊！我们这里出油啦！这太好了！"

常委们无不欢欣鼓舞。

几日后，省委就派副省长陈剑飞和经委封主任代表省委前往松基三井现场慰问钻探职工和技术人员。

而这时负责松基三井钻探任务的32118队成了大忙单位。除了余秋里等部

奠基者

领导要求他们十分仔细认真观察出油情况外，白天队上的同志忙碌着向方方面面的参观者介绍喷油情况，每个晚上几乎都有来自省、县等单位的文艺剧团的演出节目看。而令全队人最兴奋的事还是余秋里部长指示下来说让队上立即选出一个代表上北京参加"十一"国庆观礼。现在的年轻人不知道什么是"国庆观礼"，那会儿谁能参加"国庆观礼"就是一种极高的政治待遇和荣誉，因为能见到毛主席。

这回让队长包世忠犯难的是：一个名额，给谁呢？部里传来余部长的意见很清楚：要挑一线的同志去。谁都是一线的同志呀！包世忠扳着手指："四大金刚"的司钻吴三元、王顺、刘福和、安发都是吃苦在先、手握刹把用汗水换出来的劳动模范；哼哈二将：副队长乔汝平、钻井技术员周达常更是冲锋在前的勇士，还有地质技术员朱自成勤勤恳恳，就连炊事班的老班长张学孟都是功不可没的松基三井的功臣啊！

"指导员你看这怎么办？"包世忠找到指导员沈广友。老沈笑笑，说："要不你去最合适，因为队长只有一个。"

包世忠不干："这么大的荣誉，我跟你都不能去！得让工人们去。"

俩人最后商量由王顺去。"我们32118队来松辽后，一波三折，总算打出了油。现在上北京向毛主席报喜，得顺当点儿。王顺的字里有'顺'字，他去好。"包世忠没辙，最后找了这么个理由。

哈哈，就王顺！

26日出油。27日向省里报喜。28日部里下达参加国庆观礼名额。29日王顺的名额才定下，而此时离"十一"只有两天时间。

"快来刮胡子！把你那身臭烘烘的衣服也脱了！"包世忠和全队上下像嫁闺女似的给王顺从头到脚、从里到外收拾了整半天。

上天安门向毛主席献什么礼？这又是犯难的事。

"当然是带上我们打出的原油呗！"包世忠从朝鲜战场回来见过大世面，

第四章

这点子是他出的。全队同志欢呼雀跃。

王顺后来真上了天安门城楼，不过他没有机会代表石油工人给毛主席献礼，因为毛泽东和他有一段距离，但王顺回到队上坚持说毛泽东笑眯眯地向他招手呢！只是参加观礼要求太紧，大会工作人员根本不让他们带什么东西上城楼。

余秋里后来上 32118 队视察工作时，包世忠跟他聊起此事时，余秋里笑着告诉包世忠：毛主席其实已经知道松辽打出油了。是他余秋里打电话给了周总理，再由周总理转告给了毛泽东。

"同志们，你们听到了吗？毛主席知道我们打出油啦！知道我们 32118 队在松辽打出油啦！"包世忠拿余秋里部长的话，在井队全体人员会议上好好鼓动了一番。这是后话。

在王顺带着喜报进北京时，黑龙江省委的欧阳钦书记他们则已经坐不住了。

"余部长，你的队伍在我这儿打出了油，老头子我高兴啊！我得去看看他们！而且是带着大肥猪去！你什么时候过来呀？我也准备给你设宴接风啊！"欧阳钦书记给北京余秋里打电话。

"哎呀老书记，太谢谢您了！我代表在松辽工作的全体石油同志谢谢您。没有您老的支持，我们还不会这么快见了油，我现在真想就飞过去看您，可手头事太多……"余秋里接到欧阳钦的电话，有些喜出望外。听余秋里身边的人介绍，余秋里生前对欧阳钦书记怀有特别的感情。余秋里几次说过：他之所以能指挥石油大军搞出了个大庆，离不开黑龙江地方党委和政府的全力支持，尤其是欧阳钦书记的支持。

欧阳钦还是位老资格的革命家，1959 年的省委书记中，年近六旬的欧阳钦算是少有的长者之一了。但这位老书记革命激情不减，从那天亲眼看到石油部的同志送来飘香的原油起，他老人家就一直处在高亢的兴奋之中。

"好好。当京官身不由己，那我先行一步，替你去慰问一下石油同志！"欧阳钦性格爽朗，快人快语。

| 奠基者

次日，黑龙江省委、省政府派出两辆嘎斯车，分坐着省委书记欧阳钦和李范五、强晓初、李剑白、陈法平等领导，直驰肇州县的大同镇。

北大荒的秋天，清风习习，到处是金黄色的如画风景。望着辽阔的黑土地，遥远耸立在平原腹地的高高钻塔，这一路上欧阳钦书记兴致格外高涨，他对身边时任省委秘书长的李剑白说："北大荒啊北大荒，你沉睡了几万万年总算又要欢腾了！李秘书长，你说我们在北大荒发现了油田，谁想卡我们脖子也卡不住了，这在国家经济困难时期，我们这儿出油了，是不是一个非常关键而伟大的发现呀？全国人民是个是应该好好庆贺这一具有历史意义的事件？"

李剑白秘书长也被欧阳钦书记的话所感染，连连称道："是该庆贺。松基三井喷油正值国庆十周年的大庆前夕，是向国庆献了大礼，喜上加喜，应该大庆。"

欧阳钦书记的眼睛露出少有的惊喜："好啊，那咱们就给这个即将诞生的油田起个名吧！松基三井在大同镇，我们就把大同改成'大庆'，你看怎么样？"

"太好了！名副其实。将来这儿要是有了大油田，肯定会成为一个非常漂亮的城市。山西有大同市，我们这儿再叫大同市就重复了。改！改大庆好！"

欧阳钦听后发出一阵朗朗笑声，他的嘴里不停地在喃喃着："大庆、大庆……"

"同志们，我们在松辽打出了油，这是历史性的事件，值得纪念。将来，我们这儿要大发展，油田一旦建立起来，这沉睡了千年的北大荒将是一个充满生机和希望的地方，因此我建议，把我们未来的油田叫成大庆，因为它是在我们国庆十周年的大喜日子里发现的！你们说好不好？"在与松辽勘探局的干部职工见面会上，欧阳钦书记向大家征求意见，立即得到了所有人的热烈响应。

"好——大庆好！"

"大庆！""大庆好！"

大庆的名字就这样叫开了。

"大庆？！"余秋里第一次听人说欧阳钦书记把松辽出油的地方叫大庆时，眉头一扬，"好嘛！大庆好嘛！"他对康世恩和石油部机关的同志说："今后

第四章

我们就把松辽改成大庆。哪一天允许对外说了，我们就把它标在地图上。现在嘛，我们只能在内部称它为大庆，对外还不能说。嘿嘿，这叫内外有别嘛！"

其实，自松基三井出油后，在黑龙江和石油部上上下下一片欢庆之时，唯独余秋里显得不那么喜形于色——至少他在表面上不那么像其他人天天挂满了喜色。

一口井出了油就下定论，为时还太早。可见余秋里心头川中失败的阴影太深，或者说作为一个全局的最高指挥官，余秋里愈在此刻愈清醒。

在王顺等石油战线的"国庆观礼"团忙着天天出席庆贺活动之际，余秋里组织他的石油部党组成员开了三天会，听取松辽方面李荆和他们的汇报。松辽石油勘探局的汇报是令人振奋的：地质部长春物探大队重点对大同镇一带进行的地震勘探证明，松基三井所在高台子构造以南，还有一个更大的葡萄花地质构造，面积在300平方公里以上。针对上述情况，松辽石油勘探局在松基三井进入试油阶段时便提出了葡萄花构造预探的总体设计，而且就在余秋里组织召开党组会前一天的国庆十周年之日，葡萄花构造上的第一口井已经开钻。

"好，现在我们的任务是要加大勘探力量，争取早日把那儿的油田面积搞清楚，把油层的厚度搞清楚，还有是保证找到油后能将它采出来！"余秋里在党组会议的最后一天说，"今年我们的原油生产已经处于主动，第四季度可以腾出手来，以更大精力来抓勘探。松辽目前已有一口井探出油来，这是一个很大的希望，但远远不够，我们还要争取看到更多的井出油！而且要搞清油的分布情况和范围，这些都是至关重要的……"他的这些话，在几天前就由秘书整理成报告，以石油部党组的名义向毛泽东和党中央做了汇报。

很快，根据余秋里和党组的决定，康世恩同志立即着手，与技术人员迅速又布置了63口探井井位，其中大同镇长垣构造内布下了56口井，并且专门从四川石油局调集了一批勘探人员，参加勘探。

此刻的余秋里已经强烈意识到松辽将有一场大仗要打，而这场大仗极有可

奠基者

能使中国一下改变缺油的被动局面！

"历史经验告诉我们，要采取大的行动，必须先统一思想。思想统一，才能行动一致……"1959年11月26日，北京华侨饭店的会议大厅里，余秋里的声音在此久久回荡。

"余秋里同志主持召开的这次会议，可以说是新中国石油工业发展史上的一个里程碑。它对建设一支拖不垮、打不烂的石油队伍起了重要作用。通过这次会议，我们一下子将原来一盘散沙式的队伍变成了一支指向哪儿就战斗到哪儿并且能够取得胜利的钢铁队伍！"10年前的1994年，已是80岁高龄、身患绝症的康世恩向人谈起当年余秋里召开的华侨饭店会议，仍然激动万分道："那会议才叫会议！开得极其认真，余秋里同志抓住石油行业是否应该'又让又上'问题，和要不要提倡顾全大局观念、集中力量保重点这两个重大原则问题，进行深入讨论，大做文章，整整几十天时间，嘴巴都磨破了。我家与华侨饭店就一街之隔，可会议期间我儿子结婚我都没敢请假回去……"

"跟大家有言在先，我这回没有啥长篇论谈。只带来耳朵想先听听大家的意见。所以这次会议期间你们可以把想说的话，全部说出来，连一个屁都不要憋着，给我好好地放！"余秋里的开场白，就把各地石油局和矿厂的头头脑脑们的情绪给调了起来。

余秋里则和党组成员们整天拿着小本本像小学生似的来到会议代表中间听他们"放炮"。

"我要说！"首先站出来的是新疆局党委书记、老红军王其仁。

"好，老王你先说。"余秋里一副虔诚的姿态。

"余部长，我有话要先对你说！"王其仁不愧是一位在苏联工作多年的老红军战士，他站起来面对面地指着余秋里，丝毫没有半点含糊地开炮了，"说什么呀！说你余秋里来到石油部后是干得雷厉风行！新官上任三把火，这我们也理解，你想上任后立马抱个'金娃娃'好在毛主席面前报喜这也可以理解。

第四章

可你理解我们下面吗？一个好端端的新疆石油局，才像模像样几天时间，你倒好，搞个川中会战！热热闹闹，轰轰烈烈，大部长一声令下，就让我们张局长带上大队人马，千里迢迢赶到天府之国去了。可你知道之后的日子我这个局党委书记咋干的吗？精兵强将都上你们那个会战去了，我们剩下的呢？都是些老弱病残，我是整天又得抓独子山的炼油厂，又得抓克拉玛依的生产，顾头顾尾，结果啥也没顾上。"大跃进"年代，看人家兄弟单位风风光光，喜报一个又一个，我们呢连扬眉吐气的机会都没有！"

会场寂静。代表们紧张地看着余秋里的表情。木椅子上传来嘎吱一声响，那只空袖子甩了180度拐弯。

"王书记，别说了。"有人轻声提醒王其仁。

"为什么不说？"王其仁突然大声吼道，震得会场内四处回音。

老红军战士果然视死如归。会议代表们在内心敬佩王其仁这样敢于直言的老红军时，他们并没有忘记坐在他们中间显耀位置的那只甩着空袖子的人也是位老红军。论参加革命工作的资格，两个老红军不相上下。

当过兵的人都知道有个不成文的规矩：谁要在部里多当一天兵，后面来的战士就是以后当了再大的官，你在这兵面前仍然是"新兵蛋子"一个。

王其仁知道，坐在自己面前的那个空袖子的人比自己不是多当几天兵，而是有些年头。但这怕什么？你自己说的，让我们有屁也痛痛快快地放嘛！何况我他妈的不是屁呢！是冤屈呢！新疆局咋啦？我的新疆石油局的队伍先姓"新疆"，其次才姓"石油"！

老红军王其仁竟然说着说着，哭了起来："反正、反正我新疆局再不做那样的傻事了！要支援，也得等我新疆局自己先把指标跃进一回了、扬眉吐气了再说！否则就不行！"

"不行！不行！"不知谁撞了一下麦克风，结果会议厅里一下传出几个回音。

代表们用眼睛的余光看着用右手解着上衣扣的余秋里部长。

奠基者

"王书记说完了？"余秋里的声音有些发闷。

"暂时说完了。"王其仁也不含糊地回答，看来他是准备惨遭部长"不打肥皂刮胡子"了。可代表们有些意外地听到部长的声音这回异常平静。

"好嘛，谁接着说？"余秋里干咳了一声，然后声音不高不低地问一声后，抬眼看了一圈身边坐着的人。

"那我就说说吧。"青海局局长李铁轮站起来不紧不慢地说着，其实看得出他心里的话已经憋了好久了。这也是头高原犟驴。话不多，也不绕弯，却火冲冲的："希望以后石油部干什么事，先照顾照顾我们青海这个穷局。咱不容易啊！要什么底子没什么底子。部里有难处，我们小局下面也有难处呀！部里有难处时，向局里要人要物，可我们局里有难处时找谁去呀？你们说是不是？"

一个软里见刀子的家伙。代表们今天都在为余秋里部长和部党组捏把汗，特别是脾气大的余部长。他们心里在想：这阵势下去，结果只能有两种，要么风风火火想大干一番石油事业的余秋里部长从此做缩头缩脑的乌龟部长，人家下面几个顶着国家石油大梁的管理局和油矿吆喝什么你部长在上面就跟着吆喝什么；要么是下面的几个管理局和油矿厂领导的脖子软蔫，老老实实俯首称臣，听从他余秋里指挥调遣，不说一句怨言。总之，不管哪种结果，这回华侨饭店会议肯定是一次不见血的"鸿门宴"！

不一定不见血！有人私下窃窃议论道：瞧那些老红军、老八路，他们的身上谁没几个枪子穿过的孔？他们怕过谁？说不准会一吵起来，拍桌子瞪眼还嫌不过瘾呢！

看吧：第一位老红军都哭了！第二位局长不是软里藏刀嘛！

我看余部长绝不会饶了这些家伙！他们算个鸟？想跟部长较劲？真是不知天高地厚！没听说毛主席为啥让他来咱这儿当石油部长？就是他余秋里能干！能打开局面！哎，你们听说这个故事没有？1940 年前后，我们八路军跟日本鬼子干得最凶的时候，兵力损失巨大。余部长那时就是支队政委。他奉命在冀中

第四章

平原一边跟小鬼子干,一边发展八路军队伍,你们猜怎么着?嘿,短短十几个月,余部长他带的队伍,把冀中平原的小鬼子打了个稀里哗啦的,而他自己的部队由开始3个连队的二三百人一下壮大到了5000多人!这在当时可是了不得的事!毛主席都表扬过余部长的本事呢!

嗯,我看呀,他们新疆局、青海局的人是吃错了药!就是嘛,我看他们太牛了!是呀,这几天他们打出了油,《克拉玛依之歌》也唱得太响了,还有柴达木人啥的,这本来也是全国人民支援的结果,他们现在倒好,以为自己是谁了?柴达木油田是他们自己家的了?克拉玛依油田也是他们自己下的崽?呔,我看他们是井底之蛙!不知天高地厚。

是嘛,余部长他们有什么错?咱国家的石油底子就这么薄,不靠集中兵力作战,将来找油的地方越来越多,而且油田也越来越多,如果都各干各的,找出一油田自己就独立一块地盘、搞一支应有尽有的队伍,那我看整个中国人都调来搞石油还未必够呢!

可不是!那么干法咱们石油部就不叫石油部了,该叫"全国部"了!

得了,还叫"全国部"呢!要真到了那时候,我看也是我们石油部灭亡的时候了!怕是连石油部的名分都不会有了!

是啊,要真到那份上,他们克拉玛依、他们柴达木也全给灭了,那时他们往哪个地方去牛呀?

哈哈哈,我看应该让他们尝尝苦头。要不他们也不知道自己姓什么了。

这油田那油田,这管理局那管理局,如果他不姓石油,也不姓石油部了,看他们还能牛多少时间!

真是不懂一点马克思主义!毛主席早就说过,搞社会主义就得有全局观念。我看余部长和党组的方向是对的,行动的措施也没什么错!咋,国家这么缺油,一个克拉玛依、一个柴达木油田就能满足国家发展需要啦?全国人民就该向他们供煤火烧啦?真是恬不知耻!

奠基者

唉，说到底啊，还是去年川中搞砸的原因。他们四川也真是的，本来地质情况没搞清楚就在那儿瞎嚷嚷，就凭着几口井喷油便到处吹发现大油田了！弄得余部长跟着他们在毛主席面前都丢了丑……

我看这事不全怪四川局，部里决策也是有些问题，搞啥会战嘛！把几个局的人马都拉上去了，结果啥名堂都没干出来，被动吧！

你不当部长说话轻飘飘的，余部长他们容易吗？中央天天喊着要"大跃进"，大炼钢铁，粮食一亩要收几万斤，这"卫星"一天放一个！石油部咋一点动静都没有？让别人以为你石油部是跟毛主席、党中央唱反调？把搞油的都整成"大右"了！这不是大笑话、大悲剧嘛！他余部长能这么干吗？

唉，其实啊要我看，他余部长啥都别操心，上面说啥就跟着吆喝啥就得了。你不是让大炼钢铁吗？那我们就都去炼吧！让新疆局、青海局去风光吧！

屁话！他们风光啥？拿好端端的国家进口无缝钢管去扔在土炉里烧瘩疙出来去风光？这叫败家子！余部长骂得好！还骂得不够！

行了行了，我看呀石油部眼下这种局面都是四川那边没搞出油来给闹的。

是是，哎，四川局的龟儿子来了没有？他们缩到哪儿去了？

"我是四川局的。那我就说说吧。"四川局的张忠良终于站了起来。他也是一名老红军，石油师的副师长，他身上也有敌人枪子留下的一道道伤痕，他平时的脾气也能吃掉人。可现在他变成了一只受气的小兔子——哪回会议石油师的人从上到下好像都不吃香似的。政委张文彬在新疆虽说是局长，但人家党委书记老王头觉悟更高，张文彬要不是余秋里保，早就是"右派分子"了。师长张复振也不硬气呀！搞运输去了，干来干去也是个受气包。本来副师长张忠良可以为石油师的全体将士直直腰杆的，偏偏川中一仗打得窝囊喔！

"是我工作没做好，拖累了各兄弟局的后腿，让大伙儿跟着我们四川倒霉。"张忠良真有绝招，这会上他一说话就向人检讨。特别是见了新疆局的王其仁和青海的李铁轮，就把头往胸前垂下，抱起双拳一个劲地赔不是，而且好几回是

第四章

当着余秋里部长及其他几位部领导的面。

好你个张忠良,这不是拐着弯在我面前骂我嘛!余秋里不是傻人,这一点还看不出来?

"余部长,这会这么开下去不行啊!"有人满脸愁云地跑到余秋里的房间说。

余秋里奇怪地问:"怎么不行?我看挺好的。"

"还好啊!再这么下去,他们非得把你吃掉不可。没瞧这几天几个骨干局领导脸上都春风满面,得意扬扬的?"

"好啊!让他们春风满面、得意扬扬嘛!只要他们能说出心里话,那就让他们去扬扬得意吧!我要的就是这个!"

"可这样下去我们部里以后怎么领导队伍呀?每个局自己都有一套,上面的话没人听,我们怎么集中兵力找大油田呀?"

余秋里笑了:"对头,你提出的问题也就是我心里想的,也是要在会上向大家提出来的。我们既然以后还要长期地在一起搞石油,现在就先得把心里想的,连同我们过去做的对与不对的地方都摆在桌面上,说他个痛快,直说到连屁都没有可放的时候,我们再一起统一思想,统一认识,这样以后我们才能更好地领导和组织队伍向更高的奋斗目标前进!"

"这么说你心里早有底啦?"

"没有底我还开什么会?开会的目的就是要达到一个目的。我们现在的目的是:石油部上下要统一认识,思想往一处想,下一步我们才能在松辽和全国的找油战斗中取得突破性的战略与战役的伟大胜利!"

"余部长,你又要给我上战争军事课了……"说话者偷偷笑了。

余秋里的眼睛瞪得溜圆:"搞石油就跟打仗一样呀!我不用战争军事手段我能搞得赢吗?"

"嘻嘻,我看你打仗这一套行。"

"你以为我这个中将是捡来的?"余秋里说完这话就哈哈大笑起来,"走,

| 奠基者

继续听同志们放炮去！"

刚出门，工作人员就将余秋里叫住，并引到一边悄悄说："李立三同志和李雪峰同志来电话说找时间想跟你谈谈。"

"嗯，他们要找我谈什么？我现在正开会呢！"余秋里一时没反应过来。

"肯定是有人将会上讲的内容向两位主管工交口的领导反映了。"

余秋里的脸沉了下来，又马上绽开："让他们反映吧。"

后来李立三和李雪峰两位主管中央工交线的领导真找了余秋里谈话，并且好言劝他注意下面的意见，尤其是当下"大跃进"的形势，千万别让人抓住啥把柄。

见鬼了！老子从干革命那天起就没有想过自己怎么着！我抓石油怎么着？国家那么穷，毛主席和全国上下又急着要油，我不采取些特殊手段，不集中兵力去打歼灭战，我们什么时候能搞出大油田来？急啊！都是给逼出来的！那是没有办法的办法嘛！跟我们当年与小日本鬼子干仗一个样，他把我们的根据地毁了，又到处建了碉堡、伪村公所，我们八路军到哪儿都受到限制，可我们得站住脚跟，取得胜利呀！那就得想法在敌人的夹缝里求得生存，有了生存就有进攻和出击的机会，就有了战胜敌人的可能。那会儿我们搞石油就是这个样！国家没钱多给你，石油系统自己的底子就这么薄，你这么干猴年马月找到大油田？不行！这都是逼的！

余秋里在90年代初成为植物人之前，一次接受一位部队写作者采访时这样说。

但在华侨饭店的会议上，他知道靠简单的几句话是说不通那几个很会"蛮不讲理"的局长书记的。再说那会儿政治形势可不是对余秋里干的那一套很有利，弄不好整个石油部都会被人说成是"右部"——有"右倾机会主义"意识的部门。搞油的部真成了"右部"麻烦可就大了。这种先例不是没有。

余秋里过去一直是毛泽东眼里的那个"好海瑞"，可会不会现在因为提出石油工业"又让又上"而被划到毛泽东不喜欢的像周小舟式的"右派海瑞"行

第四章

列中去呢？

在 1959 年、1960 年的形势下，这可都是说不准的事。

崭新的华侨饭店在当时的前门一带是座别致的建筑，冬雪飘落的时候里面的气温很舒适和温暖，但独臂将军感到他的那只已经空洞了二十几年的残臂阵阵作痛……这是为什么？打仗那会儿条件那么差为啥没感觉？噢，是因为一个劲头地向前冲！冲！这样的情况下再有疼痛的伤口也不会感觉到的。新中国成立也有 10 年了，一直没有痛过呀？这是怎么啦？

余秋里推开窗户，看着漫天飞舞的雪花儿，将右手向窗外伸去……几片雪花儿飘在他手心上，很快融化了——他的手一直是滚烫的。

噢，是心在疼。是自己用滚烫的心在倾注对中国缺油的局面而焦虑而奋斗之后得不到人理解和产生共鸣而撞击在心头的疼！

窗外飘雪，飘得京城一夜银装素裹。余秋里关上门，不让一个人进屋，就连秘书也不准进。会议室里的争吵声仍在继续，而且一声比一声更高……

都说独臂将军生性脾气暴烈，哪知他内心世界却时常细腻微妙。如果不是这样的人，那就不是他余秋里，而是许世友，许世友一生性格独特，刚烈有名，在其生命最后时候也一副虎豹之相。但余秋里不一样，我作为他儿百万队伍中的一员，曾经在余秋里晚年时看到的他形象是一尊完完全全的佛相——善良至极、和蔼至极，心里能装得下天，脸上总一副笑眯眯的样。他可以毫无顾忌地走向"中央首长"住的那种深宅朱门，跟左邻右舍那些站在马路边下象棋的爷们和赤着背的三轮车夫聊上几个小时——那会儿没人相信他是个中共中央政治局委员、书记处书记那么官职显赫的大人物。

"我怕啥？我一生没有给老百姓办过坏事！"多少次身边的警卫和中南海的人劝他外出要"注意"，余秋里实在生气了就口出此言。

不是一生积德的人是无法修道成佛的，更不用说有佛相了。共产党人是不信修道的。但共产党人也讲道德和修养。要不为什么现在胡锦涛为总书记的党

奠基者

中央向全党提出"执政为民"和人文治理社会呢?

在军队,在打仗和完成任务时,没有那么多废话,下级就是服从上级,指挥员让你打到哪儿你就冲锋到哪儿!死了的是烈士,回来的是逃兵。甭废话!什么正确不正确?执行就是正确!不执行就是错误,就是违纪!上级有错怎么办?当然可以改正嘛!提意见也是可以的。但在大战来临之前,在决策已经下来的时候,你甭再哼哼唧唧,让你干什么你就去干什么!死了一个,死了一片,就是全军覆灭也得执行!

这就叫军队!这叫指挥打仗!干啥?仗还没打起来,就嚷嚷这不行那不行,那等你什么时候说行的时候,黄花菜不都凉了嘛!黄花菜凉了就算了,脑袋要是掉了你找谁去?

石油部的几个副部长和一些司局长看着会上下面的石油局领导那么"猖狂",很为自己的余部长和党组抱不平。

咋,真是你们下面油田、油矿打个喷嚏,我们石油部的大楼就摇晃不停?那也太不像话了!

"哎嘿哎嘿,你们瞎嚷嚷什么呢?开会就是让人家把心里话掏出来的嘛!这有啥不好。我看好得很呢!"余秋里从房间里出来,一脸平静和温和之色。这反倒让机关同志捉摸不透了。

"将军这回咋的啦?给下面的人吓着啦?"

"去去,余部长怕过谁?"

"那他这是怎么啦?别人在他头上拉屎他也这样忍着?"

"他怎么啦?我怎么知道?你有本事自己去问问他!"

"得得,这段时间他和几个副部长天天找人谈话、征求意见,嘴皮子都磨破了,今天他不是要讲话吗?听听看他怎么说。"

"走,去听听——"

余部长终于说话了——"鸿门宴"正式开始!台下的各种角色心里头都悬

着，七上八下的。只有玉门局的人心里比较踏实，因为前几天余秋里请他们发言，介绍他们顾全大局、支援兄弟油田建设的事迹经验。玉门人来这里谁都没话说，新疆能出克拉玛依、青海能出柴达木盆地，没有不是玉门人支援的结果。那个作家李季不是说"凡有油田处，都有玉门人"嘛！搞油田的人，谁也牛不过"玉门人"，因为玉门是中国的石油摇篮，而玉门在一边支援全国找油，同时又注意发展自己的"玉门经验"和"玉门风格"，确实让人佩服。

比比玉门的风度，再看看自己的雅量，新疆局和青海局的早就心里有点发毛了。

现在又看到余秋里部长走向主席台时那只空袖子嗖嗖生风的样儿，新疆局、青海局的领导开始感觉脖子后发凉了……

"同志们哪！这个会已经开了十几天了。收获不小。现在我代表党组讲五个方面的问题：一、观大局、看主流、辨方向，对我们每一个领导干部和机关来说，是一个带有根本性的课题，也是检查我们机关和领导干部政治强弱的试金石……"听听，第一个问题就是"试金石"！啥叫"试金石"？你是革命者还是不革命者，你是个好领导者还是个不好的领导者，"试金石"上一试就明白。

那也是要看余部长今天举出的是什么"试金石"了！要是像当年项庄在沛公面前耍的那把剑，这回新疆局、青海局还有前几天"牛"气冲天的头头脑脑们倒霉了！

"观大局，我们现在的大局是什么？搞社会主义！把国家经济搞上去！毛主席和党中央天天都在操心把经济建设搞上去，把老百姓的生活搞上去。不搞上去行吗？反动派就是不想让我们搞上去；美帝国主义帮着台湾企图反攻大陆也是不想让我们搞上去！而我们呢，毛主席说了，一定要搞上去，新中国不能因为美帝国主义卡我们脖子，蒋介石在那儿嚷嚷，我们就搞不上去了！搞不上去就不是中国共产党人！"

"这就是大局！不认识这个大局，光想着自己那么一点小天地、整天算自己的小账,就不可能理解国家的大局。我们石油工业建设的大局是什么?不是有了几个小油田就可以躺在那儿吃等老死了!那是不行的!国家建设大家都看到了,蒸蒸日上,日新月异,一天一个样!建设发展了,就要用油!毛主席说了,没有石油,国家就发展不上去。他老人家着急,全国人民着急,这就是我们面临的大局!我们石油部目前的大局:找油!找大油田!找出国家和人民建设所需的石油!"

"连这个大局也认不清,我们还算什么石油人呀?"

"鸿门宴"血腥味出来了。会场上鸦雀无声,只有主席台上那只独臂不停地在空中挥舞着。

"我们石油部的油怎么找出来?靠什么?我看就是要靠组织全面的、综合的、有效的大协作!有了这种大协作,就能最大限度地挖掘潜力,实现'大跃进'!"

"我们的潜力在哪里呢?企业内外,这个地区和那个地区的协作,就能发挥很大的潜力!因此,可以说,协作本身就是蕴藏着巨大的生产潜力。全面的、综合的大协作,是我们社会主义的一大重要特点,只有社会主义制度下才能最大地发挥这种协作的威力!"

乖乖,上纲上线了!台下的人用眼睛偷偷地在交流。

台上的人,继续挥动着右臂:我们石油部为啥要搞大协作呢?看:独臂先是握紧拳头,然后一个指头一个指头分开来——

"第一就是我们落后。一穷二白的落后,产量还少,少得可怜。可我们石油部也要实现高速度呀!怎么办?到毛主席那儿哭穷去?我不干,我余秋里不会干这种事的!我相信在座的同志们都不会干,我也相信石油部所有的同志都不会这么干!毛主席让我们来搞石油,就是希望我们搞出名堂、搞出大名堂来!新中国建立起来不容易,我们也是在帝国主义、封建主义和官僚资本主义扔下的一个烂摊子上建立起了人民共和国。现在国家要发展,要大发展,因为不发展不行，帝国主义欺负我们，连一直跟我们很好的"老大哥"也要欺负我们，怎么办？就得高速发展，把我们自己的事办好！石油部建立时间不长，比别的部委更可怜些。但我们不怕，我们靠大协作精神。这样做，无论是油田建设，勘探也好，炼厂建设也好，都可以在某一点上，某一个方向上，把劣势变为优势。所以，我们要实现高速度发展，就非得协作不可，而且是大协作。青海冷湖是个荒凉的地方，那里草木不生，连麻雀也不去，条件很不好，但今年上得很快嘛！克拉玛依在采、炼、储、运等几个环节上能迅速建设，保证了高产！他们都是什么原因取得这样好的成绩？我们看就是全国石油工业系统中组织了大协作的结果。这叫大家发扬了共产主义风格，你帮我，我助你，七手八脚，一下就上去了！这就是大协作的结果。你单靠自己一个小矿一个油田办得了大事吗？一时你可能行，可再大上十倍八倍，你还能行吗？

"第二是我们石油勘探工作的发展常常出现不平衡。这是我们石油工业本身的特点。为啥？就是因为油田经常是不以我们人的意志为转移的客观情况，它加起来可以归结为"有、无、大、小、东、西、南、北"。啥意思？就是油田有的地方有，有的地方它没有；有的地方它大，有的地方就小；有的东边有油，西边就没油了；有时南边有油，北边可能有，可能就没有。同样是一块南边的地区，也不是都有油！有的今天油哗哗啦啦地冒个不停，明天你就是叫它老爹老妈它也不出油呀！这样就会给我们石油系统形成一种你无法改变的力量的不均衡性。你有时忙得不行，有时你就闲得不行。怎么办？我们是社会主义，整个石油系统是一盘棋，全国是一盘棋呀！这样就更需要大协作。特别是碰到找大油田时，我们就得集中兵力，加速地质勘探能力，尽快找到油田，而且在找到油田后也得再集中力量打'歼灭战'，把油量搞上去。

"再一个就我们本身石油底子差，国家现在的底子也很差。怎么办？我们不能因为底子差就不干活，或者等底子好了后再干，成吗？不成！毛主席不答应，全国人民不答应，我们石油系统自己的同志不答应！可你又不得不承认，我们

| 奠基者

石油部就那么点底子！这是个不利因素，是个弱点。我们就得克服它。靠啥克服？靠我们把有限的力量集中起来，把困难留给自己，把方便留给别人，主动、全力地支援兄弟单位、兄弟部门，而且这种支援和帮助从长远和全局看，是相互的帮助和支援。这样我们就能把有限的技术力量、有限的人力、有限的财力放在一起，以较小较弱的力量去完成我们的大任务！去争取我们石油事业的大突破、大胜利！

"你们觉得这样的大协作，有意义吗？值得吗？你们把手伸起来我看看！大家赞同不赞同我的观点？"

台下早已被台上说话的人深深感染了。这回齐刷刷地把手举了起来。有人怕部长看不到，就干脆站立起来举手。

余秋里高兴了，他不仅看到他的战友们全都举起了手，而且连新疆局的王其仁、青海局的李铁轮，还有四川局的张忠良，他们全都举了手。

"好嘛，大家都同意我这个观点，这证明我们开这个会是成功的，达到了统一思想的目的。但是我确实也要进行自我批评：我们以后不管打什么大仗恶仗，也不管像玉门这样风格特高的油田怎么不叫苦、不喊冤，我们在集中兵力的时候，也得讲究从实际出发的原则，不能像割韭菜似的，或者像杀鸡取卵那样，那绝对不成的。新的基地、新的油田要开发，也不能把老的油田、老的基地丢掉和破坏掉嘛！那不是真正的马克思主义做法！"

"好——"不知谁在下面高喊了一声，一看原来是新疆局的王其仁。

"好好！"也不知谁附和了一声，于是整个会场里"好"声一片，掌声一片。

余秋里趁着大家鼓掌之际，往会场扫了一遍，他高兴地看到了想看到的人，于是站起身："秦文彩同志和李德生同志，你们都来了啊！去年我在四川会战期间没有认真听你们的意见，而且也不正确地批评了你们，还有张忠良同志也提了很好的意见，我没有接受。现在，我再一次代表党组，也有我个人的意思在里面，我向你们检讨，向你们赔礼道歉！"

第四章

将军部长突然庄严地挺直胸膛，举起右手，向秦文彩、李德生等同志又敬礼，又鞠躬。

"哗——"这回掌声真是雷鸣一般。华侨饭店的服务员以为出什么大事了，纷纷拥到走廊和会议室的门外，当她们听到里面随即传来欢笑声时，才微笑着回去干自己的事。

"同志们，现在我想趁这次会议的机会，向大家报告一下明年——1960年咱石油部的工作计划。明年可能对我们石油人来说，是个好年份。我们的松辽已经出现希望的曙光，如果勘探计划继续发展，我们要准备组织一次史无前例的大会战！彻底把中国贫油的帽子扔进太平洋去！同志们有没有决心啊？"

"有！"会议室的房顶出现了强烈震颤。

余秋里这回笑了。是该值得笑一笑了。石油部的华侨饭店会议已经过去了六十多年，当我怀着一颗虔诚的心，一步一步走入这段历史并再回过头看看后来新中国石油走过的石油史，我才深深地理解了康世恩同志为什么说此次会议是"中国石油工业发展的里程碑"了。是的，石油工业与其他行业很不同，尤其是中国的石油工业，这个行业本身的基本特点是它的"未知数"，油在哪儿是未知数，能不能成为油田开发、怎样开发、开发的结果又会怎么样等等都是未知数。对待这样一个特殊战役，靠常规的工业化运作简直是无法前进一步。

"好，现在散会！"

代表们带着一身热血，纷纷离开北京，准备接受更艰巨的任务。而新疆局和青海局、四川局等局的领导没有先走，他们围着余秋里和康世恩等部领导就是不走，说一定要从部长嘴里听到下一步如果松辽要大干，必须有他们几个局的任务，而且是最光荣最艰巨的任务才走。

"放心，余部长绝对不会轻易将啃松辽的硬骨头任务放过你们几个局的！他是干什么的？指挥打大仗打硬仗的将军！他最知道关键时刻用谁不用谁！回去吧，好好统一思想认识，做好松辽大仗准备！"李人俊对几个局长表态道。

| 奠基者

仗,有的是给你们打的!这是将军的习惯用语。但余秋里没有理会王其仁他们几个,现在他心里想的是尽快弄清楚松辽到底是个啥情况!松基三井一口井出了油,并不能说明松辽是否有油的根本问题——当然它出油本身也是个希望,一个很大的希望,但川中的教训一直压在余秋里心头,再不能轻举妄动了,否则再一次在毛泽东面前丢丑的话,余秋里真的只能回家帮素阁抱孩子了——余秋里是这种人吗?四十四五岁,年富力强时,自然不会干这种事的!

这时的康世恩有些弄不清余秋里的意思:按照他这一年多来跟独臂部长一起工作的习惯看,余部长的性格绝对不会在见了松基三井这样"曙光初照"的形势面前那么沉得住气!干吧!甩开膀子在松辽大地上干他个翻天覆地!至少比四川那边的会战干得更欢实嘛!但康世恩很快明白了余秋里的意思。

"老康,这回松基三井的出油情况,以保守的数字向外说。宣传上更不要多说这事,现在还不是时候。"秦老胡同的再次聚会时,余秋里第一句话说的就是这个。

康世恩完全明白了:余部长在等待松辽下一步的进展情况。于是他报告说:"松基三井这两个多月的出油情况一直稳定,这说明地下储油情况和地质构造不像川中。"

"其他布置的井进展怎么样了?"余秋里更关心松基三井后部里所决策布置的另外63口井,尤其是布在大同长垣构造上的那56口井。地质部现场地震队送到石油部的资料已经证明,那个长垣构造长达千余公里,宽有数十公里,横卧于松辽平原的盆地中央,像一只巨大的长方形鱼盘,葡萄花、高台子和太平屯等几个构造则像大"鱼盘"中的几个小土豆。要是长垣整个构造都能证明是储油的,那将是个什么样的油田呀?!

不敢想不敢想,部机关好几个技术干部一听连连摇头,虽然他们心里也希望能为祖国找到一个大油田,但他们没有勇气去想这回要找出一个世界级的大油田。

第四章

怎么不敢想？中国就不能有"巴库"？何长工老将军不已经说要在三年内找到"中国的巴库"嘛！余秋里把右手压在中华人民共和国地图的"雄鸡头"上，丹田之气一提：我就要"中国的巴库"！

"部长，松辽的长途电话接通了。"秘书将电话筒放到余秋里的手里。

"喂，我是余秋里啊！什么？还听不清啊？"余秋里说第一句话的时候，已经把院子前后的人都吵醒了，可松辽那边的电话里还像苍蝇似的不停叫嚷着："你声音能不能再大一点？"

余秋里用力抬起一条腿，跨在木椅上，想借助这力量把底气再往上提高两倍："……同志们哪：你们必须千方百计地争取速度！对，速度！在工作中要做到四快：快运输、快安装、快开钻、快钻进。哎，对头，四快！你们要知道，这一批打得快和慢，会直接影响到下一步的布局问题！也关系到明年全盘的工作布局问题和决心啊！是的，我很着急。你们早完成10天，我和部里就可以早10天下决心。对，对对。所以我现在再次要求你们：务必在明年3月前将长垣构造上已定下的56口井打完它！哎，对对。目前松辽只有一口井出油还不能说明问题。能不能把松辽这个油田定下来，你们还要做许多艰苦的工作。现在的任务是加速勘探，鼓足干劲，分秒必争！听明白了吗？"

"听明白了！"松辽那边回答得很响亮。

此时的将军部长心目中已经开始在酝酿一场共和国空前的建设大战了！从来到石油部后，将军经过相当一段时间对克拉玛依、柴达木等油田的实地考察和调查研究，早已认识到，中国的石油之战，再靠过去分散兵力在这一处掘几个孔、在那一处再搞几块地普查勘探一下，或者像西方的公司式开发是不可能大有作为的。另外，新中国成立才10来年，完全的计划经济形式也不可能让他采取西方式的石油开发模式。那么可以选择的只有一种：利用社会主义的优势，集中兵力干大事。而石油工业的特殊性，又使他非常自然地想到了用军事手段、军事艺术和军事思想来实现这样的大作战计划，便成了毫无疑问的最佳选择。

| 奠基者

    这是余秋里娴熟的一门指挥科学。他在战争年代,从毛泽东和贺龙、彭德怀那儿学到了很多东西,当然,更多的实践是他自己的。关于余秋里在军事科学上的独特才能,我听过专门研究过他的军事专家们说:余秋里的本事在于他既有纯粹军事家的那种决断勇气、敢打敢冲和战之必求胜的战将风范,同时又有政治家的那种善于把握战斗人员的思想、觉悟,并通过行之有效的政治鼓动,使每一个参战人员时刻处在自觉自愿的高昂斗志状态的政治韬略。

    川中一战,余秋里在毛泽东和全国人民面前丢过脸面。但对余秋里个人和对后来的中国石油事业来说,真是一份难得的宝贵精神财富。

    华侨饭店会议吵得很厉害,有人认为按余秋里的脾气,必定会对那些不听命于他、在关键时刻另有小九九的下属,用最严厉的方式解决他们的问题。但将军这回没有,他镇静自若地驾驭着整个石油队伍的方方面面,以细致、耐心、实事求是和体谅、理解的工作方法,让人心服口服,最后达到他愿望的那种"万众一心,所向披靡"的目的。

    队伍不再是你行你素、我行我素的散沙一盘了。情绪高昂的战前准备已就绪。现在只等一声令下了。

    战令好下,但"敌人"在哪儿?"敌人"的兵力有多大,又以什么方式采取行动?余秋里现在需要亲自决断——川中经验已经告诉他在没有弄清地下情况时,他的"石油之战"就不能发令。

    战前的侦察是最必要的。布孔打井的勘探普查,是"石油之战"的基本侦察内容。余秋里因此特别关注新布下的几十口井,尤其是地质部现场地震资料所显示的那个"大鱼盘"——长垣构造上的那56口井。这是余秋里为了继续论证松基三井的出油是否真的稳定和高产,更为的是确定松辽是否真的存在大油田。

    "老康,应该再派技术力量往那儿去,只有吃透吃准那边的地下情况,我们才能决定行动决策。"余秋里急切和焦虑地一次次找来康世恩,催促他调集更强的力量到松辽那边去。于是康世恩迅速把石油部几位技术"大将军"张俊、翁文波、李德生、童宪章等全部派到松辽前线，与已经在那儿的张文昭、杨继良、安启民、武依民，以从苏联留学归队的胡见义、崔辉、李葆青等会合，展开技术评估松辽的"侦察尖刀行动"。这些技术专家来到前线后，分组行动，有合有分地死死盯住每一口勘探井的钻探进展，一有情况，立即汇聚在一起研究分析。

即便如此布局，余秋里仍然不很放心。1959年12月26日将军部长风尘仆仆地踏上了松辽大地。也许谁也无法理解日理万机的他，为什么在本年度只剩下最后几天的时间，还要赶到遥远的北国？

将军到底在想什么呢？

将军一路默默无言，只有那深邃的目光透过苏式嘎斯吉普车窗口，在寻觅、在探究、在思考他眼前的这块陌生而充满神秘感的黑土地。

啊，这就是松辽，广袤无垠，一马平川，举目无边。

啊，这就是松辽，白雪皑皑，漫天银装。一个连一个的水泡子像一面面巨大的镜子，在阳光下格外耀眼……而在几千万年前，这里曾是草木茂密、鸟飞雀欢、鱼虾满塘、玉珊碧翠、鸟兽同乐的水泽天国呀！

太美了！美得透心，美得刻骨，美得热血腾升。

但也太苍凉了！苍凉得叫人恐惧，叫人寒战，叫人慨叹。

嘿哈哈哈！这就是我们的北大荒！将军突然一阵放纵的大笑。那笑声惊得近处的一群黄羊蹿跳躲闪，逃之夭夭……

松辽，以其原始的质朴和宽阔的胸怀，第一次迎接了我们的将军部长。

"真冷噢！"司机一次次叹息，一次次呵气——从他嘴里呵出的气，如同白色的狗尾巴，又忽而消失得踪迹全无。

毛领军大衣里的将军部长则露出头，朝司机笑笑，然后举起右手，来了一个出人意料的动作：摘下头上那顶绿呢军帽，朝自己的脸上扇起来！

"部长你还热啊？"司机惊叫起来。

奠基者

部长又是一阵爽朗的大笑,说:"热!就是热!"

司机疑心重重地瞅了一眼将军的头颅,可不,毛茸茸的发根里竟然有晶莹在闪动!

热!哈哈哈!这零下几十摄氏度的冰天雪地里,谁能言热?唯有大将军斯人也!

"咔嚓嚓——"突然,吉普车前的轮下响起一声冰裂,于是四周的冰天雪地犹如一块电极板,顿起一串奇妙而悦耳的声音,一直传至天边……

怎么回事?司机惊得目瞪口呆。

什么也没有发生。大地仍然白雪茫茫,连天接地……

"嘿嘿,你们没有往前看嘛!看,那边是什么?"将军部长笑呵呵地抬起右手,指指略偏西向的前方。

"哎,快看!红旗!"司机惊呼。他的眼前,一面鲜艳的红旗分外醒目地在雪地里招展……

"是是,还有钻塔!我们的队伍呀!"秘书也看到了:一尊耸立在天地之间的钢铁钻塔……

"加速!上我们的井台去!"将军部长把右臂奋力地向前一挥,像当年带着红军纵队飞越雪山草地。

吉普车的四轮后顿时溅起一片雪浪……

"到了到了!葡萄花7号井!"在北京很少有笑声的将军部长,今天格外高兴,尤其见了自己的队伍,笑呵呵的脸没换过相。

"同志们辛苦啦!"吉普车的轮子刚刚停下,将军部长的双脚已经踩到了井台。

"是部长啊!部长您怎么来啦?!"工人们先是一愣,继而欢呼起来,纷纷围聚过来。

"我来看你们哪!"将军部长抬起左腿就往钻塔井台的甲板上迈。

第四章

"哎哎,部长别上来,小心滑倒!"工人们嘻嘻哈哈、诈诈唬唬地又想挡住部长,又想拉他上去。愣神间他们发现挡是不可能的,于是干脆扶住部长的左右胳膊,一把将他拉到了又滑又冰的井台上……

有人发现,他们揪住的是一只空空的袖子:怎么回事?他们惊愕得张大了嘴巴,又不敢吱声。

"部长在长征路上打仗打掉了一只胳膊。"有干部轻轻向愣着的工人耳语道。

原来如此!工人们肃然起敬。

"来,我们握握手!"余秋里将右手伸向每一位正在井台工作的工人和技术人员。

"小心哪余部长,您的手没戴手套,可千万别碰上铁器,那样会撕掉皮肉的!"轮到与一位青工握手时,那青工缩回手,这样说着。

这回是将军愣了:他想脱去青工的手套与他握手,但没有成功。

"部长您别动,我自己来。"青工慢慢地脱下手套,露出裹着纱布的手。

"怎么,手受伤了?"将军把那只裹着纱布的手放在自己的手心里。

"有一次换钻时,没顾上戴手套,结果摸了一下钻杆,就给撕下了一块皮……"青工不好意思地说。

余秋里不无心疼地问:"很疼吧?"

"不疼!"青工挺挺胸脯,脸上露出孩子般的稚气。

余秋里转过头,对井台的干部说:"咱们来这儿工作的同志不少是南方人,他们不知道北方到底有多冷,千万要告诉同志们在冬季施工的注意事项!"

"是,我们一定注意。"

"这儿真是奇冷啊!"余秋里这回真开始感叹了。他看到井台上刚刚泼上的热水,仅仅冒了几丝白烟就变成了硬邦邦的冰碴。再看那铁塔四周的帆布上,挂满了密密麻麻的冰凌,阳光一照,如同瀑布一片。再看看零下二三十摄氏度下工作的工人们,因为不停地提钻下钻,那泥浆劈头盖脸地到处飞溅,于是他

| 奠基者

们的身上个个都像穿了厚厚的大盔甲……

"辛苦啊！辛苦！"余秋里一次次地喃喃着，脸上开始凝重起来。

"晚上让同志们多吃点热乎的东西！"余秋里对随行的干部连声叮咛后，又高声地问工人们："同志们，你们知道今天是什么日子？"

工人们一下愣了：什么日子？好像离新年还有几天嘛！是啊，12月26日，啥日子？

"对，今天是12月26日。是我们的毛主席66岁大寿的日子！"部长说。

井台顿时欢腾起来，嘻嘻哈哈地你一言我一语地：那今晚我们吃面条！庆祝毛主席生日！

余秋里笑了，大声说道："对，我们吃热面条！吃长寿面，一是祝毛主席健康长寿，二是为我们在松辽大地上找到大油田！"

这一晚上，凡是余秋里去过的那些井台，全都吃上了热腾腾的面条，有的井台还弄了些酒。大伙儿吃得非常开心。

土坯房内，与寒气逼人的外面截然相反，里面热气腾腾——而热气来自二三十名男男女女的年轻人的情绪与干劲。他们都是地质技术人员，中间有早一两年前就到这儿的"老松辽"，也有刚刚从西安等地质调查队过来的新同志。一块由七八米长、一两米宽的木板钉成的"办公桌"四周，围聚着这群热血青年，他们指指点点着铺在"办公桌"上的那张地质图，在热烈地讨论着、争执着。那是一张张喜悦兴奋的脸，那是一串串被曙光映红的脸。

这时，石油部的几位大专家相继进来，他们是翁文波、童宪章、张文昭、姜辅志、邓礼让等人。

"继良，听说上次你乘飞机上天，人家驾驶员就是不让你上啊！"精瘦的翁文波笑眯眯地拍拍胖子杨继良，打趣地问，"你是吃什么山珍海味，长这么胖嘛？"

杨继良不好意思地说："翁先生，我、我喝白开水也长膘呀！"

第四章

翁文波随手拿起桌上的放大镜，朝杨继良的胃部照了照，然后一本正经地："那就是你的体内 machine 太好了！"

"哈哈哈……"屋内顿时响起一片欢笑声。

杨继良不好意思地说："翁先生，你的英语太好了，我虽然也在大学里念过几本英语书，可像 machine——'机器'这样的单词也忘得差不多了。你给我们传传经，怎样才能把英语单词跟我喝凉水一样长到我身上来嘛！"

"这好办。"翁文波立即一口气吐出一连串英语。

"好！"技术人员和专家们立即报以热烈掌声。

"翁先生真了不得。能把《巧克力兵》一口气背得滚瓜烂熟。"几个女技术员敬佩地在一边赞叹。

"又是翁文波同志在进行英文讲演吧！"门口的草帘被揭开，余秋里部长进来了。

"余部长来啦！"小屋子欢笑声戛然而止。原先七拐八扭的青年人立即挺直腰板，全体站立起来。

"哎坐坐坐——"余秋里脱下大衣，摘下帽子，一屁股坐在胖子杨继良的身边。那只空袖子正好碰在杨继良的右手，这让青年技术员有些敬畏：独臂将军，果然是啊！

杨继良瞅着那只空袖子出神。

"哎，年轻人，你来谈谈对松辽的看法？听说你还是松基三号井的设计者之一呢！怎么样，对松辽找油的信心如何？"余秋里发现了身边的杨继良。

"噢。"杨继良一惊，立即站起身，大声道，"我太有信心了！从现有掌握的地质资料看，松辽一定是个大油田！"

余秋里笑笑，又转头问其他人："你们觉得怎么样呢？"

"肯定是个大油田！余部长。"一个快嘴的女青年说，"1 亿吨储量保证没问题！"

"不止不止，1亿吨储量肯定不止。我看至少有20亿吨！"

"20亿呀？"余秋里张大嘴盯着说"20亿"的那位眉清目秀的小伙子。

小伙子一股初生牛犊不怕虎的劲头，朝自己的部长肯定地说："对，我看20亿吨储量没有问题！"

20亿吨储量是个什么概念？就是20个当时全国最大的克拉玛依油田，就是世界级特大油田。

小伙子的回答惹得满堂大笑。余秋里也笑得合不拢嘴，他打量了一下小伙子："你是哪个学校毕业的？多大了？"

"嘻嘻，余部长，我叫王玉俊，北京石油地质学校。刚毕业，今年20岁。"

"好嘛，玉俊同志，如果这儿真是你说的那么多储量，我就封你为石油部总地质师嘞！"余秋里的话再次引得满堂大笑。

小伙子这回脸红了。其实，一年多后，通过进一步的勘探调查，松辽的储油量远远超过了20亿吨这个数量。当然，余秋里在获得如此巨大的一个已经控制的世界级特大油田的储量后，并没有兑现提拔王玉俊小伙子为"石油部总地质师"的承诺。但可以看出，余秋里开始对松辽地底下的情况到底是个什么样，他一直是慎之又慎。

自从松基三井号出油后，地质部在扶余三号井也打出了油，而此时石油部上下也都沉浸在"松辽大发现"的喜悦之中，尤其是那些参与现场勘探和地质调查的技术人员更是一口肯定松辽会是个大油田了。然而此刻只有一个人的头脑异常清醒，他就是部长余秋里。

"同志们，这些天来，我跟大家一样，心情是很高兴的，看到松基三井出了油，谁不高兴？要说高兴我是最高兴的一个。但我又是一个最高兴不起来的人！为什么？"土坯房子里，正当前线将士和技术人员都在为眼前的光明前景喝彩时，部长余秋里竟然提出了这样一个大问题。屋子里的气氛一下变得紧张起来，连翁文波这样的大地质学家都屏住了呼吸。

第四章

"是啊,为什么呢?"余秋里抬起右胳膊,摸了摸自己光秃秃的额头,神情凝重而又严肃地扫了一遍屋子里的所有技术人员。突然他的右臂从空中猛地落下,"因为在大家一片喝彩声中,我要提个反面的意见,这个意见就是过去石油勘探的经验和教训告诉我们:一口井出油并不等于是一个构造出油!几个构造有油并不等于连片有油!一时高产并不等于能够长期高产!"

哇,多么精彩的经典话语!多么深刻的睿智哲理!

"一口井出油并不等于是一个构造出油!几个构造有油并不等于连片有油!一时高产并不等于能够长期高产!"这短短三句话,比起大地质学家们的鸿篇巨著,比起世界石油勘探学的教科书,它也许太短太短,但在我与所有而今仍然活着的地质学家和石油专家们的交流中深切地感受到,他们中没有一个敢否定余秋里这三句话的意义。

难道不是吗?这三句话中所包含的地质学和石油勘探学的深刻性、辩证性,还有什么更经典的话可以概括和取代的呢?

没有!

同样,这三句话中还深刻阐明了人与自然之间相互认识与理解的哲学关系,而且它还揭示了科学与自然之间的均衡性和不均衡性的统一问题,以及它们之间必须共同遵循的基本规律。

我在采访黄汲清和翁文波这样的大地质学家时,这些大师就脱口朗诵余秋里的这三句话,并称其为"大哲学家的科学语言""石油学的战略与战术的经典思想"。

我在走进运用卫星等高尖端技术进行地球勘探的石油科学研究机构时,年轻一代的石油专家们仍能熟诵将军的这三句话,并作为"找油哲学经典"或"座右铭"信条,压在自己办公室的玻璃板下。

在60多年前的那个冰天雪地的土坯房子里,这三句话是将军从心底迸发出来的,因此落地有声,振聋发聩。这源于他作为一个身经百战的将军和从事军

| 奠基者

队政治工作多年的高级领导者，在来到石油战线后所经历的那些包括川中会战在内的失败教训和对克拉玛依、玉门、柴达木等油田成功开发的全部认识及不断总结的结果。

余秋里让他们重新认识了什么是共产党人和共产党的领导者。

"同志们，你们的热情，你们的干劲，你们现在所向我报告的每一个新情况，都让人激动、高兴，但我请大家冷静和清醒地想一想：这松辽到底是个大油田还是小油田？是个活油田还是死油田？是好油田还是坏油田？"余秋里说到这儿又把话顿住，然后目光从翁文波开始，一直转到那个开口说"20亿吨储量"的小伙子身上。那目光是急切的、期待的，更是犀利的。

没有一个人敢回答得了将军部长的话，也没有一个人能回答得了将军部长的话。

余秋里收回犀利的目光，投出温和诚恳的目光："所以，同志们务必保持清醒的头脑，继续做更加深入、更加细致的工作！"

土坯小屋里静得出奇，那些平时高谈阔论、信口开河、慷慨激昂的技术人员像换了个人似的，一个个低着头，似乎不知如何是好。

"其实，当时我们听完余部长的话后，每个人的心脏，都像被狠狠地敲打了一下，顿时清醒起来，而且这样的清醒让我们保持了一辈子。中国石油工业之后50年发生了翻天覆地的变化和发展，应该说，余秋里同志这三句话中所包含的精神遗产实在是太丰富了！它让我们学会了科学辩证法，学会了处理人与自然、人与科学、科学与自然之间的关系，也更学会了怎么做学问和做人的道理。"当年亲耳聆听余秋里讲话的现今大多是中国科学院和中国工程院的院士们，如此感慨地向我表达这样的心声。

翁文波为首的技术人员们在余秋里那番话后，没能回答出来，是因为他们陷入了技术程序上的难题之中：要搞清地下的储量，纸上谈兵解决不了问题，只有靠打深井，而且要打得准确。可是打一口深井至少需要几个月的时间，因

第四章

为打井过程中都要取岩芯和试油,同时每口井都需要几百万元的费用,这都是余秋里部长不那么愿意做的。显然,将军愿用最少的代价、最短的时间获得地下的真实情况。可这是技术人员又无法解决的事,但松辽找油战役打响之前这些问题又必须解决。

精于地质和物探的翁文波苦思冥想,仍然不得要领。

李德生才思敏捷,但就是不愿多说——他的心里多少留着川中会战时因为多说话而受到批判的阴影。

张文昭此刻正在盯着前期布置的60多口井的勘探任务已经够忙乎的了。

办法总是有的。办法需要靠打破思想束缚,其实解放思想的行动在中国共产党的历史上有过无数次成功经历。只是不同时期叫法不同,余秋里挂帅石油工业时,他管解放思想叫作"开动脑筋,多想点名堂"。

脑筋动到了家,名堂就自然而然出来了。

余秋里自26日来到松辽后,白天一个一个地跑机台,晚上又整宿整宿地找人谈话,倾听技术人员的意见,与他们一起研究分析。"他简直就是一台机器,你不让他停下来就永远会转下去。"王玉俊谈起当年的余秋里时如此说。

专家们谁也解决不了的问题,最后还是由将军解决了。

"时间紧,布井又那么多,靠常规等一口口井取芯打完再试油,那么我们不知要等到什么时候,至少一两年以后吧?"余秋里把技术员召到自己的"部长临时办公室"——那是当时大同镇最"豪华"的地方,镇政府后面的一排"干打垒"——墙是土块打的、屋顶是高粱秆或麦秸秆铺垫再压上厚厚一层土的那种只比人高出半个头的土建筑。

屋子里烟雾弥漫,技术人员们整整齐齐地围坐在几张长条木椅上,面对着坐在木椅上的将军。只见他盘着双腿,抽着烟,态度似乎比平时亲和与恳切得多。

"按照世界上找油的基本规律看,一个大油田从发现到搞清它的储量至少得三五年。这也是发达资本主义国家才能做得到的。"翁文波回应部长的话。

奠基者

"是吗，三五年我们哪受得了？毛主席受不了嘛！"余秋里噌地从炕上跳下来，把手中的烟蒂往脚底下一蹍，然后在烟雾腾腾的低矮的小土坯房里来回走动起来。

技术人员的目光随着部长的身影移动。那些年轻一点的同志则把眼睛停在那只嗖嗖生风的空袖子上，内心泛起几丝敬意和畏惧。

空袖子甩着甩着，在那挂着的松辽石油地质勘探图前缓缓停下……

啊，密密麻麻、横七竖八的线条和弯弯曲曲、形状各异、颜色别样的地图！将军部长的眉头紧锁：这家伙跟打仗的军事地图真不一样啊！军事地图多好——敌我双方，清晰明了。进攻箭头、阵地区位，指挥棒所指之处，便能听得见千军万马，炮声的隆隆。这家伙地质图真是复杂，密密麻麻的像理不清的乱丝，叠叠重重的像翻不完的奇书。布下的几十口勘探井，在庞大的图纸上显得孤孤单单的，如同撒在一张大贴饼上的几粒芝麻……

"星星点点，点点星星喔！"空袖子甩了一个180度，"同志们，你们都是专家，我们能不能采取些打破常规的勘探方法，争取更快的时间完成勘探任务，摸清这个'敌人'的底细？"

技术人员面面相觑，还像前一晚上一样，不能也不敢回答如此的问题。

不过这回有人把皮球踢回了余秋里："比如呢？"

"比如我们能不能将所有布下的勘探井分为三类：一类井只管往下打，不取芯，把电测、综合录井的资料搞好，争取最快时间掌握控制含油层就行；二类井则在油层部位全部取芯，以掌握油层特征，为计算储量取得可靠资料和数据；三类井是在构造的边缘打深井，以便通过分组试油等措施，确定油水的边界到底在哪里！最后再把这三类井所取得的各种资料合在一起，相互验证，这样是不是也可以达到你们地质勘探教科书上的技术要求，从而获得了解这一地区的油层和圈定含油面积之目的了？你们说说，这样做行不行？是不是可以同样达到我们想达到的目的？"余秋里这回说完，没有用他那双锐利的目光射向现场的人，只是顺手操起烟盒，然后划燃一根火柴，悠悠闲闲地点着烟卷，深吸一口，又吐出一缕烟雾，像是在自问。

"我看可以！"突然响起一个年轻而响亮的声音。

余秋里的眼睛一亮。他在寻找是谁的声音，但没有找到。大概这个声音自知在这种场合有些底气不足。

"翁文波同志，你说呢？"余秋里把皮球踢到技术权威那边去了。

"Very good！"翁氏冒出一串将军部长听不懂的话。

"什么意思？"余秋里追问。

余秋里的目光直逼翁文波："嗯？你是说我的意见不行？"

翁文波急了，站起身来："不，余部长。我、我是说你的意见不仅可以，而且非常好！"

"真是这样？英文也这样说？"

"是的。"

"噢——把我吓了一跳。"将军长舒一口气，脸上露出笑容，然后转向其他技术人员，"你们是什么意见？"

此刻的"干打垒"里，气氛一改沉默，顿时活跃异常。

"好！我看余部长的意见完全可以！"

"是嘛，我们的勘探目的就是为了查清油田的情况，这样干省时省钱又能达到目的！从松辽整体的勘探看，也是符合技术要求的！"

"行，我看行。"

余秋里嘿嘿嘿地笑个不停，他将一包"中华烟"甩给那些抽烟的人，不会抽烟的人他也硬塞一根，口中道："抽一口，抽一口！"然后说，"我是外行，你们回去好好再研究研究。张院长，这个任务交给你了！"他在张俊面前停下，又把目光转向屋子里的人："好，今晚我们就说到这儿。现在散会！"

翁文波等专家们带来全新的问题，颇为兴奋地边议论着边出了门。石油部

| 奠基者

科学研究院院长张俊是最后一个离开余秋里屋子的，他似乎还有什么问题想问问部长，但见余秋里已经转过身去，眼睛又盯在地图上，便打消了念头。

第二天，余秋里又是一整天地往野外跑，转机台，找人谈话，在冰天雪地里与工人和技术员们滚打在一起。

"余部长！余部长！"余秋里刚刚从井台回到大同镇那个"豪华"招待所，胖子杨继良和张文昭兴冲冲地揭帘而进。他们一边吹着寒气，一边迅速解开手中的一张图纸，异常兴奋地说："快来看看地质部长春物探大队的同志刚刚送来的大庆长垣地震构造图！你看你看——"杨继良口快地指着那张 1:100000 比例的地震图纸，将手指滑向北边的那片广阔的地区："这儿，这儿的地震显示，还有三个一百至数百平方公里面积的大地域我们还没有布过一个钻孔，而地震资料显示那儿的储油构造比我们原先估计的南边这一带要丰厚得多……"

余秋里两眼看着图纸上那片叠叠重重的波纹形曲线——那波纹形曲线组成的图案好怪喔，余秋里看着看着，用手一指："这玩意跟王八盖子一样嘛！"

杨继良和张文昭笑了：可不，那地震图上显示的大庆长垣构造可不跟甲鱼的背盖儿一个形状嘛！"余部长真会形容！"两位年轻技术专家看着将军的那只空袖子不再生畏了，而且多数时候还特随和、亲近，仿佛身边的将军是个农民大哥。

"你们的意思是北边还有更大的储油区域？"余秋里的右手掌压在"王八盖儿"的北边那一片，眼里闪闪发光地询问。

张文昭连连点头："没错。地震资料显示储油构造，是目前我们侦察地下情况最先进的技术手段。你看，图上现在除了南部构造这一块外，我们通过这图可以清晰地看出北部杏树岗、萨尔图和喇嘛甸这三个高点，它们不但重磁力、电法显示的轮廓和高点吻合，而且这些构造的范围和高点的位置也清清楚楚。"

余秋里听完两位年轻专家对地震资料图的一番解释后，几乎整个身子全都趴在一米多长的图纸上，嘴里还喃喃地不停唠叨着："真得好好谢谢地质部，

第四章

谢谢地质部的同志们哪！"那一刻，余秋里的心潮澎湃，后来在将军自己的回忆录里我看到他用了八个字："兴奋不已，彻夜难眠。"我知道像铁铮铮的将军这样身经百战的人，一生中很少用这样的词汇来形容自己某一刻心情的。但此刻将军用了。这与大庆油田即将被发现这一伟大时刻有关。

我们知道，人们现在通常把松基三井出油当作一个标志。其实大庆油田的发现有过几个重要历史阶段，最早的贡献，应该是李四光、黄汲清、谢家荣、翁文波等提出的陆相生油理论，并由黄汲清、翁文波他们几个正式圈定松辽找油的地质构造图；其次是松基三井出油。而紧接着就是关于大庆油田是个大油田还是小油田？是个好油田还是差油田？是死油田还是活油田等这些决定大庆油田前景的关键性时刻。毫无疑问，中国石油工业史和许多当事人都证明，余秋里在这一关键时刻起了决定性的作用。有人形容余秋里在这一时刻对大庆油田所做的贡献，如同毛泽东当年在"遵义会议"上的贡献一样。而我看完众多原始记录资料、走访石油战线的不少老同志后，所得出的印象也是如此。

趴在那张地震图上的余秋里不能不激动！他是国家的一个部长，他又是军事家，当他看到松辽大地下蕴藏的石油资源不仅证实了他们原先的估计，而且比他们原先估计的要大出不知多少倍时，他能不激动吗？那是真正可以让一直戴在我们中国人民头上的那顶"贫油"帽子扔进太平洋的天大喜事呀！而且余秋里还比别人特别多了一份高兴——他看到地震图上所显示的那个萨尔图构造正好有条滨洲铁路横穿其中。一旦萨尔图构造富油层成立，那对开发和外运石油将起多么好的作用啊！别人不知道，他余秋里知道：周总理为了把几千里之外的玉门、克拉玛依和柴达木的原油运往内地和沿海，不知花了多少心思，而且成本吓人！如果地处东北部的大庆油田是个大油田，这对国家建设该是多么大的一个福音嘛！不等于好像在建设工地旁有个大油库一样，想什么时候用，就什么时候去放阀门便是了！

这一夜，余秋里没有睡，"大中华"抽掉了两包。而在这烟雾腾腾的"干打垒"

里，他已经为未来的大油田孕育了一个伟大决策……一清早，余秋里就让秘书把张俊和李德生叫到自己的房间。

"北边的构造显示告诉我们，那儿值得去大干一番。因此我考虑咱们把原来的勘探作战方案做些调整，在北边三个构造的高点上各定一口井，立即着手进行'火力侦察'，彻底把这王八盖子底下的储油情况弄他个明白！你们看怎么样？"余秋里今天说话时，像扫机枪似的，用的也都是一串串军事术语。

"我看行！这个设想可以用绝妙来形容！"一向用词严缜的张俊这回说话也带着夸张语。

"你呢？李德生！"余秋里喜欢这位曾经批评过的年轻人。

李德生不知什么时候也学起了将军那套喜欢用手指在图纸上指指点点的习惯，只见他在三个构造高点画了一个三角形后响亮地回答道："余部长，这回我一百个赞成你！"

余秋里的右巴掌一下重重地落在年轻人的肩上，不无信任地说："谢谢。"接着又说："既然这样，我把这三个井的设计任务交给你了，得用最快的速度搞出来！一会儿就去！张院长你看可以吗？"

张俊说："可以。"

"是！部长你放心！"李德生领着任务刚要出门，又被余秋里叫住。

"你叫邓礼让一起去，井位一旦定下，就让他立即调钻机去开工！"将军以军事作战的方式命令道。

"是！"李德生脆响一声，还真有几分军人的样儿。

漫漫风雪里，李德生和邓礼让带着一个测量小组，驾车从大同镇出发，一直向北边大草原穿越。那一望无边的雪地里，他们连口冰水都顾不得喝。第一口萨尔图高台子上的探井很快确定，当时定名为萨一井，后重新排序叫"萨66井"——现在史书上的叫法都为"萨66井"。该井定在萨尔图镇以南、大架子屯北1公里左右的草原上。李德生刚把井位确定，邓礼让就调来32149钻井队。

而李德生则带着测量小组,继续沿着冰天雪地向北前进,目标是安达县义和乡大同屯南1.5公里的杏树岗构造高点,又在这儿确定了第二口——杏66井位。随即他们又继续向前,到达喇嘛甸构造高点的那处距喇嘛甸镇红星猪场北1.5公里左右的地方定下"喇72井"。邓礼让紧接着又先后调度两个钻井队奔赴后面两个井位……

这是一场真正军事行动式的"火力侦察",更是石油史上浓墨重彩的一笔。因为最早的松辽普查勘探工作一直是在原长垣构造的南部地区的葡萄花高台子上,松基三井就是在这个构造上。按照一般的勘探程序,一个地区打出见油井后,都是采用十字剖面布井办法,以2公里左右的井距依次向左右展开勘探,以这种方法一面扩大侦察地下储油面积,一面探明油水边界在何处。现在余秋里完全打破了常规,他让李德生、邓礼让定下的三口井,从松基三井所在的大同镇一下甩到"王八盖子"构造的北边150多里外的萨尔图和喇嘛甸子那儿去了。在石油史上是没有的,这也是只有像余秋里这样敢作敢为、气吞山河的军事战略家才能想得出的决策。

关于李德生和邓礼让定井位和调度钻机上马,我在上面说得很简单,其实这三口井尤其是后来搬迁、施工等都比较复杂艰苦,正如杨继良回忆的那样:"当时钻机的搬家安装,除了缺少大型运输和起重设备外,许多器材设备也比较困难。其中安装较迟的一些井,为了开钻配泥用的水都成问题。一般在探井旁边要另外钻一口水井。有的探井为抓紧开钻,就用人拉、车推到附近的水泡子中运来冰块,等融化后再配泥浆,或是组织机关和后勤人员一起动手,用扁担挑,用脸盆端。这样,硬是要配出几十立方米泥浆来保证开钻……"

杨继良是地质工程师,他描述的仅仅是配泥浆这样的技术困难,事实上,当时开钻打井遇到的问题何止这些?冰天雪地里,光是晚上睡觉的问题都没法解决,前不着村,后不着店,井位都是在荒无人烟的草原上。吃饭更是个大问题。

"你们机关的统统下到一线去!你们现在吃什么、睡什么,钻井队也要吃什么、睡什么!"余秋里走出他的"豪华"住所,一个草帘子一个草帘子地揭着,让住在老百姓牛棚马厩里的"石油部松辽石油勘探局"的机关干部们全部上前线支援钻井队。

其实那时前线哪有什么机关?不就是一个硬炕,一床棉被,另外有一条木长凳和几幅图纸!

那会儿的干部和群众的觉悟与思想境界,真的让我们现在的干部和机关人员感到汗颜。那会儿人们不讲价钱,更不讲你我,能为国家早日找出大油田,就是让他们去死,他们照样义无反顾。

这是余秋里带出来的队伍——一支不穿军装但保持军队作风和传统的钢铁队伍。这支队伍的作风和传统一直保持到今天……

中国石油史上著名的余秋里"三点定乾坤"故事就是上面叙述的事。之后,在三口井分别获得了高产油。第一口"萨66号"井,于1960年2月20日开钻,很快见了油层,3月13日完井,初试日产量达148吨。如此高产量油井,如此厚的油层,如此好打的油井,在中国石油勘探史上也是第一次。出油那天,工人们简直发狂了,他们说自己真的掉进油海了!喜讯传到石油部时,六铺炕的那栋石油大楼响起震天的欢呼声,人们都在感叹着:"没想到!没想到!"似乎说一百个、一千个"没想到"还不过瘾。是啊,太大的惊喜之后,除了用"没想到"三个字外,还能有什么比这更好的形容词呢?

继"萨66井"采到富油区后,在杏树岗构造上的"杏66井"也于1960年4月19日喷油,日产27吨。最北边的喇嘛甸子构造上的那口"喇72井"更是让余秋里和石油部上上下下美滋滋了好几天,因为那口井日喷油高达174吨!

至此,那个"王八盖子"一样的大庆长垣构造正式被确认是富油区,而且是个世界级的大富油区。

这是一个让余秋里激动不已的大"金娃娃"!

这是一个让全中国人民激动不已的大"金娃娃"!

第四章

让我们暂时还继续回到余秋里派李德生和邓礼让出去布置井的时间。

1959年12月30日下午两时,这是余秋里来到松辽后的第四天,一切战略布局确定后,同时也对前线情况熟悉后,现在将军要作次正式报告了。对象是参加松辽勘探工作的石油部在大同镇地区的所有井队、车间以上的干部。这4天里,余秋里加起来没睡上10个小时的觉,一直处在紧张和高亢的情绪之中。今天的会议上,他依然精神抖擞,风纪扣扣得整整齐齐——在正式场合,他余秋里一生不马虎,别看他在家里赤着身子、穿个大裤衩到处溜达,可一出门从来不含糊。

军人就得像个军人的样。那是一种力量的象征,一种作风的表现。当了部长不再穿军装了,可他始终以一个军人的形象出现在人们的面前。

现在开会了。他以一副将军的姿态,健步走向会场。

嗯?这是什么会场嘛!将军部长来大同镇4天,似乎还是第一次注意这个小镇:冷冷落落的一条百米小街,两边没有一间像样的房子,更不用说有半间楼房了。所有的房子全是土垒的那种又低矮、又没屋顶的泥棚棚。秘书说了,今天的会是在镇上的一个剧场举行。

北大荒上的一个公社小镇还有剧院?将军部长迎着呼啸的北风,走到公社招待所对面的那排泥垒平房门口,用手揭开一块棉布做的门帘,往里一看:曛,这就是剧场啊?黑洞洞的连个电灯泡都没有嘛!

"余部长来啦!"

"余部长好!"

"好好!大家好!"余秋里看到满屋子的人站立着向他鼓掌欢迎,这让他格外高兴。虽然他和他们中间大部分人刚刚才认识,但这就足够了。因为这是他的队伍,他的将士们!松辽找油的先头部队!

在主席台前的木凳上刚刚坐下,余秋里心里就在想今天讲些什么呢,当然是鼓劲了!这几天在一线看到自己的勘探队伍找油不断取得的进展,尤其刚才

| 奠基者

听张俊院长说,李德生他们已经把北边的"萨66井""杏66井"和"喇77井"都已定下,早先在葡萄花构造上的那几十口井又日见进展,能不心头喜气洋洋?别开局面的1959年即将过去,全面见成效的新一年即将开始,该给大家鼓鼓劲了。战斗队伍要有战斗力,就得不断鼓劲,不断锤炼他们!这一点将军比在场的所有人都清楚。在石油部上上下下也只有他最清楚。

"同……"余秋里坐正位置,刚想张嘴先向诸位问一声"同志们好",却被坐在第一排那个胖墩墩的年轻人的一脸笑眯眯的样儿愣住了:这不是刚才给自己送"葡20井"岩芯资料的杨继良地质工程师嘛!是他!

余秋里一下火了,声音严厉得很:"你这个年轻人怎么搞的嘛!"

方才还有说有笑的会场一下静了下来,后面的不知发生了什么事,见部长在教训前面的人,便往前拥着看热闹……

杨继良!是杨继良地质工程师撞上将军的枪口了!有人幸灾乐祸地悄声私语着。

手里拿着钢笔、一心准备坐在第一排好好听部长讲话的杨继良见部长盯着自己在问"你这个年轻人怎么搞的嘛"时,他杨继良蒙愣了:"怎么啦部长?我哪儿做错了?没有呀!我坐在这儿什么也没做嘛!"

"你自己看看,什么军容风纪!"将军显得有些怒嗔。

军容风纪?杨继良被问得莫名其妙:什么是军容风纪?地质教科书上从来没有这样的名词嘛!军——容——风——纪?杨继良始终想不出来,只好可怜巴巴地看着台上一脸怒容的部长。

"你挺帅的小伙子,扣子掉了也不知道钉一钉,鞋子破了也不补!头发长了也不剃……你这样,往大街上一走,人家还不把你当成叫花子?哪一点像我们的队伍?"

杨继良终于明白了:原来部长批评我这身打扮呀!可不,胸前的两个扣子绷不住他的一身天生肥肉,大棉鞋什么时候也张着嘴,衣服裤子来到这儿几个

第四章

月了也没有换过——这不能怪我,一是太忙顾不过来,二是我媳妇跟我一起从西安来松辽后局里说没有条件给安排一起生活嘛!再说,你部长不是一向提倡"知识分子工农化"嘛!嘻嘻。

"你还笑!笑什么?"不想台上的人大发雷霆起来,"像你这样的队伍能打仗吗?能打胜仗吗?不能!没有严格的作风和端正的仪表,就是没有战斗力的表现!你自己说说对不对?"

对?还是不对呀?没有当过一天兵的杨继良哪想得出这样的结果嘛?你要问他什么构造、什么地层,他可以滔滔不绝给你讲三天三夜,可这军队的事……我哪知道嘛!杨继良从来没有这样窘过,那张本来很可爱的胖乎乎大脸,此刻又可怜又滑稽。

"你走吧!"台上的人竟然一挥手责令他离开会场。

杨继良没想到问题竟会这么严重。无奈,他只得灰溜溜地低着头,向门外走去。当揭开那块大棉帘时,他转头朝台上的人定神看了一眼:是啊,人家大部长,年纪也比自己大近一倍,而且又是少一只胳膊,瞧人家穿得整整齐齐、有模有样的。

年轻地质工程师自愧不如地飞步回到宿舍,翻开那只从西安带到松辽的木箱子,捣鼓了半天也没找出一件像样的衣服,气得他狠狠一脚将那木箱踩成个扁疙瘩。这可怎么办?还要听报告呢!这余部长今天的报告可不是一般呢!杨继良想了想,也没想个啥招。干脆,挨批就批吧!报告不能不听!

一溜烟,年轻的地质工程师又回到了小剧场,重新坐在第一排的位置上。

这回台上的人似乎并没有注意到一个"军容风纪"不整的人就坐在他眼皮子底下。他正在忘情地挥动着右手,声音震天地演讲着:

"……松辽是我们的希望,是中华人民共和国的希望!我看我们就要在这儿抱个大'金娃娃'了!同志们有没有决心呀?"

"有!"惊天动地的回应。

奠基者

"好嘛!有决心就好!我们就是要有一个朝气勃勃的精神面貌!就是要有冲天的革命干劲!我们的主席早就说过,人就得有点精神,没有精神的人是干不出什么名堂的!没有干劲的人,半点马克思主义也没有!我们就是要马克思主义、毛泽东思想!就是要干出大名堂!干出让全世界都感到震惊的大名堂!"

"干出大名堂!"

"向毛主席报喜!"

"向全国人民报喜!"

"向新年报喜!"

"……"

"当!当当!"正当大同小镇的那个小剧场里的几百个人跟着独臂将军高呼阵阵口号时,北京新建的电报大楼已响起新年钟声……

"报告部长,北京来电,请你立即启程到上海参加重要会议。"秘书送来一份由黑龙江省委转来的中央办公厅通知。

余秋里抬起右腕,借着马灯光亮看看表:嚯,12:01。

新年到了啊!他的脸上露出了笑容。

"立即出发!"他站起身,没有一点含糊。

可是秘书急坏了:往哪儿出发呀!黑龙江省委从哈尔滨来电特意说,希望余部长能在元旦清晨赶到哈尔滨,然后再跟他们省委主要领导一起乘车途经北京再去上海参加毛泽东主持的中央政治局扩大会议。从大同镇到哈尔滨有两三百公里,那一路弯弯曲曲的土公路,又盖满了厚厚的冰雪。就是白天也没有人敢开这么远的路,何况现在是深更半夜!

这可怎么办?

省委一名送中央通知来的副秘书长悄悄对余秋里的秘书说:"省里知道余部长可能坐汽车赶不到哈尔滨,就让我来协助当道拦一辆火车让余部长准时赶到哈尔滨的。要不我们还是上离这儿最近的让湖路火车站去看看?"

第四章

"现在去能有啥车子过嘛?"秘书问。

副秘书长说:"我打听了,说正好有一列拉煤的货车要在小站上停一下。"

"你是说让首长搭货车走?"秘书瞪大了眼睛。

副秘书长不好意思地:"没办法,只有这趟车。"

秘书只好为难地把这事报告给自己的首长。

"很好嘛!是个机会!走,搭火车去!"余秋里二话没说,拔腿就走。

小车站也真够小的。连站长在内共3个人。站长一听是部长搭停在他站上的货车,又是激动又觉此事非同一般,于是亲自举着小旗,吹着哨子,有模有样地笔挺站在不足50米的站台上,看着列车徐徐驶出自己的小站,目送着共和国的一位部长远去……

惨了。上了货车秘书才叫苦不迭呢!他真想把省里那位副秘书长骂个狗血喷头,可人家也是好意,希望余部长能准时赶到哈尔滨嘛!

"嘿嘿嘿,我看这儿挺好的。"哪想缩在旮旯里的将军倒也自在地一个人抱起一捆麦草,往自己的身子底下一垫,仰面四脚朝天地躺了下去,而且嘴里还念念有词地说着:"舒服舒服!好舒服啊!"

一盏马灯,在昏暗的车厢里摇晃着。几个臭虫顺着麦秸秆和杂草,正向熟睡的将军部长进攻,尤其疯狂地向那只空洞洞的袖子发起不停的袭击……

蹲坐在一旁的秘书气得直想伸出十指,将这些可恶的臭虫一只只捏死!可不行,那样会惊醒首长,而首长来松辽后就没有好好睡过一觉。无奈,秘书眼睁睁地看着可恶的臭虫肆无忌惮地在向熟睡的首长进攻。

将军没有醒,似乎根本没有把这些区区小虫放在心上。他睡得酣香、酣香……这算什么?当年长征路上毒蟒就在身旁都没有抬一下眼皮!惹急了,什么臭虫烂蟒,抓起来往嘴里一塞:娘的,还能顶上几天雪山草地的战斗呢!

这是将军在1960年第一天所经历的生活。现在的人们怎么也不会想到一位政府部长竟然会在如此恶劣的环境下度过了新年第一日。但大庆会战时的

奠基者

余秋里和千千万万石油人几乎都是这样工作和生活的。尤其是这一年开始的大会战中,他们几乎天天都是在这种条件下生活和战斗着,甚至比这更加艰苦卓绝……

  列车在"轰隆""轰隆"声中向东飞驶着。

  将军部长在这"轰隆"声中做着明天的美梦……

第五章

　　黑土地上雄狮呼啸,和平会战史无前例。"有条件要上,没有条件创造条件也要上!"

奠基者

"首长！首长您醒醒呀！"警卫参谋已经在301医院高干病房的走廊里睡了10个月了。他还像过去一样时刻不离首长。现在首长从来没有离开过病榻，而忠于职守的警卫参谋仍然形影不离首长，因为首长的安全是他唯一的也是全部的工作责任。

但现在的首长不再用他鞍前马后地奔跑了，甚至连叫他一声的可能都已经没有了。

"首长，小周我在您身边！天天都在您身边！您叫我一声，哪怕就像以前您临去开会忘了一样文件让我回办公室取我也时刻准备着！可您说嘛！啊首长，您咋这么长时间也不说一声。我、我憋得慌呀首长。"

"什么？您说您还要睡觉？噢——那首长我不打扰您。首长您一生太累，是该睡个好觉。就像您过去对我说过的，困极时您说要睡他个天昏地黑！哈哈哈，那时您多么爽朗。说睡就睡，说起就起。"

"什么？您说您还要做个长梦？嗯，您说什么？您又见到毛主席啦？"

病榻前的警卫参谋立即肃然挺身而立——那是神圣的时刻。

1960年1月7日。上海。锦江饭店。

还是一年前毛泽东问他"四川的情况怎么样"的地方。那次是余秋里一生中少有的一次在最高统帅面前显出窘相。

时逝365天，情况已经发生了巨大变化。但锦江饭店没有什么变化，这不能不让余秋里联想到去年的窘境。这回他是有备而来——因为他刚从松辽前线回来，那边的情况他心里有底，虽然不能保证已是"日出东方"，但石油曙光却已喷薄而出了。

第五章

余秋里在等待毛泽东的发问。当然是问石油的问题，石油部长嘛，该汇报的自然是石油。他知道毛泽东和中央领导对石油问题越来越着急和关心。自打他余秋里来石油部后，虽然摘掉了"完不成任务"的黑帽子，但全国的石油紧缺仍然形势严峻。就拿刚刚过去的1959年来说，全国石油消耗总量为505万吨，而国内自产的仅为205万吨，自给率只有40%多一点点。国家依然不得不消耗大量外汇购置进口原油和成品油，那时国家受西方封锁，外汇少得可怜，甚至有时不得不拿出国库里的黄金通过香港等友人转手套些外汇回来。可是国家建设各行各业都在蓬勃发展，哪个地方少得了外汇呀？石油一家就用掉了国家外汇总量的6.7%，为此中央着急，毛泽东更着急。

毛泽东着急的不仅仅是用掉外汇的问题，他有更大的担忧：南边的印度一直在擦枪，北边的苏联赫鲁晓夫看来是铁了心想跟中共决裂了，台湾岛上的"老蒋"也不消停呀！

仗是不可避免的了！而且是要准备打大仗了！毛泽东一直在对自己的助手们这样警告着。

一打仗，就得动炮动飞机吧？那时用油可是海了去了！石油部的同志们啊！得"革命加拼命"噢！

余秋里身为军人出身的石油部长，他耳边不时传来那些老帅和军委总部的老领导们对他的一声声提醒和催促。这样的提醒和催促，对他余秋里来说其实就是命令，其实就是批评，他是军人，他懂得这样的提醒和催促的分量。

在余秋里之下的石油部的同志是不会有这种感受和体会的，就连康世恩也不是有太多这种感受和体会。只有当过新四军"财务一支笔"的李人俊副部长可能还比较理解和同情将军内心的这种巨大压力。他们同是军人，而且都是会算账的军人。军队统帅人物中除了那些指挥作战的司令员外，还有会做思想政治工作的政委，再有一种也是必不可少的，那就是保证供给的算账人——部队用语叫作后勤部长。军队机关按司、政、后分就是这个道理，这三种大员少了

奠基者

谁也不行。三种人才合起来就能打赢仗。而中国军队里能一人兼有三种军事才能的并不多，余秋里可以算一个，是非常杰出的一个。这也是我们的独臂将军为什么在新中国成立前的战争中能得到毛泽东、贺龙、彭德怀的特别赏识，到了和平建设时期他又从解放军总后财务部部长、总后政委，到石油部长、国家计委主任、国务院副总理等重要岗位。

这是后话。

现在，余秋里仍然在等着毛泽东问话。他从李富春副总理的口中得知，1960年国家对石油的需求更厉害，得1000万吨以上。余秋里原来跟部里的几位副部长商定新一年的石油产量目标是：争取在1959年基础上再翻一番。可再翻一番也就是400多万吨，到不了国家需求总量的一半。这事咋弄嘛！

余秋里急着在元旦前4天赶到松辽实地考察和布置战局，有一个非常紧迫的现实问题是：新一年石油部的产量怎么样跟中央要求统一起来的问题，这是大局，包含着政治内容的大局。是毛泽东主席和周恩来总理的棋盘上要考虑进去的"车、马、炮"嘛！

以为国家的部长就这么好当啊？嘁！

"余秋里同志！"嚯，毛泽东终于问话了！

余秋里噌地站起来。

"你看过那篇文章吗？"不是问石油呀？是的，毛泽东这回问的是一篇文章，这篇文章刊于3天前的《人民日报》，有两个版面，是专门评印度总理尼赫鲁在苏联暗中支持下对我西藏边界一块4万平方英里的面积抱有野心的所谓"麦克马洪线"存有企图。如此重要的信号，毛泽东当然一直在关注，而且这样的文章必是经过他和周恩来之手认真推敲后发出的。这是当时一个重大的国际问题态势。但说老实话，那一段时间的《人民日报》上几乎三天两头有重要的长篇文章出来。领导同志们都看过没有？毛泽东要求高级干部是非常严格的，尤其是重大国内国际问题，你高级领导干部要了解，不看报还成？所以此次政

第五章

治局扩大会议正式开会的"前奏曲"是他毛泽东特有的提问式——

"昨天睡得很好,今天上午就抓紧开会吧。"毛泽东点上一支烟,显得很愉快轻松的样子开始发问,"我问你们一个事:前几天报纸上的一篇文章,评尼赫鲁的一封信,你们看过没有?"

会场上鸦雀无声。

"柯庆施同志,你看过没有?"毛泽东像上课的老师似的,开始点起名了。这一招更令在场的与会者紧张万分。毛泽东才不管你是谁,他照样会对刘少奇、周恩来点名,问同样的问题。你以为他点点名,你说一声"看过了"就完事了?大错特错!毛泽东说不准冷不防追问你"哪段哪段讲了些什么"之类的话,你没看过想蒙他麻烦就会更大。

但还是有人怀有侥幸心理。大人物也是人嘛!他们也是从逃学的小学生开始成长起来的,再说他们都是日理万机的人,又不都是像陈伯达、康生式的整天抱着书本的理论家,也不像柯庆施这样善于看毛泽东喜怒行事的人,他们难免像没有做完作业的小学生。

"吴德同志,你看过没有?"

"看过。主席。"吴德确实看过。

"×××"后面的人毛泽东不再另说"看过没有"这样的提问内容了,只点名。

会场变成考场一样,静得出奇,只有毛泽东和另一位被提问到的人的声音。

毛泽东的点名很随便,既有台下的,也有坐在他身边的。想点哪个就是哪个。让你没有心理准备,当然也有人怀着侥幸心理想逃脱提问——那些没有看过这篇文章的人。余秋里就没有,他哪有时间看嘛!元旦那天他还睡在货车的麦草里,之后两天紧赶慢赶地几乎一直在路上,那时火车也没有提速一说,从哈尔滨到北京,再从北京到上海,少说也得三四天时间!再说他的心思天天盯着松辽那边勘探井的事,这中间他在哈尔滨还检查了几个炼油厂,4日赶到北京,5日开了一天党组会议,指派康世恩同志上哈尔滨准备筹建下一步大规模行动的事宜。

6日，余秋里又登上开往上海的火车。说实话，3日，其实还不止3日的《人民日报》，他根本就没来得及扫一眼。

等着吧！听天由命吧！

毛泽东真的点到了余秋里。

余秋里直挺挺地站起来，这会儿那只空洞洞的袖子一点儿都没有声响。会场上所有的人都把目光聚在他身上。

"报告主席，我……我没有看过。我还在路上……"余秋里像做错了事的小学生，偷偷看了一眼毛泽东，然后低下头，等待着"老师"的一顿剋——因为会场上刚才点到的名他们都回答"看过了"，只有他余秋里说"没看过"——而且距去年的庐山会议不足半年，什么时候有倒霉的事落到自己身上，除了毛泽东自己外，谁心里也没个底。有人比余秋里更紧张，因为他们坐得离毛泽东更近，越近的人越紧张，一旦风暴刮起，先吹倒的肯定是那些在风暴中心的人。

余秋里在等待，眼巴巴地站在那儿。他抬起眼再一次看了一下毛泽东。发现毛泽东在示意他坐下。他坐下了。毛泽东说话了："都说'看过了''看过了'，其实真正有几个人看过了呢？我知道，你们许多人是没看过的！"

会场上顿时响起一片轻松的自嘲。大家都在笑，毛泽东也在笑——今天他显得很高兴似的。

"余秋里啊，你可是给我帮了大忙啊！我也没有看过嘛！"解放军总参谋长罗瑞卿坐在余秋里旁边，低着头，用肘子捅捅余秋里的右胳膊，偷笑着。

会议正式开始。毛泽东一直没有问起石油的事。

余秋里不行啊，他的心时刻惦记着松辽那边，几乎半天就要往那边打个长途，好像就他忙似的。

"喂喂，今天有什么新情况？"7日晚饭后，余秋里又关上房门，给松辽那边挂长途。

"余部长，情况好极了！'葡7井'今天试油，用了3毫米至7毫米4种规格的油嘴系统测试，日产达到9.2吨至39.66吨啊！"康世恩的声音。

"好嘛！这可比松基三井高产多了！"余秋里解开中山装的风纪扣，脸上像开了花。

"松基三井也有新情况，他们换了一个与上次不一样的油层，结果你猜怎么着，也喷油啦！"

"好好好！继续观察其他井！有情况马上给我来电话！"余秋里这一天心里实在高兴，出房门时嘴里还哼了几句："社会主义好，社会主义好，社会主义江山人民保……"

晚上继续开会。这是毛泽东的作风。在他那个时代，部长以上的领导们谁想晚上12点前睡觉，那肯定是会坐不稳太师椅的。毛泽东逝世后，这个作风仍然保持了相当长时间，不过后来慢慢地好了许多，但晚上中央召开紧急会议是经常的事，所以高级领导们仍然保持着这样的习惯，只是深夜开会的次数比毛泽东时代少多了。这就让一些人麻痹起来。

余秋里的管理员陈先学同志给我说过一件事，说在余秋里同志当中央书记处书记时，已经有些日子没有深夜开会了，那天他觉得也不会再有事了，便在12点前让首长服了安眠药——许多年来余秋里睡觉前都要服一定量的安眠药，而且都是在12点以后才服的。这一天小陈提前了几十分钟给首长服药。也巧，安眠药刚服完几分钟，红头电话就响起了，说请余秋里同志马上到中南海开紧急会议。

"你看看，我说等一会儿再服药再服药，你说没事没事！这下好！"首长一脸怒气。年纪大了，又吃了安眠药，开会时睡着了这不是误大事嘛！余秋里从家门到上车子时，一路生气。

管理员小陈知道自己做错了，心里忐忑不安地等着首长开完会回来批评。

几个小时后首长回来了，进门时脸色比出去时要好得多。见了管理员小陈，

奠基者

有些幸灾乐祸地喃喃着:"今天王震副主席也肯定服过药了,我看他开会没多长时间就眼睛都睁不开了……"

小陈如释重负。

"你以后再别在12点前催我吃药了啊!"余秋里突然声音很大地冲小陈说。

"是,首长,今天是我不对。"小陈牢牢记在心里。

1960年1月7日晚的上海锦江饭店。

会议内容没有改变,毛泽东和他的助手坐在主席台,听各部门、各省市主要负责人一个一个地汇报各自的情况和对当前形势的看法,有些像"侃大山"似的,谁愿意先讲就先讲,毛泽东还不停地提问,气氛非常和谐。只是余秋里没有抢在前头,他的心里一直在想着松辽油田那边一个接一个的喜事。他有些闷不住了,毛泽东怎么还没有问他话?

"好,今天的会就到这儿结束!明天继续!"毛泽东宣布散会。

与会者纷纷起身,准备离开。余秋里跟着站起。

突然主席台上有人大声叫道:"余秋里同志……"

余秋里一震:是毛泽东的声音!

那些准备退场的人也跟着站住了。

"你那边有没有一点好消息呀?"毛泽东的问题终于提出了。

余秋里这回心里很爽,声音也变得很敞:"主席,好消息还是有一点的!"

"噢?怎么样啊?"

"从松辽勘探的情况看,这回大油田我们是拿到手了!"余秋里的话让会场气氛活跃。

"嘿,是真的吗?有大油田?"毛泽东欠欠身子,兴奋中似乎还有些不太相信。

"主席,不光是大油田,可能还是世界级的特大油田嘞!"余秋里今天的

第五章

底气很足,因为他刚才从长途电话里已经得到松辽那边的确切情况,特别是葡 7 井出高产油喜讯来得及时,而且好戏还在后面呢!

"好哇!这是个值得注意的好消息!"毛泽东这回从椅子里站起身,满脸笑容。一天的会议,余秋里最后的非正式汇报是毛泽东今天最高兴的事。

新年伊始,石油部高兴的事接二连三,有点目不暇接。

继葡 7 井 1 月 7 日喷出高产油后,葡 20 井、葡 11 井、葡 4 井等共有 6 口井相继喷油,且日产都是稳定在 10~24 吨的高产井,基本都大于松基三井产量。此外,还有正在钻探之中的 7 口井也相继钻到了油层。而仅这 13 口井所控制的油田面积就在 200 平方公里左右,粗略估计,地质储油量达到一亿吨以上,相当于克拉玛依规模。

"老康,你把技术人员召到你身边,你们一起好好研究讨论一下,看看松辽那边的情况到底优点是哪些、问题是哪些,然后你回北京,我们要商量后面的大事了!"余秋里在上海的会刚开完,就令正在哈尔滨的康世恩迅速准备大战前的技术准备。

康世恩遵嘱立即把松辽一线的翁文波、李德生、张文昭、杨继良等骨干召到身边,夜以继日地展开了讨论。最后大家一致认为:松辽长垣石油勘探目前的结果有 16 条有利因素和 1 条不利因素,它们分别是:油田大;构造平缓完整;储油层多;生油层厚;盖层好;储油层物生好;油井产量高;油层压力高;储油层埋藏深度适中;油井可以自喷;油层温度高;电测对油、气、水解释准确;地层可钻性好;地层自造浆;有丰富的地下水;地势平坦、交通便利。1 条不利因素是原油油质有三高:含蜡高、凝固点高、黏度高。

"16 条有利因素,好嘛!你们是说这个大庆油田哪方面都是得天独厚?"余秋里看了上面这些分析,十分惊讶地问康世恩。

"是的。从现在勘探和出油的基本情况看,大庆长垣构造属于整装砂岩油藏,其有'教科书式'的穹隆背斜构造的特点,总之,比世界上像巴库等大油田的地质情况还要简单。可以说是上帝给予我们的一个得天独厚的好油田！"康世恩很专业地回答说。

"那你说说这一条不利因素什么意思？是我们的油质不好？"余秋里接着对油性的"三高"非常警惕。

"噢，这里说的三高并非我们的油质不好，而是油性有些不利于开采开发。"

"怎么个不利于开发？"

康世恩想了想，还是用个形象比喻来回答吧，于是他想起了那天张文昭在现场向他汇报的葡7井出油后的情景："那天张文昭他们告诉我，说葡7井喷油时，外面寒冷，那喷出的油一会儿就凝成一个个黑豆粒似的从天上掉下来，大伙儿踩上去就像踩在软皮筋上一样。油滴落在脸上也会自己滚下来，不粘皮肤……"

这有趣的故事，余秋里听了却脸色很不好看："你是说这油稠得很啊？"

康世恩点点头："是这样。所以下一步炼油厂建设的问题要抓紧，再有我们在开发时如何保证原油从地下喷出后能够顺利地储运也是个重要问题。"

余秋里若有所思地："这事老康不能马虎，得想点办法。"

后来在余秋里和康世恩等人的关注下，堪称石油战线"五朵金花"的攻关项目迅速上马，为大庆油田的原油开采和成品油生产提供了技术保障。如当时大庆油田发现后，原油滚滚而涌，全国上下一片欢腾，喜气洋洋。可是原油从井里喷出来后不是马上就能用的，尤其从原油变为成品油，还有很多工序需要进行。大庆当时没有炼油厂，原油只能运送到大连炼油厂等地方去。过去大连炼油厂炼的油都是进口苏联库页岛油田的原油，凝固点很低。而大庆油田的原油凝固点在20摄氏度以上，加上那一年送到大连石油七厂炼的原油季节也正好是冬天，七厂的装置、设备和生产技术是很不错的，可他们对大庆油田的油从来没有碰过，被凝固点高的原油弄得狼狈不堪。据说从火车站卸车开始，一直到数公里外的炼油厂车间，没有一处不是"油毯"铺盖着的——原油掉落得到处都是，生产只能停停开开，工厂上下一片埋怨声，于是"大庆油不好""无

第五章

法炼"的话到处传开了。余秋里知道后大发雷霆:"真是岂有此理!是你们的本事没到家,却怪大庆的油不好!"正巧七厂的厂长姓苏,名得山。余秋里的火就更大了:"就是因为你们厂的厂长姓苏,你们就迷信苏联的油一定比我们的好啊?"这顶帽子够吓人的,从此再没人敢乱说"大庆的油不好"了。不过批归批,说归说,但大庆原油的"三高"确实也就像现在人们常得的"三高"富贵病一样,不是那么好治。余秋里后来专门派了生产技术司司长孙晓风和专家侯祥麟等人进行技术攻关,并经过反复试验,最后"五朵金花"终于绽放,朵朵开得鲜艳多彩,成为石油史上一景。此是后话。

松辽前线的勘探工作可以说已经基本摸清了地下情况,大油田信手可得,现在是怎么开发的问题了!面对如此空前规模的大油田,怎样把它拿下来,这对余秋里和整个石油部来说是个全新的问题,即使对毛泽东和周恩来领导的中央政府来说也是个全新的课题。那是个特殊的历史时期:帝国主义对中国实行经济全面封锁,中苏关系已经日趋恶化,"老大哥"的专家已经基本撤光了,依靠外援已无可能。只有一条路:自力更生,艰苦奋斗。

艰苦奋斗好说,可怎么个自力更生法?自力在哪里?余秋里掰掰手指,算算石油部自己的力量少得可怜呀:松辽那儿总共只有20多台钻机,不足5000名职工。不过从全国石油战线看,还是有些力量的:老的新的加起来有17万职工,钻机嘛也有300多台,再加上国家一年给的总投入10个亿。应该说打一场战役基本具备。

干!要干就得痛痛快快干!

"我们搞石油勘探,跟打仗很相似。要勇于解放思想,敢于在情况基本搞清楚的情况下做出果断决策。有充分根据而不敢做决断,就会贻误战机,就会一辈子落后!"党组扩大会议上,余秋里挥动着独臂,慷慨激昂,"现在国家迫切需要石油,松辽的资源又比较可靠,地质情况也搞得比较清楚,是到了下决心的时候!我们要准备从全国调集力量,组织石油大会战!改变石油工业的落后面貌就在此一举！"

"我们必须下定决心，背水一战，全力以赴拿下这个大油田！"

"松辽石油会战，只能上，不能下！只准前进，不准后退！"

"就是天大的困难，也要硬着头皮顶住！争取以最快的速度、最高的水平，把这个大油田勘探、开发建设好！把石油工业落后的帽子甩到太平洋去！"

石油部大楼，此刻春雷滚滚。右胳膊在不时地掀天扫地，那只空洞洞的袖子也似遇着急雨劲风……

"余秋里同志挥动胳膊的神情和这番荡气回肠的话，我们记了一辈子！每次回想起来，都十分激动！"康世恩活着的时候几次说过这样的话。我在采访中也听到许多老一辈石油人说过同样的话。

余秋里不是演说家，但他一旦激动起来，那讲的话极富感染力、鼓动性，能把一颗颗冰冷的心扇乎得热血沸腾！能让本来已滚烫的火星熊熊燃烧起来！

余秋里不是理论家，但他一旦做起报告时，便会出口成章，而且把最想表达的主题用最明了、最准确的语言，形象而生动地表达到位。能让那些本不在意的人迅速进入一个巨大磁场般的境地，然后身不由己地跟着他去赴汤蹈火，去冲锋陷阵，且丝毫不感后悔，反觉无上荣光。

"富春、一波副总理：从2月1日到2月5日，我们部党组对东北松辽地区的石油勘探情况和今后部署问题，反复进行了讨论……"夜深人静时，余秋里叫上笔杆子、机关的宋惠同志，一句话一句话地记录下来。这种习惯是余秋里几十年军旅生涯养成的，那时打仗激烈时，他都这样一边说一边让作战参谋记下战事报告和战斗通知的。现在松辽地区的油田大战役即将开始，余秋里完全重新进入了战时的那种状态。

东方欲晓时，给中央两位主管工业的副总理的报告已经写好。余秋里让秘书端来一盆冷水，擦擦脸，说："上班后马上跟中央办公厅联系，我要面见李富春、薄一波副总理。"

第五章

"哎呀！秋里啊，这是啥时候嘛？别的部门都在下马，你们却要上马，而且是大上马！这么个大行动，我说了怕不算数，你得找小平同志，他是总书记。"厚道、实在的李富春以长者的身份对余秋里说。

"那我就找小平去。"余秋里夹起"报告"，便带着"石油部铁算盘"李人俊副部长找到邓小平。

邓小平仔细看完报告，又让余秋里说一说。

"松辽大油田已经摆在面前，国家又那么需要原油。我们是想在今年搞出些大名堂，但力量分散是不行的，所以想集中石油系统一切可以集中的力量，用打歼灭战的办法，在松辽地区开展一场勘探开发石油的大会战！"余秋里说。

邓小平吐着烟气点点头说："在力量有限的情况下，集中兵力打歼灭战的路子对头。我赞同。这样吧余秋里同志，你给中央正式打个报告。"

"好的，总书记。"余秋里悬着的心落定了，他从邓小平那儿明白了中央的态度。

真是马不停蹄。2月13日，石油部给中央的报告正式报送中南海，报告的题目是《关于东北松辽地区勘探情况和今后工作部署问题的报告》，这个报告具有历史意义，是余秋里一个字一个字地定的稿。

中央对石油部的《关于东北松辽地区勘探情况和今后工作部署问题的报告》很满意，仅7天时间就给予了批复，并向华东局、黑龙江和其他有关省市自治区党委、国家计委、经委、建委、地质部及其他有关部委的党组做了批转，总之一句话：中央对余秋里的"大庆会战"一路绿灯。

"有人说我们的军队干部打仗可以，不能搞经济建设。我就不信！你们看，余秋里在搞石油大会战嘛！"毛泽东在一次会议上颇为得意地对人这样说。

中央批示下达，石油部有了打大会战的"尚方宝剑"。可战前余秋里还有千头万绪的难题需要解决。

第一个问题就是资金缺口。那几天余秋里跟李人俊俩人反反复复、东抠西卡，

奠基者

弄出了一个会战的账目，可怎么算俩人还是直叹气：至少有 2 亿~3 亿资金和几万吨钢材设备没地方出来。报告再打到中央，李富春一听就跳起来："秋里呀，以前别人跟我争项目争钱，你在一边不吭声，我说你好话。现在你倒好，动不动就狮子大张口，我这个副总理兼计委主任真是没法当了。国家这么个一穷二白的摊子，我哪里给你弄这么多钱嘛！你啊，还是找小平去吧！"

余秋里只好硬着头皮，再和李人俊又去找邓小平。

邓小平爱抽烟，余秋里上前先敬烟。烟雾中，余秋里让李人俊把缺口的"账目"给总书记递上。

"就这么多了？"邓小平一边吐烟，一边眼睛盯着余秋里和李人俊，意思是说，你们别没完没了啊！

"就这么多！其他的缺口我们自己解决！"余秋里口封得很紧，回答得也干脆。

邓小平在石油部的资金缺口"账目"报告上大笔一挥，嘴里还喃喃道："大庆会战是大事，国家再穷，也得支持这个事嘛！"总书记不愧大将风度。

余秋里与李人俊偷着乐。第一件难事办得利索。

第二件难事是战斗人员问题。

年初，余秋里在主持开党组会时，大家就提出：如果搞大会战，遇到的首要问题是人力不足。

"松辽环境恶劣，任务又这么艰巨。我看只有采取用部队的办法。新中国成立初期，石油师成建制地改过来为我们石油系统所用是个好办法。这回我们还是争取中央支持，调退伍的部队来！"余秋里又开始挥洒用兵之道。他对副部长周文龙说："老周，你跟总参谋部关系熟，你给他们写封信，先给几位总长报告一声。"

周文龙接令后立即给罗瑞卿总长和张爱萍副总长写信恳求道："……最近在东北大庆（大同镇）地区发现了一个大油田。远景非常乐观。我们已决定在

第五章

最近时期内集中石油系统一切可以集中的力量,进行一次大规模的会战,一鼓作气地拿下这个地区。会战中各种技术工种队伍及几千名石油技术干部的配备,我们已组织调遣中,但由于这个地区非常辽阔,又是平地起家,一切基本建设、道路、电讯以及后备力量的补充,需要工人的数量很大,我们实在无力解决,特请求您设法支持我们一下,在今年转业军人中酌拨2万至3万人,以解决目前我们工作中最大的困难。争取在夏秋两季就把这个大油田拿下来,尽早投入大规模开发。"

信写得既激情又恳切。

但余秋里还是不放心,便找到周恩来总理。

"好啊,这个想法很好嘛!"周恩来一听,非常赞同。突然他对余秋里说:"主席正在广州召开军委扩大会议,你快到广州去!"

"好嘞!"余秋里谢过周总理,直飞广州。

下飞机后,见到军委的第一个人是总参谋长罗瑞卿。

"3万人?就你余秋里真想得出,一要就是3万部队!"被毛泽东叫出名的人民解放军总参谋长"罗长子",这回瞪大眼睛瞅了将军部长足足一分钟,然后嘿嘿一笑,"好好,3万就3万,只要你能干出个大名堂,我给!"

"总长你要给3万官兵,我就能在几年内干出大名堂!"将军部长挺直身板说。

总长笑了,心想:你余秋里是谁?毛主席都那么信任你,我还有什么可说的?总长嘴里说:"好了好了,反正都是自己人,这事就这么定了!"

"谢谢总长!"

"谢什么!哎,你说说,这回到底是不是一个大家伙?"总长高高的个头,一把拉住将军部长的一只胳膊,让其坐下,并叫警卫员,"快给余部长沏茶。"

将军部长听了总长这样的问话,内心是痛苦的,甚至可以说有几分耻辱感。为啥?当然还是为了川中油田那桩事。

奠基者

将军在当石油部长前，是执掌人民解放军总财务部部长，后来总财务部与总后勤部合并，他当了总后勤部的政治委员。之前，他奉彭德怀老总之命，率部队出征西南、西北的解放战役。

毛泽东在北京天安门城楼宣布中华人民共和国成立之时，将军被任命为人民解放军一军副政治委员。刚上任，老领导贺龙就让他南下指挥作战。

那年他35岁。已在我军队伍里赫赫有名。

也不知怎么搞的，毛泽东、任弼时、彭德怀、贺龙等诸位开国元勋对这位红军团长、政委出身的将军似乎有种特别的器重：哪个地方战役打得越加艰难惨烈，他就被召去指挥攻击敌人的顽强抵抗；哪个地方的非军事战斗的难题出现时，他又被召去打开局面。而他呢总是又完成得让毛泽东和几位老总满意称道。

什么叫爱将？这样的人才可以当之无愧。

拣近的先说。共和国成立后的1950年贺龙带着几十万大军解放西南的战役，如利刀破竹。国民党残余军队溃不成军，我人民解放军连连接收新中国成立后的各地城池。但那时农村基层政权尚未建立，群众没有发动起来。突然之间几十万部队拥进一个城市，吃饭成了大问题。如当时刚解放的成都市内，我军正规部队有10余万人，周边国民党起义投诚的有20万人，再加上十几万旧政府的公职人员，四五十万人一天的口粮就像一座小山似的。不解决这事插上五星红旗的共产党天下还能立得住？

跨马挥刀的贺老总从来没被前面的敌军难住过，时下倒被饿肚子的部队找不到粮食难住了。

"征粮嘛！西南这儿好天好地又好水，跟我老家洪湖地区差不多富饶，还怕没粮吃？"贺龙拿着烟斗，有些怒气地对部下说。

部下一脸阴沉地说："已经下去过几次，但派出去的同志死的死，伤的伤，大多又回来了……"

"粮食征上来了吗？"贺龙更生气了。

第五章

"不多,还不够部队每人吃饱一顿的。可部队兵员损失却很大。"

贺龙气得直敲烟斗:"笨哟!笨哟!"老总的眉睫打了结,魁梧的身子在小木楼里来回走动。突然他眉飞色舞起来:"找余秋里来!他有招!快,召他到我这儿来。"

此时的余秋里刚从医院养病回来。贺龙找到他后,问:"病养得怎么样了?"

余秋里回答:"好了。老总让我干什么?"

贺龙满意爱将这样干脆直接的回答,便说:"找你来就是为我解难题的。刚才你一路来时没看到城里城外都是队伍嘛!这么多人吃饭的事愁死我了。派出去的征粮队伍又收获甚微。地主、富农们到处叫喊着'负担过重'。其实他们是存心让我们挨饿。我想派你带工作组先到新都县搞个试点,你看行吗?"

"行,我马上出发!"

贺龙看着还像当年跟自己转战湘鄂边界的余秋里,心头无比高兴,用手示意让余秋里坐下再说。"这次下去不仅任务艰巨,生活艰苦,而且也有很大危险。现在土匪活动很猖狂,不断袭击我们的征粮队伍。你要去的新都那边也很乱。我给你派一个连怎么样?以防万一。"

余秋里噌地从椅子上坐起:"不用。我一个班都不带。只要一辆吉普车,两个警卫员!"

贺龙笑了:"那你也得小心些。"

"是。"

爱将走后,贺龙理了理小胡子,重新点着烟斗,终于将心思收回到下一步进军西藏的问题……

再看往征粮征程上行进的余秋里。风风火火,腰上别着盒子枪,坐在吉普车上,那只空洞洞的衣袖边是警卫员兼司机正全神贯注地将车行驶在崎岖颠簸的山道,后面是持枪警惕巡视着道路两边的警卫员小张。

余秋里往后看了一眼,笑问:"小张,别那么紧张。几个土匪真有那么可怕?"

奠基者

小张擦擦额上的汗珠,说:"首长,你可不知道,我原来的营长前些日子也是出去征粮,他们还是全副武装地住在一户贫农家里,结果有地主半夜上山向土匪通风报信去了,后来他们把我营长他们20多个全给杀死了,而且还将尸体挂在村口的树头示众,放言说谁要给共产党和解放军送一粒粮食,他们就要谁家的一颗脑袋。"

余秋里听后没有说话。

到达县城后,听取当地县委领导汇报情况后,有人问:"首长您住哪儿?我们保证给您找个安全的地方。"

余秋里跳上吉普车,问:"你们说这儿哪位地主的名气大?我就上他家住。"

随行人员不解其意,惊恐万分地:"首长您的安全我们可要负责啊!"

余秋里没有说话,坚持道:"你们领我上大地主家就行,别的不用管。"

住进大地主家后,县委领导怎么也不放心,非说要派个武装排来保护首长。

余秋里生气了:"我是来征粮的。你们团团把我围住了我找谁要粮食去?"他又转头问大地主的房东:"你对他们说说,我住你家,还用得着他们派队伍来吗?"

老地主毕恭毕敬地说:"不用不用,我、我这儿也有几支枪,保护首长的安全还是能起点作用的。"

县委领导无奈,只好撤出,临走时把大地主叫到一边,严厉地说:"放明白点:要是我们的首长出了事,你们全家人就得见阎王去!"

老地主吓得连连称是。

几十年后,小女儿晓阳看了父亲回忆录中的这段往事,问父亲为什么这么胆大?

父亲笑呵呵地说:"这叫最危险的地方也是最安全的地方嘛!你们不想想,我住在老地主家,他老地主能不想想现在已经是共产党的天下了,我们住在他家,一旦出了事,他负得起责吗?这不。我住那个地主家,他后来不仅天天亲自布

第五章

置自己的家丁负责我的安全，而且再不敢上山向土匪报信说他们家、他们村有征粮的共产党队伍了。相反，还要不停地派人到周围地区探听土匪活动的情况。地主老财才真正怕出意外呢！"

原来如此。

事后贺龙听了爱将的汇报，笑呵呵地称赞不已。可不，以前派出去的征粮队伍，他们一般都住在贫民家里。一住下，反动地主就偷偷给山上的土匪送信，这样就使得我们的同志经常惨遭杀害。

余秋里的这招治得地主老财们有苦难言。西南征粮食工作因此由被动变主动，半年工夫，整个川西征粮工作进展顺利，完成了上级交给的任务，为稳定部队和当地的民众起到了关键性的作用，同时也为大部队继续西进备足了物资。

当年10月，西南军区军政大学成立，余秋里被任命为军校副政委，校长和政委是刘伯承。不多时，刘伯承奉命进京城筹建陆军大学，这边的军政大学由余秋里全面负责。当时他手下有两大要员：一位是教育长徐特立，一位是政治部主任刘华清。

40岁那年，余秋里被一纸调令，调往北京的中央军委主持财务部工作。第二年，他被授予中将军衔。

这一时刻对军人们来说是难忘的。

1956年，余秋里任军委总财务部部长。

1957年5月，总财务部与总后勤部合并为总后勤部，余秋里被毛泽东任命为总后勤部政委，时年43岁。总后勤部部长是洪学智上将。

作为解放军三总部的首长之一，余秋里与罗瑞卿也算是老交情了。现在就看交情深不深了。

"余秋里啊余秋里，你一下就要改编我们的3万部队呀！"罗瑞卿摇晃着他那高大的身躯，不停地用手指着余秋里，又是摇头，又是笑声："就你想得出来！你可真会找窍门啊！"

"总长，我们有困难，是实在没得办法呀！"余秋里解释，一脸真诚和恳切。

罗瑞卿一挥手："没问题，自己人嘛！我去向主席报告一下。"说着，就进了毛泽东住所。

余秋里还是不放心，又跑到贺龙和刘伯承房间。

贺龙笑眯眯地嘴上叼着烟斗，眼睛半眯着朝余秋里直使眼色：你还不向刘帅说话。于是余秋里就赶紧向刘伯承汇报来龙去脉。

"对头嘛！打虎要靠亲兄弟，出征还得父子兵！我赞同你向部队要人去！"刘伯承连连点头。

余秋里听了喜从心头涌。他看看贺龙元帅，元帅正理着浓浓的小胡子朝他挤眼呢！

"报告二位老总，主席请你们到他那儿去。"有工作人员进屋说。

"余部长，主席请你也一起过去。"工作人员补充说。

原来毛泽东是想了解松辽的情况呀！余秋里进了毛泽东的会客厅才知道。

机会难得。余秋里知道今天的汇报直接关系到军委主席毛泽东及几位军委副主席给不给他3万部队的大事。于是他用简单而明了、有力而急切的口吻讲了几十分钟时间，尽可能地把松辽油田的现在情况和未来前景及组织大会战的事让毛泽东和元帅们听后产生深刻印象。

"好……好嘛！这很好！"效果达到。毛泽东一脸满意之色。"听说你们有个报告，要搞会战。好哇！准备上阵喽！"

元帅们频频点头，一片附和声。

有戏！余秋里站起身，向毛泽东行了一个军礼："报告主席，我可以走了吗？"

"好，上阵吧！"毛泽东笑眯眯朝余秋里扬扬手，然后问老帅们："你们看他的事行吗？"

"很好。就得这么干！"老帅们异口同声。

第五章

"谢谢各位老帅！谢谢各位首长！"余秋里又向元帅和军委领导们敬礼。

正是一路东风劲吹，大地到处春光明媚。

从广州回到北京时，周文龙副部长向余秋里报告说，总参谋部张爱萍副总长已经在给他的信上做了批示，同意从军队里拨2万至3万人给石油部。

余秋里喜上眉梢。

2月22日，中央正式下达了"关于决定动员3万名退伍兵给石油部"的指示，之后军委又决定给大庆分配3000名转业军官，他们中不少是党团员，有的还是刚刚从抗美援朝战场上下来的战斗英雄。中央考虑得要比石油部自己想得还要周全。

余秋里仿佛感到自己重新回到了那个指挥千军万马的战争年代。

那段时间里，石油部大楼就像大战前的总司令部，一份份调兵遣将的命令和通知，发往全国各油田、矿区、院校和研究机构……

"我去！"

"我们队全体报名！"

"请批准我吧，我已经把铺盖都卷好了，只等坐火车了！"

"……"

在石油部"开赴松辽前线，迅速拿下大油田"的战斗命令下，各地石油人无不以最高昂的战斗姿态，投入了紧张的会战行动。真是了不起！真是一群和平建设时期"最可爱的人"。各地石油人个个以参加会战为荣，人人都像战士上战场一样摩拳擦掌地争着到松辽去。从干部到工人，都生怕自己掉队。许多单位从动员到出发仅两三天时间就登上了北去的列车。他们纪律严明，完全是军队的作风。从西北来的队伍，必经北京换车，多数人是第一次到北京，连上天安门广场照个相的难得机会都顾不上就搭上了北去的列车。石油部机关则组织了以老红军、行政司司长鲍建章为首的迎送队伍，在火车站又是敲锣打鼓，又是送饭递茶，北京火车站一时间成了"石油人"的天地，好不热闹！

奠基者

再看看"总司令部"的石油部机关:部长余秋里和副部长们一派作战姿态,各种地图、战斗命令、电话铃声,甚至相互指责声不绝于耳……

"报告部长:玉门局的先头队伍已经到达松辽的安达!"

"报告部长:新疆局的队伍今天已从嘉峪关抵达北京!"

"报告部长:四川局的同志说明后天就可以全部到达目的地……"

"北京石油学院的师生们问他们什么时候启程?"

"研究院的几十名教授请求部里让他们到最前线接受任务!"

"好嘛好嘛!老康、文龙,还有人俊,你们分别给他们布置一下各自的战区位置!"大会议室里,余秋里右手叉腰,左边的那只空袖子则随着他走动的身子在来回甩动。

"好嘛好嘛!'拔萝卜''割韭菜''切西瓜'好!"独臂将军不停地甩着空袖子,嘴里念念有词地说着。办公厅的人听不明白他们的部长在说些什么?康世恩就在一边笑着告诉他们:"拔萝卜,就是从老油田那儿抽调一些标杆钻井队;割韭菜,就是把原来的队伍成建制地调出;至于切西瓜嘛,是把原来的队伍一分为二,调走一半,留下一半。"

"嘻嘻,真是老农民打仗!"有人听后咪咪暗笑。

有什么可笑的?中国的几千年历史靠什么推动的?还不是农民?!共和国缔造者还不是农民?建设社会主义照样还得靠农民嘛!农业大国不靠农民靠谁?别忘了经过马列主义灌输的已经觉悟了的农民可不是传统意义上的农民了!他们的意志、他们的信仰、他们的素质,是中国人中的精英和豪杰!也许他们还保持着农民的生活习性、农民的淳朴,但这不妨碍他们领导全中国人民从黑暗走向光明,从光明走向更加灿烂、更加辉煌的伟大抱负!他们是中国农民中的代表,也是农民利益的忠实捍卫者,更是农民们实现理想的领路人。

余秋里是这样的一批人中之一。毛泽东是更典型之一。

现在是战斗!是千军万马投入战斗的大战役。

第五章

战斗和战役只有懂得军事的人才能指挥。

这是中将余秋里部长得心应手的事。

首先要明确任务。会战初期的三大任务是石油部向中央报告的：第一，在松辽2000平方公里的面积上，争取打200口左右的探井，迅速探明大庆油田的真实地下情况，目标是找到10亿吨的可靠储量；第二，选择已经探明的有利地区，打出200口左右的生产试验井，进行油田开发试验，实行早期注水，当年生产原油50万吨，年底达到日产4000吨水平和年产150万吨生产能力；第三，在大庆长垣以外的附近地区，进一步开展地震勘探，完成细测4万平方公里，争取再找到更多的"金娃娃"……这是余秋里他们最初的目标，而这个会战目标后来随着不断出现新的更大的油田前景而被迅速调整。

既然叫会战，就得按军事行动进行。一个油田目标，就是一个战区。因此长垣几百平方公里便被按照已经出现的油田显示划成5个战区，它们分别是：葡萄花战区、太平屯战区、萨尔图战区、杏树岗战区和高台子战区。每个战区由一个地方石油局负责。

因为是会战，还得按照军事行动来进行。余秋里下令：所有参加会战的队伍，不管来自何方，工资关系、人事关系、粮食关系还是在原单位！物资调配、任务安排则全部由会战总指挥部统一决定。

会战前期的时间安排：3月调动人马，4月开始动手，5月初正式打响。所有参战队伍包括附属单位必须在3月15日前完成集结，就是说要到达松辽会战现场！

真的是打仗了！那些从来没有经历过军事行动的地方职工，在大踏步奔赴松辽的途中，情绪格外亢奋，他们在激动中第一次感受着军人的那种战斗作风。

就是打仗嘛！那些刚刚摘下军衔标志和符号的转业军人和石油师的指战员，则像重新回到了雄赳赳气昂昂的战斗部队。他们似乎想通过自己的精神风貌来证明曾经的辉煌和与众不同的军人性格。

| 奠基者

所有的人都在寻找自己能够意气风发的闪光度。

指挥员们毫不例外。"既然叫大会战,那么我们的指挥就得搬到前线去。为此我建议:石油部党组要成立大庆会战党的工作委员会和会战总指挥部。而且所有前线指挥人员必须到第一线去。从现在开始,石油部的工作将以前线会战为一切工作的重点。"将军的建议在党组会上立即得到全体党组成员的赞同。

会战"总司令部"即刻宣告成立:部长余秋里任会战工委书记,副部长康世恩任会战总指挥,石油"余康"从此并肩共同挑起了新中国石油事业的艰巨重任。他们身后还有一大批优秀的指挥员,如周文龙、孙敬文、李人俊、徐今强、张文彬、唐克、宋振明、焦力人、李荆和、吴星峰、李敬、陈烈民等等。

嚯,了不得!从3月初调兵遣将令发出,到3月15日止,松辽集结地安达这块地图上还不易找到的方寸之地,一下已经到了1.7万人!其中部队转业官兵11000多人。而后续的队伍仍在源源不断地向这儿开拔……

战幕拉开,形势瞬息万变。

"余部长!好消息!好消息……"那一天,余秋里的腿刚刚迈进家门,只听康世恩一边喊着一边就到了他的跟前。

"老康回来啦?辛苦辛苦。"余秋里见康世恩浑身上下雪水融融,赶紧让过身子,让秘书倒上一杯热茶,"先暖暖身子。慢慢说。"余秋里笑呵呵地看着这位从哈尔滨回来的战友,几乎是头挨着头看着康世恩喝下第一口热茶。

康世恩笑了,心想:你这架势哪是让我慢慢说,分明是恨不得立马抠我嘴巴掏话嘛!"大好消息:萨66井出油啦!"

"多少?"

"现在用的6.5毫米油嘴管,日产56吨!"

"可比松基三井大多了!"余秋里乐得合不拢嘴。

"你不知道,我在现场时,他们用9~14毫米油嘴试时,你猜达到多少?"

"有80吨?100吨?"

第五章

"哈哈哈，不对。148 吨！日产！"康世恩像孩子似的在余秋里面前高兴地转起圈来。

"148 吨啊！这简直跟油库里倒油没啥区别嘛！"余秋里猛地将右掌往木椅上一击，身子从地上蹦起。

"可不是像油库里倒油嘛！"康世恩手舞足蹈地在余秋里面前绘声绘色地讲着他在现场看到的萨 66 井喷油的那一幕令人欣喜若狂的情景——此刻他依然欣喜若狂。

余秋里大步在会客厅走动着："这不行！这得修改我们的会战行动计划了！得马上修改！秘书！秘书——"余秋里突然立住脚步，大声喊着秘书。

秘书过来："首长，有什么事？"

"你马上通知各位副部长和全体党组成员，让他们到我这儿来参加紧急会议！"

"是。我马上通知。"秘书跑步去打电话。有几个党组成员住在秦老胡同，秘书干脆是跑着去将他们叫过来的。

这一夜，秦老胡同将军家的灯光彻夜通明。时间是 1960 年 3 月 14 日。

余秋里："同志们，形势变化比我们想象的还要快啊！老康从前线带回的消息，让我坐立不安。这萨 66 井如我们先前所料，出大油了。它证明长垣北边确实有大油田！比南边的葡萄花构造还要富油！"

周文龙："你的意思是我们要调整战局？"

余秋里："对！必须立即调整，否则错失战机，更加被动。"

康世恩："余部长的意思是，趁现在队伍还没有全部到达安达一带，就位的也是少数，要往北行动现在就得下决心。"

李人俊："这笔账应该是合算的，早调整比晚调整好。"

孙敬文："可是南边葡萄花构造已经有多口井喷油了，而北边现在只有一口井，是不是也像南边把握这么大呢？"

余秋里点点头:"敬文同志提的意见是对的。但葡萄花的情况现在看基本上是我们捏在手心里的东西了。这里的油我们肯定不能放弃,但我们不是为了抓大油田吗?抱大'金娃娃'吗?萨66井出如此高产油就证明北边的情况大大好于南边,富油区在那儿无疑!这是个新情况,说明形势发生了变化,出现了更加有利于我们找油田、搞大会战的形势!既然形势变了,我们就要当机立断,调整部署。否则,当断不断,就会贻误战机,就像刘伯承元帅讲的那样,五行不定,输得干干净净。"

孙敬文开始点头。

余秋里:"既然是抱大'金娃娃',那我们就先肥后瘦。在对整个长垣进行勘探的同时,把勘探重点从南部转移到北部,先控制住萨尔图、喇嘛甸子构造的含油面积,并着手搞生产试验区。"

康世恩:"萨尔图那边交通方便,有利于快速调动队伍。"

余秋里一挥手:"因此我建议部党组立即做出修改会战方案,立即将主战场从南部转移到北部!"

李人俊:"我同意。"

孙敬文:"我没意见。"

周文龙:"一着好棋,我完全赞成!"

余秋里和康世恩相视一笑。

好,就这么行动!明天发通知,命令后天16日全线队伍向北转移!余秋里一拳砸在桌子上,震得茶杯摇晃了好几下。

这是中国石油史上著名的"挥师北上"行动!

关于这一幕气势磅礴、波澜壮阔的石油大军的战略大转移,我在大庆采访时,许多老同志一提此事,都会眼睛发亮,都会滔滔不绝地给我讲一大通,如果有时间他们可以讲三天三夜⋯⋯

实在是太宏大了、太壮观了!是松辽大地上从未有过的那种铁流滚滚的大

第五章

迁移、大行动！想想看，四五万人的队伍，几百几千台铁塔、钻机和车辆组成的钢铁队伍，在一望无际的平原上齐步奋进，那阵势北大荒上有过吗？没有。那阵势，黑土地上祖祖辈辈住着的百姓见过吗？没有。

天，没见过这排山倒海的人流；地，没听过这隆隆作响的战车。云，停下来观看；雪，融化后等待……

"同志们，拿出干劲，拿着力气，向萨尔图进军！"

"同志们，脱下棉衣，挽起裤腿，向萨尔图前进！"

萨尔图？萨尔图是什么地方？真的很惭愧，在写本文之前，我不曾知道过这个地名。而到大庆后，我才知道原来今天的大庆市区所在地其实就是过去的萨尔图。萨尔图作为一个地名，今天还在大庆市区的许多地方仍然保持着。比如大庆市现在最大的一个区就叫萨尔图区，大庆的火车站过去就叫萨尔图车站。大庆油田没有之前，大庆这儿就叫萨尔图。

这个听起来像是外域的地名，其实还真有些神秘。蒙语里的"萨尔图"，其意是"月亮升起的地方"，或者说是"有月亮的地方"。而到了满语里却很不一样，称它为"多风沙的地方"。截然不同的解释恰恰印证了这个神秘地方既有月亮又有风沙，既有温柔美丽的一面，又有寒冷严酷的一面。

传说在19世纪的某一个夜晚，一位蒙古族兄长和一位满族阿弟带着家人游牧到这里，他们抬头望着刚刚升起的满月，沐浴着习习春风，各自对身边丰茂的大草原发出不同的感叹——一个说："啊，月亮，多么美丽啊！"另一个说："啊，风，多么强劲啊！"于是"萨尔图"便成了两种不同解释。但无论何种解释，萨尔图确实既美丽——美丽是因为它有宽阔无边的大草原，又令人恐惧——恐惧它荒无人烟和零下几十摄氏度的严寒。

萨尔图有自己真正地域上的名字意义，应该从1901年沙皇俄国修筑东清（中东）铁路铺设至此，才在地图上标了萨尔图这三个字。过去的萨尔图是什么样，今天已经无法见到一点影迹，只是大庆的同志告诉我：现在大庆油田最富油的

奠基者

一块地方，就是以火车站为中心几平方公里的那个地底下。

余秋里当年统率石油大军"挥师北上"的目的地就是这一地带，即以萨尔图火车站为中心的地方。这里距当时打出高产油的萨66井仅5公里。

"同志累不累啊？"铁流滚滚的行军途中，一辆绿色吉普车飞驰而来，一个中年男子的身影从吉普车前座探出身子，不停挥动着那只有力的右手。

"呀！是余部长啊！"有人惊呼起来。

于是，整个几十里的行进大军欢呼起来。

"余部长好！"

"余部长辛苦啦！"

"同志们好！"

"同志们辛苦！"

这一呼一应，如同一次盛大的阅兵式。是阅兵式，是余秋里将军在检阅他的石油大军！将军的脸上严峻而神圣，他的目光一直在注视着迎他而来的钢铁队伍。尽管这些拖机运输的队伍比起正规军显得少了些神气，但他们的步子一样坚定有力，一样铁流滚滚……

这让余秋里欣慰和自豪。

"会师萨尔图！拿下大油田！"

"同志们，前进！"

突然，吉普车来了一个180度转向。余秋里猛地竖起身子，奋力将手挥向前方，喊着震天动地的口号……

"会师萨尔图！"

"拿下大油田！"

"前进！"

口号声、脚步声、车轮声……汇成一片惊天动地之声。这不是导演的电影，这是1960年春天在东北大平原上发生的真实一幕。我曾对几个著名电影电视导

第五章

演说这样的话：仅凭这一幕，你们就可以拍出新中国建设史上最精彩感人的一部惊世之作。

我不知道中国有没有这样的优秀导演。而现在我书中描述的松辽石油大会战中"挥师北上"的宏大场景，其"大导演"是余秋里。他所导演的这一出戏已经成为新中国建设史上的经典一幕而载入史册。

历史的真实常常比艺术的真实更具魅力。我们的领袖和人民经常教导我们"生活是创作的源泉"之深刻意义就在于此。让我们在伟大的历史时刻面前虔诚地学习和感受吧！

"哎哎！那劲头呀，我是描绘不出来的！"时任行政处长的刘文明感受也许最深。他是挥师北上中负责物资的一位处长——其实是个"光杆司令"。

3月16日那天，刘文明和十几名处、科级干部接到挥师北上的命令后，立即乘卡车从高台子村出发，前往萨尔图报到。他是行政处长嘛，大小也是个官，也有车坐。可北大荒的1960年3月，仍然大雪纷飞，一路寒风刺骨，100多里路，停停走走，用了大半天时间。到萨尔图时，他的腿冻得半天伸不直。那时萨尔图啥都没有——除了传说中的"月亮"还在脚底下睡觉外，什么都没有。石油大军能找到一间牛棚便是好运了。

"老刘，你来啦？太好了太好了！"三探区指挥宋振明见自己的老部下出现，欣喜万分。他往四周一指："你看看，这儿乱成了团，我快急死了。哎，你来当我们三探区的行政处长吧！"

"行，你给我多少人？几间房子？多少东西？"刘文明听说有活干，挺高兴。

"人有一个，就是你自己。房子和东西一样也没有。"宋振明说。

刘文明拍大腿了："我的老天爷，你不是要我命嘛！这人山人海的都待在雪地里，要吃没吃、要睡没地方睡，你让我当行政处长，人家不把我皮都要扒掉嘛，宋指挥你干脆让我上吊去吧！"

"少啰唆啊！5天之内，你要准备出5000人的吃和住。完不成任务，我再

奠基者

找个牛棚让你去上吊！"宋振明人高马大，双眼一瞪，说完就忙其他的事去了。

刘文明愣在雪地里想哭都没地方蹲下身子。

"听说部里唐克司长现在在安达，你赶紧去找他。"探区党委副书记李云过来悄悄给刘文明出了个点子。

刘文明一听，没多想一下，立即赶到火车站，买了一张到安达的票。听到石油部的会战领导们就住在离火车站一二百米的第二马车店，刘文明没费劲就找到了唐克司长。

"找我干啥？"一头埋在办公桌上正翻阅着堆积如山的各种报表和材料的唐克司长见面前有人站着，便问。

"我找你要锅、碗、瓢、盆，还要帐篷。"

"那你看着我这儿有什么你就拿吧！"唐克头也不抬地说。

"这哪够？我要5000套呢！"

唐克一惊，抬头颇具怒气地问："你是谁呀？你把我的拿走不就得了，怎么要那么多？"

刘文明赶忙自我介绍："我是三探区的行政处长，宋指挥刚任命的。他让我5天内要保证5000人的吃住问题。"

唐克明白了，直直腰杆，说："东西是没有，可倒是有点钱，我让财务的同志开张支票先给你们拨点。"

刘文明连连点头，眼睛又不觉落在唐司长办公桌上的一个茶具："还要这个。"他用手指指。

唐克一愣，继而笑了："行，你再把这屋里的两个暖水瓶也拿去吧！"

刘文明伸开双臂，呼啦一下把唐司长的几样家当全都卷跑了。

回到萨尔图，刘文明立即着手支起行政处，他和宋振明又派来的几个同志一起在牛棚的一角设了一个办公室和一个仓库。又兵分两路：一路上哈尔滨、齐齐哈尔购买物资，一路则在萨尔图火车站旁负责接待参加会战的大队人马。

第五章

来的人太猛了，前五天就一下上了六七千人。开始是一个锅做饭，从早到晚地做也只能供每人吃一顿，不少会战人员只能到火车站的几个小店里买干粮吃。那萨尔图才有几个小店嘛！两天就把所有的小店存的东西全部吃了个精光。刘文明他们只好后来又架了三大口锅，仍然整天整夜地烧啊烧……到底一天烧了多少锅，给了多少人吃，刘文明他们都搞不清。反正有两点他们是清楚的：吃饭的人都是来参加会战的，全是自己人，因为当地基本没有老百姓；二是说好了凡是路过这儿的下属队伍，行政处接待点只管一人一顿饭，常在萨尔图的机关人员一人吃两顿。那会儿人的自觉性高，不太可能有人多偷吃一顿。当然，吃饭是不用付钱的。

掌握会战物资大权的刘文明他们挺会动脑筋，凡看到披羊皮的，就知道是玉门、新疆和青海那边来的，给他们的物资就是帐篷和锅、碗、瓢、盆；凡是看到穿工服单薄的，就知道是四川来的，除了上面的物资外，还另加一条毯子和一件棉衣。人群中更多的是那些头戴军帽、身穿军装的转业军人。他们最好对付，给一顿饭吃，再说一声"向解放军学习"，就完事了。

会战大军来到萨尔图，不管怎么说，多少还有人管他们一顿饭，可当他们再往战区的工作点落脚时，才发现真正的困难还在后面呢！

那是啥工作点嘛！一片荒原，除了冰天雪地，什么也没有！

薛国邦可能是运气最好的一个。他的采油队一到萨尔图，指挥部就把接收萨66井的任务交给了他——老薛是玉门油田的全国劳动模范，萨尔图眼下就一口出油井，他能得到这样的任务是挺光荣的事。老薛他们3月18日到的萨尔图，大伙儿没在萨尔图歇脚，第一天就步行到了井场。那时行李和工具啥都没有到，原来的钻井队已基本搬完了东西，只留下一间值班房。老薛他们就凑合过了夜。第二天钻井队连值班房都搬光了，整个萨66井成了一处光屁股井，还有就是周围的一片荒原。白天，老薛赶紧上萨尔图指挥部领到了一口锅和一袋粮食——刘文明他们告诉老薛："你们可别再来领东西啊！这已经是特殊照顾你们了！"

意思是再来领也不会有啥东西给你们了。

饭总得吃嘛！大伙儿从荒原上捡了些柴草，总算开了两顿饭。白天日子好打发，夜间可就惨了。十几人在零下二十多摄氏度的寒冬下，一无房子，二无被褥，老薛他们只好抱成一团，围在一堆柴火前跑着圈子取暖。实在吃不消，有人就干脆张开嗓门，来一段秦腔，那一夜他们把周围的狼群吓得不知是咋回事地蹲在地上不敢靠前一步。这是第三天。

第四天，老薛有些着急了，这样待着不是事，好不容易在井台周围发现了钻井队遗忘的一把管钳，于是他分组让同志们轮流修理起油井，以保证继续出油。其他的人则跑到萨尔图去要回了一顶帐篷。这一夜大伙儿说是来松辽后过的最幸福一夜：他们把帐篷铺在地，当作大被褥子，铺一半盖一半，人就在中间睡着……

第五天行李和工具总算到了。大伙儿高兴得跳起来，一大早就上萨尔图火车站搬东西。指挥部的人说，没有车给你们拉东西，你们自己想法吧。这不算什么事。老薛他们连背带抬将工具和行李运到井场，下午大伙儿就把帐篷一支，行李还来不及打开，便开始忙着采油前的准备。哪知，突然老天变脸，一阵狂风刮来，并且越刮越猛，刚支起的帐篷，被卷起跑了好几十米。十几个人手忙脚乱去逮住帐篷，可就是敌不过狂风。

老薛火了："我们到大庆是来干啥的？参加大会战的呀！可连顶帐篷都支不住，还拿什么大油田？"

队员们不言声了，憋足劲，说啥也要把"家"安住！十几人也不知哪儿添来的猛虎下山之劲。

"一二三！拉！一二三！拉！"

"一二三！拉！一二三！拉！"

狂风中，帐篷终于立住脚。这个时候东方已露晨曦……五天五夜，这是老薛他们上松辽的初历会战的日子。薛国邦是后来大庆"五面红旗"之一，南战

第五章

北征的他，为中国石油事业鞠躬尽瘁，屡屡负伤积疾。那天我说要采访他，大庆的同志说老人家肯定现在说不了多少话，限我采访他半小时。哪知我到他家后一谈起当年的会战，几个小时里老人家就没有停过话。

比薛国邦晚来几天的玉门石油大军中还有一个人更了不得。他一下火车，拔起双腿就奔到一片大草原上，扑通跪下，用力抠起一把土，然后仰天大喊："这下咱们可是掉进大油海里啦！甩开膀子干吧！"

这个中年男子，个头不高，说起话来，震地动天。他瞅着车站上人山人海的都挤在那儿不是找队伍，就是向接待处的人问这问那，便火冲冲地大步流星地跑到那个牛棚改的指挥部，也不问谁是领导谁是管事的人，劈头盖脸吼道："我们的井位在哪儿呀！钻机到了没有？这里打井的最高纪录是多少？"

顿时乱哄哄的指挥部里被这吼声震得静静的，人们回头一看：嘿，这不是玉门的老先进王进喜吗？

王进喜来啦？王劳模好！

大伙儿有人见过他，有人听说过他，这王进喜果真厉害啊！指挥部的干部和前来领东西接受任务的人都向他围过来。

"我是来问任务的，你们快告诉我吧！"王进喜瞪着眼睛，只对指挥部的干部说话。

指挥部的同志只好笑言相答："王队长，你们1205队第一口井是萨55号，在马家窑附近。"王进喜一听，转身就出了那个牛棚。

"哎，王队长！让你们队的同志在这儿吃一顿饭，我们准备着呢！"接待处的同志在后面拼命叫喊着，王进喜像没听到似的，直奔他的队伍去了。

全队30多个人在马家窑井场住下后，钻机却没到，怎么办呢？第二天一早，王进喜冲大伙儿一挥手："走，上火车站去！"

上火车站干啥去？

"帮着卸货呗！没看到车站上忙成这个样？"王进喜将鸭舌帽往额边一拉，

奠基者

跳上货车就干了起来。队员们没辙，谁让自己在全国劳模的井队呢！

王进喜和井队的30多名同志就这样，一到松辽便先当了7天义务装卸工。第九天，他的1205队钻机到了，全队人欣喜若狂，七手八脚便搬运起来。当时整个车站上只有4台吊车，成千上万的货物都在等待排队，轮到1205队还不知何年何月。

王进喜急得直拉帽子，问打过仗的指导员孙永臣怎么办？

孙指导员说：有一次他和战友们守高地时子弹打光了，就用石头跟敌人拼。

王进喜大喜："对，我们就是有条件要上，没有条件也要上！人拉肩扛也得把钻机运到井场！"说着，他就让大家去找棕绳和撬杠，自己又在车站的人群中穿来穿去的，不知从哪儿弄来一辆"解放"牌汽车。

这回齐了，王进喜让汽车倒到火车皮的旁边，架好跳板，于是全队37个人，你吼一声，我吼一声，硬是用了近一整天把几百吨井台的设备靠人拉肩扛从火车上搬了下来，然后又像蚂蚁啃骨头似的一点点往井位挪动。似乎现在读者们从我的笔下看很简单，其实王进喜他们干这活费老劲了！你猜猜，光2台泥浆泵，每台就有7.5吨重，4吨载量的"解放"被压得轮胎"吱吱"乱叫，那会儿超载不是什么事，而且应该说越超越有本事。王进喜他们就是靠这本事硬将自己队上的所有装备弄到了井位。这就是"有条件要上，没有条件也要上"的经典作风。后来余秋里听到王进喜这句"经典语"觉得很好，就在大会上到处讲：咱们为国家找油田，就这么个条件，国家穷呗！等行吗？不行！那怎么办？就要学王进喜的精神，有条件要上，没有条件也要上！

话从部长嘴里一出，就是行动的命令了，就成战斗口号了。说多了，有些知识分子和技术人员在嘀咕：这有条件要上没说的，没有条件也要上是不是有点违背科学规律啊？于是有人悄悄把这话反映到余秋里那儿。

余秋里一皱眉头，猛地一甩右手："这样吧，我们就说有条件要上，没有条件创造条件也要上！"

第五章

OK！这就完整和科学了！其实在那个年代，即使说没有条件也要上也没错到哪个地方去。就像王进喜队上的指导员说的那样，跟敌人打仗子弹打完了，不也是属于"没有条件"了嘛！可人家战士用石头跟敌人拼去！那也是既可称没有条件也要上，也可称没有条件创造条件上。"没有条件也要上"里包含更多的是一种精神，一种发挥人的能动性的精神，一种藐视一切困难的大无畏精神，其本身就是在科学地争取条件过程，因此笔者不认为余秋里和王进喜他们最初的原话有什么缺陷，相反更真实、形象和生动。

王进喜是了不得！别人到萨尔图后看到人山人海乱哄哄的一片，也不知打哪儿干起，或者等着上面分配任务、安排工作时，他早把队伍和设备拉到了井位。第一口井5天零5个小时完成了钻井任务，而他本人5天零5个小时没离过机台。还记得他下火车后跑到指挥部吼着问领导那几句话吗？其中最后一句就是："这里打井的最高纪录是多少？"他王进喜奔的是要在大庆会战中争挑头战绩。1959年——也就是他来大庆时的前几个月，他的井队在玉门创造了年钻井71000米的全国最高纪录。这个数字相当于旧中国有钻井史以来42年的总和。

你说王进喜了得吗？他在松辽出现仅短短十几天时间，就把几万人的钢铁大军震得全都对他又敬佩又羡慕。你看他整天一身泥一身油地没日没夜摸爬滚打在机台，受了伤、拐了腿，一跛一拐地照常在风雪飞舞的井台上冲锋陷阵。钻机刚转起来那会儿，附近没有水。王进喜一吼，端起脸盆就往水泡那儿去，一边端着水，一边拐着腿说："余部长说了，我们来这儿是拿下大油田的，早一天拿下大油田，就早一天向毛主席报喜！没水就难住我们啦？呸！老子就是尿尿也要把井打了！"

房东赵大娘第一次见王进喜这样没命干活的人，感动得直对1205队的同志们说："你们的王队长，可真是一个铁人啊！"

"铁人？！这个名字叫得好！对，王进喜就是王铁人！我们在这么艰苦的条件下搞大会战，就得有千千万万个王进喜那样的铁人！向王铁人学习！"余

奠基者

秋里在一次干部会议时听说这事后，很受触动，于是经他这么一振臂高呼，"王铁人"的名字就传遍了整个松辽大地，后来又传遍了祖国大地。

没看出来？余秋里和王进喜都是天生的语言大师！他们的话生动——生动得每个字都似乎在你面前蹦蹦跳跳的；他们的话形象——形象得你不用做任何比拟就会听后哈哈大笑；他们的话有力——有力得能调动你全身的热血去沸腾、去燃烧！

"石油工人一声吼，地球也要抖三抖！"这是王进喜的话。

余秋里说："拼命也要拿下大油田！把贫油的帽子扔进太平洋去！"

我在采访那些曾经与王进喜一起战斗过的同志时，他们给我讲的许多故事，让我认识了生活中真实的王进喜：他绝对是个"大老粗"，可又绝对不是个"大老粗"。他的语言和行为生动得不用导演。我们后来看到的许多关于王进喜跳泥浆池、振臂高呼"石油工人一声吼，地球也要抖三抖"那样的镜头，都是后补的——是周总理批准让新闻电影制片厂的人拍摄纪录片的。导演们与王进喜交流后，用不着多说几句，王进喜立马"进入情况"，且保证能令导演们满意。

王进喜的个人魅力、个人形象、个人语言，是在松辽的石油大会战中得到磨炼和开始完美的。能使这位中国工人阶级形象达到完美程度的"艺术大师"，既有会战生活的本身，还有便是余秋里等人的推崇。

余秋里22岁时失去了一只胳膊，但在他一生的工作和战斗中从来没有少过与他并肩奋斗、争取胜利的左右手。石油战线几十年，他得到了康世恩这样的左右手，还有就是他树立起的王铁人这样的标兵与标兵队。有过军旅生涯的人应该都知道，部队中还有一面旗帜，叫"硬骨头六连"。这面旗帜就是余秋里在军队工作时借以鼓舞指战员们学习奋勇杀敌、所向披靡、夺取胜利的一面旗帜。六连出名是在1940年余秋里担任八路军某支队政委时，那一次他领导的部队所属七团三营官兵们跟日本鬼子打得极其惨烈。为了保证大部队安全转移，六连在指导员张会田和连长的指挥下，几度击退敌人进攻，把日本鬼子杀得尸横遍野。

第五章

小鬼子也急红了眼,靠着比六连多几倍的兵力,在山炮、机枪和掷弹筒的支援下,连续5次向六连阵地发起进攻。紧要关头,指导员张会田端起上了刺刀的步枪,跃出工事,一声"同志们,跟我上!杀啊——"战士们跟着指导员冲出工事,如飓风般地扑向敌人,杀得敌人溃不成军,而指导员张会田和许多六连官兵也壮烈牺牲了……余秋里在血流成河的战场上,喊出了威震山河的"向六连学习!消灭小鬼子!"口号。"硬骨头六连"的名字从此在人民解放军队伍中传遍,直至今日。2004年5月,我专门到驻守在杭州的"硬骨头六连"拜访,在那个光荣的连队荣誉室里,我知道了他们是全军所有连队中荣获荣誉最多的"全军第一连"。毛泽东和许多无产阶级革命家对"硬骨头六连"的珍爱就像对铁人王进喜一样珍爱。

独臂将军在他灵魂和精神世界里从不曾缺过胳膊。余秋里一生树起的这两面旗帜就够我们中华儿女好好学习和继承几百年几千年的。"硬骨头六连"所铸造的军魂和王进喜身上体现的民族魂,早已成为中华民族精神的重要组成部分。

毛泽东欣赏余秋里也许正是他既能武,又能文。文武全才者,在高级领导者中不是很多,余秋里理当是其中的佼佼者。

第二次来松辽时,余秋里是以会战工委书记的身份而来。既然是前线大会战的一员,他就不喜欢别人再用部长的规格来迎接他。这回他下车的地址不是上回的大同镇,而是"挥师北上"之前就定下的会战指挥部所在地——安达县城。1903年,这儿虽是中国的领土,但俄罗斯人却远远多于中国居民。到1909年有记载的史料上说,当时安达的中国居民是7户,俄罗斯人则有75户。

不过余秋里带着他的石油大军来这儿时,安达已经与俄罗斯人在这里的时代完全不同了,但这儿的建筑最像样的仍然是俄罗斯人建的。特别是那个并不大却很讲究的火车站及火车站旁边的那栋两层楼的铁路俱乐部,十分别致和突出。这些建筑在今天我去安达采访时,仍然感觉它的风采照人。

奠基者

20世纪60年代的安达，俄罗斯人留的这些建筑几乎可以盖过安达小城里的全部风光。余秋里他们的指挥部没有设在俄罗斯人留下的那栋豪华建筑里，而是在距火车站一两百米的那个县政府财务局小楼里。安达县城再找不到第二处这样的中国建筑了。其实这小楼也是可怜得很，最多也就像北京城里我们以前经常看得见的那种烧锅炉用的临时建筑罢了。但当时的安达只有这个条件。会战机关的干部和科研人员一律住在民房。至于一线的队伍不用说了，能有间牛棚、马厩、帐篷住就算是天堂了。即便如此，对当地政府和百姓来说，这已经也是尽了最大的努力。有一次，个别机关工作人员嫌自己住在牛棚里气味不好、虫子咬人，便嘴上带出了几句牢骚。余秋里听后勃然大怒，桌子一拍："若在北京你发这么个牢骚，我会向你检讨，因为是我这个部长没当好。可是在这儿，你要再说一句这样的牢骚话，我就把你开出石油部！你看看四周：荒无人烟，有几个当地百姓？你想住什么？有牛棚住算是天堂了！"

余秋里后来没过一个月跟着队伍也从安达搬到了萨尔图。他跟康世恩等会战领导也住在马厩里。雨季里，大部长住的房间里竟然到处漏雨，秘书给余秋里挪床铺一夜挪动了六七次，最后还是没有办法。"算了算了，我站着吧！看这雨滴还能把我淋成落汤鸡不？"余秋里在会战时有过这么精彩的一幕。

这一天，余秋里跨进会战指挥部的自己办公室兼卧室时，一眼就盯上里面摆着的那张三人沙发。他的眼睛瞪圆了，一声高吼，便把行政处负责人叫过去狠狠训斥一番："对你说了：会战的同志们住什么我就住什么！你把房间里的沙发马上拿走！立即拿走！"

行政处的同志吓得只好把沙发给了正在筹建的会战医院。

当下，余秋里向会战全线干部和机关发出一道通知：所有会战一线的干部和机关人员，一律"约法三章"：一、不准买卧车；二、指挥机关不准有沙发、地毯之类的高档商品；三、不准为领导干部建单独的宿舍。这三条"政策"实在太具体了，具体得令下面有些人想"灵活"也不知从何下手。于是大庆从

第五章

1960年会战开始，一直到十几年后的1978年前，这个后来已经有几十万人的石油城，竟然没有一栋楼房！有人说都是余秋里"约法三章"给"约"的，赞成地说这种作风就该代代传下去，反对者说这样城市还有啥可发展的！但谁也不能否定的一点是：余秋里在会战时做出的"约法三章"实质上就是后来毛泽东号召全国学习的大庆精神的一个重要组成部分。

我们还是把目光投向会战大军吧：

翌日，余秋里乘坐那辆嘎斯吉普车，再度"检阅"起他的"挥师北上"队伍。这会儿从安达到萨尔图的沿铁路50多公里线上，余秋里所看到的情形让他吃惊万分：这是什么战场呀！到处是乱堆乱放的物资，绵延几十里人都无法插足！再看看会战的队伍：那些找到落脚点的支锅搭棚开始起火露宿。再仔细瞧瞧他们的生活：做饭用的是脸盆，吃饭用的是脸盆，洗脸洗脚用的还是脸盆——他们多数人全部的个人生活用品就是一只脸盆。有人讲究一点的，做饭用的是脸盆，盛饭则用头上戴的铝盔帽。那些不讲究的人干脆不洗脸不洗脚；那些没找到地方的钻机队，几十人几十人地排躺在露天雪地里做"冻肉卷"——用被子或毯子裹着身子露宿；再就是一些还在等待分配单位的部队转业官兵，则坐在铁道两边扯着嗓门，一遍又一遍地在那儿唱着有气无力的歌……

"我得到的总印象是，队伍上得很猛，地面、地下各种矛盾突出。比我想象的要严重和复杂得多！"几十年后，余秋里在写自己的回忆录时，仍然对会战初期所见的一幕刻骨铭心："铁路线上，每个站台都下人、卸货，铁道两边堆满了各种设备、器材、行李、货物。由于缺少起重运输设备，这些物资怎么也疏散不开。有些火车皮几天卸不下货，有些卸下的设备材料几天运不到施工现场。不到现场，很难想象会如此地混乱……职工们一无房屋，二无床铺。吃的也很困难，少粮缺菜，连锅灶、炊具都很不够，不少职工用铝盔盛饭，脸盆煮汤。施工现场没有工业水源，靠农村的土井连生活用水都保证不了，生产用水只能到水泡子里破冰取水。公路不通，电话不灵，组织指挥生产常常要步行。

在这种情况下，职工队伍思想上也存在不少问题。部分干部对组织会战心存疑虑，有的担心靠石油部有限的人力、物力，能不能把这场会战打赢；有的到了现场之后，面对着艰苦的环境、困难的条件和种种非常规的措施、办法，感到这里的一切都是乱糟糟的，埋怨会战不正规，不像个搞工业的样子；有不少同志怕艰苦，怕受累，挑工种，讲待遇；个别干部一下车，不管队伍，不问设备，不关心工作任务，先打听食堂在哪里；还有人干脆开小差，当了逃兵……"

更让余秋里预想不到的是："对于油田地下情况，当时我们还了解得不多。长垣南部已经打了20多口井，经过初步分析，掌握了一些情况，但有些情况一下子还说不清楚……"

以最早出油的松基三井为中心点的南部战区，会战的队伍已经到位，可真要甩开膀子大干时，技术人员拿出的那些标着红点点、黄点点、蓝点点的图纸时，竟然连自己也解释不清到底哪儿该打生产井，哪儿该打勘探井！

"队伍开到了前线，敌人也就在眼前，却不知道仗怎么打！这是什么事嘛！"余秋里面对如此混乱而毫无章法的战役，真的感到有些束手无策。

这可怎么办？他把康世恩叫来。

康世恩也抓着头皮直嚷："怎么弄怎么弄嘛！"

余秋里气得无可奈何，嘭地关上门，把自己反锁在屋里。指挥部的工作人员在外面瞅着，谁也不敢上前去敲一声门，只能眼巴巴地看着那个小窗口里冒出一股股浓浓的烟雾……

许久，门突然开了。余秋里右手叉在腰际，冲工委副书记吴星峰喊："通知所有会战指挥部领导上我这儿来学习！"

学习？学什么？

"学'两论'！"

"两论"？"两论"是什么？

"毛主席的《实践论》和《矛盾论》你都不知道？"

第五章

噢,这样啊!

吴星峰猛然省悟,拍着脑袋转身去通知各位领导上将军这儿来。

那些处在一片混乱中的会战领导干部被"请"到余秋里面前,他们不敢正视自己的部长,因为谁都知道他的脾气——"不打肥皂刮胡子",这也是碰到一般问题时,眼下是大大的问题了!队伍乱七八糟到有点失控的地步……干部们只敢用眼睛的余光看着将军那只空袖子——空袖子一甩,麻烦和噩运怕就轮到头上了。

奇怪,这回空袖子没甩呀,而是听到一个非常温和的口吻在说:"同志们,你们先放一下手中的活,关起门来,好好学习毛主席的《实践论》和《矛盾论》,用他一个星期时间……"

干部们抬起头,面面相觑,有些不敢相信。有人轻声问道:"那外面的事管不管了?"意思是说队伍乱成一片,就不去管了?

"不去管,让下面的人盯着。"余秋里一字一顿地说,"我们现在的任务是把主席的这两篇文章学好、学透!"

这是前线指挥员们所没有想到的。在大战和恶战出现难以收拾的局面的时候,余秋里居然一改往日雷霆万钧的暴脾气,让高级指挥官们跟着他天天关上门静静地坐在小桌子和炕头上看起书来。

你瞧,他比谁都认真:每天必有半天什么人都不许去打扰,坐在那儿除了抽烟就是翻书,再便是站在窗口前久久沉思……另有半天,他便上技术人员那儿,盘着腿,听他们没完没了地讲,讲地质、讲钻井、讲取岩芯的意义。

干部们见这景况,也只好硬着头皮坐下来翻"两论"。开始时,大家脑子里依然是外面乱哄哄的情形,慢慢地,慢慢地乱哄哄的情形消失了,变成了一条条清晰的思路:是啊,这么大的会战,谁也没有经验。没有经验怎么办?不跟没吃过梨子一样嘛!咬上一口尝一下,不就知道梨子的滋味了吗?实践的意义原来就是这个理哟!这不,过去一直说松辽、说中国不会有油嘛!可我们为什么在这么短的时间里发现了大油田？不就是用革命的精神和非常的手段嘛！在地质理论方面也是这样，靠的是从实际出发，重视大量实践、大胆探索才产生和证明了陆相生油的理论。在勘探方面，我们既学习外国经验，又不受外国经验之束缚，从松辽的具体地质情况入手，以最短的时间，打出了油，控制了油田面积。而集中优势兵力打歼灭战是毛泽东领导中国革命战争中已经证明也是一个行之有效的手段和用最短时间、用有限兵力最大可能地达到战略目标的战术思想。中国的石油工业落后，条件和设备差，人少力薄，进行必要的大协作、大会战，不正是为了创造条件实现早日扔掉中国贫油帽子的伟大目标吗？是的，我们谁也没有搞过世界级大油田的开发，地上的和地下的矛盾错综复杂，而这么多矛盾应该怎么抓，抓什么？什么是主要矛盾？什么是次要矛盾？主要矛盾和次要矛盾之间的关系又是怎样？解决好了这些矛盾，我们才有可能胜利实现会战的目的。

哈哈，毛泽东的"两论"原来把这些剪不断、理还乱的问题，通过辩证法和唯物论，都给解释得一清二楚了啊！领导干部们合上书本，纷纷来找余秋里："部长，我们现在明白了应该先干什么、后干什么、干的过程中出现了新问题又该怎么处理了！"

余秋里笑了："你们说我们现在的会战怎么个干法？地上的问题和地下的问题怎么处理？"

干部们说："得抓主要的。眼下主要的问题是要清楚任务，岗位到位。地上的问题虽然很严重，但地下的情况掌握好了，地面上的问题才不会乱。"

余秋里笑得更爽了："对头嘞！哎，学了'两论'是不是觉得心里亮堂了许多？"

干部们说："可不！前几天看着队伍这个样子心里着急，越着急心里就更乱了，这我们当干部的一乱，队伍就更乱了。哎，部长，你当年指挥打仗是不是也经常碰上这样意想不到的事？"

第五章

余秋里说:"那是。打仗的时候,瞬息万变,意想不到的事每时每刻都会发生。指挥员就得根据情况,随时调整战略战术思想,才能做到无往而不胜。"

干部们开心地讨教:"那个时候你也学毛主席的'两论'?"

余秋里乐了:"学毛主席的'两论'是周总理在前些日子对我说的。他说大庆会战会遇到极大困难的,你们应该用毛主席的'两论',用辩证唯物主义思想解决好各种矛盾,才能夺取会战的全面胜利。"

原来如此!

好了,现在我们集中起来,开会!余秋里的空袖子又甩动起来。

开会的结果,会战面临的矛盾一个个被解开:

不是队伍混乱吗?那就先抓明确战区、明确任务、明确指挥者。于是,余秋里的麾下迅速呈现一个司令部、三个战区的战役布局。它们分别是:司令部,即会战总指挥部。总指挥康世恩,副手唐克、吴星峰。康世恩不在时唐克、吴星峰代理。张文彬,负责总部常务工作,并兼管总调度室、工程技术室、规划室、钻井指挥部、运输指挥部、水电指挥部等部门;焦力人,负责地质室、采油指挥部、运销处、研究站等;陈李中、王新坡、只金耀、刘少男四人以陈李中为主,分别负责基建处、油建公司、工程指挥部、建筑指挥部、设计院;党务和行政机关方面,李荆和在吴星峰回部开会时负责党委全面工作,并管人事处、石油学院等部门;宋世鉴负责供应指挥部;杨继清负责保卫处、技术安全处等;宋世宽负责计划处、财务处、卫生处、行政处、办公室等;李镇靖负责党务日常工作和群众运动……

"司令部"——会战总指挥部,统一服从石油部党组。部长兼党组书记余秋里拍板一切重大决策。

三个战区:第一战区,以葡萄花、太平屯、高台子、升平杏96号井以南一线的南部地区,其工作由最先在此作战的松辽勘探局负责,李荆和局长和副局长宋世宽领兵;第二战区以杏树岗、龙虎泡杏96井以南一线北杏16井以北一线之南地区。由四川、青海局负责，李镇靖和李敬、杜志福、郭庆春等领兵；第三战区以萨尔图、喇嘛甸、林甸杏13井以北一线的北部地区，由新疆、玉门局负责，宋振明和李云等领兵——第三战区后来是会战的主要战场，惨烈的战斗和最辉煌的战果几乎都是在这儿产生的，今天的大庆市就建在这个战区之内。

好了，指挥系统已建立起来。可仗怎么打呢？

去动员？去一个个钻井队挥着鞭子督促？这自然要的，但队伍分散在几百公里长的战线上，每个战区也有几十公里的范围，干部下去，到一线指挥当然必不可少。但所有井队、所有部门，都面临着吃没吃的、住没住的，如此情况下怎么个干法？

"部长，1205队跟其他的队不一样，他们一到这儿不是在等，而是自己想办法，钻机没到的那几天，他们主动上火车站当义务装卸工。钻机一到，他们立即自卸自运，把几百吨的家伙，硬是靠人拉肩扛弄到了井场！"身材颇为高大的三战区指挥宋振明向余秋里举手反映一个情况。

"这个好嘛！他们的队长是谁？"余秋里最爱这样的有自己脑筋、敢于在困难面前不畏惧并冲锋陷阵的队伍。

"王进喜。"

"王进喜？"

"就是在克拉玛依跟1202队队长抢话筒打擂的那个！"张文彬说。

余秋里拍拍脑袋，哈哈大笑起来："噢——是他呀！"

"这人可不简单，他们队到萨55井后啥也没有，他就说，为了早日甩掉中国的贫油帽，有条件要上，没条件也要上！争取早日开钻多打井！"

"嗯，人拉肩扛。有条件也上，没条件也要上！好嘛，我们这次大会战就是在啥也没有的条件下进行的，我看这个口号叫得好！"余秋里连连叫好。

"王进喜到这儿后，整天没日没夜地干，腿伤了也不休息，天天起早摸黑，使不完劲似的……房东赵大娘见了，感动得称他是铁人。"

第五章

"铁人？！铁人王进喜！"余秋里的拳头又重重地砸在桌子上，大声叫好，"好，铁人这个名字好！我们石油工人就得有这样的铁人！大庆会战就得有千千万万个王铁人！"

"吴星峰，你们政治部得好好抓一抓这样的典型。"抓典型、树红旗、以点带面，是余秋里一生从事政治、经济和军事工作的一大工作艺术特色。王铁人无疑是余秋里抓的又一个最成功的典型。

"王进喜在解放前是什么情况？"

"他是个穷娃子，15岁便到了油矿当童工……"

"这样的同志是我们真正的工人阶级嘛！"余秋里放心了，又问宋振明他们，"这人还有什么情况？"

"这人还能写诗呢！"

会场一片哄笑。

"写诗？"余秋里也笑了，"写什么鸟诗呀？"

"他们队到松辽后，大伙儿在雪地里施工，非常艰苦，又刮着北风，王进喜为了鼓动大家，就编了一首顺口溜：北风当电扇，大雪是炒面。山南海北来会战，誓夺头号大油田。干！干！干！"

"哈哈哈……"会场又一片哄笑。

"北风当电扇，大雪是炒面？！"余秋里喃喃地重复着，"好！有气概！这种敢于藐视一切困难和敌人的气概不简单！"

得到鼓励的宋振明越说越来劲了："王进喜还会叫号子呢！人拉肩扛抬钻机时，他的号子一叫，大伙儿力气倍增、干劲冲天！"

"老宋你学一段嘛！"有人怂恿道。

于是宋振明扯开嗓门真的学了起来：

咱们干劲大呀——嗨嘿！

奠基者

    再难也不怕呀——嗨嘿!

    大家齐用力呀——嗨嘿!

    底座往前搬呀——嗨嘿!

    工人干劲大呀——嗨嘿!

    困难咱不怕呀——嗨嘿!

    这个动弹了呀——嗨嘿!

    步子可挺大啊——嗨嘿!嗨嘿嘿哟啊!

  "哈哈哈……"会战部的小楼里热闹到了极点。

  余秋里和康世恩也快笑出眼泪。这样的气氛是余秋里最喜欢的,他要的就是在大敌当前、困难面前他的战斗人员个个精神饱满、斗志昂扬。

  "后天我们要开首次油田技术开发座谈会,你把那个王进喜也叫来。"余秋里悄悄对宋振明说。

  后天是4月9日,大庆会战史上一次重要的会议在安达火车站旁的俄罗斯人建的那栋别致的两层楼铁路俱乐部召开。会前党组已经研究决定,号召会战全体人员掀起学习毛泽东"两论"的热潮。

  入夜,安达财政局的小楼里彻夜灯火通明。机关党委副书记宋惠和秘书王倍恩正在一字一句地起草学习"两论"的决定。

  "两论"对几万石油会战大军而言,每一个人都可以写下一部感人至深的史书。这是因为,"两论"让困守在冰天雪地荒原的共和国建设将士们获得了一种信念和实现信念的指路明灯。

  今天的大庆人曾不止一次如此自豪地告诉我:40多年来,大庆油田共相继有27个油(气)田总计1885平方公里的含油面积投入开发,建成年产原油5600万吨的我国最大的石油生产基地。累计生产的原油占全国陆上石油总产量的近一半。特别是自1976年起至2001年,连续实现25年产石油在5000万吨的水平，创造了世界陆相非均质、多油层砂岩油田注水开发的最高水平。如此令世人瞩目的巨大成就，靠的是什么？"最根本的一条就是油田历届领导带领广大职工，以毛泽东主席的《实践论》和《矛盾论》为指导，针对非均质、多油层砂岩油田的地质特征和开发特点，坚持实事求是，勇于科技创新，制定并实施了一系列符合油田实际的科学对策。"大庆人如此说。

文行此处，笔者想起了余秋里老秘书给我讲过的一则故事：1963年底，余秋里向毛泽东汇报大庆会战情况时说道，大庆石油会战是靠"两论起家"的。毛泽东听后有些惊异地问："是哪'两论'啊？"余秋里答："就是您的《实践论》和《矛盾论》。"毛泽东笑了："我那两本小书还有这么大的作用啊？""作用大着呢！"余秋里说。

将军部长的感慨绝不是为了讨好毛泽东，他是从那场史无前例甚至可以说是空前绝后的伟大建设战役中涅槃后的有感而发。

难道不是？

有一个会议在那么多参加过大庆会战的人记忆中特别深刻。这就是余秋里亲自主持的第一次"五级三结合"油田技术开发座谈会。所谓"五级三结合"是参加的人员由小队、中队、大队、指挥部和会战指挥部这五级的干部、技术员和工人参加的会议。这是余秋里抓油田开发或者说抓经济工作的一大发明——他总喜欢发动群众——这个群众是多层面的、多层次的各类人员参加的"诸葛亮会"。"五级三结合会"后来在大庆油田建设乃至全国的石油开发工作中成为一种制度而被固定下来，直至今天仍被教科书般地沿用下来。

第一次"五级三结合"油田开发技术座谈会三天时间，于4月9日至11日在安达火车站附近的那栋俄罗斯建筑的铁路俱乐部里举行。开始180多人，后来扩大到500来人。

那是个真正意义上的"诸葛亮会"。按照余秋里的要求，会场不设主席台，中间只放几张桌子，桌子不是为了领导而摆，而是为了摆放图纸所用和发言者能以图说事。所有参加会议的人围着桌子而坐，每个人都可以发言，有话则长，无话则短，不能说废话，但寻寻开心、活跃活跃气氛可以。这是余秋里的作风。

会场很不规范，这与参加的人员有关，大到部长，小到以前连局长都没见过的普通工人代表。但进了会场，人们发现所有的人都一样：会抽烟的可以随便抽，想喝水的随便倒。可以跟部长握握手，聊上几句闲话也没关系。胆大的偷偷从余秋里那儿要支"大中华"叼在自己嘴上。胆小的开三天会却没敢让部长们在自己的小本本上签个名。

"好了，现在开会。"主持人余秋里宣布。

既然是技术座谈会，专家们讲得自然更多一些。

先是摆问题。问题多啊！可最后大家认识达到了统一：这困难那困难，国家缺油是最大的困难；这矛盾那矛盾，社会主义建设等油用是最大的矛盾。

接下来是由专家讲述如何开发油田问题。那专家就是有水平，一讲话又是图又是表的，在那儿比比画画，他们不少人戴着眼镜，上去一讲就像课堂的老师，这构造那地层，这浅层那深波，"学生们"竖着耳朵听着，耳朵不够眼睛凑上……可是，"学生们"听着听着，似乎越听越有些糊涂。这这，这是怎么回事？

"不行！"突然，会场中央有人大喝一声。"学生们"定神一看：是部长余秋里。

余秋里低着头，板着脸，大步流星在会场空隙的过道里走着。当走到那张标着"红点点""黄点点""蓝点点"的地质图前，他停下脚步，强压怒气地责问一位专家："你们凭什么说这口井是日产10吨油的高产井，那儿是很少出油的低产井或是没有油只有水的枯井啊？"

"这个……"专家支支吾吾地说不上来。

"不行！"余秋里再一次大声喝道，"这样没有充分根据的仅凭主观意识来说事太粗了！老康你说呢？"

康世恩有些坐不住了，皱着眉头捏着下巴，连连摇头叹息着："是太粗了！太粗了！"

第五章

余秋里猛地扯下一张地质图,又在会议代表的空隙间边走边大声说着:"不把地下情况搞清楚,光在地面上戳窟窿,我们吃这样的亏还少吗?同志哥啊,你们得知道,我们千辛万苦找到的这个大油田,一旦搞坏了,比川中不知还要难收拾多少倍呀!到那个时候,我们怎么向党和人民交代?"

方才还有人叽叽喳喳的会场上顿时一片寂静。

那些技术人员个个后背直发凉。干部和工人们这回也领略了将军部长的厉害:"你们搞钻井的、采油的,都是指挥员派出去的侦察员,是去侦察主攻的对象,是地下的油层,因此必须把油层的孔隙度、渗透率、压力等各方面的情况侦察得清清楚楚,有半点马虎也不行!"

是啊,这部长可不比两年前刚来那会儿了。现今你想再糊弄他,那就等着他"不打肥皂刮胡子"吧!

"大庆油田,一个世界级大油田。这是铁板上钉钉子的事了。可怎么开发这样的一个大油田呢?"余秋里收住话,用目光问在场的每一个人,没有人敢回答他的问题。

还是他来回答:"我看至少要先弄清楚这么些地下情况吧……"余秋里伸出那只右手,习惯地扳起指头:"你得弄清楚测井资料吧?得弄清楚岩石资料、储油层岩性资料、储油层厚度资料、孔隙率资料、透渗率资料,还有油层温度资料、油层压力资料、井口压力资料、产量资料、储量资料和生油层资料吧?这已经是十几种了?12种了嘛!"独臂将军如熟诵军事术语一样如此娴熟地数列石油地质专业术语,令在场的专家和勘探队干部职工代表感叹不已:乖乖,余部长什么时候也成石油专家了?!

"还有饱和压力资料、流动压力资料、油气比资料、原油性质资料、天然气资料和地层水性资料等等。"康世恩补充道。

"对啊,而每个大项下面是不是还应该有几个小项?"

"有。像原油资料下面就应该还要掌握它的比重、粒度、原始油气比、压缩系数和体积系数等好几项资料。"康世恩又补充。

"是嘛！我们每一个参加会战的干部和技术人员都要把这些情况时时刻刻、千方百计地去想好掌握好。这是我们搞石油的人的责任！我们石油工作者的岗位就是在地下，我们的斗争对象是油层。这一点务必要牢记！"余秋里铿锵有力的话在那栋俄罗斯建筑里阵阵回荡……

"岗位在地下，对象是油层。"余秋里又说了一句中国石油人的经典语。

"老康，你让李德生他们立即动手把需要掌握的地质资料和数据整理出来，越快越好，并且形成文件，发到每一个机台上。要大家照着它一项一项资料、一个一个数据给我落实，谁要马虎，谁就是对党和对人民犯罪！"余秋里的最后一句话说得特别重、特别严厉。

康世恩不等余秋里坐下，便站起来接上话："余部长刚才的话非常正确。大家知道，油田的油层是在地下，看不见，也摸不着，它是一个巨大的、极为复杂的非均质体。因此发现油田之后，储油层的岩性和物性变化往往是评价油田的重要条件之一。这就更加要求参加会战的各探区对油层的每一个油砂体都要研究清楚，对比清楚……"

近500名参加"五级三结合会"的代表们一眼不眨地看着他们的部长，每一双耳朵都竖得直直的，生怕漏听了一个细节。后来有人把安达铁路俱乐部会议说成是引领新中国石油开发正确方向的"石油遵义会议"，这是因为在此次会议上根据余秋里的力主意见，后由专家组李德生起草、康世恩定稿的被日后的石油界奉为"石油开发法则"的"20项资料72种数据"的油田开发调查纲要。这一"石油开发法则"，用中科院院士、石油专家李德生的话说，它使大庆石油会战实现了"树立地质工作的科学态度"，"一切科学分析要建立在大量数据资料、大量事实的基础上"，"要做一个自觉的乐观主义，不做一个盲目的乐观主义"，从而掀起了一个取全取准各项地质资料的群众性活动。李德生说："过去我们在工作中仅仅依靠很少数地质人员收集资料，资料与生产常有矛盾，工作中困难很多。有了这个会战技术规程以后，加强了党对地质工作的领导，掀起了以'四全''四准'为目标的群众性搞地质资料活动。'四全'是：1.录井资料要全；2.测井资料要全；3.取芯资料要全；4.分析化验资料要全。'四准'是：1.测量压力要准；2.油气水计量要准；3.各种仪表要准；4.各种资料样样准。"因而这一"石油开发法则"的确定和实施，使大庆乃至后来整个中国石油开发事业有了科学规范的技术依据和行动准则。

"那时候民主气氛真好。别看余部长脾气大，说话嗓门特大，但他对油田开发技术方面的问题又细到针尖尖的事都一点也不放过，就连康世恩、翁文波这样的大专家也被他追问得一愣一愣的。他对我们一线的技术人员意见又特别重视，他觉得在像大庆油田这样谁也没有经历过的大油田开发，来自实践和第一线的意见和经验是最宝贵和重要的，因此他格外尊重和注意倾听我们下面人说的话。如果我们说的十句话中有一句话他认为是切中了问题的要害，他会盯着你不断追问，直到问得你水落石出方肯罢休。我们看部长这么亲切和民主，也就放开了胆子，想说什么就说什么，这你一言我一语的，三个臭皮匠就凑出了个诸葛亮。"一位当年参加安达技术座谈会的当事者这番感慨万千的话，让我像是亲历了那个载入史册的"石油遵义会议"——

"会战的战幕已经拉开，每一项工作都不能马虎……"余秋里像一团熊熊燃烧的火焰，以其炽烈的光和热，感染和影响着所有与他并肩战斗的将士们跟他一样腾起团团火焰。"总之，我们每个队、每个单位、每个人，都要有革命战争时期那种敢于冲锋陷阵、英勇牺牲的精神和压倒一切困难而不被困难所压倒的气概！"

瞧，那只空袖又开始嗖嗖生风，随之飓风雷闪，惊天动地。这是那些跟随余秋里南征北战的将士们最受感染、最受鼓舞、也最容易激情澎湃的时刻！那一刻，独臂将军的一声令下，他们便会义无反顾，赴汤蹈火，在所不辞。

安达会议的最后时刻，余秋里挥动着有力的右臂，一边走一边高声鼓动着。

奠基者

突然，他收住脚步，一转口吻，目光炯炯地向会场的四周扫射——"王进喜来了没有？"

蹲在边角一张凳子上的一位瘦弱黝黑、嘴唇干裂、胡子老长的中年男子瓮声瓮气地移动着身子，一副憨傻的样儿站了起来："来了，余部长。"

"哎，真是王进喜哪！"会场上那些认识王进喜的人叫了起来。

余秋里笑眯眯地绕过脚跟前的几排人，走到王进喜的跟前，然后转向会场："这就是王进喜，大会战中的第一个英雄，我们的王铁人！你们知道他为什么叫王铁人吗？他来到这里一不问吃二不问住，先问钻机到了没有、井位在哪里、这里的最高纪录是多少。钻机没到时他带领队友上火车站干义务工。等钻机一到，没有吊车拖拉机，他领着队友人拉肩扛，硬是把钻机抬了上去，立了起来。为了工作，他连续五天五夜没离开井场，把自己买的摩托车用来跑配件，这是工人阶级的高度觉悟！房东大娘因此叫他铁人！这是一个非常光荣的称号。会战指挥部号召参战的全体职工都要向铁人王进喜学习！"

"向王铁人学习！"突然，余秋里挥起那只握紧的右拳，振臂高呼。

"向王铁人学习！"会场顿时一片口号声。

余秋里哈哈大笑，他所期望的目的达到了：被激动和感染的几个领导上前抬起王进喜，嘴里吆喝着口号，绕会场整整走了一周。本是严肃而紧张的技术座谈会最后结束时，竟然是众志成城、气氛活跃、斗志昂扬的热烈景象。

这就是余秋里。他是将军，他的指挥艺术里有个显著的特色是：每一场决定性的大战之中，他总是要培养一个甚至一批"跟我上"的冲锋陷阵的先锋。他一生坚持认为，一个民族要有民气，一支队伍要有士气，一个人要有志气。而要树立这三气，一要靠领导以身作则，带头往前冲的精神，二要靠有个好典型来带动大家。大庆会战中，余秋里一方面自己身先士卒，与会战干部职工们同在一线战斗，另一方面他抓住了王进喜等这样不怕苦不怕死、一心为了国家扔掉贫油帽子的先进分子和先进团队的榜样，从而使整个会战的千军万马，始

第五章

终处在高昂的战斗情绪之中。

1960年4月29日这一天,会战大军的战斗情绪达到了高潮。由各路人马参加的"万人誓师大会"在萨尔图的那片荒芜而宽阔的草原上隆重召开。

原定是"五一"召开的誓师大会,康世恩在三探区检查工作时,见探区指挥宋振明他们已经提前把会场准备好了,于是请示余秋里是等"五一"开还是提前开。

"别等呀!开会本来就不是为了形式,同志们既然想早一天投入会战,那就开吧!"余秋里说。

通知下去,相距几百里的会战队伍的代表们,举着红旗、擂着战鼓,从四面八方向萨尔图中心会场处集结。那一幕,大庆人始终念念不忘:什么叫人如潮、什么叫歌震天、什么叫威风凛凛、什么叫盛况空前,这一天他们都看到了——

看,穿红棉袄包着羊肚毛巾的陕北秧歌队来了!

看,两三百人组成的东北"二人转"队伍来了!

瞧,骑毛驴、划旱船、踩高跷的也都上了……最引人注目的是由16个小伙子抬着的两米直径的一面大鼓,4个壮汉子使劲地擂动,伴随6个东北大汉擎着三尺直径的大钹而打出的成套鼓乐,声震天地,那非凡的气势,似乎一瞬间把荒原的千年沉寂一扫而光!

嚯,简直是一出万人的狂欢!万人的歌舞!

主席台上站的独臂将军看着台下红旗招展、拉歌声此起彼伏的场面,脸上露出了满意的微笑。站在他身边的戴着眼镜的一向文绉绉的康世恩显得异常激动,不停地用右手的食指抬抬眼镜,看得出,他敬佩余秋里这位"石油事业大导演",更庆幸自己手下有这么一支斗志高昂、气贯长虹的战斗队伍。

上午10时许,在齐鸣的锣鼓和礼炮声后,余秋里健步走向麦克风:

"同志们,今天的大会是来自全国石油战线的各路英雄的会师大会,又是检阅我们力量的誓师大会!"将军的声音通过麦克风的扩音,以十倍高的声响

奠基者

在草原上回荡。

"我们集中石油战线各个方面的精兵强将,进行大会战,就是为了高速度、高水平地拿下大油田!这标志着我国石油工业的发展进入了一个新阶段!"

"因此我们要猛上!快上!坚决地上!"

"猛上!"

"快上!"

"坚决地上!"

整个上午,余秋里在台上不时挥动拳头,台下便掀起山呼海啸般的回应。

总指挥部康世恩被深深地感动了,轮到他走向麦克风布置任务时,这位石油儒将竟然也像余秋里那样不断挥动起拳头,激情无比地说:"同志们,英雄手下无难事,现在就看我们志气大不大、气魄高不高了!我们的队伍,是转战祁连山、昆仑山、天山和峨眉山的英雄好汉,打遍了长江和黄河之间,现在我们在这里会师。同志们,大好的时光,大好的油田,正是英雄好汉大显身手的大好时机!干吧!"

"干!"

全场的各路英雄奋然起立,振臂誓师。

"会战检阅开始!"独臂将军并不因此想收住这激动人心的誓师场面,他又以独特的军事指挥家的高超艺术,将与会的每一个人推向表演的主角——而他则以一个老军人的风度,笔直地站在那儿注目着一支支钢铁队伍从身边走过……

身边,他的助手、会战指挥部的其他领导学着他的样,精神抖擞地站成一排,以同样严肃和神圣的注目礼,检阅着自己的英雄队伍——

啊,这个队伍看上去有些滑稽可笑,穿着也各不相同,比起整齐划一的解放军检阅队伍要差得多,但他们的精神斗志则一点也不逊色。瞧,最引人注目的队伍来了。哇,是五匹高头大马啊!那大马上面分别坐着王进喜、马德仁、段兴枝、薛国邦、朱洪昌,他们骑坐的马都由一个个探区的领导牵着,他们是三探区的党委书记李云——他为王进喜牵马;副书记张云清为段兴枝牵马;副指挥孙文燕为薛国邦牵马……这就是闻名大庆、闻名石油战线、闻名全国的"五面红旗"。

"五面红旗"披红戴花,在五位领导人的引领下,骑在五匹大马上接受余秋里等领导的检阅,又在万众欢呼和簇拥下绕场而行……这一幕永远留在北大荒的记忆里,也永远留在那个时代的全中国人的心目中,当然也永远留在共和国建设的史册上。

誓师大会的最后一刻,余秋里又一次带领万人高呼:"向王铁人学习!""人人争做铁人!"

"轰隆隆——"一道闪电和霹雳,划破千里荒原。

1960年——人民共和国最困难的时刻,松辽大地上却响起了一声震撼世界的春雷。

第六章

艰苦卓绝。荒原上迎来"上甘岭"之战。

饥饿困扰会战全线,一夜间有几千人因饥饿浮肿而相继倒下。将军部长心急如焚:"下泡子逮鱼!上荒地挖野菜!扒树皮!吃雪水!就是用草根泥巴填塞肚子,也不能败下阵来!"

奠基者

"轰隆隆——!"这是天上的一个响雷。

余秋里撑着雨伞,在萨尔图的一间牛棚里听着黑龙江省委书记欧阳钦从哈尔滨打来的电话:"邪了门了!这以前还从没有下过这么大的雨嘛!而且又下得这么早呀!"电话那边,欧阳钦书记好像因为天上的雨是他没有挡住似的,口气极为歉意。

"谢谢欧阳书记,你和黑龙江人民已经付出了许多许多。我和会战的全体人员是从心里万分感激的。请放心,我们一定以你们无私的共产主义精神为榜样,战天斗地不动摇!雨挡不住我们找大油田和开发大油田的雄心壮志!这一点请欧阳书记务必放心嘞!"余秋里对着电话大声说道,眼睛却在看着牛棚外面的天空。

"余部长啊,告诉你一个消息:老大哥那边的天上也打起了雷啦!前些天美国的一架U-2间谍侦察机入侵时被打下来啦!"

"噢?好啊!这'雷'响得有点意思嘛!哎,北京这边有什么反应?"余秋里把探出的头收回牛棚,压着嗓门问电话里的对方。

"中央办公厅已经发通知了,20日北京要举行声势浩大的抗议美帝国主义入侵老大哥的声援大会……"

"好嘛!主席就是有远见。他老大哥虽然对我们做得不够意思。可我们仁至义尽,书记你说对不对?好,我这儿也准备来点声势,给老大哥点支持!"余秋里说完,哈哈大笑起来。

放下电话时,余秋里再一次将头探出牛棚,一阵飞溅的瓢泼大雨打在他伸出的右胳膊上。"看来老天爷是存心想跟我较劲喽!那咱们就走着瞧!"余秋里转过身子,冲身边的工作人员说,"备车!"

第六章

这一天，北京的天气多云。天安门广场上聚集了二百多万群众，毛泽东出现在城楼时，"打倒帝国主义"的口号响彻云霄。毛泽东神情凝重地傲视着北方，显得心事重重。中苏之间的争吵已经很激烈了，而毛泽东此刻仍然期待着能够弥合已出现的裂痕，天安门前这声势浩大的声援便是一种姿态，但能不能换得赫鲁晓夫的回心转意，毛泽东显得并不那么有信心。

这一天，余秋里没能上天安门城楼。他乘坐的吉普车正陷在雨中的荒原上，进也不是，退也不是。站在泥水里的司机急得一边抹着脸上的雨水，一边不知如何是好地叫嚷着："这鬼地方怎么天天雨下个不停呀！"

余秋里无奈地打开车门，一手挑着盖在头上的雨衣帽，眯着被雨打湿的眼睛，向四周瞭望：四周是什么？什么也没有，只有白茫茫的一片望不见边的水泽世界……那些刚刚露出绿芽的野草七歪八斜地漂浮在汪洋之中，仿佛在痛苦地向过路者求助。但它们得到的结果是更加的痛苦——几乎从它们身边走过的人无一例外地反过来求助这些野草，他们或双脚踩在它们的上面以求不陷入沼泽之中，或干脆将它们连根拔起，当作阻滑器，垫塞在拖拉机或者汽车的轮子底下……

嘎斯吉普车毫不例外地同样采取了野草垫塞车轮子的办法。司机和秘书的长裤和短裤几乎都浸透了，但由于陷得很深，车子不仅发动起来后前进不了半步，反而陷得更深。此刻的部长也成了"泥猴"，唯有那只贴在一起的空袖子还能让人认出他是谁。

"哎呀，余部长，你们怎么在这儿呀？快快，快上我们的拖拉机吧！"真是天助余秋里！在司机和秘书不知所措之时，老劳模薛国邦从一台送货路过的拖拉机上跳下。

"是薛国邦呀！我们抛锚啦！抛锚啦！"余秋里欣喜地握住薛国邦的手，问他队上的情况怎么样。

薛国邦直摇头："大伙儿有劲使不上呀部长！你瞧这天，打誓师大会那天起，雨就下个不停。我们想抢任务，可物资供应不上来，这不，我们这批材料已经等三四天了,指挥部就是送不上来,我们只好想法从几十里外的一个农场那儿借来了一台拖拉机自个儿去拉。这不,本来一个星期就能干完的活,现在还不知误到什么时候呢!"

余秋里皱皱眉头:"工人的情况怎么样了?"

"更别提了。我们都是从西北过来的,一辈子都没见过这么多的雨。队上住的又是地窨子,您瞧这水汪汪的,大伙儿住的地窨子里面,那床变成了能浮在水上划动的船了……"

"快领我去看看!"不等薛国邦说完,余秋里心急如焚地跳上刚刚从泥潭里拖出的吉普车,直奔井队。

眼前的情景,是余秋里不曾想到的:油井几乎全泡在水里,上班的采油工一半人在操作,一半人则用着各种可以抵挡雨水的布、篷、瓢、盆,站在雨中守护着采油树……而更令余秋里不安的是当他走进工人们住的地窨子时,那个半在地面半在地下的地窨子里到处都是水汪汪一片,原先搁在地下的木板床无一例外地漂在水里,被子和物品湿成一团……下班的工人们没有干衣服可换洗,只能光着身子在一只烤火盆边取暖……

"部长?!部长您怎么来啦?这雨下得这么大您咋还上我们这儿来呀?"正在烤火的工人们见湿淋淋的余秋里来到他们身边,感到十分意外。

余秋里解下身上的雨衣,裹在一位浑身瑟瑟颤抖的小工友身上,心疼地说:"我怎么不能来?瞧瞧你们冻成这个样!又住这么个地方……我这个部长没当好啊!"余秋里有些说不下去了。他顺手提起一个工人放在床板上的湿棉衣,觉得特别的沉,便让人拿过来称。

一称:整整18斤!

余秋里骇然变脸。

薛国邦不好意思地喃喃道:"打会战誓师大会那天起,老天爷就一直'泪汪汪'的,大伙儿只能穿着又油腻又潮湿的棉衣上班,多数人为了保证睡觉时能有身

第六章

干衣服贴在肉边,其他时间穿的全是湿衣。这三天五天下来,就成'铁衣'了。"

"我……是我没当好这个部长!没当好嘞!"余秋里听着,一脸自责。

"部长您可千万别这么说!这都得怪老天爷!它是想有意跟我们会战大军较量较量!我们不怕它!同志们说了:我们从大西北来到北大荒,如今大油田已经找到,我们就要为彻底甩掉进口洋油而奋斗。它天公想跟我们较量,那好,我们就跟它宣战:无雨时咱特干!小雨时咱大干!大雨时咱猛干!不信天公不低头!"薛国邦在余秋里面前握紧拳头,壮志凌云。

"对。部长您放心,我们一定战胜天公:无雨特干,小雨大干,大雨猛干!"工人们情绪高涨地在部长面前表决心。

余秋里真的被感动了:"好!同志们,我要向你们学习。同时还要把你们的战斗口号宣扬到整个会战所有战区!我们一起跟天公比个高低!就是上甘岭战役,我们也得冲上去!你们有这个决心吗?"

"有!"地窨子里震起比雷声响十倍的声音。

那是一种什么样的战斗激情?那是一种什么样的精神姿态?也许今天的人已经无法想象,但昨天的共和国建设就是这个样——在他们心目中没有别的,只有为国家建设出力流汗,甚至不惜英勇牺牲的心愿。

余秋里离开薛国邦的采油队时,虽然被会战指战员不畏困难的精神所感动,但他作为五万余会战大军的最高指挥官,他依然忧心忡忡:地处松辽腹地的大庆油田发现和开发初期,整个会战大军完全是在毫无依托的一片荒芜的大草原展开的。这里霜期有近五六个月时间。进入5月,大地刚刚解冻,雨季便开始了,而且1960年的雨下得特别的多。松辽油田的所在地,又是地势低洼的松花江和嫩江两条江河的自然泄洪区,这给油田会战的五个战区全线带来难以想象的困难。原有的几条土公路,已寸步难行。汽车出门,都得拖拉机保驾。就是拖拉机上路,也不时陷入泥潭。更让人头痛的是当时气温很低,一般不过四五摄氏度。会战队伍面临想干活工地一片水汪汪,又等不到物资供应,想干也没法干;

| 奠基者

一旦停工,别说总指挥部定下的计划落实不了,就是职工们待在工棚和宿舍里也遭雨淋遭寒冷……职工们的干劲和精神是一回事,但没有物质保障的会战必然会造成战斗力的严重损害,这一点当过司令员和政委的余秋里十分清楚。什么都不重要,人是第一位的。他想命令后勤人员迅速给各井场和分队的职工们送去能够暖身子的生姜和辣椒,后勤供给部门的同志告诉他,几十辆车子全部出去一天也送不了几个井场;生产部门的人更是叫苦,说空车子往外跑还能走上几里,一装上物资连几百米都走不动——全线物资供应断档。

"有一个油建小分队五个人,困在几百里外的暴风雨之中,已经五天失去联系,不知是死是活……"有人报告说。

"部长,今天装卸一中队七分队的30名复员战士,为了赶抢一批泡在一米多深积水中的材料给井队前线送去,他们从早晨3点一直干到晚上6点,15个小时奋战在水中,硬是把250吨钻杆和油管装上了车……"有人兴冲冲地前来报告一个战况,可余秋里听了不知是喜是悲,心情反而更加沉重。

"老张,当务之急,必须让所有车子都动起来,否则我们全线几万人会陷在大草原上的!"余秋里把张文彬叫到他的牛棚办公室,异常焦虑地命令道,"你得用主要精力解决好这个问题。道路不通,物资送不到井场和野外分队,我们整个会战就是死棋一盘。必须限期解决,分秒必争!明白吗?"

"明白!我马上去执行!"张文彬二话没说,领了"军令状"就走。

张文彬接受任务后,知道这份责任之重大和紧迫,可他其实一点经验也没有。过去在玉门和新疆油田工作时,队伍可能遇到的危险就是随时随地呼啸而来的沙尘暴。这沙尘暴说穿了,别看它漫天狂舞的挺吓人,可只要躲它一阵子它就没脾气了。然而眼下东北大草原上的雨水让张文彬有些束手无策。

怎么办?张文彬知道余秋里的脾气,交代的事办不好、办不利索,那是要受到"军法"处置的。轻则一阵狗血喷头的臭骂,重则撤职受罚。而这也是张文彬格外欣赏余秋里的一个地方:军人嘛就得有点军人的血性。黏黏糊糊,拖

第六章

拖拉拉，还能干什么呀？当年战场上你慢一拍、愣一下，就是一条命、一场战斗胜利的结果可能就没了。石油会战就是战场，就是人与自然较量的恶战，含含糊糊，不是余秋里的作风，也不是他张文彬的作风，更不是全国人民时刻在期待扔掉贫油帽子的中国作风！

找群众去！这是张文彬从余秋里和其他指挥者那儿学到的秘诀，也是他多年养成的传统。车子动不了找谁呀？当然找会开车的人嘛！

果不其然，张文彬找到在三战区工作的运输处。运输处的同志发动全处职工献计献策，两天之内就设计出了40多种方案，画了59张图纸。一区队二分队司机郑学书听说余部长给张文彬下的"军令状"后，自告奋勇报名参加"欲与天公试比高"的革新活动。这郑师傅还真有能耐，他在汽车轮上设计出了一套"防滑鞋"——用钢板制成的又可固定在轮轴上的"铁鞋"，而且不仅雨天能穿上，晴天还可以卸下，又不磨损轮胎和钢圈。钳工、电工连的同志们加班突击，把郑师傅的"防滑鞋"进行技术加工，待完工后套上汽车一试：嚯，效果好极了！汽车再不怕翻泥浆和陷烂泥地了，装着货物也能跑得飞快。

张文彬让运输处的同志将穿上"防滑鞋"的汽车开到总指挥部。余秋里见后大喜，命令政治部的同志给郑学书师傅和运输处的同志记功嘉奖，同时又立即召开会战总指挥部领导干部会议，进行抢送物资和防雨工作的大动员。

于是全线机关和后勤人员全部出动，帮助供应部门突击抢运前线所需物资。各战区也针对前期对雨季的认识和准备不足的问题，纷纷成立了防雨指挥部和防雨突击队。指挥机关连续七天七夜人不下班、车不熄火，及时将3000多吨物资送到野外深处的40多个井场和工地以及数百个点的小分队。各战区的同志更是按照余秋里的统一部署，在自己所属的工作区内和井场周围展开了挖掘排水沟等堵漏防漏的与老天爷争夺时间和比高低的阻击战，创造了一个又一个"九天九夜不休息"的动人故事。会战后来一直坚持的"九天制工作周"就是从这个时候全面形成，即工作九天休息一天的周十制。一周十天，这是余秋里和大

| 奠基者

庆人发明的。那个时候没有《劳动法》，多快好省为社会主义建设是全国上下的大法。毛泽东对石油工业还有一句话叫作"革命加拼命"，余秋里领导他的队伍执行的就是这个法。

历史阶段不一样，"法"的内容和含义也不一样。现在我们对劳动者的尊重是在确保他的劳动权利的同时要保障他休息好福利好在内的权利。20世纪五六十年代，让所有劳动者拥有参与建设社会主义事业的权利是对他的最大保护，这种保护带着一种荣誉和自豪感，是政治和精神方面的因素更多些。一个人如果没有权利参加建设事业，那他就不是社会主义的公民和积极分子了，他很可能是人民的敌人和一个对社会无用的人。那时的人们绝不愿意做这样的人，他们宁愿干死，也不愿做让人唾弃为不劳动的寄生虫。

九天工作制是大庆会战的一个特殊产物。余秋里领导的会战团队在那个时候还发明了许多这样的产物，如"九热一冷"制，即把九成的时间用在热火朝天的生产实践上，一成时间用在冷静研究工作中存在的问题和提高认识上。每月月末有三天时间召开"五级三结合技术座谈会"便是在他提议下、大庆人一直坚持了几十年的好作风。其中有一项叫"大游地宫"的活动，便是会战初期召开的一次"五级三结合"会议上由康世恩同志提议而形成的一种走群众路线、让群众自觉行动起来学习技术知识的活动。"大游地宫"是针对当时会战队伍绝大多数的参战人员来自非石油专业和不懂地质技术及对地下情况不明而开展的一项学习地质科学知识的群众性活动。"地宫"现在仍是大庆油田的一个引以为自豪的标志性博物馆和科普场所。

余秋里后来回到北京有人告诉他，这个5月的黑龙江松辽地区，是有史以来同期降水量的最高峰，为107毫米，比有记载的历史最高纪录的1919年5月的83.2毫米高出近24毫米。老天爷给余秋里和石油会战大军来了个"下马威"。但一番激战之后，输家还是老天爷。老天爷无论如何也想象不出天底下竟然还有这样一支摧不垮、打不烂的建设大军：

第六章

大雨滂沱中,他们连搬钻机的样式都变了——5月4日,1247队在萨15井中,利用雨水打滑泥地所产生的润滑,并依靠钻机自身动力,将钻机整体从这一井位挪动了100米。几天之后,他们第四次试行,仅用18分钟时间,将钻机移动250米,安全准确到达新井位……在石油史上创造了又一个创举。这个队的队长叫段兴枝,也是大庆"五面红旗"之一,他领导的这一创举,为会战的生产队伍提高劳动效率所起的作用是前所未有的。

大雨滂沱中,一支野外地质小分队为了追回因泥泞耽误的时间,在冰冷的溪沟里,顺着湍流蹚水八个多小时,一天走完晴天两个工作日的普查线路。

大雨滂沱中,"八一部队"的3000余名官兵在负责铺设管道中,几乎天天是在一米多深的水沟里挥锹挖、用手抠,突击完成输水管线28公里、输油管道28公里,共完成土方46.4万立方米……

"余部长,哪一天需要,我准备到你这儿借一支队伍,再战一次上甘岭也不怕!"一位将军听余秋里介绍会战情况后如此兴奋地说。

余秋里笑笑,说:"我现在带的是找油队伍,不过哪一天真用得着让他们打仗去,我相信他们都是'硬骨头六连'式的好队伍。"余秋里心想,我还有许多"雨中上甘岭"没给你讲呢:那天,二战区65名同志为参加生产技术座谈会和同时向会战指挥部汇报会战成果,为了赶时间,每人仅带了两个饼子,在倾盆大雨中走了22个小时,行程140多里,而且这140多里全是泥泞之路哟!

这不也是"上甘岭"嘛!跟当年红军翻雪山过草地差不了多少,就差了前后敌人的追击与围堵而已。余秋里坚信,这样的队伍就是有敌人前后追堵也一定能战无不胜、所向披靡。

5月25日,余秋里见会战队伍在雨季中站住脚跟、生产开始走上正轨后,带着周文龙和康世恩赴哈尔滨向黑龙江省委汇报会战首战情况。

"了不得了不得!石油战士们的冲天干劲和建设社会主义的积极性,是我们全省人民学习的榜样。我一定要让各地的干部和群众到你们那儿看一看,学

| 奠基者

一学。"欧阳钦书记握住余秋里的右手,直竖大拇指。宴会的饭桌上,欧阳钦书记悄悄问余秋里:"北京 20 日声援老大哥的示威大会声势空前,你没看报纸吧?"

余秋里抱歉地笑笑:"这些日子整天被暴雨冲得晕头转向,没来得及看。"

欧阳书记又神秘地问:"你上次电话里说不是也想给老大哥助助威,怎么样,准备差不多了吧?"

余秋里听后笑笑,指指康世恩:"你问他。"

康世恩爽朗地点头说:"争取在六一。"

欧阳书记一听,高兴地站起端上酒杯:"来来,我代表省委先向你们表示祝贺!"

余秋里和周文龙等赶紧跟着起身,频频向黑龙江省委的领导们敬酒致谢:"没有欧阳书记和黑龙江省委、省政府和全省人民的全力支持,我们的几万会战大军真是寸步难行啊!来来,我们敬你们……"

高级干部们轮到有高兴的事聚在一起时,也弄得挺热闹的。那天酒桌上没有露底的事,后几天就在萨尔图那个小小的火车上爆了出来:装满 21 节大庆原油的第一列油车在喧天的锣鼓声中徐徐开出……消息传遍了东北大地,也传到了毛泽东的耳里。

"六一"的第一列原油驶出大庆油田这一事件,引起了全世界许多人的关注。虽然那时连大庆这个名字都是保密的,可再保密的事也不可能不透一点风声。更何况,苏联"老大哥"的专家组一直参与了松辽找油的工作,他们不知道中国发现了大油田那是天大的笑话,已经开始同中国翻脸的苏联人知道的事,美国人不会一点不知道,美国人知道的事,他的欧洲盟国小兄弟们也不会不知道。

很有意思的是"六一"第一列原油驶出萨尔图站时,有一位专管装油的会战英雄竟然不知道他灌的油车在他呼呼大睡之时隆隆轰鸣着从他身边开走了。当他醒来时,听说油车已经过了哈尔滨时,气得直嚷嚷队友们"缺德"。

第六章

此人便是薛国邦。40年后我在这位老英雄的家里听他讲述了一段趣闻：

薛国邦带领他的采油队到松辽后，接受了萨66井的采油任务。这是大庆油田试验区的第一口高产井。当会战指挥部决定要在"六一"前外运第一列原油时，自然而然装油的任务他薛国邦队又摊上了。那时外界的人还不知道，大庆的原油凝固度特高，从井里喷出后一到地面就凝固起来，尤其是天气一冷，其凝固度就更高了，无法成为流动的液体。薛国邦接受外运列车的装油任务时，只离"六一"一个星期，这一个星期里他们先要把21节油罐车的原油加温、熔化好。偏偏在临装车的前三天，气温低于原油的凝固度，土油池里的原油变得愈来愈稠，蒸汽盘管又进不了油池中间，那台土抽油机——水泥车的泵机不时发出"哼哧哼哧"的怪叫。"不行了！打不上油啦！"水泥车的司机从驾驶室里一次次探出头来，异常焦急地喊着，最后干脆关停了抽油机。

这可怎么办？满身油泥的薛国邦瞅着像凝结成冰块一样的油池，直抓头皮。队友们则眼睁睁地瞅着自己的队长，等待他决策。

"指挥部已经确定了第一列外运原油的火车出发时间，要是耽误在装油上，那还要我们干什么？"薛国邦奋然将衣服一脱，腾起双腿，一跃跳进了油池，然后张开双臂，左右划动起来……结成冰块似的原油开始蠢蠢欲动起来，又渐渐变成流动的液体，涌动着、奔流着。

水泥车的泵机重新隆隆响起。"行了行了！"负责抽油的司机欣喜万分地高呼起来。

乌黑的原油再次源源不断地流入油罐车内……

"队长，你的腿关节不好，快上来吧！"队友们一遍又一遍地喊着，可谁也没有喊动池子里的薛国邦。四天四夜，薛国邦就这样和他的战友激战在油池里，用身体熔化着原油，直到灌完前20节油罐车时，他才被几位党总支的领导硬拉出油池。

"几天几夜下来，太累了，我被大伙抬到宿舍，一躺下就没醒过来……"

奠基者

老英雄回想当年的壮烈一幕，仍然记忆犹新。"'六一'中午时我才醒过来，走出门一看，怎么油罐车没了？就问队上的人，他们笑着告诉我说，现在火车都快到大连炼油厂了，你还想看什么呀？我生气地问他们为啥开车时不叫醒我？队友们说，我们不知叫了你多少次，叫醒一次你又倒下睡着了，连续叫了不下五六次，就是叫不醒！我听后自己也乐了，心想，反正油车已经走了，毛主席也知道我们大庆的石油要派上用场了，这不就是我的愿望吗？那会儿，人不知啥是累，睁开眼睛就是干活，眼睛闭了也想着工作……"薛国邦后来是大庆"五面红旗"之一，与铁人王进喜等名列在中国石油史篇上。退休前，他是大庆市人大常委会主任。

中外历史上有许多战役可以用"艰苦卓绝"四个字形容。二万五千里的长征是这样，斯大林指挥的卫国战争是这样，诺曼底登陆战是这样。和平建设时期的不少战斗，能用上这四个字的也有不少，像美国人修建纵横南北的大铁路工程时，每一公里就要死掉十几个人，其中中国的华人在此次修建铁路中便有千数的尸骨埋在加利福尼亚州沿线。在新中国的历史上，大庆会战可以说是60年新中国史上一场最为壮烈的艰苦卓绝的战斗了。

五万余人的队伍从四面八方一下来到荒原后，他们几乎没有顾得上垒一个像样的窝、多备一件御寒的衣，便投入了紧张而激烈的施工。又可以说在脚跟尚未站稳之际，便遭受了一场连绵不断的暴风雨袭击。于是不管是先前在松辽进行普查的松辽勘探局的几千名职工，还是后来从四川、玉门、新疆和青海来的一万余名石油老职工和三万多部队转业官兵，他们都是遵照会战总指挥部的命令，以最快速度，轻装来到这儿的。大雨将他们仅有的随身物品泡了又泡、淋了又淋，结果让他们遭受了生命中最严峻的考验。

"我从四川来时就带了两身外衣，三身内衣，加上到松辽后发的一身工作服和一块棉毯，不到半个月就啥也没换的了。不瞒你说，我当时下面的裤裆里烂得路都走不动。下裆发烂的不是我一个。那时钻井台上基本没有女同志，所

第六章

以大伙上班时里面不穿短裤,这样舒服些。一回到住处,大家干脆脱得精光往炕上一躺,十几条汉子,赤条条地躺在上面,双腿叉得大大的,我们自嘲这叫烤小黑鱼——从井台上捡点原油,放在盆罐里点着后,将红肿溃烂的双腿根烤干、取暖……"一位"老四川"对我说。

"我们几个女孩子都是地质学校刚毕业就到了会战前线。那时到会战前线、到会战前线最基层的单位是最光荣的事。所以我们几个姐妹抢着上野外普查分队。到野外分队后,整天一身水一身泥的,几乎每天都要蹚水。男同志们把衣服一脱,往头顶一举,光着屁股就过去了。我们女的不行啊!内衣总得穿吧!所以蹚一次水后,就得湿一次身子。时间一长,身体就发生了变化。我和队上的几个女孩,开始几个月的'例假'都不对劲,两三个月不来是常有的事。队上有个女孩子见两个月没来经,吓得以为自己怀孕了,她有男朋友。后来到医院一检查不是。她为这高兴得请我们几个吃了一斤糖。可后来这位同志到了想生育的时候却再也没了能力。医生说她因长期患经病而丧失了怀孕功能。在参加会战的女同志中,像这样的人不止一两个。可我们至今没有一句怨言,因为我们一直是高唱着'我为祖国献石油'过来的……"一位女地质师对我说。

在大庆、在石油战线,我听过无数这样的讲述。说起当年会战,他们每个人都可以给我讲三天三夜,每一个人都是一部不朽的史书。

但,我知道在五万多人的会战大军中,余秋里无疑是最精彩和最动人的篇章。因为他是这个队伍的最高指挥官,他有十倍百倍于普通会战干部和职工所经历的困苦与艰难需要面对。

现在他需要面对的是比雨季更为严重的一件事:荒原上的五万大军,冬天来了怎么过?

松辽的冬天是什么样?

松辽的冬天有一百种说法:

一场雪能把一年长起来的草压死。

奠基者

一日结冰能五个月不化。

一次寒流能灭掉秋夏两暖。

而有人说在冬天的北大荒上拉一回屎你累了可以坐在屎堆上保证不塌下去,你尿一泡尿转眼变成冰棒,这绝对不是玩笑话。滴水成冰,随处可见。

余秋里相信,因为在第一次上大同镇视察时他已经领教了北国冬的严酷。那时整个松辽平原上仅有几台钻机、几个野外地质调查队,无论如何石油部和地方政府都能用全力去保证这些队伍不出任何问题,即使如此,第一次他上松基三井等钻井队看到工人们穿着盔甲似的冰泥服,放岩芯的技术员,稍稍不慎手皮便被整块整块地撕拉出血淋淋的情景,这样的记忆无法抹去。

雨季无论多可怕,那是零上温度的春夏里;东北的冬季,从10月开始,将一直延续到第二年的三四月。而这五个多月的时间里,一般气温都在零下一二十摄氏度,最低能过零下三四十摄氏度。零下三四十摄氏度是什么概念?那绝对不仅仅是拉一回屎可以当凳子坐和尿一泡尿成冰棒的事——你假如不小心迷失在露天几个小时就可能会冻成僵尸,你假如穿一身湿透的衣服在几十分钟内便会冻得失去知觉……在冬季,经常还有被当地人称之为"大烟炮"的暴风雪,那一刮起来,真可谓地动山摇。至于这儿的雪一个冬天下多少场就更是谁也说不清了。在大同镇采访时,当地百姓告诉我,说他们经常遇上这类事:晚上好好的把马儿圈在马厩里,可第二天一开门,却见老马上了房顶。为啥,下雪呗!大雪降落,渐渐积起。马儿没处跑,只好跟着积雪往上走。一夜大雪掩过房墙,马儿也就上了房顶……

"秋里啊,咱东北可不比你老家江西,要是冬天没有很好的防寒设施,别说人过不了冬,就是铁疙瘩的机器设备也会成一堆废铜烂铁呀!"早在会战初期,"钢铁大王"王鹤寿等过去在东北开辟革命根据地的老同志就关切地告诫过余秋里,并说如果会战队伍过不了冬,就争取在10月之前把人和设备拉到哈尔滨、长春或沈阳等城市,等来年开春后再把队伍和设备拉到大庆油田去。

第六章

"这样保险。"王鹤寿特别提醒跟他仍在较劲"一吨钢一吨油"的石油部部长、好友余秋里。

这是肯定的,把人和设备拉到有保暖设施的城里,会比天寒地冻的北大荒要保险得多。但余秋里却不甘心这么做:一年十二个月,过冬就要花去六个月,搬进搬出两次折腾,队伍的消耗不说,光会战的时间就至少拉长一倍!这油田开发将拖到什么时候呀?

"不行!这么干我们耗不起!队伍耗不起!国家要油的时间耗不起!既然一屁股坐定了北大荒,那就不该随便动来动去。还是我说的老话:这次会战,只许上,不许下;只许前进,不许后退!无论遇到多大困难,也要硬着头皮顶住!"余秋里在领导小组会议上,那只有力的右拳,一连挥动了十几下。"就这么定了,天塌下来,也要把它顶回去!"

然而决心是决心,办法何在?

盖房子?在荒原上一下盖起几十万平方米的房子和其他防寒设施,再让职工们住进去,让机器设备进暖库,吃的粮食蔬菜也能入窖,能做得到吗?肯定不能。一是既没有那么多钱,二也没那么多建筑材料和施工队伍,另外时间也来不及呀!北大荒的冬天不仅寒冷,还有风暴呢!房子不盖坚固,一阵风刮来伤亡不更严重吗?

挖地洞?到处水泡子、沼泽地,夏天雨季来了还像时下让职工们长年累月光着腚子、叉着双腿烤火盆?

不行不行!余秋里和会战指挥部领导成员为此苦思冥想,一时不得要领。康世恩更是急得眉头直皱:"目前油田开发的注水试验正在关键时刻,要是注水的工作一停下来,问题可就更严重了……"

"别急别急。活人不会被尿憋死的。"余秋里嘴里安慰自己的亲密战友,心里其实比谁都着急。

关键时刻,还是黑龙江老书记欧阳钦同志出了个好主意。余秋里因此生前

奠基者

深怀感激地这样回忆道:"有一天,欧阳钦同志对我说,有一种办法可行,就是东北老乡搞的那种'干打垒'。这种房子一可以就地取材;二可以人人动手,来得快;三可以节省木材;四是冬暖夏凉。于是我们就立即派人到农村考察,了解当地居民的住房情况。又找民间泥瓦匠,调查当地居民住房的用材、设计和施工情况。经过调查,发现附近乡镇除主要公用建筑为砖木结构外,居民建筑主要是砖框土坯房和当地称之为'干打垒'的房子,它除了门窗和房檩需要少量木材外,几乎全用土垒筑成。墙壁是就地取土,装入活动木夹板内,用木槌、铁钎分层夯实而成。房顶不用瓦,把当地的羊草和芦苇等捋成草把子做垫层,上覆碱土泥巴抹光而成。取暖则用火墙或火炕。这种'干打垒'房子看起来很土气,但墙厚实,房顶密实,结构也严实,防寒性能比较好,夏天也不太热,适宜居住。且施工简单,操作容易,随时可建,便于广大职工人人动手,能够很快地大面积地建设起来。我们一致认为搞'干打垒'这个办法可行!"

"干打垒"是大庆历史上第一批居住的建筑,也是永远留存在大庆人记忆中的那种不可抹去的一种象征,就像延安窑洞一样。虽然现在我们上大庆市看到的是高楼耸立的现代化城市,但在二十多年前的漫长岁月里,这儿的人,无论是部长市长,还是司机炊事员,他们无一例外地都是住在这些用泥、羊草和芦苇等垒起的原始式建筑内。

余秋里是将军,熟知中外战争史上曾经发生过多少因孤军深入雪域疆塞之后,面对茫茫冰雪旷野、奇寒骤至时将士不战而倒、坦克大炮如同一堆废铁、最终铁骑雄师溃不成军的悲剧。因此他在雨季尚未结束之际,就向全线提出"以建干打垒为中心的冬防保温工作是确保会战存亡的一个政治问题"。各单位必须"第一把手挂帅,建立必要的组织机构,制定长远规划和每月、每旬、每日的计划,抽调专人负责这项工作,定期检查规划执行情况。与此同时,开展一个轰轰烈烈的大搞冬防的群众运动"。而且他把这样的全体动员、人人动手的建屋战斗,形象生动地搞成了"七手八脚,七嘴八舌,人人动手,个个献策"

的为自我生存而战的大比赛。

在进行生产实践和科学实践上的"群众运动"中,余秋里每一次都是创造不朽业绩的常胜将军。

石油大会战中的防寒之战,余秋里依然稳操胜券。为此,他亲自签署三条命令:一、不管西伯利亚的寒流如何凶猛,会战队伍一定要像解放军在战场上一样,坚守阵地,一个也不许撤走,一步也不准后退;钻井一刻也不能停,输油管线一寸也不能冻,人一个也不能冻伤。二、由油田建设指挥部迅速调查总结当地老百姓"干打垒"的施工方法,油田设计院提出"干打垒"的标准设计,供应指挥部负责木材、木房架、门窗、芦苇、油毛毡及砌火墙和炕口的红砖。三、各级领导干部分工负责,充分发动群众,在搞好油田生产建设的同时,抽出一切可以抽出的人员和时间,开展一个人人搞干打垒的群众运动;和老天爷争时间,为国家原油自给争速度。

真是军令如山。7月开始,"干打垒"行动在不影响石油开发和勘探主业的前提下,全线开战。顿时,在轰鸣的钻机林中,一座座、一排排"干打垒"遍地丛生。到9月,历时一百天的为生存而战的"防冬保温"战斗胜利完成,全线建起30万平方米的干打垒,转眼间百里亘古的荒原上出现了众多村落,如同天上撒下的繁星……除了人居住的居室外,车库、机房、食堂,甚至干部办公室、职工学习室和卫生所等也沾了"干打垒"的光。一个个"铁人村""群英村""八一村"等地名也应运而生……

入冬时,会战全线基本做到了"人进屋,菜进窖,机器车子进库房"。

那年10月,会战的五万大军尚处在脚跟未稳、半饥半饱之中的激战时刻,黑龙江省委和省政府来了一个要命的电文:素有中国米粮仓的黑龙江省的储备粮已过"危险线",大庆会战人员的粮食定量必须按国家规定全线下调。

"下调到多少?"此时正在北京的余秋里一听就大嚷起来。

北京—萨尔图的电话专线里,张文彬向他报告:"钻工从每月56斤减至45斤,

| 奠基者

采油工从 45 斤减至 32 斤，干部、专家和机关人员一律减到 27 斤。而且每人每月还要省下 2 斤爱国粮。部长你看怎么办？咱们会战的同志多数是干体力活的，原本的口粮也刚刚够大家填饱的，这一下要降这么多……"

"……"北京方面没有回答。

张文彬着急地："余部长，您在听吗？"

片刻，电话里终于有了声音："我听着呢！"从来声如洪钟的余秋里第一次在电话里变得有气无力。

张文彬不敢大声了，小心翼翼地补问了一句："余部长，您看还有啥办法？"

这一头的余秋里长叹一声，无比沉重说："知道吗？主席也从 10 月开始不吃肉了，总理和中央领导现在都不吃肉了……"

张文彬不再说什么了，他想放下电话，又怎么也放不下。

"文彬同志啊！现在会战的同志情况怎么样？千万千万要稳住啊！有情况随时向我报告。部党组正在召开会议研究对应措施。"余秋里焦虑万分地叮咛着。

"是，部长。"

张文彬放下萨尔图—北京的专线，会战各战区求援的电话却早已四起，震耳欲聋：

——不好啦，张指挥，我们这边有工人因为没吃饱饭，结果从卡车上掉下去摔死了！

——了不得了不得呀，我们这儿也有因为几天没好好吃东西，今早上班一不小心掉在油池里淹了个半死……

——总指挥部吗？我是油建食堂呀，这儿有 30 个同志因为吃了发霉的豆饼中毒了，你们快来救救呀！

——哎呀，你们领导快想想法子吧，我们队上已经有好多人得了浮肿病，现在连正常上班的人都排不出了。张指挥你说怎么办呀？

"我、我有啥办法呀？"张文彬冷汗淋淋，最后连电话都不敢接。这可怎

第六章

么是好?

"快向北京报告吧!赶紧向余部长他们求救呀!"会战指挥部里挤满了各战区的头头脑脑们,他们个个都在跺脚拍脑袋。

被吵昏的张文彬仿佛刚从噩梦中醒过来似的,重新扑到萨尔图—北京专线电话上,操起话机,火急火燎地说:"立即给我接北京!"

"文彬同志,慢慢说!到底发生了什么事?"那头,余秋里在询问。

"部长,我、我们工作没做好,今天已经发现356个职工出现了全身浮肿……"张文彬几乎是含着眼泪在说话。

"什么?356个?一天之内就倒下了这么多?"电话机里,余秋里的声音震得全指挥部的人都听得一清二楚。

"是。他们有的已经被送到医院,有的还在干打垒里躺着,有患病的同志还坚持要上班,结果半道上跌倒了又被人抬了回去……"张文彬的声音在哽咽。

"……"北京专线再度沉默。

"文彬同志,从现在开始,你每天向我和部里报一次。听清楚了没有?每天报一次!"余秋里终于说话了,声音是沙哑的。

第二天,张文彬在电话里报告说,会战前线患浮肿病的人已经超过600,几乎是前一天的一倍。

余秋里听到这个数字硬忍着。

第三天,浮肿病的人数达到800多……

余秋里听后还是强忍着,但心已经在焚烧。

第四天,浮肿的数字过了1000人。

"不行!这样下去还了得?"忧郁沉闷多日的秦老胡同,终于爆发出余秋里无法排解的焦虑和痛苦疾号。此时,他正和康世恩等部领导在北京召开石油部厂矿长会议,会议还在半途,将军便对康世恩说:"老康,你赶紧过去!一定想法阻止和遏制浮肿病的蔓延,同时务必稳定队伍!"

"行,我明天一早就走。"满脸愁云的康世恩猛地从沙发上站起,低头就往院子外面走,步子如箭一般。

余秋里抬头扫了一眼留下的几位副部长,异常沉重地说:"今天有人告诉我,说机关也有同志出现浮肿。"

"再怎么着,坐机关的人勒勒裤腰带,接电话、写文件时少花些力气能对付。可会战那边得把机器发动,得把钻杆提起来嘛!人要是都没了力气,机器就得瘫在那儿……"李人俊说。

一直沉默不语的周文龙瓮声瓮气地冲余秋里询问一句:"要不我给中央起份求援报告?"

余秋里摇摇头:"没用。主席和总理要管全国几亿人的饿肚皮问题,一些省的情况比我们还要困难……"

"河南、安徽等不仅出现了成批成批外出要饭的,而且已经有不少死人……"

要饭?死人?!余秋里像触电似的身子一颤,两眼发直地看着天花板,站在那儿一动不动。那一刻,他的那只呼风唤雨的右胳膊,也像左袖子一样,无力地垂贴在裤缝上……

康世恩很快到了会战前线,又很快来了电话:"今天一到这儿,我就上各处转了转,情况比我想象的还要严重。油田的临时医院和地方医院都已经住满了我们的人,多数患病的只能住在自己的原单位。要命的是患者还在成百成百地增加……"

余秋里:"再怎么着,也必须保证能让患者医治。发动各个战区建小医院和临时救护站。"

康世恩:"现在关键是要稳住还没有倒下的人和继续在战斗岗位上的同志,想法能让他们吃饱些。"

余秋里:"粮食情况到底怎么样了?"

康世恩:"短缺太厉害了。本来定量就少,可不少职工们还要顾远道而来

第六章

的家属,一份定量有的要给三四个人吃……"

余秋里:"家属?什么时候让家属来嘛!"

康世恩:"没人说让家属来过。可她们都是因在家里过不下去了,才拖儿带女投奔到油田来的。她们以为这儿有吃有喝的,哪知……"

余秋里打断康世恩的话:"有多少家属?"

康世恩:"没有一万,也有七八千吧!"

余秋里粗气高声:"让所有的干部千万要注意,就是自己饿死,也不能让那些来队的家属和孩子饿死一人!那种情况一出现,军心可就全乱了!"

康世恩:"我已经布置各战区了。但我最担心的还是照这样下去,会战的队伍稳不住了。今天到工程指挥部食堂,听他们的党委书记季铁中说,前天他在食堂帮厨,看到一个青年工人端着饭盒,大口一张,人还没有离开卖饭的窗口,一大碗粥就没了。老季好心,又给那青工盛了一勺,结果后面一大帮人拥到窗口要加粥,食堂师傅急了,说哪有那么多粥嘛!上百个人差点大打出手。"

余秋里长叹:"都到这地步了!"

康世恩:"老季还说,有次食堂蒸了馒头,工人们敲着碗又叫又嚷,恨不得把食堂掀翻。老季问一个工人说你到底能吃多少个馒头。那工人说,你给多少我吃多少。老季想验证一下,便把自己的钱和粮票都掏了出来,一共给那工人买了八个馒头、半斤苞米楂子和两份菜,结果那工人没五分钟全部倒进了肚子,回头又咧着嘴冲老季笑笑,想还要点。老季不好意思地说他自己这个月的口粮也没了。那工人才朝他鞠了一躬,说:季书记,谢谢你这顿饭,我会保证拼命会战的,要不对不起领导……"

余秋里感慨道:"是我们对不起他们啊!"

康世恩:"余部长,我还是把到今天为止全线患浮肿病的人数报告一下:现在已经2000多人了……"

余秋里无语。

奠基者

康世恩:"我还要报告另外一个情况——已经有几个队报告说,他们那儿已经有人擅自离队……"

余秋里警惕地:"干什么去了?"

康世恩:"逃回老家去了。"

余秋里震惊:"什么?当逃兵啦?他们怎么可以当逃兵呢?那会战还搞不搞了?啊?"

康世恩似乎没有发现电话里对方的声音已经变了,继续汇报着:"离队的人数大有急剧上升之势。"

余秋里跳起来了,声音冲出房顶:"你让他们听着——谁都不能当逃兵!不能!谁还要当逃兵,我就扛着机枪,上萨尔图火车站把他们挡回去!听清楚了没有?你,老康,还有张文彬他们,都给我上火车站,把那些逃兵统统挡回去!"

"哐!"铁拳砸在办公桌,压板的玻璃粉碎,震落的电话耳机掉在桌边晃荡着……余秋里无法自控内心的焦虑与愤怒。他是将军,他绝不允许自己的将士在任何时候成为逃兵。时下他虽然已是石油部长,但他的骨子里依然把自己的会战队伍看成是当年打鬼子、推翻蒋家王朝的钢铁部队。

当晚,余秋里登上了北去的列车。最危急时刻,他知道自己必须在前线亲自督阵。

"呜——"列车在北风的呼啸中似乎非常吃力地行进着,仿佛也像没有吃饱似的老牛。专列软卧里的余秋里无法入睡,干脆走出卧室,站在列车走道里大口大口地抽起烟来。一支接着一支……

"首长,您怎么还没有休息呀?"列车长走过来轻声问道。

"嗯?!噢,睡不着啊!"一闪一闪的烟火照亮着一副严峻的脸庞。"小同志啊,这趟车怎么这么慢哪?"余秋里有些烦躁地询问。

"对不起,首长,刚才我们接到上级的通知,说是关外最近经常有人卧轨,所以要求我们减速行进,以防不测。"

第六章

"谁敢卧轨?是阶级敌人想破坏?"将军的眼睛瞪大了。

列车长的眼睛惊慌地左右扫了一眼,见没有人,便小声回答:"首长,可不是阶级敌人,是讨饭的老百姓……"

"老百姓?老百姓卧轨?怎么回事?"

"唉,都是关内逃难的呗!有人饿了,跑不动了,干脆就往轨道上一坐……险啊!我们上次走的一趟就差点轧了一堆人。您看,这不都是逃难的嘛!"列车长借着车内黯淡的星星光亮,指着窗外的铁道沿线,让余秋里看。

可不,成群结队的灾民,在列车的窗口外闪过,有人甚至举着双手在向火车窗内做着乞讨的动作。余秋里的眉睫顿时紧锁……

愁啊!愁死人啊!怎么比当年的长征还让人发愁呀?余秋里闭着双目,翻来覆去,可眼皮外晃荡的净是那些讨饭的老妪和脸如树皮肚如鼓的小孩,还有就是一排排躺在干打垒里的石油职工……

"首长!醒醒,到站了。"不知什么时候,秘书李晔的声音又出现了。余秋里睁开眼睛一看,可不,车窗外那个俄罗斯建筑风貌的安达小站出现了。

站台上,康世恩等会战指挥部的干部已经久候在那里。老康怎么啦?几天不见,憔悴得快不成样了!

一出车站,余秋里便停住脚步,一脸严肃地问康世恩:"老康,你没事吧?"

康世恩一愣,定定神说:"没事。"

余秋里这才缓和了一下,又问:"你哪只手有力?"

康世恩不知其意,便伸出右手:"这只有力。"

余秋里又伸出自己的右手——他的唯一一只手,说:"那好,我们俩人从现在开始,你的这只手抓生产,我的这只手抓生活。"

在安达未歇脚,余秋里直赴萨尔图前线。现在他想做的第一件事是要亲自看一看队伍到底被饥荒摧毁到什么严重程度。

想象到的事都发生了:在一排排"干打垒"里,余秋里串东房、走西屋,

奠基者

一个一个地巡视，每一个"干打垒"内的炕铺上，他都看到了躺着的那些有气无力的患病职工。有人见部长来了，想伸手跟部长握一握手，却就是抬不起手臂，甚至连应一声的力气都没有。余秋里握着一双双软塌塌的、枯干的手，心如刀割——昨天这些手还跟着他振臂高呼"让地球抖三抖"，今天……余秋里两眼噙着泪水却又强忍着不让其流出来。他知道此刻的会战官兵们，无论是躺在铺上的浮肿患者，还是仍拖着疲惫身子、坚持在岗位上战斗的人，他们需要更坚强的后盾支撑。

"会好的！会好的同志们！"余秋里不断用这句话鼓励自己的干部职工。

走出"干打垒"，余秋里立即吩咐张文彬和吴星峰："你们两个从现在开始要把主要精力放在抓病号治疗和会战职工们的生活上。所有病号要立即集中起来，不管有多大困难，必须对他们进行抢救。"

"可一下躺了这么多人，本来咱这儿也缺医少药……"吴星峰说。

"再缺医少药也要保证患者。"余秋里斩钉截铁地说，"让他们吃饭吃好些，是最好的治疗。老张，你通知所有食堂，一定要保证患浮肿病的人每天都能吃上二两肉和一顿白面或白米饭。"见张文彬面有难色，余秋里补了一句："让办公厅的同志负责把我和几个部长们的特供全部调到这儿来！"

张文彬知道余秋里说的是什么，便忙说："可你们也拖家带口的……"

余秋里右手一甩："我们那点困难算什么？对了，从现在开始，我和老康等领导，生活上一律跟前线的职工们一样，他们吃什么我们也一个样！听明白了吗？要是搞啥特殊，小心别说我不客气！"

"知道了。"张文彬和吴星峰哪敢违抗。

"主席都好几个月不吃肉了。他老人家体重已经减了二十多斤！"在走进钻井指挥部的办公室时，余秋里的嘴里嘀咕着。

又是一个座谈会。"你们都说说，队上和基层都发生了些什么事？"余秋里的目光扫向在场的干部，发现他们一个个都变了样似的，前次来时他们个个

第六章

生龙活虎，今儿个咋成了有气无力的败军之将？

"李云同志，你是不是也得了浮肿病啊？"余秋里一把抓过坐在身边的党委书记李云的手，捏了一下，软的，又用手指一戳，塌下处没有弹起来。

宋振明替李云说："李书记患病已经有些日子了！"

余秋里大为惊愕地站起身，然后一个一个地捏了捏干部们的手，发现至少有三分之一的人不同程度患有浮肿病。"这不行，你们是指挥员！你们要倒下了，队伍就更不得了啦！"

康世恩掏出小本本，说："我做了一下调查和统计，重灾区一般都发生在生产和工作任务繁重的几个战线，他们分别是施工第一线的干部职工，像功勋队的王进喜队和1202队等，他们的患病比例基本在50%左右；再就是负责生产、调度的部门，比如像建筑指挥部，也达到了45%患病率；还有像指挥部机关的同志，他们加班加点的特别多，患病率高达80%，打字室的同志全部浮肿了！另一个特点是党员团员的比例在患病者中占多数，像水电机修处的21个病患中，有20个是党团员……"

余秋里坐不住了，空袖子又扇动起来，一边频频点着头，一边说着："我们的事业能够取得胜利，关键时刻，就是靠的党团员骨干！"突然他的脚步停住，右臂有力地一挥，洪钟般的声音又一次响起："但现在我们要保护他们！保护这些同志，就是保护了我们的大油田！保护了我们的大会战！"

"这样，老康，除你前期已经布置的几条应急措施外，我看我们还需要再补充一条：前线的职工要进行轮休——当然钻机不能停！物资供应也得保证，这是会战的前方战场，不得马虎。但可以做些适当的调整。保证战斗员的战斗力不减，就是为了更好的战斗嘛！第二点就是机关、指挥部一级的机关同志，得让他们有休息时间，加班加点也得有个时间限定。我看——还可以搞点文化娱乐活动嘛！吴星峰同志和文彬同志，你们在这方面是行家，周末我看可以搞些舞会啥的……"

奠基者

从不娱乐的余秋里，在万般无奈的困难岁月，第一次开口让自己的队伍"娱乐娱乐"真是不容易。从此安达火车站旁的铁路俱乐部和二号院后面的那个礼堂内每逢节假日和周末开始有了歌声和笑声……但职工们仍然发现，即使所有的会战人员都上那儿蹦蹦跳跳，也不会见得到他们的部长余秋里的身影在那种场合出现。

余秋里宁可自己一个人在房间里抽闷烟，也不会去凑"那份热闹"——他的天性一生不曾改变。四女儿晓红告诉我，就是到了20世纪90年代初，他见女儿在房间里听港台流行歌曲时，还煞有介事地经常走过去问一声："是不是在听靡靡之音啊？"女儿常常为此哭笑不得。

这就是余秋里。他一身是钢铁，又一生是钢铁，从里到外，甚至血脉里涌淌的也是铁流钢水。然而这铁流钢水是滚烫的，也充满着革命柔情。

在秦腔高手李敬他们激情高歌、张文彬等人跳着优雅舞姿时，他余秋里一个人甩着那只空袖子来到职工住的"干打垒"或者机关食堂那儿——

"嗨，你们吃什么呀？给我也来一碗啊！"在一户青年职工的临时家属住宅里，余秋里突然出现在小两口的饭桌前。

"是部长啊？！"青年夫妇又惊又喜，想让座又不好意思。

"坐坐。快坐呀！"余秋里毫不客气地屁股往炕头一挪，双腿往上一盘，双眼盯着桌上，好像几天没吃过饱饭似的。

本来紧张拘束的年轻夫妇一下笑开了颜：余部长没架子呀！就跟咱们老家邻居的大哥差不多嘛——余秋里那时也才四十六七岁！

"玉米糊糊！好！这是什么菜？"余秋里端起碗，咝溜咝溜吃了起来。在筷子伸进碗的那一刻，他停住了。

"是野地里挖的……"女主人刚要说，却被男主人暗里使劲扯了一把。

"嘻嘻，这个……这个部长您不能吃。"说着要把那只菜碗端走。

余秋里不干了："嗨嗨，我还没吃呢！"用筷子做着放下的姿势。

第六章

男主人无奈，重新把碗放上。余秋里夹起一大筷，往嘴巴里一塞，吧嗒吧嗒地嚼起来，脸上渐渐露出痛苦的样儿。

站在一旁的男女主人紧张到了顶：这下坏事了！部长要是在他们家吃坏了肚子可就是"政治问题"了。男主人一边再次将菜碗往炕头藏，一边上去要扶余秋里："余部长您快吐了它！吐了它！"

女主人则把一只破脸盆端了上来。

余秋里憋红了脸，不解地看着两位主人："怎么啦？我吃得挺香嘛！做啥要吐掉？"说着挪动了一下身子，自个儿把那只放在炕头的菜碗端到小桌上，又狼吞虎咽起来。

"香！香嘛！"余秋里吃得津津有味，"哎，你们一起动筷子呀！"

"余部长您吃这野菜不会有事吧？"男主人小心翼翼地。

"哈哈哈，没事没事！"余秋里一边吃着，一边开心地给年轻的小两口摆起"龙门阵"来："那会儿我们红军过雪山草地时，也没有吃的！哪比得上今天，大家不管怎么说还有几十斤供应粮嘛！我们红军长征最困难的时候，一粒粮食都没有，全是靠挖野菜填肚皮。哎，你们别说，我就是在那个时候练了一套本事——什么野菜能吃，什么野菜不能吃；什么野菜吃了有营养，什么野菜只能充饥不当饱；什么野菜能治病，什么野菜一吃就泻……嘿，你们别笑嘛！是这么回事嘛！有一回我们团的一位营长上地主家偷吃了一通豆饼，就是给猪吃的那种豆饼，那家伙一到肚里火大呀！胀得那营长最后没有办法，只得老实向我报告说自己犯了纪律——我们红军是不让随便偷吃东西的，就是到财主家也不行。我看那营长捂着肚子直打滚，便上山去给他挖了几棵野菜，然后找了两块瓦片，下面垫起，点上火煮。那营长喝了几口汁，肚子就咕噜咕噜叫起来了……哈哈哈，吃饭时讲这不卫生不卫生。换个话题。我再说说长征路上的故事吧——你们不是听说过我们过雪山草地后啥都没得吃了吗？那才真叫啥也没得吃。几万人往一个方向走，连树皮草根都给扒得精光。有的部队包括中央纵队的同志

奠基者

就开始杀马吃。那马是通人性的噢！你杀它它就掉眼泪嘞！可掉眼泪也不行呀！它马也是革命的功臣，我们过雪山草地它也得为我们革命事业做牺牲嘛！它懂！可马也不是所有的部队都有的，我们团就没有。人家吃马肉，我们馋哪！我这个当团长兼政委的也馋嘛！有啥法也让部队尝尝马肉味呢？我派通信员上他们杀马的地方看看还有没有剩骨头残肉渣给大伙儿塞塞牙缝！通信员捡了两只马蹄，垂头丧气地向我报告说什么也没找到，说人家连骨头都敲碎煮汤吃掉了，就剩下这铁掌钉的蹄子扔在一边没动。我捡起马蹄一看高兴地拍拍通信员的肩膀，说太好了！你任务完成得太好了！通信员愣在那儿不知怎么回事，我就找来几块石头，命令他和我一起敲那马蹄，三下五下，那箍住马蹄的铁家伙断了，露出蹄肉。我拿着它对通信员说：你把这煮了！通信员一看，高兴得眼泪都快掉了出来，说政委啊！这可是好肉哪！我说那当然，这是马身上最有营养的部分，不仅有营养，且能保你轻松走过雪山草地！我这招绝吧？通信员喝了煮好的马蹄汤后，精神大增，对我说：这是他从娘肚子里生下来后吃的最好的东西。我对他说，你立即组织一个班，走到队伍的前面，专门负责在沿途捡别人扔下的马蹄。通信员高兴得连蹦带跳地接受了任务。嗨嗨，我又把他叫住，悄悄在他耳边告诉了几句，通信员听后哈哈大笑，便撅了屁股、提着枪，带着一个班的同志乐呵呵地执行任务去了，没过多少时间大获全胜回队……"

余秋里像说书先生似的，话到关键时刻忽然停了下来。

听得津津有味的小两口忍不住叫嚷起来："哎，余部长，你对那小通信员到底说了些什么呀？"

余秋里夹起一筷菜，又喝了几口玉米糊糊后，抹抹嘴，说："我对他说，你们出去捡马蹄，千万别告诉别人是捡了吃的，要不人家再不会扔下马蹄留给我们团吃啦！"

"哈哈哈，余部长真有你的！哈哈哈……"小两口笑得前仰后合。

余秋里这时的脸上也露出了颇为得意的笑容。"不过，我也有失算的时候啊！"将军部长继续摆"龙门阵"，"那是在抗日时期，生活也非常艰苦。有一回我开会去，见了我的老首长贺龙、彭老总和任弼时同志，他们都是我的老首长，所以也很熟，也很随便。我当时在前线也是旅长、师长了，可那时生活也非常艰苦，啥也没得吃。有一天我肚子特别的饿，便趁开会间隙，上首长他们住的窑洞闲逛看看有没有啥吃的。进去一看，空空的，啥都没有，非常失望。刚想出门，转头一看，见他们的桌子上都有一盏豆油灯。我眼睛就立即发亮：这豆油是好东西呀！我记得小时候我妈过春节的时候给我们炒菜时能够放上一点点豆油那菜香嘞！我心想，老首长啊，你们这么可怜兮兮的一点东西不留给我吃，就甭怪我不客气了。我偷偷找了只碗，将三位首长的豆油灯里的豆油统统给扫荡了……嗨，你说巧不巧？关键时刻，给彭绍辉看到了！彭绍辉你们知道不知道？也是个大将军，了不起的人物！他看着我在偷首长的油，笑笑说秋里同志啊，你的身子骨太瘦了，胳膊锯了后也一直没好东西补补，这回你把豆油拿回去炒点小米吃，也算是为了革命，我保证不向首长泄露'秘密'。我开心地回自己住的地方，手忙脚乱地找人帮我炒了些小米，香啊！我越吃越感到香！哪知到了夜里，肚子就开始打起仗来，咕噜咕噜地折腾了一宿，拉得我连老本钱都全丢了……"

"哈哈哈……"小两口这回听了不仅笑得前仰后合了，那年轻的女主人一把眼泪一把眼泪地擦。"余部长，余部长你、你……哈哈哈……"

"嘿嘿，哟，又说不卫生的事了！"余秋里笑着收住话，"来来，继续吃，吃！"好像现在他是这个小屋子的主人似的。

"余部长，您这么大的首长，怎么也这么逗啊！"男主人忍俊不禁地笑言。

"怎么？我也是人嘛！肚子饿到家了，谁不见啥都会眼睛发直嘛！再说，我当团长、旅长时，还没你们年龄大嘛！"余秋里乐呵呵地为自己辩护。

可是……余部长，我们队上有个同志也因为太饿了，上老乡的地里偷了几斤葱，结果被安达公安局抓进去了！

"嗯？有这事？"余秋里的筷子悬在空中，脸色严肃地问年轻的男主人。

"是。而且听说那边已经抓了我们不止一两个人了！"

余秋里啪地把筷子往桌上一放——"不像话！凭什么抓我们的人嘛！"那双盘在腿底的脚也下来了，将军愤愤不平地说，"平时我们讲群众纪律没错，可他们是饿的！是逼得没有办法才这样的嘛！再说，不也就拿了点填肚子的东西嘛！怎么随便可以抓我们的人？岂有此理！要抓也得由我们来抓嘛！"

空袖子又甩起来了！

余秋里愤愤出门。突然又回过身，脸色缓和地："噢，我谢谢你们今天的这顿饭。"

礼堂里的舞曲还在悠扬地响着。机关党委保卫部门负责人却被余秋里叫到了跟前。

"多少人被他们关了？"余秋里胸脯一起一伏地厉声问道。

"总共有47名。这是安达公安局前天邮传来的一份案情通知书……"保卫部门负责人拿出一份材料放到余秋里面前。那上面的案情写着：

孙文良　党员　机械厂工人　盗窃先锋生产大队葱二斤；

范华银　团员　装卸工人　盗窃安达车站豆饼半块，计四斤；

王　成　运输队司机　盗窃供销社粉皮一袋；

张　贵　钻井指挥部拖拉机助手　有偷粮嫌疑，当场被抓；

……

"余部长，我听说公安局还把油建指挥部的副队长徐万生抓走后，扒光了衣服吊在梁上用木棍和草绳抽打呢！"机关工作人员说。

"扯淡！"余秋里勃然大怒，桌子拍得咚咚响，"你明天就到那个安达公安局把人给我统统领回来！告诉他们，是我余秋里让把人领回来的！"

第六章

第二天，47名被关的石油工人全部归队。安达地区的公安局长亲自登门做了自我检讨。

"告诉他们，工人有错，他们可以管，但不许抓人！想想看，我们的工人真要想偷他们的东西，几万人哪！还不把整个安达地面上的东西全给铲平了？偷偷偷！几根烂葱几块破饼，那也叫偷啊？"协调会前，余秋里传出这话。

之后，会战方和地区达成友好协商，捕人的事情再没出现。

人放回来了，但职工们的饿肚子现象并没有解决，而且越发严重。干部会上，余秋里听到了许多他根本想象不出的事：

运输队的一个司机，因为饿，开车半道上看到一只野兔子，放下车，追了整整18里，野兔累倒了，那司机也累倒了，人和兔子一起倒在了荒地，最后是人把野兔吃了。

钻井队的一名钻工，下班路上饿倒在水泡旁，见水中有鱼在跳，便跳下去逮。水泡子大呀！鱼儿游得快，那钻工空手逮不住鱼，就一个猛子一个猛子地往水里钻，最后鱼被人吃了。

地质队的一个小分队，三个人碰上了四头狼。在平时，狼群还不高兴死了，可这回四头狼被三个地质队员吓得屁滚尿流，最后狼趴在地上向人求饶。求饶也没用，狼肉也能填人肚。

有只野鹰飞到了钻塔，本想瞅准机会抢叼块玉米面吃吃，结果遇上了几十个手持铁棒木杆的钻工满草原地追赶它，一追就是一个下午，老鹰倒足霉，飞不动了，躲在草根里以为能逃得一命，结果几十个钻工连它的皮都煮成了三大锅汤给喝了……

"好！革命英雄主义！"余秋里大喜，有力的右胳膊在空中挥动着，仿佛他也刚刚尝过这些美味佳肴。

"可是也有职工不像话，竟然有人拿着罗马手表上农副市场上去换饼干吃！"

"二探区有人连部里发的毛毯都弄出去换东西吃了!"

"铁人队里也发生过这类事。有几个人把冬天戴的狗皮帽和棉大衣都卖了……"

"这是什么行为?支持自由市场,助长资本主义嘛!"

"下面发牢骚的不少,说八级工不如一根葱……"

有人悄悄嘀咕起来,并且显得很义愤。

余秋里没有吱声,问康世恩:"你说呢,老康?"

康世恩转头问那干部:"知道工人们换东西吃是为了什么?"

"吃饱肚子。"

"吃饱肚子又为什么?"

"嗯——打井吧。"

"这不得了!"康世恩不再说话,把头转向余秋里。

"我同意老康的意见。有职工把自己的东西换吃的去,连心爱之物都舍得,这种精神可贵得很嘞!我看不但不能批评,而且应该表扬!这跟支持资本主义、支持自由市场有什么关系?"余秋里一锤定音。这样的事再没人往纲上线上提了。当然该保留的东西还要保留好,否则打钻找油也没法呀!话说过来,人饿得快死了,保命就是为了更好地为明天打钻找油嘛!余秋里就是这个观点。

唉,队伍这个样了,一时半会恐怕也解决不了饥饿的问题,要不把队伍拉到哈尔滨缓一缓,休整一下,避过这阵,来年等困难过去后再上来。这荒原野草地的,这么下去总不是事呀!

有人这样提出。有人附和起来。

会场上的目光一下聚集到余秋里和康世恩身上。

"什么?拉到哈尔滨去?上省城?吃黑龙江、吃欧阳书记去?"余秋里噌地从凳上站起身,"呸!这种馊主意我余秋里想不出来!我们石油会战队伍做不出来!"

第六章

空袖子又在嗖嗖生风。"我再一次声明:我、老康和党组全体同志,绝不允许我们的队伍在困难面前后退一步!绝不允许!即使战斗到只剩最后一个人!"

会场鸦雀无声,与会干部毛发直竖。

"不错,饥饿是苦,但比得上长征吗?比得上志愿军同志在冰天雪地里还要打仗的苦吗?比不上吧?既然比不上,我们就不能后退!现在的问题是一定要下大力气解决生活问题,上下一起抓!这是重中之重、急中之急的问题,绝不能含糊!我们宁可把部分生产停下来也绝对不能有饿死人的事情发生!"余秋里的目光像闪闪亮泽的剑影,来回扫射着会场。曾几何时,在向中央汇报会战时,当一位领导人问余秋里如此冰天雪地一去就是几万人,会不会有重大伤亡时,当时作为将军部长的他有过这样一句话:为了国家早日拿下大油田,让毛主席少操心,让全国人民再不受苏联赫鲁晓夫和美帝国主义的欺压而抬不起头,我准备在那儿损兵折将五六千人。可是现在,余秋里他一个卒、一个兵都不想失去。

多么好的石油会战将士!多么好的兄弟姐妹啊!他们舍家为国找油,千里迢迢来到北国荒原,雨水尚未甩干,严寒仍在袭击,饥饿却又降临,他们没有后退,坚守岗位,甚至不惜倾家荡产卖掉仅有的随身之物为吃一顿饱饭再上井场,这样的阶级兄弟能让他们饿死冻死吗?不不,决不!铁骨铮铮的余秋里在此刻全身的每一根毫毛都张扬着万般柔情,万般温馨,万般忠厚,万般怜悯。

"这还不够!会战队伍里那么多浮肿病人躺着,明天还会有成百成千的患者。我们得想一切办法制止疾病侵袭!我们必须做出相应的措施解决这些问题。为此,我建议:一、所有患者必须入院治疗,对那些一线已经患病的人要全部下到后方来;二、每月要有20%的一线人员轮流下来休整;三、抽出10%的强壮职工搞生活——张文彬同志你从现在开始把全部精力放在抓生活上,要人给人,部党组全力支持;四、粮食、商业等后勤部门的人要全力以赴到全国各地

| 奠基者

去大力采购蔬菜、食品,送货到前线;五、要发扬南泥湾精神,自己起来动手种菜种粮,掀起生产自救大运动。这方面我看可以放手干,而且要从长远着想,必要时各单位可以抽调30%左右的人去开荒种地嘛。这北大荒比起当年我们在延安的黄土地不知要肥沃多少倍!《南泥湾》的歌你们不是都会唱嘛!王震将军那时是三五九旅旅长,他的旅第一个通过开垦种地实现了粮食、经费的自足自给,毛主席表扬他了。我是三五八旅的。我们后来也搞得好嘛!我所在的团在葫芦河边,那是洛河的一条支流。河两边净是山,山上背阴长满了树林,阳坡没树,只有一墩墩的羊胡子草和一丛丛狼牙刺和酸枣树,一米多高嘞!我们就在那儿开荒种地。大家比着种,嗨嗨,那不得了啊!漫山遍野的人,镢头上下飞舞,劳动的号子震得山都动了!同志们编了一首歌叫什么来着?噢,这么说的——'葫芦河川好地方,火红的太阳照山冈。一把镢头一支枪,生产自给多打粮。粉碎敌人的封锁,赶走日本小东洋,誓死保卫毛主席,誓死保卫党中央。'……"

会场气氛被将军部长绘声绘色、神采飞扬的讲述感染了。他们中间不少人就是从延安过来的,也都经过大生产运动。于是,整个干部会又沉浸在一片激昂亢奋之中。

余秋里的"龙门阵"有些收不住了:"……当年我们团就收了6000多担粮食、蔬菜87万多斤,还采集药材、山果和生漆7000多斤呢!养的猪、牛、鸡更是不计其数!嗨嗨,老康你那个部队听说也搞得不错。"

康世恩满脸笑容地推推眼镜,不无得意地:"我们打的粮食还上过毛主席招待美国记者斯诺的宴会呢!"

"就是嘛!我看我们这儿要大家发动起来开荒种地,这北大荒,肯定能变成米粮仓!你们往外边看看——看不到边吧?对嘞!看不到边,就证明我们可以在这儿有垦不完的地,有垦不完的地,就有产不完的粮!那时我们还怕饿肚子?不会了!说不好,我们外送的原油列车后面还拖着几节装满圆溜滚滚的大

第六章

豆高粱米的车哪！那时，我们也来个给全国人民每人送上几口袋粮食……"

"好！"方才还是沉闷的会场此刻已经热气腾腾。鼓掌声、叫好声连成一片。

有几个干部在下面窃窃私语："这余部长真有点子！账也会算哪！"

"嗨，人家是当过解放军的总财务部部长和总后勤部政委哩！算账高手！咱这几万人在他手里算个啥？不过是几颗小算盘珠！"

"是啊，看来我们不会饿死了！"

"饿死啥？饿死了谁来找石油？"

"静一静，静一静。现在我代表会战领导小组念一下《关于安排当前职工生活的紧急指示》，这通知是根据余部长的指示起草的。大家听着，有补充的一会儿再提……"吴星峰趁着余秋里和康世恩等几个干部沉浸在延安"南泥湾"的大生产运动的甜蜜回忆之际，便扯开嗓门，宣读起来。这份通知基本上是余秋里亲笔起草的，《关于安排当前职工生活的紧急指示》里提出了"干部进食堂，书记下伙房"的口号。具体规定，每个基层大队和中队，必须保证有一名干部在食堂同炊事员同做、同吃、同算、同议；要抽调部分优秀干部和红旗手（劳动模范）以及关心群众、办事公正的人，担任食堂管理员和炊事员；食堂必须达到一清（账目清，并能公之于众）二无（无贪污、无浪费）三好（饭菜花样调剂好、服务态度好、清洁卫生好）以及三热一暖（热饭热菜热汤和餐厅暖和）；同时不准吃不上热饭热菜，不准喝不上热汤热开水，不准住凉房子。此通知规定得事无巨细。这是余秋里的风格。

别以为当部长、当大将军的人就只会画画圈、念念稿子、做做不着天不着地的所谓"大事"。余秋里的本事粗能粗到右手一挥，千军万马在辽阔的大荒原上铁蹄飞扬；他细到能管住一颗螺丝一块岩芯。

信不信？不信你看下面的事：

不是说"干部进食堂，书记下伙房"嘛！好，余秋里这会儿在会战前线是最大的干部、最大的书记，自然他也毫不含糊进了食堂。你以为大部长进食堂

奠基者

就是做做样子？到处看看、溜达溜达算完事了？错。余秋里进食堂，头件事就让炊事班长拿来一套伙夫的白大褂往身上一穿，那只晃来晃去的空袖子则被扎在腰间。只见他右手操起锅铲，一声："大火！"二声："上盐！"三声："搅匀！"四声："焖足！"蛮是专业厨师水平嘛！

炊事班的同志看得目瞪口呆：这余部长怎么还有这一手啊？

不是说开荒种地吗？那地直铺天边，可没那么多牛耕地呀？"来，牛不够，我们人来凑！"余秋里利利索索地弓下腰，将两条裤腿往上一挽，又将一根绳子搭上右肩，右手揪住绳头，一声："走——喽！"嗨，人拉犁，马儿跑。这部长一出腿，一垄地就是十几里远呀！"部长都参加开荒拉犁去了，我们还不赶紧行动！"

大荒原上顿时人声沸腾，那你追我赶的劳动景象赛过"南泥湾"。

干活的田间，有人悄悄向部长反映他们的食堂师傅在盛粥打饭时不公平。咋不公平法？余秋里问。

"他们见熟人就把勺子伸得深深的，见是生人勺子就浮在面上。"

什么意思？

唉，说透了就是有的大师傅讲人情不讲同志情呗！

余秋里记住了这事。再次开饭时，他重新穿上白褂，右手操起铁勺，站在一口大铁锅旁，边吆喝边口中念念有词地："来哟，搅三搅，满勺舀，平着端，慢慢端，你一碗，我一碗，大家笑一笑……"

嗨，今天咋盛的粥都是一样匀一样多呀？职工们笑呵呵地问：余部长，你这顺口溜咋把以前我们满肚子的怨气全给消了呀？

余秋里举着铁勺，笑说："我这是跟宋振明学的，这'搅三搅'是关键，满锅的稀饭，你不搅就不公平，一搅大家的意见就没了是不是？"

职工们听后欣喜万分，说部长一到哪儿，哪儿就公平又实惠。

有一次张文彬在余秋里面前吹牛，说那天他和李敬等人下基层检查工作，

第六章

半路他见草丛里有一处什么东西在蠕动,便立即让司机停车。然后端起59式步枪,推上子弹,扣动扳机,"砰——"一声枪响,那草丛里蠕动的东西不再动了。李敬刚要奔过去,嚯地草丛里飞出一群大鸟,扑棱扑棱地飞上天空。

"砰!砰!"又是几声枪响,那鸟儿应声落地。

李敬喜得手舞足蹈:"老政委!老政委你的枪法不减当年啊!"他手里拖着几只血淋淋的鸟儿,其中一只有十几斤重。

张文彬没有吹牛,他的枪法确实不错。

余秋里和康世恩都不服,说:"论打枪你张文彬还嫩着点。"官大一级压死人,张文彬笑着不跟他们争,便说:"好,二位部长,我们正好要成立一个狩猎队,你们谁任队长吧?"

康世恩笑着看看余秋里,谦逊地:"要跟余部长比我还差点儿劲,我视力不如他。"

余秋里一本正经地:"你老康别不服!你摘了眼镜也不如我嘛!"

众人听了哈哈大笑,说康部长摘了眼镜就成瞎子了!

余秋里回过神,笑得比谁都开心。

独臂将军在北大荒上竟然当了回"狩猎队长"。余秋里对张文彬的安排和康世恩的谦让十分满意。除了抽烟,狩猎是他余秋里最感兴趣的爱好了。人家枪法准嘛!俗话说"独眼龙"胜过千只眼,他独臂举枪就是比两只手瞄得准嘛!这叫"精力集中"。

"打!"独臂伸出,子弹砰砰出膛,能飞会跑的飞禽野兽无处藏身。

吉普车在草原上飞奔,野山鸡、野兔子,还有野狍子,不是累倒,就是累死。不是中弹,就是断头穿胸……不要说我们的将军凶残手狠,那会儿《人民日报》在头版还发过《开展冬季狩猎》的社论呢!

新中国成立后,余秋里就没有正经用过几回真枪。这回真有些过了瘾,不过最高兴的还是会战的职工们。每一次狩猎队载着满车"战利品"归队时,各食堂就会热闹好一阵，大伙儿的嘴巴上也多了些油腥味。

北京急电：令余秋里速回开会。

北边的"老苏"一步逼一步，毛泽东和中南海的领导们终于愤怒至极：中苏要正式摊牌了。习惯于把中央工作会议搬到外地开的毛泽东，这回一改主意：会议就在北京召开。1961年的此次会议，从5月21日一直开到6月12日。除了研究中苏关系的对策外，重点讨论了毛泽东提出的四个问题：调查研究、群众路线、平调的物资退赔和平反问题。工业问题是在最后讨论的。

毛泽东在此次会上心情既沉重又有些对自己错误的认识和释放："今年的形势跟过去大不相同。现在同志们解放思想了，对于社会主义的认识，对于怎样建设社会主义的认识，大为深入了。为什么有这个变化呢？一个客观原因，就是1959年、1960年这两年碰了钉子。有人说'碰得头破血流'，我看大家的头也没有流血，这无非是个比喻，吃了苦头就是了。"毛泽东在此次会议上，还做了一个重要的指示："凡是冤枉的人都要平反。"（见《毛泽东传》第1165页）

会议还没有开完，会战前线又是叫急的电话一个接一个。这是怎么回事？不是浮肿病消灭得差不多了吗？

余秋里真着急了。康世恩和张文彬报告说：黑龙江省来电说，储备粮仓库见底了，原来供应的粮食供应要断一个月。6、7、8三个月只能有两个月的粮食供应。

"我们种的东西接得上吗？"

"不行。至少得到深秋才有收成。"康世恩、张文彬那边回答说。

余秋里直抓毛发：这可怎么弄！一个月没吃的，那可不是闹着玩的。

更可怕的还在后面。康、张报告，说这些天擅自离队离岗的人跟前几个月患浮肿病的人一样多，足有五六千人了！

"什么？他们又要当逃兵啦？"余秋里跳了起来，"老、老康你听着，马上召开电话会议！我要再次强调：任何时候，我们不许任何人离开会战！不许有人当逃兵！喂喂，老康你听见没有？"

"……"那边没有声音。

"老康！老康！"余秋里的喊声震得石油部大楼全都听得一清二楚。

"老康"终于说话了，声音小得很，还拖了一声长长的叹息："唉——好吧，我马上去执行，可是……"

"可是什么？没有可是的！会战队伍不能散！决不能！"余秋里火冒何止三丈。

这这，这老康他们也信心不足了啊？！

不行。我得去！我得去前线！余秋里火速星夜再度赶到前线。

这回他是不是真的要架起机枪上萨尔图、安达火车站去挡"逃兵"呀？石油部机关的干部和前线会战指挥部的领导们都在捏把汗。

将军从吉普车上下来时，那颗硕大的头颅光亮光亮的——看得出，是离开北京时新剃的。

本来一只嗖嗖生风的空袖子就已经够吓人的了，这回又加了个光脑壳，到哪儿都是一闪一闪的，像道雷电，像把利剑，让人平添几分畏惧。

将军没有带机枪，也没有带手枪，而是带了毛泽东刚刚在中央会议上下达的四个字：调查研究。

"大家一定要从实际出发，实事求是地做些调查，看看到底问题出在哪儿？为什么有这么多离队的人？他们离队后到哪儿去了？回来怎么办？不回来怎么办？留下的同志怎么办？下一步工作又怎么办？眼下又怎么办？……"

将军留下一连串"为什么"？"怎么办"？问得干部们大汗淋淋。

在此之前，余秋里有过公开在大会上讲的大庆会战"只许上、不许下"的话，而在与康世恩、张文彬等领导之间的电话中则确实也有过"谁要当逃兵，我就在火车站架着机枪挡他回去"的话，跟随他的秘书李晔同志（后任胜利油田指挥、

奠基者

党委书记，山东省人大常委会副主任）也向我证实了此事。现在逃兵真的有了，且非常严重——我从已掌握的历史资料中获悉，最严重时擅自离开会战前线的总人数高达五六千，等于十分之一左右的会战人员！

"有些单位甚至超过这个比例。"有单位汇报。

"王进喜的队也跑了几个人。"

余秋里的眼睛竖了起来，说："我要上铁人那里去看看。"

吉普车开到英雄的1205钻井队。

王进喜一看部长来了，赶忙气喘吁吁地从井台上下来迎接，可是一向风风火火、走路疾如飞的他，这回步子变得异常缓慢……

"老铁，你是不是也得了浮肿病呀？"余秋里觉得王进喜不对头——王铁人出名了，余秋里他们慢慢不叫他名字了，干脆叫"老铁"。

王进喜不好意思地："没有没有，就是浑身没劲。"

余秋里稍稍缓了一口气："没病就好。得注意哪！生产又那么紧张……"

"部长放心，我们队上这个月的任务又提前完成了。"王进喜以为部长又来检查生产进度的，便要报功。

余秋里抬起右手，往前一挥："今天我来不是听你汇报生产进度的。我要看看你们的生活情况和人员战斗力。"

一听这，王进喜的脸上出现苦色。因为他手下的四个班长全都得了浮肿病，而且还坚持在一线工作。不过，他嘴上说："没事，部长。就因为他们太'富'了，所以才长得胖。"王进喜想给部长一点喜事。早在玉门时，余秋里头一回与王进喜见面，就曾说过："进喜进喜，这个名字好啊，你也给我们的石油工业进点喜吧。"这不，王进喜今天还是想给肩上压着比泰山还要重的部长一点喜。

四个班长的名字真巧，都有个"富"字：马万富、樊玉富、王德富和王作福（谐音"富"）。

余秋里看着浮肿非常严重的四个"富"班长，挨个儿跟他们握手，但这回

第六章

王进喜的话没能让他脸上有丝毫的笑意。他的眼睛落在工人床头的那些酱油瓶上:"每人一个酱油瓶,干啥用?"

王进喜如实报告:"大伙儿吃不饱,就买酱油兑点开水填填肚子……"

余秋里长叹一声,对在场的工人们说:"实在累了饿了,就要注意劳逸结合。老铁你要给大家合理安排好。"

"行。我一定照办。"

出"干打垒",王进喜扯了一下余秋里的右胳膊:"部长,我知道你也是天天跟我们一样吃野菜团子。今天你就留在我这儿吃顿饭吧!"

余秋里侧过头,笑问:"你有啥新名堂吗?"

"不是新名堂。是我听说你要来,就派人上老乡家买了头老母猪。中午我们杀了它改善一下伙食。"王进喜以为今天要"拍"一下部长,哪知碰了一鼻子灰。

"老铁啊,你赶快给人家退回去!"余秋里皱着眉头有些恨铁不成钢的神情,声色俱厉地:"你是英雄,怎么能这样呢?吃人家的老母猪,你也太狠心了嘛!"

王进喜两眼眨巴了半天,伸长着脖子,非常不解地问:"那你不吃了?把母猪退了?"

"退!马上就去退!"余秋里的声音提高了一倍,吼道,"你们这是损害群众利益的坏行为!王进喜啊王进喜,你是不是英雄我今天不管,但你这种行为我要记你一账,记你一辈子!"说完,那只空袖子重重一甩,上了吉普车……

"队长,这部长真是凶啊!"有职工走到王进喜身边,轻声说道。

王进喜气不打一处来:"什么凶不凶?部长说的在理!赶快把老母猪退了!"

经过几天调查,余秋里的心头装满了许多他在北京根本想象不到的事:

有一个队,40多名钻工中,跑了近一半。而且跑的人中党员团员为数不少,甚至连副队长和指导员都带头跑;油建指挥部的一名藏族工人,人高马大,平时干活力气大,可就因为吃不饱,该职工就把队上的东西拿出去换东西吃,队长知道后狠狠在会上批评,让他罚站,这藏族职工第二天就再没见人影;有位

| 奠基者

钻工带着自己积蓄的二十块钱偷偷跑到附近的小镇上想换点东西吃，碰上一位老乡拎着一个麻袋，对他说，我有一只兔子可以卖给你。一阵讨价还价后，最后那钻工交了二十块钱，拎回了那只口袋。回到队上，他得意扬扬地当着指导员等人的面打开口袋，说我们今天有好吃的了。哪知口袋打开，那"兔子"噌地蹿走了。指导员等人哈哈大笑，说那哪是兔子嘛，是只野猫！白花了二十块冤枉钱的职工为这哭得好不伤心。第二天，队上的人再没见他……采油队为了防止职工逃跑，发动党员干部，实行"一盯一"的严密看管制度。这一夜老孙等几个干部暗中盯住三个有逃跑苗头的职工，白天不用说，想跑也跑不掉。晚上下班后，几个党员干部轮流值班，直到想逃跑的人都"呼呼"睡下了才能歇一歇。第二天该上班了，可这几名职工怎么还睡在炕上呀？干部们揭开高高隆起的被子一看：哪儿有人呀！是几件衣服伪装的！又是一群人跑了……

余秋里的队伍现在就是这个样。怎么办？已到刻不容缓的时候了。

漏雨的牛棚里，独臂将军办公室内的灯彻夜长明。会战领导小组的成员聚集在最高指挥官那儿，急商当务之计。

"这次擅自离岗的人员中多数是转业军人。"烟雾缭绕中，康世恩吸着烟，长吁短叹地说着。

"嗯？"余秋里的眉睫猛地一挑，"有这方面的统计？"

张文彬连咳了几声后说："有，有有。康副部长说得没错。跑的人中转业兵占多数，也有营团干部。"为了缓和一下气氛，他后面添了一句，"不过咱们的人中本来从部队来的就占了百分之八九十。"

余秋里的眉毛立即竖了起来："这也是不允许的！军人就得有军人的样子，军人当逃兵，是军人的最大耻辱！耻辱！"一个接一个的拳头砸在桌子上，杯子和墨水瓶哗啦倒了一地。工作人员进来帮着收拾，被余秋里赶了出来："出去出去！我们要开会呢！"

空袖子甩得屋顶上挂着的那盏灯泡直晃动。康世恩和张文彬相视一眼，默

第六章

不作声。

会战的指挥官们，从部长余秋里，到康世恩、唐克、张文彬……他们都是军人出身，而且是身经百战的军人。他们自然知道自己的队伍里出现数以千计的逃兵将意味着什么。

"逃兵"最严重的群体却是那些当过兵的转业军人。就队伍而言，什么问题最可怕？兵变！

一个国家的兵变，能让政权颠覆。

一支队伍的兵变，足可全军覆灭。

余秋里惊愕不已。这是怎么回事？作为军人，作为将军，作为指挥会战千军万马的部长，他怎么能容忍有这等事出现？而在他从军几十年的生涯中，他的部队都是指向哪里就杀向哪里的"硬骨头六连"式的钢铁队伍，他们从来都是战无不胜、所向披靡、绝不含糊的勇士，从来都是宁可抛头颅洒热血也决不向敌人和任何困难低头的勇士。然而现在，他的队伍里竟然有十分之一多的逃兵。这能不让他火气冲天吗？

现在——是会战面临最最关键的存亡时刻。俗话说，兵败如山倒。逃兵现象如此严重，意味着全线军心出现大动摇、大混乱。此时此刻，稳定队伍成了当务之急。

为什么出现逃兵？为什么出现严重的逃兵？

困难，饥饿，超强度的劳动。这既是当时国之情，也有大庆石油会战这一特殊条件下所产生出的种种因素所致。一句话：是现实，一样都绕不过去。面对，是唯一出路。

然而面对谈何容易？

一句话：走群众路线，坚持实事求是。

这绝对不是空话。空话成不了经典的箴言，更成不了指导推动社会历史发展动力的马克思主义。

奠基者

如果说，余秋里与其他共和国开国将帅们有哪点区别的话，那么便是他对上面的这些道理精通又娴熟，并有一套自己特色的被无数实践证明是非常管用的化险为夷、取之有道、用之有方的办法。

这不，他的这些十八般"看家本领"在会战面临生死存亡的节骨眼上现出威力和实效了：

"我听说还有个队上一群退伍兵围攻党委书记？"雷霆之后，余秋里叼着烟，两眼盯着张文彬问。

"有。但后来平息了。"张文彬说。

"哦？你说说怎么回事？"

于是张文彬从头道来："这几年新来的三万多名退伍兵，他们从部队下来之前都以为上石油战线来是到了现代化企业，就是楼上楼下，电灯电话。没想到一下火车看到的是一片荒凉的大草原，连房子都要自己搭，许多同志的思想就开始波动。有人对我反映过，说在离开部队时，首长们在动员时这么对他们说，你们去参加石油会战，到哈尔滨地区——我们为了保密需要对外也是一直这样说的。退伍兵们就觉得有种受欺骗的感觉。这不，来了一年多的日子里，干的活比打仗还累，有人说上甘岭战役苦，可也就苦几十天，这儿可好，没个尽头了。工程指挥部四中队183名职工中，大部分是退伍兵，也有转业军官。其中有83人思想不稳定，18人坚决申请退职，还有20人在犹豫观望。有个退伍兵三个月中，家里来了42封信和电报，催他回老家，说宁可种地当农民，也不当这石油工人了。有的退伍兵家属来信，说再不退辞职工身份就离婚。对象吹得更多了。在这种情况下，退伍兵中跑得也就多了。刚才说的一群退伍兵围攻党委书记的事发生在油建指挥部供应中队。有几十个退伍兵前些日子围住党委书记，先让他看满屋子他们贴的大字报和打油诗，写得都是凄凄惨惨的。他们随后一连向党委书记问了四五十个为什么？党委书记后来说话了，问你们是不是今天让我来回答问题的呀？退伍兵们便说是啊，你回答我们在这儿这么苦怎么办？那党委书记就说，我也是从部队里转业到石油战线来的，过去我们在西北地区工作也不比这儿强多少。党号召我们脱下军装到石油战线来，就是因为我们国家一穷二白，人民吃不饱饭，穿不暖衣服，帝国主义和北边的赫鲁晓夫还欺负我们，蒋介石和国民党军队一直梦想着反攻大陆。我们眼下不这么艰苦干不行呀！退伍兵中有人嚷着，说你说话当然轻松，因为你是首长，你哪晓得我们当工人的苦处？党委书记就说，我怎么不知道你们的苦处？我是首长，可我也整天跟大伙儿一样没日没夜地在工作。不信我们试试谁的手腕劲大。退伍兵中挑出一个力气最大的跟那党委书记比赛了，结果书记赢了，退伍兵们只好服输。但思想上仍有疙瘩。那党委书记就说，我过去跟你们一样当工人。而且一当就是七八年，后来才当了干部。这书记开始跟退伍兵们讲自己的身世，讲在旧社会自己如何如何地被地主压迫，新中国成立后在石油战线如何如何地被领导和队伍看重，如何如何地扬眉吐气。讲得退伍兵们直掉眼泪，当场就有几个原先想退职的人说一定要珍惜人民当家做主的好时代，为社会主义建设添砖加瓦。"

"这个党委书记有觉悟。"这回余秋里的脸上露出了笑意——这是他此次松辽之行第一次露出笑容。"老康，文彬同志，我看应该在我们的会战队伍里进行忆苦思甜教育，让职工们树立正确的人生观。想明白了今天我们在这儿吃苦是为了什么？"

"我赞同。这比多打少打几口井要重要得多。"康世恩这两三年跟着余秋里，已经学到了很多政治工作方面的经验。

张文彬自然更不用说了，在石油师之前他便是军队的师政治委员，政工一套最熟悉。"好，过去部队越在最困难的时候，进行忆苦思甜教育就能激发大家的革命斗志和革命热情。我建议立即请会战指挥部政治部起草一份'开展忆苦思甜教育的决定'。"

吴星峰马上接过话："明天我们就把文件写出来，余部长过目后马上发出去。"

余秋里点点头，说："教育肯定是要搞的。眼下大家饿肚子是最根本的现实问题。所以我们作为领导会战的决策者，还要更多地从解决目前队伍的困境着手想出路。这是头等的政治思想工作，也可以说是头等的政治任务。"

康世恩和张文彬等将目光随余秋里走动的身体而移动着，并开动起脑子。

"现在是天上飞的没了，地上跑的也少了，水中游的基本也差不多了……剩下的我看唯一还能解决些问题的就是挖野菜了。这北大荒毕竟还是个大草原，我看我们靠谁现在都不行，只能靠自己了，靠自己在自己的地盘上想法子！挖野菜，像当年我们在长征过雪山草地时那样。我不信会绝命我千军万马于这荒原之上！不是听说有单位的同志一天上草原挖了一百多斤野菜吗？这能吃几天，我看这就是出路！"

康世恩说得更具体："眼下最现实的度荒办法，就是大挖野菜。每人每天吃3斤野菜，当命令执行。同时，到外地去捕鱼，采松子。每天实行'两稀一干'：早、晚吃稀饭、野菜汤，中午吃一顿野菜加粮食做的菜团子。"这话从一个石油专家和会战总指挥嘴里说出来，让人感到心酸和严峻。

捕鱼的人后来最远的到过最北端的黑龙江，采松子的到过大兴安岭。至于挖野菜的嘛，那么大的松辽草原上如果再挖不到，其他地方肯定也不会有了。

张文彬布置得更细致："各个施工单位，要包片包地出去挖野菜，尽量多挖。如果本单位吃不完，必须把数量汇报上来，我们再进行统一调配。每个机关干部除工作外，必须每天挖三斤以上野菜。野菜主要挖车前子、野韭菜、黄花菜等。各食堂在进行野菜和食品制作上，应采取将野菜掺入小米和其他杂粮里，做成糊糊或菜饼子，平均每人一天吃一斤一两。这样每天每人可以节省2两粮食……"

余秋里后来回忆说："当时听了他们说这些话时，我心里沉甸甸的，可除了这，我还能说什么呢？"

正如康世恩所言，无论吃野菜怎么结果，而当时大挖野菜是唯一能帮助几万会战将士们度过困难的最佳出路。有趣的是，在"大挖野菜"的群众性抗饥饿斗争中，还出了不少现在的人觉得很可笑的事，其中之一则有"野菜司令"

第六章

的任命。

当时在会战前线的党委书记、副书记们都担起了抓生活的重任,什么"打猎队队长""打鱼队队长",有名分有任免,正规得很。采油指挥部党委副书记李光明因为有一天从泰康镇返回萨尔图的路上,经银浪以西的草原时突然发现了一片黄花地,其面积之大,简直能用"一望无边"来形容。"好消息嘛!老李,我跟余、康部长招呼了,就任命你为'野菜司令',你带上三百个人,好好干它一仗!"正在为上哪儿"大挖野菜"犯愁的张文彬拍拍李光明的肩膀,一纸口头任命就落到了这位采油指挥部党委副书记身上。李光明接受任务后立即着手组建"野菜部队",并且按每二三十个人为一个中队及一人一天一百斤的任务,自带粮食和行李,雄赳赳气昂昂地整队出发。驻扎在大草原上的"野菜部队"完全是军事化的正规行动,他们采取的也是非常专业的"阵地战"法则——几百人排成一线,目标是生长茂盛的野菜腹地。只是武器显得低劣和简单,或麻袋,或干脆是身上脱下的衣服,不过对收拾野菜之类这样的敌人,此类武器足矣。"战况"煞是好看:长长的队伍,在辽阔而平展的草滩上不停地向前蠕动,如蚕食桑,所经之处,原为一片金黄色花地,转眼变青变绿……

五月里来好风光,
遍地黄花分外香;
摘来黄花保会战,
吃饱肚子打井忙……

歌声、笑声荡漾在大草原上,这是那个困难岁月少有的一景。李光明的"野菜司令"虽然仅当了一个星期,他的"野菜部队"也在完成那片十万斤的黄花采摘任务后解散了,但李光明的"野菜司令"被人叫了一辈子——这也是他一生中引以为自豪的唯一一次有过"司令"头衔的正式称谓。

| 奠基者

野菜——特别是用黄花菜充饥,但天天吃野菜却也令人呕吐难咽。尤其是这些饿急了的人一到黄花菜地后,就拔得鲜菜,在水泡子里涮涮,便架起铁锅点起火,狼吞虎咽吃一餐煮鲜黄花。那黄花是不宜鲜吃的,结果吃得许多同志又拉又吐,几日不得舒服。虽然指挥部颁了有言在先的"吃野菜注意事项",但无法制止饿极了的会战职工擅自行动。

黄花菜现今是一样稀贵的菜肴,可是我在大庆时一些上年纪的人一听"黄花菜"三个字,便都会食欲锐减。"当年我们吃怕了。"他们如此说。

"大挖野菜"度困难只是余秋里和他同事们的一招。

第二招是食堂伙食上搞名堂。

这是余秋里的拿手好戏。有一天他上一个职工食堂细查伙食情况,见有位师傅烙的玉米饼又脆又香,而且同样的分量饼比别人烙得大。

"好嘛,我要让全会战食堂推广你的手艺。"余秋里高兴地挽起右胳膊,跟着那"大厨"在炉前忙碌了半天。当他认为这种野菜玉米饼确实具有"增量增效增耐饥"的"三增"后,立即找来张文彬,让他推广到各个单位。

一时,会战各单位掀起了一场"粮食增量大比赛"的活动。说来你不相信,但在当时的大庆确实发生过这样的事:

——机修厂(现大庆总机厂前身)的食堂发明了一种可以将1市斤大米做成4.5斤饭、将1市斤小米做成5市斤饭和将1市斤杂粮面做6市斤发糕的传奇。怎么做的?其实简单,就是将粮食长时间地浸泡,尽量让膨胀的粮食再吸水,煮饭和蒸发时再使其吸水吸气。于是一点点粮食原料,煮熟和蒸出的东西就变得看上去又大又量多,饭像蓬蓬松松的棉花,发糕像软软绵绵的泡沫。这种饭和糕吃下去能填肚子,却不禁饱,过不了一两个小时便肚肠乱叫,可确实在当时能管些用。

——拾得农家用的做燃料的庄稼秸秆和玉米瓤子等粉碎后掺入玉米面或小米中,做成馍馍一类的糕饼,再每人配上一碗野菜汤。这样"一硬一软",也

第六章

能把肚子撑得胀胀的,好像多饱似的。

"这是没有办法的办法。就是为了骗骗肚子嘛!"余秋里对此有过评说和愧疚,但他能做得到的也就是这些了。

"骗嘴"的招数自发动群众后,怪招层出不穷,令人眼花缭乱。余秋里选择了6月6日这一天,命令张文彬主持全战区开了一个别开生面的"吃饭大会"。地址就在前一年召开"誓师大会"的万人广场上。

嗨,这热闹哟!

参加"吃饭大会"的各路书记、指挥和食堂管理员、炊事员及后勤供应人员1100余人。并且各单位的炊事人员都带上了炊具、锅灶和花样百出的瓢盆,现场表现各自的包括菜馍和代食品。

"交流比赛开始——"张文彬一声令下。一时间,万人广场上锅碗瓢勺叮当乱响,炸煮烹炖,热气腾腾。

"好好,这又好看又好吃!你们一定得传传经嘛!"

"我看还是这炸糕好,你瞧,用料不多,也不像棉花那么蓬蓬松松,吃起来也管用。"

"不不,我看还是这野菜馍做得实惠,口感好,用粮少,也顶饱……"

余秋里和康世恩等会战领导看在眼里,听在耳里,喜在心里。

"冠军!这个冠军红旗不比打井的红旗差噢!"余秋里亲自将一面面奖状和锦旗颁发给那些炊事人员。而那些得奖的炊事员,喜得热泪盈眶,他们不无自豪而激动地说:"以前一直看铁人他们得奖,心里痒痒的。这回也是余部长给我们颁奖,够露脸!"

第三招:到农民地里"拾遗补饱"。

有一天张文彬和宋振明汇报说,钻井3274队的叶永庭一家四口人,老婆孩子来队后没粮食吃,他们就自己想法子,上农民收割后的地里捡残留之粮,结果捡回了600多斤粮食。还有另一个井队的马德久一家,也是同样的办法,捡

| 奠基者 |

了400多斤。一家老小不靠集体，吃得饱饱的。"这个拾遗补饱办法好。既为农民扫除了浪费现象，又减轻了我们会战的负担，家属也有事干了。"余秋里听后大喜，立即命令张文彬他们宣传叶永庭、马德久家的精神，随后又加了一句："千万不能触犯农民利益啊！"

宋振明证明，由于大力提倡了"拾遗补饱"的做法，解决了数以千计的来队家属以及他们的家庭饿肚的问题。

余秋里为此很是高兴了一阵：他和康世恩不再没完没了地在办公室门口或出行的路头看到成群结队的工人带着家人，在半道上拦着他们的车子喊穷叫饿的。因为那些过去喊穷叫饿的人，现在不用再费尽口舌去为他们解释什么。他们已经自觉自愿地在寻找自我的生存出路了。白天，工人的婆姨们带着自己的孩子在地里拾捡；下班后，她们的丈夫和老爹们也成群结队地奔向田地，有人还抡起锹镐专掘老鼠洞，这是聪明人的招数——田鼠洞里既有鼠，又有鼠留下的粮食……

面对队伍不安定的局面，余秋里的招不仅在"吃"字上做文章——当然他在"吃"的文章上还有些做法也解决了相当的问题，转业到大庆油田来的原沈阳军区工程兵部队政委的季铁中（后任石油部副部长），就是余秋里力排众议，亲自把他要过来的。危难之时，余秋里对季铁中说，这回该轮到你老季报恩石油部了。季铁中也不含糊，凭着自己的老关系，回军区要来了10万斤黄豆。"季政委是有功之臣，他要回的黄豆是救命之豆。我们会战的人每人都有一份，许多人都把分得的黄豆煮熟后，像稀罕之物似的藏在自己的床铺底下，晚上回来后躲在被窝里一粒一粒地数着吃，又生怕别人抢走了……"大庆人对此记忆犹新。据说有人把发的两斤黄豆吃了四五十天。正是粒豆如金。

余秋里太会搞"名堂"了。"逃兵"是他最大的心病，于是除了"忆苦思甜"，提高阶级觉悟外，他别出心裁地在全战区的职工中搞了个"评功摆好"的名堂。何谓"评功摆好"？最早余秋里提出要在会战队伍搞这名堂，并不只针对"逃兵"现象，是为了提高群众性的比学赶帮运动。大干年代，再高的觉悟，也还总有落后与差异，但余秋里带队伍才不要这种"左中右"三类人，他要的个个都是斗志昂扬、意气风发的先进者。靠啥办法？评功摆好呗！你说你落后？并且总有些人自愿甘当落后分子。余秋里偏不让你当落后分子。基层职工一个月来一次"评功摆好"，是群众自己相互间的评功摆好，有点像民主生活会。你说你多么落后，可大家在评功摆好会上七嘴八舌，你一言我一语，你哪落后嘛！有好几条先进嘛！

"逃兵"中有不少人是被家人和老家的政府送回来的，这些人回来后觉得自己的脸面丢尽了，抬不起头，于是有人还想走。评功摆好会，大伙儿就说，你在最困难的时候离开队伍是不对的，但你回来了就得记你一大功劳。这个功劳比什么都大。余部长说了，走了的人能回来，说明他们还是觉得当石油工人光荣，心里还有为祖国早日扔掉贫油帽子的伟大理想，这样的同志就是好同志！那些本来顾虑重重的"逃兵们"一听这话，感动得有的痛哭流涕起来：说我对不起组织，对不起余部长，对不起大伙儿，今后一定再不当逃兵，一定好好为祖国建设找石油，就是死了也要让儿子孙子来接班。觉悟了，队上和指挥部就给这些人开庆功大会，给他们披红戴花。当了"逃兵"还得到如此待遇，这一传十、十传百，许多"逃兵"就是这样回来的。

自然，还有些人是永远没有回来的。没有回来的就是真正的逃兵了。两三年后，大庆的日子好过了，特别是毛泽东发出"工业学大庆"后，会战的石油工人一夜间成了全国人民学习的榜样后，那些逃兵们这时想回来沾点光，或者有的为了解决"农转非"和升官发财，希望油田重新接纳，"帮帮忙"开个证明之类的东西。请求到了余秋里那儿，余秋里脸一板："没门！现在来求我们太晚了！"

爱憎分明。余秋里就这么个人。

邓小平对余秋里有过这样评价："此人抓工作确实有几下子。"

不是有那么多人想回家吗？也是，当时3万退伍兵来大庆报到时，本来离开部队时准备让他们都先回老家探亲的，可松辽指挥部为了早日让会战大军开

| 奠基者

拔到前线参加战役,曾经向沈阳军区和济南军区等部队发过一个急电,大体意思是说:松辽会战任务紧迫,希望3万名退伍兵和6000名转业军官暂不回家探亲,直接赴松辽前线报到,探亲之事以后由这边统一安排。可官兵们来大庆会战后,一头便扎在热火朝天的大会战之中,连十天一休的时间几乎全占去了,探亲的事便一拖再拖,客观上造成不少人生活和个人问题上的不便。有人本想离开部队时回家找个对象,有的是准备回家结婚的,这么一来对象吹了,婚也没结成,没意见才怪呢!那时大庆不像现在,天南海北的姑娘都往那儿跑。会战时期,工人们找对象在当地是根本不可能的事。

"这是个大问题。"余秋里这回没有甩空袖子,而是用右手轻轻地牵起它,沉思了许久,然后对康世恩等副手们说:"我看趁冬季天寒地冻时,分批让职工们轮流探亲回家一次。亲人团聚,联络感情,讲讲我们为祖国找石油的伟大意义也很重要嘛!"

这一招又出奇效。

一来,让会战职工有了喘息和调整的机会;二来,回老家的职工一走,给前线的粮食问题缓解了压力;三来有不少职工回家后与家人一讲为国家找石油的伟大意义后,不仅稳定了干石油行业的决心,而且归队时还有相当多的同志从老家带回了许多吃的东西。这可是皆大欢喜的事!

康世恩和张文彬将各单位职工探亲中发生的一件件事汇报给余秋里听时,将军部长叼着烟卷只管乐,什么话都没说,看得出,他心里是满意这个效果的。

这里有个故事不能不讲。

1202队有个工人探亲回家,吃了一顿家里用石磨做的豆制品,很惬意,心想:咱会战前线黄豆不少吃,可就是老是煮着吃,单调乏味。要是也能用石磨磨碎后做成多种花样的豆制品,该多好啊!"背个石磨回队!"他的这一个想法得到了家人的支持。为了购一盘好石磨,这工人特意上县城几次,后来又上火车站托运。哪知托运时遇上了难题,人家怎么也不愿给他托"石头"。为此,

第六章

这工人一次又一次地去车站求情，每一次他从家里到火车站要走几十里路，最后总算在他一片"石油情"的精神感动下，车站特例为他办了"石头"托运手续。石磨千里运至大庆后，队上的豆制食品一下多了起来，什么豆腐、豆腐汁、豆腐饼、豆腐块……就多达十几种。这事被余秋里知道了，好一阵表扬："豆制品营养好，应大力提倡，各单位都要学习推广。"于是乎，好多花样的豆制品一时间流行会战前线，也涌现出了一批"千里背石磨"的动人故事。

不是说我们石油工人穿得像叫花子吗？余秋里发誓要改变队伍的形象。

"发动家属，大办缝补厂！脏衣服要勤洗换，破烂服装一律进厂翻新。"余秋里管得还是那么事无巨细。不这样不行啊——手下的人要不都是石油专家，要不都是指挥打仗出身的军人，管理型干部几乎还没有生出来，一切都得自己学着干吗！

缝补厂放哪儿？余秋里走出会战总指挥部所在的"二号院"，往右边的那栋喂牛的破落"干打垒"一指："就这儿挺好！"厂址就这么定下。

谁来干？供应指挥部的领导找到23岁的退伍军人、共产党员鄢长松："小鄢，组织决定让你带几个家属工办缝补厂。"

鄢长松伸长脖子，愣着双眼："啥？让我去办缝补厂？跟几个家属工？我不干！我脱下军装是来参加石油会战的。不干！"鄢长松觉得自己当时在部队报名上松辽来，就是为祖国找石油的，堂堂七尺男儿去干缝缝补补的活儿，这太丢人现眼了。这活是娘儿们干的嘛！不去不去！

"余部长说了，办好缝补厂，也是为了石油会战！能让工人们穿上干净暖和的衣服，不是为了更好地为祖国找石油？余部长的话你也不信？"领导真会做工作，拿部长来吓唬他。

鄢长松没话了。他闷着头，找来两口大锅，一口准备烧水，一口准备煮油工服——看看大伙儿穿的衣服，油腻腻的不先把上面的"厚皮"扒掉咋个缝缝补补？又将喂牛的木槽修理了一下，做成洗衣盆。缝补厂就这么开张了！

奠基者

初始的缝补厂连把剪刀都没有。鄢长松找来五名石油工人的家属，自个儿从家里带来剪刀，又找得采油用的废钢丝磨成几根针锥。缝缝补补就这么开始了。数九寒天，四处漏风的牛棚里鄢长松和五名妇女同志将成堆成堆又腻又脏的工服又洗又缝，实在不易。当年在缝补厂工作的退休女工吕凤珍告诉我，她说她们每天都要将一件件刚从施工单位拿回来的工服洗净后晒干，再找旧布缝补翻新。洗的一道工序最苦了，一件棉衣通常都是十几斤重。再往水里一浸泡，死巴巴的拆起来特别费力。可他们就是靠着一双手、两口大锅和一个马槽，第一年就为前线缝补工服一万多件。第二年扩大规模，不仅制出"两旧一新"的48道式样的"杠杠服"——志愿军穿的那种棉衣，而且还自制了许多手套。于是，大庆从此有了"新三年旧三年，缝缝补补又三年"的精神和传统，小小缝补厂带给大庆的不仅仅是让石油工人改变了让人蔑视的"叫花子"形象，更重要的铸造了一种艰苦奋斗的民族精神。缝补厂后来发展成大庆制衣厂，源源不断地为职工们提供生产所需的工服，据说还有销售到市场的服装。

余秋里对这小缝补厂特别有感情，时不时地从"二号院"溜达到"一号院"——瞧，仅看这院子的排序，可见他余秋里等领导将缝补厂看得多么重要！"二号院"是部长们办公的地方，后来中央领导来大庆视察时也住这儿，而小小缝补厂却为会战总指挥部之上的"一号院"，牛！

"你们哪，有空上一号院去学习学习。那儿有我们大庆的作风和精神在！"余秋里经常对二号院的人这样说。周恩来、贺龙、陈毅和西哈努克亲王及其他贵宾都光临过缝补厂，并给予高度评价。现在中国革命博物馆里陈列的大庆工人用130多块碎布拼成的一件棉衣，就是缝补厂女工们亲手纳成的，周恩来曾握着鄢长松的手赞扬他们的这种"缝补精神"。

"走，看看我们种的玉米和大豆长得怎么样！"一天，余秋里换上一件干净的中山装，嘴里叼着"大中华"，对刚从施工现场回来的康世恩说。

康世恩一看这阵势，脸上顿时露出笑容。

第六章

啊，秋高气爽，清风习习，好舒坦喔——遥望遍地金色的玉米地和收获在望的大豆，两位会战最高指挥官会心地笑了：自种的庄稼要进仓了，会战的困难期行将结束！

"不容易啊！可竟然给我们走过来了！"康世恩用右手的食指扶扶眼镜，满眼自豪地看着余秋里，说，"不知为什么，这几天我脑子里一直冒出你当时在会战开始时说过的一句预言……"

"嗯？什么预言？"余秋里将目光从庄稼地里收回，有些惊愕地问。

"你说过，你准备这次大会战付出五六千人的生命。"

"可是我们没有呀！"余秋里爽朗地一笑，右手做了一个很少有的甩手动作，又像刚吃过蜜糖的孩儿，开心自在地在原地转了两圈，然后立正身子，右手叉在腰间，举目凝视着远方。

"是啊，正是因为没有，所以我更感觉我们太不容易！太不容易了！"康世恩这会儿想当诗人，他想抒发自己心头久积的那火山般的豪情。但他不是诗人，他是石油专家，石油工业的指挥大家，他因此只抒怀这样的诗情："看来我们的大庆会战将从困境中全面走向伟大胜利！"

余秋里更不是诗人，但此刻他的胸中荡漾着比康世恩更加澎湃的诗情。他说："前些天听总理说，主席已经恢复了吃肉。我看，我们这儿也可以痛痛快快吃顿红烧肉了！"

"对对，该让同志们吃顿红烧肉了！吃！"康世恩乐得嘴巴张得大大的，高声嚷嚷着，"我也想痛痛快快、有滋有味地吃它顿红烧肉了！"

"走！让食堂今天开荤！"余秋里抹了抹嘴，双眼看着脚尖，健步如飞。

"来来来，余部长，这回我请您吃的猪肉可不是从老乡那儿买来的啊！绝对是我们队上自己养的，你放开吃！"王进喜把余秋里拉到桌上时，声明在先。

余秋里笑着没回铁人的话，只顾眼睛盯着桌上的两盆香喷喷的红烧肉。"吃！吃啊！"他的筷子已经将肉放入口中。

奠基者

王进喜见部长这阵势，比自己吃盆红烧肉还带劲。"余部长，今天我特意让我们的这位梁工陪您一起吃饭。"王进喜将坐在身边的一位很显拘谨的年轻人介绍给余秋里。

"梁工？！知道知道，我知道你的大名。"余秋里重新举筷时，将一块红烧肉放入那个叫梁工的年轻人碗里。"安装专家梁栋材！"

拘谨的年轻人更加拘谨，大红着脸："不敢不敢，部长您叫我小梁就行。"

"栋梁栋梁，石油工人的栋梁之材；进喜进喜，石油工业又要进喜了！"余秋里给王进喜和梁栋材又各自夹起一块红烧肉后，开怀大笑。

"是，余部长，我正要向您汇报最近我们队的生产情况呢！"王进喜笑逐颜开地给余秋里的酒杯满上。

余秋里一抹嘴，起身道："饱了饱了。走，你跟我一会儿上二号院，听张文彬同志做今年的工作总结。"

王进喜赶紧将筷子朝盆里猛夹几下，含着红烧肉就跟余秋里出了门。

这是一个难忘的冬天。这也是大庆人经历了最艰难的日子后第一次重新能放声歌唱的冬天。

"同志们，今年的总结会，我要先说的是生活问题。为什么？因为我们过去饿了一年多的日子现在终于能够吃饱肚子啦！"采油指挥部大礼堂内，张文彬的话，引来一片欢呼和鼓掌。久违的笑颜，在铁人、在大庆几万职工脸上重新洋溢。

余秋里和康世恩笑得最舒坦。

"我要向大家报告的是：今年我们抽调近2万名职工抓生活，种地4万亩，收获粮食325万斤，蔬菜1500万斤，养猪4344头，养羊132只，各种家禽2269只，其他牲畜669头。并且加强了食堂管理，建立起了多功能的作坊43个，发动群众挖野菜160万斤，制代食品120万斤，打猪草1567万斤，打草籽371万斤，打羊草606万斤，基本保证了职工吃饱肚子，体质普遍增强……"

掌声再起。

第六章

"我要插张副总指挥一句话。"吴星峰站起来说道,"你们回去通知所有的职工看一看自己的床铺底下,有没有一个口袋。这是根据余部长的指示办的,每人20斤黄豆。另外,凡是探亲回家的职工,各单位也要发给他们几斤黄豆带回去,让职工的亲人也尝一尝我们北大荒的黄豆是什么滋味!"

"油性大!油性大哟!"不知谁冒出这句话,惹得1000多名与会者哄堂大笑。

大庆人种的黄豆和其他食品确实油性大,但不是石油味,而是高质的营养成分油性。

几个月后,总理周恩来来到大庆视察,余秋里和康世恩亲自陪同。此时的大庆到处荡漾着高昂的战斗景象和欢乐的生活气氛,而且6月的萨尔图正是最美的季节,到处绿草如茵,马兰花迎风盛开。周恩来一个又一个地到大庆会战的基层井队、采油井和油库等单位视察。与工人亲切交谈,问长问短。油井上,周恩来伸手要跟工人握手,工人却不好意思地缩回油腻腻的手,周恩来一把将工人的手拉过来,说:"我也当过工人嘛!"干打垒里,他弓着身子,坐在炕头向职工家属问寒问暖。食堂里,他尝着石油人自产的高粱米饭,连要几碗,夸好吃。与周恩来交往过的人都知道他的酒量,尤其是喝茅台酒的水平。这回在大庆,周恩来对余秋里请他喝的"萨尔图茅台酒"更是大加赞扬。其实这酒是几个职工在干打垒里自制的普通老白酒。在大庆采访时我专门拜访了当年"萨尔图茅台"的生产地——那栋孤零零被人遗弃的"干打垒",有人说这"萨尔图茅台"确实不错,原因是酿制的原料净是好高粱米。在走过让湖路的两栋又高又大的"干打垒"时,周恩来立住了脚,问余秋里:"这儿谁住了?"余秋里说:"这儿不住人,是我们的粮库。"康世恩接话:"里面装了100多万斤粮食呢!"周恩来颇为深情地:"重灾之年,你们还有这么多存粮,不容易啊!"然后把头转向余秋里,感叹地:"我这个总理也没有这么多粮食可调。你把这些粮食给我吧!"

余秋里一个立正:"总理,你什么时候下命令,我什么时候把这些粮食给你送去!"

周恩来笑笑，又神情严肃地望着"干打垒"，说："这是职工们用血汗换来的。我再穷，也不能揩你们的油。"

第一次来大庆视察，周恩来当晚就因国务活动返回了哈尔滨。

"看到你们这儿一片生机勃勃，我高兴啊！特别是职工和家属们能吃饱肚皮，还有些余粮。我心里就踏实多了……"深夜，周恩来在列车上高兴地与余秋里交谈。

余秋里说，目前我们这儿还仅仅是在房前屋后搞了点开荒，规模有限。如果总理能同意多给点地，还可以办个大农场。

"你要多少？"周恩来问。

独臂将军伸出右手，将张着的五个手指翻了翻："十万亩。"

周恩来笑笑："十万就十万嘛！"

这事第二天就办成了。黑龙江省委的欧阳钦书记在周恩来总理的一句话交代后，便痛快答应了余秋里的要求。

"大庆油田有今天、有明天，我余秋里首先不忘的是总理和你……"余秋里想用两只手握住欧阳老书记的双手，但不能，于是他只好张开右臂，热烈地搂住对方，如此少有地动情。

"同志们，在新年钟声敲响之际，我还要向大家报告一个好消息：重灾之年，我们在毛主席和党中央的亲切关怀下，在石油部党组的正确领导下，上下一心，苦战大战，生产形势十分喜人！全战区全面完成和超额完成年度计划……"萨尔图前线的年终会上，张文彬仍在激情满怀地做着总结报告。而当他说到这一年多困难时期的施工生产情况时，这位"石油师"老政委竟然几度哽咽得说不下去。台下听报告的人更有"呜呜"痛哭的。看，铁骨铮铮、顶天立地的铁人王进喜等红旗手也在那儿抹眼泪："是太苦了！这一年多，我们是饿着肚子、干着饱汉也干不了的活啊……"

将士们泪流满面。

第七章

苦熬不如大干。

功勋队、王牌队争当世界冠军,谱写龙争虎斗篇。井喷、火烧……钢铁与血肉厮杀。

铁面无私中铸造大庆精神。

| 奠基者

北京。301医院高干病房。

管理员小陈正在将特地从东北大兴安岭的山民那儿换来的野参煮成的参汤,给病榻上的首长一勺一勺地喂着,警卫参谋从门外领着一位古稀老人走了进来。

那老人身子骨硬朗,一副老军人的风度。当他看到直挺挺躺在床头的首长,三步并作两步地扑上前去:"秋里,我是杨秀山呀!我来看你了!"老人颤抖着双手抓起那只久违了的曾经呼风唤雨、令敌人闻风丧胆的右胳膊。

但现在的右胳膊软塌塌的,一丝反应、一丝力气都没有。

"你说话呀秋里!你是最能说的嘛!从当红军那天,你的嘴就没停过!你骂人!在战场上骂人骂得敌人都不知所措!连小鬼子都发蒙。队伍的同志都怕你骂人,可又爱听你骂人。一天不听你骂,好像身子骨不舒服似的。你、你现在怎么不开口了?你骂呀!我不知被你骂过多少次。可你越骂我,我越觉得你对我好……你说话呀!老伙计。我想邀你一起重新走一走,看一看。"

首长毫无反应,眼巴巴地看着天,似乎在想天国之外的事。

老人落泪了。双手抖动起来,用袖子拭着眶里的泪,欲转身离开。却被管理员小陈拦住,又轻轻地在他耳边嘀咕了几句。

"嗯,那我试试。"老人点点头,然后又转过身子,抹干泪水,整整衣衫,并拢双腿,挺起胸脯。突然高声吼道:"余秋里——起床!出操!"

"余秋里,敌人冲上来啦!快冲锋!"

病房外不知首长这边发生了什么事。专家、医生和护士们,甚至楼上楼下的病友们跟着往首长的病房赶过来。管理员和警卫参谋连忙摆手示意:"没事没事,请回吧。"

"你余秋里怎么办?啊?你一生都是冲锋陷阵,雷厉风行!你现在怎么啦?

第七章

你醒醒！你、你软骨头啦？你熊啦？你……"

首长的脸随着这一声比一声高的怒吼与叫唤，在渐渐发红，仿佛不堪忍受这从未有过的耻辱。

管理员和警卫参谋欣喜若狂："首长有反应了，嗨！"

"真的？"老人停止了喊叫，沙哑的嗓子一下变得温和，并怜惜地重新伏到病榻前，握着首长的手不无歉疚地说："老伙计，刚才我的话太冲了。对不起你……我看你这副样子，心疼啊！老伙计……"

老人眼眶里的泪水像断了线的珍珠，滴落在首长的脸上……

首长依然没有丝毫反应，双目朝天，瞳仁无光。……他又在回忆？又见了谁？

是毛泽东。是毛泽东在听完副总理李富春介绍大庆会战的情况时，对围在他身边的党和国家领导人发出一个号召式的动员：你们都别在这儿愁眉苦脸的。人家余秋里在北大荒那边搞石油大会战，日子比我们都难过，可他们却搞得热火朝天！你们都去看看嘛！

去看看。这个余秋里，还真有能耐啊！我们整天连应付逃难的、要饭的都来不及，他却有劲头搞大会战！

可不，听说几万人在那片荒原上名堂越搞越大了！

于是，"去看看"的人从国家主席、党的总书记，到全国人大、政协的领导，到各界著名人士，还有外国元首贵宾，都朝余秋里开辟的那个"石油会战"战场跑去了。

"不虚此行。这儿地下有油，地上有牛，确实是个好地方！"很少喜形于色的国家主席刘少奇在井台上举目远眺时笑逐颜开。他乘坐的车子在陷入一个泥泞的水坑后，工人们赶来抬着他和车子一起向前走时，国家主席深深激动了，例外地提出要和大庆的职工们合影留念。

当有人向余秋里汇报这些情况时，余秋里欣慰地点点头，说："是嘛！是

奠基者

同志们苦干干出来的嘛!"

"都是那么容易的事,毛主席还要我们来干什么?"

"石油会战就跟当年跟小鬼子干仗一样,再苦也得把仗打下去!打赢了它!这比坐在那儿空喊口号、开十个群众大会要强百倍!"

独臂将军独特的打开局面能力,来自他独特的见解和顽强的战斗意志。

还在红军时期和抗日战争的艰难岁月里,他的这种作风和意志便已锤炼得炉火纯青。话说1941年他带部队参加"百团大战"后,气急败坏的小鬼子便集中了大批兵力扫荡我华北抗日根据地。八路军进入了最艰难的岁月,根据地连连丢失。将军所在部队的根据地也只剩下了两个村子。是等死还是跟敌人拼搏一下杀出一条血路求得生路?当然是后者嘛!第一个伏击战,全歼小鬼子74人;第二次是小鬼子来偷袭,酣睡中的将军闻讯后从床上跳起来,右手抓起左轮枪,一边在敌人堆里冲杀,一边指挥部队抢占有利地形。"冲啊!""杀啊!"腥风血雨的战争年代,余秋里的精气神全部凝聚在这四个字里。

和平岁月,他的精气神则全部倾注在一个"干"字上。

干?当然是干社会主义。社会主义怎么干?落后的底子,一穷二白的面貌,毫无现成的经验摆在面前,而且困难重重,条件限制。余秋里的回答是:那就得大干!苦干!巧干!高水平干!高速度干!高质量干!

关于干的问题,余秋里用的许多方法,与指挥军队方式一样:碰硬仗时,决不后退;遇恶仗时,前仆后继;碰大仗时,集中兵力打歼灭战。一位专门研究过余秋里军事艺术思想和军事战术范例的将军对我说过这样的话:"余秋里是我军高级将领中最能用思想打硬仗的人。"这话细细品味起来很有意思。敢打硬仗的将军在中国军队的将帅里不算少,但能用"思想"来打硬仗的却可能并不是太多。何谓"用思想来打硬仗"?我的理解是:他应该既有见血流成河时镇定自若、毫不动摇自己决胜的信念,同时还有能力挽狂澜转危为安并最后克敌制胜的超人韬略。

第七章

余秋里当算此类人也。

大庆石油大会战，是余秋里在和平时期"用思想来打硬仗"的经典之作。这一仗的经典和精彩程度是无人可比拟的。

翻开世界战争史，中国的二万五千里长征创造了经典绝伦的篇章，是因为它的艰苦、惨烈和视死如归的英雄气概。

翻开世界石油开发史，那么余秋里领导的大庆石油会战同样具有长征式的经典绝伦意义，因为它同样的艰苦、惨烈和具有视死如归的英雄气概。

世界战争史上经典的战例之所以成为经典，不外乎当时军队和将领们所遭遇的战争状态的意外、绝境和突发困难等原因。大庆会战几乎遭遇了所有这些困苦，但余秋里和几万大军终于赢得了胜利。胜利当然来之不易。来之不易的胜利才能算真正的胜利。

三年困难时期，几乎窒息了当时新中国的全部生机和士气。那三年中，国之上下，只有收紧裤腰带忍辱负重、气喘吁吁的力气。然而独有大庆油田会战那儿充满了气壮山河、突飞猛进的凯歌高旋。

余秋里成功运用了他那"以典型带全面"的指挥艺术。

不是当听说"铁人王进喜"的先进典型出现在会战初始时，他余秋里眼睛就发亮吗？眼睛发亮，是因为余秋里的内心早有思想准备：打像大庆会战这样的一场恶仗，必须有一支敢于冲锋陷阵、不怕牺牲的队伍和一群钢铁战士。王进喜便是这样的代表，他来松辽一下火车就五天五夜干出了个"有条件上，没条件也要上"的精神，之后他的"宁可少活二十年，拼命也要拿下大油田"的誓言，不正是余秋里的所想所要吗？

余秋里平时不爱咬文嚼字，但在指挥会战中，看一看他的报告和讲话中，经常听得到"下定决心""背水一战""破釜沉舟"之类的成语。但更多的还是他那些把话说到绝处的口头语：比如说速度、说水平、说质量时，他总会在这些词前后加上"最"。一个最快的速度，一个最高的水平，一个最好的质量。

奠基者

他总是把人逼到无路可退，退到极致让你只能背水一战，把命豁出去干，让你去拼搏，让你去为胜利目标贡献出全部的聪明才智和勇气精力。真是很有意思。他余秋里想要干的事情，他会把方向和目标推到珠穆朗玛峰；他反对的事情，他会把后路和禁令打入你脑袋和心灵最深处……

不是会战吗？好，开个誓师大会，几句震天动地的"向铁人学习""人人争当铁人"和"坚决把贫油帽子甩到太平洋"的口号，把几万人的士气扇鼓得冲破九霄。

会战大军一夜间聚集松辽，队伍与队伍之间、部门与部门之间尚处一片混乱，若要等待理顺、协调，那该何年何月？有人愁眉苦脸时，他余秋里提出"三要十不"：要甩掉中国石油落后帽子，要高速度、高水平拿下大油田，要赶超世界先进水平，为国争光。在职工和各队伍之间提倡不怕苦，不为名，不为利，不讲工作条件好坏，不讲工作时间长短，不计报酬多少，不分前线后方……好像他这个"拍板"的会战的最高指挥官就钻在你的肚子里，你的所有"弯弯绕"他一清二楚，不等你冒出来，他早就给你把预防针打了进去。

"学习铁人、人人争当铁人"的口号喊出不久，"五面红旗"又猎猎飘起。会战队伍迅速掀起"标杆林中树标杆，铁人头上出钢人"的比学赶帮超热潮。

不是说高速度拿下大油田吗？好嘛！我们先把美国、苏联怎么搞大油田的速度比下去！余秋里让康世恩他们将苏联人搞的罗马什金油田、美国人干的得克萨斯州油田勘探图挂在会战办公室。

"美国人和苏联人发现这些大油田，从见油到得到储量都用了三四年。"康世恩说。

"那我们用两年、一年！"他余秋里右胳膊在空中一甩，这么说。

后来，大庆第一个4亿吨的储量从见油到得到确切数据才用了七个月。

高速度得人创造。人，有铁人做榜样了。

找油是靠人操作的钻机。好嘛，让铁人做榜样的每部钻机都热火朝天地干

第七章

起来！

于是，辽阔的草原上他余秋里别出心裁竟然喊出要搞"生产运动会！"这主意无从考证他是从哪儿得到的"灵感"。是从当国家体委主任的老上级贺龙元帅那儿得到的启示？没准。

反正，在北大荒上搞"生产运动会"，在石油工业建设史上搞"生产运动会"，在开发世界级大油田史上搞"生产运动会"，只有他余秋里敢干这样的事。

嘿嘿，好得很嘛！就这么干。谁英雄谁狗熊，运动场上见分晓！这话怎么跟胡子贺龙说的一模一样？

1960年12月31日晚。寒意笼罩的大草原上却分外热气腾腾，如林的钻塔和如林的帐篷，如天际撒下的繁星镶嵌在大地上。刚刚召开的年度庆祝大会上，将军部长把一面面"红旗钻井队""卫星钻井队"和"钢铁钻井队"的鲜艳锦旗颁给那些英雄的队伍。现在，会战总指挥部的"干打垒"外，到处灯火通明，伴着阵阵欢声笑语，传进他的两耳。将军部长放下手中的报纸，走近窗户，向外看去——啊！大雪纷飞的原野上已经银装素裹。串珠似的灯光，将钢梁铁架和帐篷间旋舞的飞雪折射得斑斓影动，似条条彩绸飘举，如柱柱银炬火龙，带着敬意与暖融，伸向英雄的石油会战将士们那一双双因饥饿而燥裂但依然有力的手……

不易！不易啊！将军情不自禁地抬起右手，并将并拢的五指搁在脑门前——他在向冰天雪地和英雄的会战将士们行军礼。这个动作，没有人注意，只有一位给将军送玉米糊的老炊事班长见着了。

"部长，大伙儿还都在食堂会餐，我见没你在，盛碗玉米糊给您端来了，一会儿您饿了就喝了它……"老班长用自己的棉袄捂着装满热玉米糊的"志愿军出国纪念"瓷缸，轻轻进，轻轻出。

"谢了！谢老班长！"将军部长今晚似乎显得格外动情。他把秘书和康世恩他们都赶到各个热闹的会餐食堂去了，自己则独自静坐在"干打垒"的办公

| 奠基者

室里,原本是想给家里的夫人素阁和孩子们打个电话说一声新年将至的问候。可后来他改变了主意,一则他说不清自己什么时候回北京——真回去也不是事,晓霞、晓红这几个娃娃整天闹着想吃顿红烧肉,这红烧肉哪儿去弄呀?干脆,不回了!二则报纸上的一则消息让他刚刚想歇口气的心情又复杂起来:会战的勇士们已经只能每天吃两稀一干的野菜团子和玉米糊糊了,可生产的速度还得往上升……怎么弄?大名堂还搞不搞了?

"部长,你出的对联写好了!参加座谈会的同志也在那边等着,咱们走吧?"不知什么时候秘书李晔夹着一卷红纸进了门。

"打开我看看。"余秋里回过神来。

红纸展开,墨香扑鼻。

保质量重安全,永树全国标杆
创奇迹超"功勋",争夺世界冠军

"怎么样?还行吗?"余秋里读着自己编的对联,心里有三分得意地问李晔。

"行。很带劲!"秘书当然挑好的话说。

"走,带着这'礼物'开会去!"将军部长于是也颇为带劲地顺手抓起床铺上的军大衣,健步出门。

嘿,很热闹嘛!会议室内早已坐满戴狗皮帽、穿杠杠服的各单位代表。他们或在嗑瓜子,或在啃苹果,或在吃花生米……

"今天食堂是管饱,你们可别给我客气啊!过了这一村就没那一店了!"余秋里边说边坐在1202队的队长与指导员中间。

戴狗皮帽的代表们不少人拍着鼓鼓的肚子,开心地冲自己的部长说:"饱,太饱了!"

"太饱了就不太好。饿极时吃太饱容易出问题。当年我们走完长征后有些

第七章

同志一到延安，就猛吃猛喝，结果胃就出毛病。你们可得小心。"余秋里见大伙儿都在笑，便让李晔抖开卷着的红纸，随后向左右坐着的1202队两位代表说："新年到了，我没啥可送你们的，这副对联算我给你们队的一份礼物。"

部长送对联，那是最好的礼物啊！尤其是他余秋里部长，啥时候见过他给人送过墨宝？太难得的礼物了！1202队长和指导员兴奋地接过，全场响起热烈掌声。

"同志们哪！最近我看到一个消息嘞。北边的苏联有个叫格林尼亚的钻井队，今年他们在依尔巴库油田上用11个月时间打井31341米，创造了苏联最高纪录。了不起哇！苏共中央和他们的部长会议专门做出决定授予这个钻井队'功勋钻井队'称号呢！"余秋里说到这儿，见在座的代表们正全神贯注地听他说这一消息，便停住话，用目光向四周扫了一眼，然后站起身，向左右坐着的1202队长、指导员询问："怎么样？你们有没有决心跟苏联的'功勋队'比一比？争取超过他们？当一个表率，把世界冠军夺过来！"

"有！"1202队两位军人出身的井队领导霍地站起，向余秋里行了一个军礼。

余秋里满意地笑了："好！新一年里，我们要继续开好'生产运动会'，要创造我们的钻井世界冠军！全战区要创造找油田的世界冠军！我听听同志们有没有这个决心？决心大不大啊？"

"有！"

"大！"

座谈会代表全体起立应战，高昂的战斗誓言响彻辞旧迎新的北国寒夜。

"当！当当！"远处的旷野上，新年钟声响起。

"砰——嘭——"近处，钻塔与帐篷间，更是鞭炮齐鸣，欢声笑语此起彼伏。

而在这将军升帐、战鼓擂响的时刻，有几个英雄钻井队坐不住了，他们在"密谋"一场会战风暴——

"知道余部长为啥只给我们写对联吗？那是他把创造世界冠军的希望全部

寄托给了我们英雄的 1202 队！"

"嘿，这回咱们可以一马当先，干他个惊天动地！"

"是。它老毛子能打 3 万米，我们就能打 5 万米！"

"打 10 万！"

这一夜，1202 队 50 多名勇士聚集在一起，据说光"萨尔图茅台"就喝掉了好几缸。老队长张云清、第二任队长马德仁从总指挥部出来后，都没回去休息，督着现任队长王天琪和指导员杨春文连夜回到队上召开全体职工大会。余秋里的那副对联这一夜让这个英雄的钻井队着实心潮澎湃了一番。那年代人们的精神状态和工作干劲真的让我们感到敬佩和羡慕：无论是干部还是普通工人，只要领导一号召，说干就干，说走就走，你让他上刀山他绝不含糊；你让他下火海，他也眼睛不多眨一下。再说，这 1202 队是个什么样的队伍？是当年石油师的警卫排战士组成的钻井队啊！排长张云清是第一任队长。人高马大的张云清，是个武松式的顶天立地的汉子，他带的队伍最初在玉门干，后来到了克拉玛依。那会儿跟王进喜比武俩人就抢坏了六七只麦克风，威震天山南北。王进喜到大庆后才真正出名，而他张云清到大庆时已经荣升了新疆局钻井大队的大队长了。马德仁接他的班带队伍来到大庆参加会战，这也是个不含糊的人。他带队伍上大庆初期就跟王进喜队较上了劲，两个"老对头"的英雄钻井队在大西北时已经"干仗"一两年了，谁都不服谁。这回到大庆会战，一下火车王进喜冲着指挥部的人问"这儿最高纪录是多少"，其实想打听的就是 1202 队的情况。王进喜心里只认 1202 队，他铁人知道全国只有一个钻井队可以跟他较量，那就是 1202 队。所以王进喜一到松辽就先闯出了一个"人拉肩扛"、五天五夜完成了第一口井的纪录。

马德仁的队比王进喜他们晚到松辽十几天时间，但那时他们都因为钻机未到而没有开钻。马德仁是个有干劲又有心计的人，他在王进喜带队伍上火车站当了一个星期义务工时，便带着队伍跟当地老百姓搞关系去了——"日后要在

第七章

这大松辽干好工作，少不了当地百姓的支持。"马德仁够聪明。但马德仁成为与王进喜齐名的"五面红旗"之一，还主要是他的干劲。会战第一仗的苦战雨季和严寒，当时条件极其艰苦，工人井上施工每天都要穿着挂满冰碴的铠甲进行。为了实现首月"开门红"，马德仁几次破冰跳到泥浆池里搅拌，保证钻机能正常进行。但因为王进喜的"铁人"称号出来后，这全战区的几万双目光都聚焦到了1205队身上。王进喜这头"犟驴"——1202队职工暗里这么称王进喜，还有那么个犟劲，一度钻进速度遥遥领先于所有队。恰巧王进喜和1205队光芒四射时，马德仁的1202队出了固井事故，标杆队能不能保住在当时都成问题。马德仁的本事就是他还有一手：善于做思想工作。职工们在他和指导员一番鼓动和勉励下，团结一心，重振其威，创出了2天零18小时完井的纪录。这一次他们在全战区"生产运动会"获得了亚军。

亚军不易。可对1202队来说，这简直就是耻辱。"不拿冠军，老子等于让天山在世人面前低了头！"职工们如此说。

差距在哪里？马德仁组织大家对照冠军队找原因。最后大家觉得差就差在钻机搬迁的时间上。在会战初期的雨季之战中有个叫段兴枝的人带四川来的队伍，在康世恩和张文彬的指导下，创造了"钻机自走"的重大革新战果，被当时的余秋里他们称为"革命性的贡献"，段兴枝因此也成了大庆会战时的"五面红旗"之一。

"钻机自走"？你听说过吗？一个庞大的铁疙瘩，十几吨重，要让它通过自己的动力自己走起来。不是奇迹吗？嗨，段兴枝就是通过反复实践、依靠钻机自身动力让钻机自己真的走了起来！大庆会战是在一展平滩的大草原上，而且一般的井距在五六百米之间，按照通常的钻机搬迁的方法，一般总免不了打完一口井后要把井台上的钻机啥的统统拆了装上车子，再到另一个井位重新一样一样地安装起来，这样的程序按照铁人王进喜的拼抢速度，一台钻机从A井搬迁到B井，再快也得两三天时间。可段兴枝发明"钻机自走"后，这样的井

奠基者

与井之间的搬迁就缩短成十几小时甚至八九个小时,这对余秋里盼望实现的会战高速度和各施工单位开展"生产运动会"来说,简直就是想都不敢想的福音!

段兴枝是连王进喜都不得不敬佩的人。

再说1202队在得了亚军后,明白自己的主要差距在搬迁速度时,马德仁便把段兴枝当成了自己的"好老哥"看待,他老段的1247队有啥困难,马德仁全力以赴帮忙,当然他的目的是要把老段的绝活"钻机自走"本领学到手,学得比"师傅"的技术还要精湛。后来马德仁的目的达到了,在第二届战区"生产运动会"上终于获得全能冠军。马德仁对1202队这面红旗的贡献功不可没,他带领队伍实现8个月打井22口,进尺22800米。

现在,余秋里部长挑明了把"赶超功勋队,勇夺世界冠军"的任务交给了1202队。你别看他辞旧迎新的新年座谈会上笑呵呵的又是写对联,又是请吃饭,别说1202队的第三任新队长压力大,就连会战指挥部的张文彬和宋振明都感到压力重重。余秋里的脾气他们是早领教过了,他是说一不二的人。他要把任务交给了谁,谁就得保证完成,如果完不成那你就永远歇菜吧!更何况,他现在抬出的目标是苏联的"功勋钻井队"。当时中国跟苏联是什么情况?斗!斗得白热化!斗得咬牙切齿!当时中国人包括毛泽东在内,有什么事只要能压住或者胜了"老苏",那是天大的喜事儿!这不,余秋里这回咬住了苏联的"格林尼亚钻井队"。

1202队既光荣又压力重如泰山。余秋里没有把对联送给铁人王进喜原来所在的1205队,则交给了1202队,不知他是不是这样考虑:一是王进喜已升任钻井大队领导,他本人又身负工伤;二是在会战前线大家都知道一个事实——论整体队伍素质,1202队无人可比。有人对我这样说:1205队是王进喜带出的一支勇猛的钢铁队伍,什么艰难险阻都能攻得上去。而1202队同样是支冲锋陷阵、攻无不克的钢铁队伍,他们在勇猛之中比1205队多了一个"智"字。智勇双全,使1202队成为当之无愧的"永不卷刃的钢刀"。但据参加此次新年座谈会的当

第七章

事人介绍,当时余秋里在把对联送给1202队时,曾意味深长地瞧了瞧一起在座的1205队等其他几个英雄钻井队,也说了这样的话:"为了粉碎当前的国际压力,为了甩掉我国石油落后帽子,石油部、会战指挥部希望你们各个钻井队在新的一年里,继续高举毛泽东思想伟大红旗,学习'两论',发扬艰苦奋斗的革命传统,争取超过苏联的那个所谓'功勋钻井队',为国争光!"这话的意思看出,他余秋里把超苏联"功勋队"是当作一项政治任务来要求的,因而他既有对1202队的期待,更希望会战队伍都能共同来实现这个目标。

这是余秋里的战略思考和战术艺术的特点。

话说1202队在接受"超功勋"、争夺世界冠军的任务后,老队长张云清、马德仁当夜就来到1202队,与新队长及全体职工共商大事。还是解放军的那股不达目的不罢休的作风。老队长张云清把话说得非常白:"不外乎是让你们多受点累,少睡几宿觉,多流点汗,掉几斤肉!有人担心我们今天是饿着肚子打会战,困难很多。可你们想想,当年我们人民解放军靠小米加步枪,打败了800万武装到牙齿的国民党反动军队。比起这,现在条件总要好多了吧!前面没有枪林弹雨,不就是肚子饿一点、住得差一点、天气坏一点、蚊蝇虫子多一点嘛!大家拿出劲头来,把苏联的那个什么功勋队远远地甩在后面!"

马德仁说得更简单,他指指自己的脑壳:"敢打敢冲,还得动点脑筋!"

1961年3月8日,1202队的"超功勋"战斗拉开序幕。钻台现场特意开了个小型誓师会,场面虽然不大,却既严肃又隆重,热烈而火爆。严寒凛冽之中,钻塔顶端的红旗在风中哗啦啦作响,仿佛是在替1202队的50多名勇士向世人展示他们争夺世界冠军的豪迈情怀。

挑战是从自己内部开始的。四个编制作业班一面比着劲,同时又配合协作,步调一致促进整体进度加速。过去一口井打完,井队需要做好完井、固井和测井工序,有时还要进行试井作业。为了缩短这些工序之间的间隔,他们采取了在完钻后立即组织两个班快速下套完井。完井后又立即投入三个班的兵力进行

| 奠基者

固井小会战——大会战中套小会战,这是余秋里、康世恩在大庆会战中始终运用的一大指挥艺术,各基层施工单位灵活运用、巧做安排显现不俗成效。在固井结束后,又组织一个班加快卸钻杆做好搬迁准备,同时让一个班充分休息准备新井开钻。这时另两个班到新井位做好开钻前的准备工作,待井架一就位立即转动机器开钻……如此这般,速度立即攀升,从月开两井完成两井到开三井完三井,到后来的月"五开五完",一直到最后的"六开五完",即开钻六井、完井五口的高速度。

这是什么速度?这是中国石油人创造的神奇速度!

想一想:在有限的三十天时间内,要将几十吨的钻塔和几十吨的辅助设备进行六次易地搬迁!仅仅这样的搬迁,得花多少时间和劳动?

想一想:每一口井,都需入地千米之下。那钻井是与复杂的地下"敌人"较量,你不知道它会给你找些什么麻烦!而且每钻几米就得换一次钻杆,仅换钻杆的过程就够复杂烦琐的——提一次就得一节节地卸下,再放到一边。等接上新钻杆后,又得一节节地重新装上,重新下井。还有固井和井下测试……如此几十项复杂多变的工艺,你一项也不能少,一项也不能马虎。你想马虎,你想偷懒,其结果只能让你更加复杂、更加烦琐、花更加费劲的力气……

我想强调一点的是:我们的石油战士要完成如此繁重艰巨的任务,是在饿着肚子、吃着野菜和玉米糊糊的那个最困难的岁月!想象一下,那是一种什么样的情景?什么样的精神?

1202队不愧是"钢铁钻井队"!而整个石油会战中又何止这样一个队?

余秋里搞的"生产运动会",要的是所有队伍都参加这样的战斗。

他把"超功勋"、争夺世界冠军的任务交给1202队,是为了在这样的"生产运动会"上有支走在最前列的标杆队伍,好让所有的队伍向他们学习,进行殊死地、拼命地、义无反顾地勇猛前进!

啊!那是一种什么样的战斗?似蛟龙出海,狂涛怒卷,浪冲天宇;如猛虎

第七章

下山，呼啸野谷，震天动地！

大草原成了千军万马你追我赶、拼得难分难解的一片厮杀之地。这厮杀，既为祖国早日甩掉"贫油"帽子的誓言，也为在"老苏"面前争气，同样也有各个英雄队伍为自身的荣誉而战！

战吧！1202队自揭开"超功勋"、争夺世界冠军的战斗序幕后，他们一路战鼓轰鸣、杀声撼山。而因为他们的行动，也让那些不甘落后的其他英雄队伍摩拳擦掌，热血沸腾。

"老子就熊？不！他1202队能干成的事，我们就不成？"半道上，又杀出一个1203队。也是新疆来的标杆队，也是"石油师"的钢铁军人队伍。你张云清、马德仁、王天琪干得成的事，我们同样能干得了！

这1203队像蝎子蜇人，死死盯住1202队，一步不放，一眼不眨地盯在后面，而且看准机会，一鼓作气，将一路高歌的1202队甩在了自己的后面。

"他娘的，半路杀出个程咬金！他1203队怎么上来了？"1202队大惊。

惊有什么用？既是"运动会"，比赛就是规则，胜利者就是王牌军！1203队冲在了全战区的最前列，把1202队的气焰狠狠地"治"了！而且最让1202队不堪忍受的是他们居然把"挑战书"派人送到了1202队队长手上：我们要与你们一样争夺世界冠军！言外之意，这最后夺冠的不一定就是余部长给你们送对联的1202队！

这还了得？1202队的50多条汉子像被人当面羞辱了一番。太不是滋味了！

正是无巧不成书。7月初，钻井指挥部把萨尔图南部的一排七口井的任务下达到大队，大队又下达到了1202和1203两个队上，令他们从这七口井的两端往中间打。

这不明摆着让两头猛虎争雄吗？

1202队和1203队的双雄之争已不可避免！

这热闹劲儿！两个队、两座钻塔，排列在同一线上，那大草原一展平地，

| 奠基者

虽隔数千米,却如咫尺对阵,对手们真是到了相见分外眼红之势,就差各执兵器对搏了!只见比赛工地上人影与钻杆日夜交相辉映,分不清机声和人声,一句话:谁要在此时说闲话、挡他们一阵子活,他们就会把你从井台上扔下去。不是无情,而是他们现在的眼里只盯着中间的那口井。这不明摆着,二三得六,第七口井是两队的争夺焦点,谁先夺得,谁就是胜者。对军人出身的人而言,荣誉胜似生命。

短兵相接、白刃格斗就在两队几乎同时完成各自的第三口井的固井时。当时1202队正在卸钻杆,而1203队已卸完了两排(总计应为7排120根钻杆),这让1202队急坏了。红旗班班长、司钻张石琳一面派出"情报员"来回传递着1203队的进度,一面合理安排卸杆和在场地滚杆的人力,同时改进措施,不断加快卸杆的速度,由开始的半小时卸一根钻杆到最后只用六七分钟,十几个工人简直就是在拼命……晨曦初露时,1202队终于卸下最后一根钻杆。

他们胜利啦!提前把井位移到两队中间的那口第七号井……

此后不久,国家主席刘少奇视察大庆,听说1202队正在瞄准苏联功勋队的目标进军时,非常高兴地来到井台握着工人们的手说:"祝你们胜利,祝你们成功!"当听说不少工人是吃着野菜团子和玉米面糊、身患浮肿在坚持战斗时,国家主席沉默了许久说:我们现在都是在紧着裤腰带过日子,希望你们注意劳逸结合。

面对如此强度的工作,面对一个个脸色发青、皮肤浮肿的工人们,堂堂国家主席能送的仅仅是一句安慰的话。这就是那个极度困难的年代。但工人们依然壮志凌云,他们喊出了"人活一口气,树活一张皮,誓超功勋队,拼死硬到底"的豪迈誓言。

任务如此艰巨,战斗如此残酷,生活又那样困苦。有一天柴油机司机蒋世昌在擦洗小油缸时,因为饥饿无力,擦着擦着,就昏倒在地,后经队友们抢救方才清醒过来……在1202队夺冠之战最激烈时,会战副总指挥张文彬来到队上看着自己的队伍吃着酱油加开水的菜汤,干着常人几倍的工作量,忍不住泪流满面……

至当年11月,1202队打完最后一口井,以9个半月的时间,钻井31746米的成绩超过了苏联格列尼亚功勋队的纪录,一举夺得当时的快速打井世界冠军。

余秋里听到这消息后,欣喜地让会战指挥部给1202队送去两头大肥猪以示犒劳。

其实,在"生产运动会"上,瞄准世界冠军目标的不仅是1202队。王进喜的1205队从来就没有服气过1202队。当大伙儿听说余秋里部长把夺冠的对联送给了1202队时,他们也把迎新年的辞旧迎新之夜当作了誓师之夜。大伙儿个个摩拳擦掌地表示:咱是铁人标杆队,咱的红旗不能褪色。1202队能干到的事我们铁人钻井队绝不少一米!

1205队后来跟1202队较上了劲,第一次挑战是瞄着年创5万米的世界冠军目标。后来两个队双双实现。

第二次挑战是在1966年,这一年在中国历史上极不平凡,"文化大革命"的风暴已乍起,造反派煽动的大串连搅得全国不安宁,大庆也不例外。但1205队和1202队的比赛没有停止。那年正好听说美国有个年创9万米的王牌钻井队,王进喜他们就在8、9月继突破5万米任务后,一鼓作气,直逼10万米。这中间还有一个小插曲:在这年5月初,周恩来总理最后一次来到大庆视察,听说1202队和王进喜的队决心在上半年打井5万米、再超苏联功勋队时,周恩来非常高兴,并拉着王进喜和1202队老队长张云清的手说:"打上5万米时一定告诉我,国务院要向你们祝贺!"9月,大庆工人报捷团到北京参加国庆观礼。周恩来见到王进喜时,就伸出五指晃了晃。王进喜一见就明白,笑了:"总理,我们到8月18日,就打了5万米,现在两个队都准备向年钻进10万米的目标进军呢!"周恩来一听大喜,说:"好,我祝贺你们!"并再三托嘱:真到10万米时,一定告诉我,我请你们两个队的工人同志们进中南海。可是历史遗憾

| 奠基者

地失去了这一幕：当王进喜他们双双创造 10 万米纪录、向中南海汇报时，周总理已经身不由己地整天忙乎平息造反派的种种纠缠而无暇接待大庆的同志。

在大庆采访时，当我来到 1202 队这支英雄队伍的荣誉陈列室，看到这儿挂满了会战时期余秋里部长等领导颁发给他们的一面面带着油腥味的红旗时，敬佩之意油然升起。然而就是这样的一支钢铁铸成的英雄队伍，他们在"文化大革命"中也经受了不该有的耻辱。有个造反派队伍来到 1202 队让他们搞所谓的"停生产闹革命"。1202 队的职工们不答应。造反派们就嘲笑 1202 队的人是"不知路线斗争只知道生产的瞎牛"。

"造反派在'文化大革命'中要批斗余部长、康部长，硬让承认他们是我们的黑后台，并要烧掉当年我们用血和汗凝成的夺冠红旗。我们没有答应，并且机智地将这些红旗保存了下来。"一位 1202 队老钻工深情地告诉我，他就是"文化大革命"中冒着生命危险保护了这些红旗的那个人。

我向这位老同志伸出了敬意之手。因为是他让历史得以完整地保留了，而且让我们后代得以从那一面面溅着斑斑油痕的红旗上一次次重新感受大庆红旗来之不易的历史与岁月。

余秋里善于用标杆队的形式来激励队伍向一个通常看起来不易达到的目标奋进并实现。对此，他有过一段话："干工作就得这样，有些时候你看起来够不着的东西就得跳一跳。大庆会战困难得很嘞！我们又想搞出大名堂。不这样不行。抓几个标杆也不是什么新名堂。1941 年最艰苦的时候，我们部队就有两三个代表连队。这两三个代表连的装备非同一般，全是缴获的日本鬼子的武器，抬着重机枪，扛着轻机枪，还有榴弹筒、六〇炮，总之，小日本鬼子有的我们这几个连队也都有。连长指导员就是王八盒子、小手枪。每次开群众大会，代表连就绕场一周，让群众看。然后表演，刺杀、投弹，吼声比日本鬼子还大，我们的群众就有信心啦！"何谓将之道？这便是。

1202 队的一位"老会战"曾经如此自豪地对我说："余部长的用兵之道，

就是善于抓典型来带动全体。可以说，大庆会战能在那么艰苦的条件下搞出大名堂，就是余秋里部长用了一个王进喜的典型和我们1202队与1205队两把尖刀。所以天大的困难，我们一上，其他队伍也就跟着上了，这样就不会不胜利的。"

是军事艺术，还是政工艺术？是物质力量，还是精神力量？皆有之吧！不，准确地说，这是余秋里的艺术。

但有人在执行"余秋里艺术"时也会走样的。

你不是说大干吗？不是要速度吗？邪的也出来了：横穿萨尔图有条铁道，油建大队的刘万宝等人扛着大口径的钢管走着走着觉得又累又慢，这刘万宝便把钢管往铁道双轨上一放，那钢管当当啷啷地滚出十几米。嘿，这可是又省劲又抢时间的好法子喔！来来，大家跟我学：把肩上的钢管放在铁轨上，轻点轻点啊，别破坏了国家的铁路啊！火车来了大伙就赶紧把钢管往一边甩啊，千万要注意火车的安全啊！瞧这刘万宝，还真有"安全"意识。

工人们把钢管往铁轨上一放，再用镐一撬，这几百斤的大钢管刺溜刺溜地往前就走……哈哈哈，省劲又快速！大伙儿乐得直击掌。

运钢管的速度直线上升。

可北京这边的情况却大不妙：

"喂，是石油部吗？给我接余部长办公室！"电话里，有人口气很大，声音也大。

石油部的接线员心想：你是什么人？敢这么要我们余部长的电话哩！

"我是铁道部长！你马上给我接通余部长的电话！马上！"

接线员不敢再问什么了。赶紧把插头插到余部长的专线电话线孔。

"什么？是我们的工人误了国际列车？乱弹琴！好好，我马上派人去处理！对不起啊，我余秋里先向你赔不是！"正在埋头处理公务的余秋里，突然被铁道部长的电话搅和了，气呼呼地走到孙敬文副部长办公室。

"老孙啊，看来你得亲自出马一趟了。"余秋里闷着头，有些怒，又有些喜似的说。

"上哪？"孙敬文感到突然。

"大庆。大庆去。跟铁道部的一名副部长一起去。"

"怎么，我们的人跟铁道部闹上劲了？"孙敬文问。

余秋里点点头，说："偷懒嘛！运钢管占了人家的铁道，害得国际列车进站时为躲开钢管把信号灯都打了。"

孙敬文奉命匆匆赶到会战现场。见运钢管的队伍正热火朝天地在铁轨上运送着输油钢管，那又快又省劲的场面，着实让他暗暗乐了一把。但他不能笑，于是只好心笑肉不笑地板着脸问油建指挥部的人："这个队伍是谁带的？为什么这么干？"

刘万宝一见是副部长来了，吓得连腰上扎着的那根麻绳都掉了链，赶紧双手按住裤子，回答道："我，副大队长刘万宝。"

"刘万宝？保什么？你这么干能保什么？"孙敬文见这干活不要脸面的副大队长，又气又好笑，但仍然装着很严肃的样儿。

"保任务，保余部长说的高速度！"

"屁话！有你这么保高速度的吗？余部长是让你在铁轨上保高速度的吗？你今天给我说说清楚，啊？有这回事吗？"孙敬文这回真火了。

刘万宝紧张得站在那儿直哆嗦。"没、没有……我们以后不敢再这么干了。"

孙敬文想笑，又没笑出，于是口气缓和了许多，反问道："我说不让干了吗？啊？我是让你们注意安全！别误了人家火车！"说完，副部长连个招呼都没打，便直奔当地的铁路党委办公室。

刘万宝弄不明白了，愣在那儿，一直等孙副部长的身影在他视线里消失了也还没弄明白。

"副大队长，还愣着干什么？继续干吧！"工人们在一边重新扛起钢管往铁轨上放着，笑嘻嘻地冲副大队长说着。

第七章

"你们、你们怎么又要这么干了?"刘万宝吓坏了。

工人们乐得更带劲了:"你忘了孙副部长最后对你说的什么?"

"什么?"刘万宝还在发蒙。

"孙副部长的原话是:'我说不让干了吗?'"

是啊,孙副部长是说的这话嘛!刘万宝猛然省悟地拍着脑袋,自个儿也笑了起来。

"副大队长,那到底还干不干了?"工人们狡黠地问。

"干啊!不干出得了余部长要的高速度吗?"刘万宝底气十足地吆喝道,完后又重重地补了一句,"谁要再误了来往的火车,老子真的不客气了!"

"放心吧,副大队长,误不了!"几十条汉子响亮地齐声回答。瞬间,一根根钢管又开始在铁轨上飞奔起来……

据说孙敬文回部里向余秋里将此事汇报后,余秋里抿了抿嘴,笑笑,再没说什么话。

别太来劲了!独臂部长办事可是有原则性的。这原则是:干什么事不能出格!更不能对国家和人民的利益有损害,尤其是在石油开发建设问题上那种马马虎虎、不讲质量和安全的行为!

这回挨剋的可是一抹到底了!用四个字可以形容余秋里当时听说后的气愤之情:暴跳如雷!

能不暴跳如雷吗?会战紧要关头,居然有几个钻井队在施工过程中一声震天的"轰隆"巨响后,整个钻机和井台陷得无影无踪……钻机和井台到哪儿去了?昨天还巍峨耸立在大草原上的钻塔竟然瞬间消失得莫名其妙。

"你们、你们给我做出解释!知道我们国家现在是个什么情况吗?知道我们石油部有多少台钻机吗?知道一台钻机多少钱吗?知道国家哪个地方弄来的钱给我们去打井找油吗?啊?知道吗?"余秋里在电话里一连说了无数个"知道吗",就像突然间自己家的孩子丢了似的,心疼和焦虑之心昭然。这个电话他是打给正在前方的康世恩的。

"我知道……"那边,康世恩沉痛地回答。

"知道就给我找出原因!找出责任!"余秋里啪地按下电话,依然怒气冲冲地在办公室走动,空袖子嗖嗖生风,如暴风骤雨。

钻机没了。被无情的井喷吞没了……康世恩其实比余秋里还要心疼,他是专家,又是会战的总指挥。这么大的事他不能不向"一把手"汇报,与余秋里之间默契配合,正是他们相互信任、相互理解和相互支持与相互辉映的结果。现在,他更感到责任在自己身上,因为他是施工和技术生产的总负责,他知道任何关于石油的开发与生产方面的问题他都要负全责,这既是对党组也是对将军,更是对国家和人民的负责。

康世恩放下电话,扶了扶眼镜,对秘书一挥:"上事故现场去!"

事故现场惨不忍睹:昔日雄伟的钻塔早已不见踪影,连根塔骨的钢管都找不着。再看井位,到处一片狼藉,冒着热气的油乎乎的泥浆仍在四处蔓延,抢救井喷时扔下的工具和衣服烂衫随处可见,几十个疲劳过度的工人们三三两两地蹲在一边哭丧着脸,仿佛世界到了末日……

"说说当时的情况吧。"康世恩叫过战区指挥李敬问。

摇摇晃晃的李敬,本来是位文质彬彬的"石油师"党委秘书、石油战线的年轻才子,可此刻却如一个小老头似的穿着一身又脏又皱巴的施工服,几度想张嘴却就是发不出声。

"说呀!到底是怎么回事?"康世恩怒吼了。

"我……"李敬嘶哑地发了一声仍然说不了话。只见他两眼泪水盈盈……此刻,他只能用心向总指挥汇报——

当时、当时是什么情况?李敬的眼睛一下模糊了:他是前天傍晚在前线时突然接到杏 24 井发生井喷消息的。凭着军人的敏感,他知道自己必须冲到事故现场去。那是个雨夜,暴雨大得根本不能行车,抢救的车子都陷在泥地里,能

第七章

前进的只有人的两条腿,而雨夜的原野上又一片漆黑。无奈,李敬只得凭着自己的意识迈开双腿,在雨中摸黑前进。偏偏,他迷路了……当他重新辨别方位,再行至井喷现场时,已是下半夜。

井喷的现场十分可怕,呼啸的井喷挟着半斤重的石块到处乱溅,加上浓烈刺鼻的天然气味,谁想靠近都不太可能。再看从井口喷出的水柱,夹着原油,混浊的泥浆和石块,犹如一条饥饿的黑蟒,直冲天际。巨大的气流挟着石块和泥浆打在钻塔的铁架上,叮当乱响……李敬和井队的干部和工人们只能在相当距离之外用手比画着说话。闻讯赶来的机关干部和附近井队的职工们一批批拥来,但谁也无法制止这发疯的黑蟒作恶。不多时,人们眼睁睁地看着井架底座开始下陷,然后是钻塔出现倾斜……

怎么办?用拖拉机把设备拖出来?哪儿来拖拉机呀?没有。泥泞的原野被暴雨浇得寸步难行。即使有一百部拖拉机和吊斗车也是枉然。

李敬和在场的干部职工们心如刀割,又无可奈何。

"不行!不能这样白白看着钻机和塔架沉下去!能抢多少回来就抢多少回来!"李敬向井场副指挥杜志福做着手势,便不顾一切地带头第一个奋不顾身跳上钻台……

杜志福跟着跳了上去。

工人和机关干部们也跟着跳了上去……

巨蟒的呼啸声、人群的叫喊声,夹着雨水的击打声,将整个井场搅得昏天黑地。这是一场真正的肉体与钢铁机器间的大混战。这是一次真正的灵魂与油龙间的生死搏斗。

但,"敌"我力量对比太悬殊。当杜志福想打开低压阀门时,一股高压气流将其冲出数米,重重地摔倒在地……"老杜!老杜——!"李敬抱着昏死过去的战友,拼命地喊着。可他的声音被巨大的井场呼啸所吞没。

倾斜的井架突然发出咔嚓一声巨响。

奠基者

"撤！全体撤离！"万分危急时刻，李敬不得不拼出最后一丝力气发出命令。当工人和机关干部们撤出井台的那一刻，整个井台随即也在众目睽睽下消失于地平线之下——像一个久经沙场又失去战斗力的猛士哀号一声后倒下了……

井队的工人哭了。

机关的干部哭了。

李敬也哭了。

那天晚上，井队的职工一夜未睡。李敬跟着一夜未睡。他是钻探指挥部的领导，他要在队伍最困难的时候跟大家在一起。看着沉浸在悲痛之中的工人们，他想安慰大家几句，可他就是讲不出话，嗓子里冒的全是火。

"李指挥，你别说了……"

"李指挥，我们……"

工人们还在流泪，一边却在劝说他们的指挥。

"可越是这个时候，我越想说话。"李敬，这位"石油老战士"有每天记日记的习惯，即使当了副部长后仍没有丢掉这个传统。他在那天的日记里这样写道："……晚上又召集会议，我破涕为笑，强打精神，向同志们讲了事故的经过。我说：'杏24井损失严重，教训深刻，是件痛心的事情。但这口井也证明了油田顶部位移（油田面积比预料的要大得多），也表明油田压力比我们预计的要高得多。自古兵家一胜一败古之常理。留得青山在，不怕没柴烧。我们在受到挫折的时候，要表现得更加坚强、更有志气……'我的任务只有一个目的，就是要鼓足群众更大的干劲，做好工作，来弥补这次巨大损失。我清楚我自己心中的怨痛，同志们心中也同样怨痛。我越无心说话，却越想多说话，在情绪不正常的时候就越需要理智——我宁可在帐篷里流泪，也绝不能在群众面前默默不语。怨痛只能给工作造成更大的损失。"

井喷，是钻探中有时不可避免的事故。但井喷有不同的结果，尽管它缺少特别的规律。然而余秋里和康世恩始终不允许在任何事故中出现人为的因素而

第七章

给国家财产带来损失。

在"杏24号井"发生井喷事故的差不多时间里,王进喜的井队也曾发生过突发井喷,然而由于王进喜组织及时,他们的钻塔机台设备保住了。这说明什么?

"说明有的干部有头脑!有预见!有出现事故后的得当措施!可是你——李敬!你的头脑长在哪儿?"在干部大会上,康世恩不依不饶地让李敬站在前台,指名道姓地批评他。

"那个时间风气真好!余部长和康部长他们就这么批评干部,可谁也不记恨他们,而是老老实实地把自己的问题找出来,并且认真改掉。"当年《战报》记者、大庆历史的见证人李国昌先生感慨地说。

与许多"老会战"们交谈过程中我有种强烈的感受:余秋里和康世恩是一对珠联璧合非常完美的"石油搭档"。余秋里对康世恩在业务上的信任和支持使康最终实现了他在石油事业上的光辉一生,而康世恩从余秋里身上得到的大将作风和气质培养又使康变成了同样能力挽狂澜的儒将。余秋里和康世恩相互影响着,甚至连骂人艺术都十分的相近——别看康世恩戴着眼镜,文绉绉的样子,发起火来虽不如余秋里那种雷霆万钧之势,但也足够让人心惊胆战的。许多人说,这是康世恩从余秋里身上学来的艺术。

什么艺术?

骂人艺术。

骂人干什么?

骂人是为了让你记住教训。骂人其实是一种特别的爱——俗语不是说打是亲骂是爱吗?

余秋里的骂是一种大爱。

也是他余秋里特有的一种工作艺术——独臂将军从战争中形成的一种与生俱来的特有艺术。

钻井出现斜孔。严重的斜孔。

| 奠基者

余秋里又是大发雷霆。这回王进喜要倒霉，因为他打的井也斜了。

这事发生在1961年4月。又一个新年的会战打响，南线战区的几十台钻机像甩开铁蹄奔腾的烈马一般，争先恐后地追赶着施工速度。正当这边的会战搞得热火朝天之时，问题却也接二连三地传到了余秋里耳边：开工不到半个月，南线作战所打的32口井中，有4口井误射孔，5口固井不合格，4口井底冲洗不干净，5口油层浸泡时间过长……

"质量问题是关系到会战成败的关键。再不狠狠抓一抓质量问题，会战工委提出的高标准、严要求就会落空！到那时，还有什么速度？还怎么向国家和人民交代？"余秋里的话通过北京—萨尔图专线响彻前线的各个干部耳边。

"王进喜的1205队也有口井打斜了3度半。3度半不算什么吧？"有人嘀咕道。

"不行！"余秋里吼道，"克拉玛依和玉门就是吃了这个亏。王进喜？王进喜打的井斜了，更得填！王进喜，你听着，你得给我把井填起来！"

"王进喜填井！"这声音通过扩音喇叭传遍了会战全线。

英雄的1205队五十多名钢铁汉子哭了，他们不忍心自己用血和汗打成的井再由自己的手一铲一铲地将它填起来……

"填！就得按照余部长的话——填！"井场上，王进喜用严峻的目光扫视着自己的队友，丝毫没有一点回旋余地地指挥着耻辱的填井一幕。"我知道填井在我们队的历史上还没有这一笔，但这回有了，目的是让大家要牢记住这个教训。咱队史上如果不写上这一页，那队史就是假的。"王进喜进而说。

井填了。钢铁钻井队的红旗仍然猎猎飘扬。经历这一幕的人都对"4·19"那个日子永远地铭刻在心头——

4月19日，康世恩遵照余秋里意见，在前线"群英村"召开了一千多人参加的钻井质量大会。会议一开始，气氛就异常严肃紧张。康世恩的第一句话就够冲的：今天我想骂人！因为有些人做得太丢人了！

第七章

全场干部和技术人员及工人代表们个个如临大敌地忐忑不安地将目光聚焦在总指挥身上。

康世恩的眼镜片在闪闪发光,并且停在两个坐在前排的主要干部身上,他们分别是钻探指挥部的指挥李敬和书记李云。

"二李"又要倒霉了。代表们知道后面将要发生什么。

"我前两天就对你们说了,你们越怕丢人,我就越让你们上万人大会上检讨!驴粪蛋子外面光,贴金马桶里面脏。谁不讲质量,我就跟谁拼!"康世恩突然把手直通通地指向李敬和李云。

"二李"浑身打战。

全场的人都在打战——今儿个康副部长怎么啦?大家都在想一个想不明白的问题。

怎么啦?你说怎么啦?

"李敬!李云!你们俩给我站到台上来!"康世恩突然大吼一声。

李敬和李云低着头,"是"了一声,老老实实地往台上走。

"不行!扛着被你们打坏的钻头和打斜的岩芯上来!"康世恩咆哮着。

李敬和李云又一声"是"后,回到原地扛着钻头和岩芯,吃力地走上台,然后面向大家,低头站着——像参加批判大会。其实就是批判大会。

"你们知道自己犯了什么错吗?"

"知道。"

"知道为什么错吗?"

"知道。"

"知道还出现这个孔斜面、那个不合格?明知故犯,罪加一等!"

"……"

康世恩发颤的手指差一厘米就戳到"二李"鼻子尖上。

"你们说呀?"康世恩的双脚直跺。

305

"二李"下意识地往后退了半步，额上直冒冷汗。

全场的一千多名代表屏住呼吸，后背跟着冒汗。

康世恩在"二李"面前来回走动。突然又收住双脚，完全换了一副近乎哀求的口气说道："钻井战线是油田的生命线，工作质量的好坏，决定油田的命运。党把这个战线交给了你们俩人，这是组织的极大信任。我、我代表会战工委向你们鞠躬——"猛地，康世恩弯下身子，将头低到腰间。

"二李"吓得双腿直哆嗦，又一次情不自禁地后退——这回是一步。

会场前排的人不敢看了，纷纷低下头。

会场后排的人有人站立起来，又立即蹲下身子也不敢看了。

"钻井队伍是一支过硬的队伍，指到哪里打到哪里。能否解决质量问题，主要就看领导了。我希望你们能把队伍带到以确保质量为中心的道路上来。为此，我再次诚心诚意地向你们致敬！"康世恩又一次弯下身子鞠躬。

"二李"早已冷汗如淋，恨不得找个地缝钻。

这个时候，会场出现小小的一阵躁动：原来王进喜进了会场。

"趴下！赶快趴下！"有人拉着王进喜的衣角，悄声说道。

王进喜有些莫名其妙，问："干啥趴下？"

"没看见康部长正在发脾气批评我们呢！"

王进喜往台上一看：可不，他的两位上司狼狈不堪地站在那儿正用余光可怜巴巴地看着自己。铁人明白了，便对拉他衣角的人说："我不能表扬时戴花上台当英雄，受批评时就趴下当狗熊。"说完，迈开大步，走上主席台，学着"二李"的样子，并排站在那儿，老老实实地低着头，等待总指挥的批评。

康世恩看着王进喜，火气一下更大了，吼着嗓门："你王进喜是红旗，可干工作就不能光有张飞的猛劲。再说张飞也是粗中有细的，该细的地方就得细！你王进喜做到了没有？"

王进喜也开始冒冷汗了。

第七章

干部和工人们看着每天与自己一样整天一身水一身泥地拼命战斗的干部和标兵这样可怜兮兮地挨批受骂,纷纷心酸地落泪——"难忘'4·19',钻井出了丑。问题答不上,想走不敢走。"有人在小本本上写下这首打油诗。

"4·19",大庆人谁都知道的这个日子。"4·19"从此成为每年大庆油田乃至整个石油系统要召开的一次质量工作会议,像现在我们全国人民都熟悉的"3·15"打假日一样。这是余秋里和康世恩在石油战线留下的众多精神遗产中的一个内容。而同在这样一个内容里还有许多精彩动人的故事——

输油管是油田生产后期将原油聚集和外送的"肠子工程"——余秋里比喻。意思是说,你一个人靠啥维持生命?得吃东西吧!东西是靠肠子进到胃里、又通过肠子排出消化物。油田就像人吃的东西,这输油管不就跟肠子一样吗?有一回,在对一段输油管加压时出现了焊口处冒油的问题。这回倒霉的是曾任沈阳军区工程兵部队政委、老抗联战士、正军职干部季铁中。"季铁中?季铁中也不成!"余秋里听康世恩汇报后,毫不留情地将右臂往上一甩。于是康世恩就"执行任务"去了——他披着那件褪了色的棉军大衣,站在质量大会上的台前厉声喊道:"季铁中!你给我站起来讲讲是怎么回事!"众目睽睽下,时任工程指挥部书记的季铁中像一位听到排长点名的新兵一样,老老实实地挺着身子走向台上,然后低着头,语气沉重地开始检讨起自己的失职,那神情一点也看不出他曾是个统率千军万马的正军职大干部……

油建党委书记也不含糊,见标兵、队长李德武扶梯上的铁踏板焊得龇牙咧嘴的,便令李德武和自己一起背起那个梯子,然后俩人一前一后地到各个工地"巡回检讨"。李德武肩背沉重的铁梯,一副悲悲切切的样儿,嘴里念念有词地:"我焊了一条不合格的梯子,你们千万不要跟我学……"所到之处,工人们没有一个不觉得好笑的。

"哈哈哈……"这回大笑是秦老胡同里爆出来的。当康世恩向余秋里和李人俊等副部长们说起此事时,余秋里忍不住开怀大笑起来。"好,干部能有这

奠基者

样的改正错误勇气,工人们就有提高质量的自觉性了。"将军说,前阵子听前线回来的同志也给我讲了王进喜身上发生的类似事情:他"老铁"有一天发现1284钻井队完钻固井后,试压不合格。一检查是工作粗糙造成的,施工时井上的人把套管管箍咬扁了。"老铁"就令该队长王润才自己背着套管管箍,一个队一个队做检查,现身说法,引以为戒。而且要求每个队在那王润才去现场后写出评语,签上字。这王润才就这么着背了六七斤重的套管管箍步行了数百里,跑遍了15个井队,据说委屈得直掉眼泪。就这个样,"老铁"还要让他回到大队部汇报思想感触。有人在我这儿告王进喜的状,我说,他王进喜铁人,铁面无私,好同志嘛!抓作风就得有这个铁石心肠。至于方法嘛,可能是过了点。后来李敬同志又对我说是有人把王润才的事传遍了,他王润才背套管管箍没委屈,只是一个劲儿在王进喜面前一把鼻涕一把眼泪地悔自己工作没做好。王进喜就跟着王润才抱头大哭起来。你们说这"老铁"干的……

哈哈哈……众部长又一阵爆笑。

康世恩接着又讲了一个趣事,更乐得余秋里忍俊不禁:有个队长,为了监督工人们保证施工质量,就蹲在水泡边的草丛里,一蹲就是五六个小时。那水泡子的草丛里,小咬多得吓人。当那队长完成任务后,走到机台想表扬一声工人讲求质量。谁知工人们一见队长,先是一愣,继而拔腿就跑。队长感到奇怪,问你们这是怎么啦?工人们这才胆战心惊地指指他的脸,说:队长,你的脸怎么成这个样?队长回帐篷一照镜子:连自己都吓了一跳——原来眼睛、鼻子和嘴巴都被小咬叮得像搬了家似的……

"办法可能过了点,但这种作风好得很嘞!"笑过之后,余秋里接上烟,猛抽了几口,忽而变得颇有心事地说:"经过两年多的会战,油田的形势越来越好,但越是在这个时候可能出现的问题就会越多。也许看起来这些问题跟会战初期我们为能不能找到大油田相比看来大不一样,好像都是些鸡毛蒜皮的小事。但正是这些小事,它对我们这个大油田的开发会带来致命的后果。"

第七章

康世恩的脸一下也变得严肃起来："我也有同感，前期会战，队伍的主要精力和心思放在大干快上争速度、争储量上，现在可以说我们大名堂搞出来了，可怎么样把大名堂变成子孙后代都能享福的事恐怕还差距很大。"

"是嘞，我现在最担心的就是这事。"余秋里边点头，边沉思。然后说，"我一直在想一个问题：油田现在已进入边勘探边开发阶段，我们既要保持前期敢拼敢冲的战斗作风，同时还得大力提倡认真细致的工作作风。老康你听我说得对不对啊——现在前面的钻井队把一个个油井打好后，留给了采油队。以后钻探任务总有一天搞得差不多了，这队伍就得多数投入到采油和运油上去。采油和运油那家伙可跟打井很不一样！你再单靠勇猛是不行的，得靠像女人做针线活一样的心细。咱们队伍的作风跟人似的，都是从五大三粗的硬打硬拼中杀出来的，针线活那么细腻的事还不会干哩！怎么办？我看就得从现在开始大家要学会做针线活，严格要求工作的细致，否则我们这两年多来辛辛苦苦钻探出的大名堂，最后还是变不了对国家有用的大名堂嘞！"

"我同意，就从学做针线活开始大抓工作作风问题。"康世恩说。

"最近油井的注水情况进展如何？"余秋里关切地询问会战前线的生产情况。

"大有成效。特别是几个注水站的建立，给采油生产带来很大跃进。"康世恩抬腕看了一下手表："不早了，明天我还要赶火车回大庆。余部长你看还有什么指示？"

余秋里随手递给康世恩一支烟，点上。说："最近中央和主席一直在跟赫鲁晓夫吵架，中印边境的形势又越来越紧，我一下还走不开，前线的事就拜托你了。"

"没事。你在部里主持工作担子也轻不了。那我走了。"康世恩顺手扣了扣几个敞着的纽扣，说走就走。

一阵冷风从门外吹进，余秋里感觉一丝寒意，便不由得向外吆了一声："那边还冷,带上棉大衣!"

"哎——"康世恩的声音从黑暗中传来。

喧哗了一天的秦老胡同只有在这凌晨两三点以后才会寂静下来。这天,等会客厅里的人都走了以后,余秋里还是没有睡意。他的脑子里不时转动着会战前线的事儿,还有就是耳边不停响起正在总参谋部日日夜夜为毛泽东制定反击印度入侵军队计划的那几位老帅们的声音:秋里啊,油!前线的军用油吃紧啊!

是啊,现代战争的仗一打,光凭"黄金万两"也没有用。缺了油,飞机大炮等于一堆废铜烂铁。这余秋里你是知道的嘛!这不中央工作会议上,独臂将军免不了对东边的"老蒋反攻大陆"和中印边境战事有些关切,好意问了一声一位总参谋部的副总长,结果人家呛了他余秋里不轻:打仗的事你别操心,你啊,能不能赶紧给我弄点军用油出来!

余秋里嘴上没说什么,心里好大的气:弄油我还不知道嘛!我是石油部长不知道弄油?可你们以为弄油就那么容易?先是找得到找不到油的问题,找到了能不能有大名堂又是一个问题,有了大油田能不能开采好更是个问题,开采出来后的油怎么个运、怎么个成品问题就更大嘛!你们知道吗?喊!

"余秋里,过来过来!"哟,是毛泽东在"七千人会议"时的一个休息室里叫他呢!

"主席,余秋里在。您有什么事?"余秋里像战士见了首长,立即上前敬礼报告。

毛泽东坐在沙发里用手拍拍左边的空沙发,然后笑眯眯地问:"又有什么新消息吗?"

余秋里知道毛泽东想听的是什么,便俯着身子答道:"主席,新情况还是有一点的。"

毛泽东怡然自得地将嘴上的烟拿到一边,眼里放光地看着爱将:"哦?说来听听。"

第七章

这是"七千人会议"的间隙,余秋里知道毛泽东今天情绪很好,有心想多听听他所关心的石油问题,于是便坐在毛泽东左边的沙发上娓娓道来:"我们的渤海湾有新情况嘞!"

"渤海湾?"毛泽东侧过脸,很感兴趣地看着石油部长往下讲。

"是的嘞,年初我们在渤海湾的黄河入口处打了口井,在打到1194米处,发现了油砂,后来又打到1721米时,油砂就更厚了,达59米多。之后进行试油,结果获得日产8吨多的工业油嘞!"

"日产8吨多?算大油吗?"

"算哇!10吨以上日产就是高产油嘞!"

"你说渤海湾能打得出像你现在在大庆打的几十吨一口的油井吗?"

"我看完全有可能。"

"你是说,渤海湾可能又有大名堂了?"

"是的,渤海湾完全可能有大名堂。"

毛泽东笑得很开心,然后像打听小道消息似的凑近爱将,带着征求的目光问:"余秋里啊,你能不能多搞些品种啊?最近用油的地方越来越叫紧,有点……有点像老百姓抢购似的。"毛泽东说到这儿,轻轻地叹了一声。

余秋里知道毛泽东说的什么,他老人家也在关心老帅们共同关心的事:油,成品的油。而且要越快越好。

"是,主席,我们一定多搞些油,一定多搞些品种!"余秋里噌地起身,在毛泽东面前一个立正。

……这已经都是两三个月前的事了,但它一直在余秋里脑海里浮现。

油啊油!国家越有事,这油就越成焦点问题。有句话谁说的?叫什么来着——20世纪是石油的世纪?!可不,好像中国干什么事都离不开石油似的。这名堂!

余秋里站在秦老胡同的自家小院内,对着天上眨眼的星星,想自嘲一番,却又笑不出来：石油部长能决定中国的命运？笑话笑话。为毛主席服务而已，为中国革命和建设服务而已。

东方既白。一缕晨光洒在屋顶的青瓦上……

而千里之外的东北大草原上的晨光却比北京的晨光要早一个来小时照在"干打垒"上。6点。头戴狗皮帽、浑身是水又是泥的宋振明神色忐忑不安地抬手轻轻敲了敲康世恩卧室兼办公室的门。

没有动静。宋振明便推门而入。通常每天都后半夜才睡的康世恩此刻仍鼾声不断。

"康部长，康部长……"宋振明轻声叫喊。

"嗯？"康世恩从床上坐起，两眼盯着宋振明，"什么事？"

"中一注水站发生火灾了，烧……烧光了。"

"什么？烧光了？什么时候的事？"康世恩大惊，一边从床上翻起，一边找眼镜戴上。

"是。都烧光了。我刚从现场过来……"

"你、你为什么不早点叫醒我？为什么？"康世恩突然失声大叫，怒气冲天地责问宋振明。

"我怕……怕影响首长休息。"宋振明不敢抬头，眼里噙着泪花。

"什么？你以为我是来做官当老爷的啊？"康世恩的声音更大了，"我是来搞石油的！搞会战的！不是来享清福的！"

"二号院"内住着的人都被惊醒了。可谁也不敢靠近康世恩的住处，只敢在远远地听着。

"我们有几个注水站你知道吗？这好，一把火就烧了一个！"康世恩焦虑、愤怒和惋惜的声音一浪高过一浪。

采油指挥部的几位干部自知责任不小，便一个个低着头，走近康世恩的房子，准备同宋振明一起接受处分。

第七章

康世恩看着排列成一队的这些浑身上下都沾满油污和浊水的干部，知道他们昨晚一夜未睡在与火灾搏斗，便长叹一声，口气缓和了几分："立即通知开现场会！主管生产和安全的领导全部参加，各小分队去一名领导。你们几个也不要垂头丧气的，现在要做的是赶紧回去发动群众查原因，堵漏洞。"

"走！上现场去！"康世恩披上棉衣，大步走出屋子。

中一注水站已经没了，有的只是满地流淌不息的污水与油污以及残留的灰烬……"一二百万哪！就这么一把火烧没了！"康世恩面对一片狼藉的火灾现场，扼腕痛惜。

昨天的注水站还是好好的，白墙青瓦，这在荒芜的大草原上和干打垒的海洋里，它可以说是最醒目、最耀眼的建筑了。但现在什么都没有了，只有西北风吹打下到处飘落的灰尘在四处扬撒，还有就是注水站职工们痛苦的低泣声。

怎么烧的？站里回答：是柴油机排气管喷出的火花吹落在顶棚上的油纸和毛毡引发的大火。加上春天干燥，火一着，就失去控制，几十分钟，好端端的一个注水站烧了个精光……

"查！要弄清楚是什么原因引起这场火灾的！"康世恩命令采油指挥部领导立即找注水站的职工开会，自己则回总指挥部向北京要了个紧急电话。

"烧了？烧得精光？"余秋里震惊。而且几乎是在同一时间，中南海的电话也来了，问大庆会战那边到底是怎么回事？真是好事不出门，坏事传千里。

"是有这回事。烧了，都烧光了。"余秋里只好如实汇报，可心里却像吃了个苍蝇。

"走，马上动身！"余秋里命令秘书。

"上哪儿？"

"还能到哪儿？油田！"余秋里气呼呼地端起杯子，一口气喝了，拔腿就往外走。

到达会战前线时，康世恩他们已经将火灾情况弄清楚：那是5月7日夜的事，东北风刮得很大。中一注水站3号柴油机排管冒出火花，被风刮进房顶的保温层内，引燃了锯末。值班人员发现从屋顶掉下的火星后，立即想用七个灭火器上房灭火，结果灭火器有两个不能用，其余的虽好，可工人又不会熟练操作。这时才想起用消防水龙头。谁知前些天水泵在检修，水源又成了问题。等好不容易解决水源后水龙头又喷不出去。这样七折腾八折腾，火势早已失控，眼睁睁地看着大火吞没了崭新的注水站……

"这是什么问题？证明我们的生产管理上的混乱，该有的环节上没有尽到责任，工作粗糙，不得章法！这样的队伍怎么不在敌人面前乱阵脚？"余秋里一针见血指出。

"基层的工作是基础，就像我们的连队一样。打大仗，要靠大兵团作战。可再大的兵团作战，最后打起仗来，还得靠一个个连队去冲锋，去肉搏！基层不抓好，满盘皆输嘛！"干部会上，余秋里的空袖子不能不"嗖嗖"生风了。

"说大道理，有人可能还觉得离得远了点。那我就说得形象点吧！你们谁坐过飞机？"将军要参加会议的人举手。

乘过飞机的人不是很多，约有十分之一。

"坐过火车的举手。"

这回基本上都举了手。

将军点点头："好嘛！看来飞机、火车大家都坐过。但你们是不是注意过一个问题：在飞机场上，那飞机一降落，机械维修人员就立即上前登机检查、保养机器去了是不是？火车站也是，你们没看到火车一到站，那些背着挎包、手持小锤的机械检查人员一会儿敲敲轮箍，一会儿钻到车子底下瞅一瞅？这是为什么？这叫及时保养，避免事故。看到机场和火车站的这些维修同志，我们是不是有种安全感？"

与会者会心地点点头。

"对嘛。这叫落实岗位责任。有了这岗位责任，就不易出问题。即使可能出现问题，也会及时被发现。可再看看我们呢？分散的队伍，满地的东西乱扔，有几个人管一口采油井的，也有一个人管几口油井的；有几个人值一个班的，也有一个人值班要看几台机器的。这么复杂多样的岗位，要没有点责任心、技术又不熟悉，阎王老子都会出事嘛！何况我们都是些吃五谷杂粮的人！"将军的目光咄咄逼人。

会场一片寂静。

"所以，我看哪，今年我们的会战方针应该做些调整：要加强基层工作，加强生产管理，把各项制度建立起来，完善起来，否则我们就不能实现会战的全面胜利，即使一时胜利了，也会最后失败得干干净净！"将军的话如声声警钟，久久回荡在会战前线的每一个角落。

总结教训会当天，会战《战报》全文刊出余秋里的讲话精神，并配发了评论文章。由此，大庆历史上诞生了有名的"一把火烧出了岗位责任制的佳话"。后来在执行这个制度中又遇到了靠什么态度和精神来执行这个制度的问题，于是诞生了有名的"三老四严"和"四个一样"。三老即对待革命事业，要当老实人，说老实话，办老实事；四严即：对待工作要有严格的要求、严密的组织、严肃的态度、严明的纪律。"四个一样"即对待革命工作要做到黑天和白天一个样，坏天气和好天气一个样，领导在场与领导不在场一个样，没有人检查和有人检查一个样。"三老四严"和"四个一样"组成了大庆精神的重要内容。余秋里回忆起这一由他总结与培育起来的大庆传统时，说过这样一段话："工作作风本来是个看不见的东西，可是它是个客观存在。我们要有一个很好的作风，它会对我们发生长远的作用和深远的影响……'三老四严'，反映了马克思主义的认识论，体现了党的实事求是的优良传统，符合会战和石油工业现代化生产建设的客观要求。因而它对大庆油田开发和建设，以及后来的整个中国石油工业发展都产生重要作用。"

"好事成风了不得，坏事成风不得了！"这是将军经常说的一句话。

奠基者

军人要站岗,工人工作也要像站岗一样一丝不苟。这是他余秋里根据石油工作的特点所总结的又一经典思想,后来被推广到全国各行各业,成为我们党的光荣传统之一。毛泽东、周恩来和邓小平等老一代领导人曾多次在自己的著作和讲话中运用这"三老四严"和"四个一样",将其归纳进当代马克思主义思想范畴。

大庆的"三老四严"和"四个一样"其实也是中华民族精神的重要内容,它的生命力将是永恒的。2004年春,我到创造这两个精神的诞生地——北二注水站和李天照的北八队65井时,应主人之邀,在他们的留言本上写下了这样一句话:民族的诚信之光。这也许是我们在今天对大庆精神的一种新的时代的新解释吧!让我感到震撼的是在这两处极不起眼的小地方,有位大庆创业者在这儿留下了自己的骨灰,因为他在当年奉余秋里、康世恩之命,在这儿蹲点并发现和总结了这两个重要经验。

斯人已去,却精神永存。

这也让我想起了一位当事人亲历的一幕"余秋里风采":

那应该是在1964年末的事。大庆油田的会战胜利已在全国、全世界面前公开,余秋里也将被毛泽东、周恩来重用到国家计委任主任前夕,那次他再次回到大庆,关于他的高就大庆领导层里都知道了。几年艰苦卓著的战斗,全国人民一片叫好,毛泽东的"工业学大庆"号召响彻神州大地。大庆人从默默无闻的无名英雄,一下成为人人皆知的光荣战士。大庆人已经成为一种时代精神和民族代表,大庆和原子弹也成为毛泽东和中国人在帝国主义与"苏修"面前,扬我中华国威的两个铁拳。铸造大庆这个铁拳的无疑是余秋里和康世恩等一批大庆创业者及几万会战大军,而这时难免使功劳与苦劳一起洋溢在大庆人的脸上。

这天中午,大庆人对老部长余秋里第一次似乎有一种需要"送别"的感觉,人之常情嘛!老领导要高升了,过去同甘共苦几年要吃没吃的,要想放松也不敢放松嘛!于是,中午宴席上,康世恩、宋振明等频频举杯:"来来,为余部长,

第七章

为大庆的昨天和今天,干杯!再干杯!"

康世恩有些醉意了。

宋振明是清醒的,但也比平时多喝了好几杯。

所有参加午宴的人都比平时多喝多吃了不少。

1:30,还有个会。余秋里要再以部长身份向属下交代几句话。

将军在席上也没有少吃少喝,但他记住了下午的开会和开会时间。于是他准时到了那间他曾经无数次召开会战决策会议的二号院大会议室……

现在,他独自坐在台前的一张长木椅上。耳边依然是后院宴席上一阵高过一阵的劝酒声、碰杯声、欢笑声和叫闹声。但将军的目光一直对着那个长长的走廊——那个长长的走廊里有他呼风唤雨的空间,有他可以指挥得了的一支支雄赳起气昂昂的出征队伍……他有些激动了。他的目光里流露着骄傲和自信,也流露着某种更强烈的责任,甚至是隐隐的失落。

人呢?1:30了嘛!不是说好1:30要开会的嘛!

但没有人。庞大的会议室里就他一个人独自坐在主席台前的木椅上。长长的走廊里也没人,只有阵阵热闹的劝酒声和吵闹声。

将军有些烦躁,欠欠身子,想让秘书去叫人来开会。但他没这么做。

一分钟、两分钟、五分钟、十分钟……将军耐着性子在等待。

二十分钟过去了。将军的脸变了。他正怒不可遏地欲起身时,长长的走廊里听到了声音,也见到了康世恩他们正逍遥自得地晃着鼓鼓的肚子,一边剔着牙,一边有说有笑地朝他走来——慢悠悠的,像永远走不动似的不往前行。

"哐!"终于,将军忍无可忍了!那只令敌人畏寒的铁拳,从高高的空中挥起又落下,重重地砸在了桌子上,发出震耳欲聋的声音。随即,是万炮齐鸣的火力:"你们这帮狗屎!狗屎你们!我要回北京去!回去!"

"哐!"又一记更重的铁拳砸在桌子上。

"我、我还没走你们就没了王法啦?就这个样,我把油田交给你们放心吗?

我放得下心吗？狗屎！狗……"

长廊内的人惊呆了，一个个像木偶似的站立在那儿不知所措。他们见过将军发过无数次火，每一次都可能是雷霆万钧，但这一次比雷霆万钧还要雷霆万钧。

这可怎么是好？宋振明等人全把目光投向康世恩。

康世恩暗暗叫苦了一声：今天坏大事了！算他康世恩反应快，只见他悄悄双手背在屁股后面，向后面的人发出了一个信号：不要吱一声，往后退。回到隔壁的房子里去。说着，自己也轻轻地移动脚步，往后挪动，但不敢转身……

"狗屎！你们是狗屎！……"将军还在高声臭骂，骂得直冲云霄。

隔壁房间内，宋振明等焦急万分地询问康世恩："这可怎么办？他要回北京了呀！"

康世恩搓着手，一副不知所措的样儿，嘴里还在不停嘀咕："怎么把时间忘了……"

"有了。康部长。"宋振明鬼，突然灵机一动，轻轻击掌。

"说，有什么办法？"康世恩和好几位油田领导赶忙围住宋振明。

宋振明伸出手指，神秘地："有一个人可以救我们。"

"谁？"

"铁人王进喜。"

康世恩大喜："妙。快叫老铁！"

老铁就是王进喜。

王进喜来了。宋振明赶紧在他耳边如此这般一说，王进喜拉拉鸭舌帽，笑笑，便朝身边的几位工人代表一挥手："进会议室。"

将军仍然骂。越见不到人骂得越凶。"狗屎！狗屎你们……"当不知第几个"狗屎"的"屎"字还没有出口时，突然会议室的大门口出现了王进喜。

"狗……"将军的嘴巴一下张在那儿。那个"屎"字没再出口。"老铁啊！你来啦？"将军的脸上立马暴雨转阴、阴转晴了。

第七章

"唉,余部长,我来开会啦!"王进喜大步向会议室前排走去。

就在将军和"老铁"寒暄之瞬间,康世恩和宋振明等一大帮人,哗啦一下,全拥进了会场,那动作比兔子蹿得还快。

余秋里还没有跟"老铁"唠完三句话,却见会议室已满满当当了。又看看左右:康世恩和宋振明等领导毕恭毕敬地坐在他身边。

"那就开会吧!"他毫无表情地说。

后来发生了什么事?

什么事也没有发生。余秋里平静、耐心和认真加忠告式地讲了许多关于下一步油田工作的指示。康世恩等认真地听着,最后康世恩还特意站起来深情而非常严肃地号召全体与会人员及广大会战职工,要牢记"余部长"的话,把大油田搞得更好。

晚饭时,余秋里吃得比较香。随后继续跟康世恩等叨唠,叨唠关于大庆油田和渤海湾的新油田……当然,他也颇有针对性地叨唠起干部作风问题:老康啊,我总觉得对干部,要求严一点好。为啥?因为党和人民交给我们肩上的担子重!出不得一丝半毫的差错啊!俗话说,"上梁不正下梁歪",干部作风不好,带出的必然是稀拉松垮的队伍嘛!领导严,大家也严。严,就可以出责任心;严,就可以出战斗力;严,就可以出规格;严,就可以出高标准;严,就可以出办法;严,就可以出风气;严,就可以使自由主义、个人主义没有市场;严,就可以把歪风邪气打倒;严,就可以避免错误;严,就可以保证思想上、政治上一致;严,还可以保证团结。而讲严,不单是生产工艺上要严,而且在政治思想上也要严,按党的原则办事,按标准办事,按工艺办事。严,不一定要瞪眼睛、竖眉毛——当然我知道自己脾气大,瞪眼睛、竖眉毛的事经常发生。但其实严,主要是对问题的不马虎,对原则的不让步。这里包含了耐心说服教育与严格要求相结合,包含了经常的、不断的实际教育和思想教育……

这一夜,余秋里、康世恩俩人几乎是彻夜长谈。我不知道这算不算是余秋

| 奠基者

里作为行将交班的石油部长向后一任新石油部长所做的"政治交代",但我知道康世恩同志后来一直像余秋里那样按照一个"严"字当头管理着百万石油队伍,并使中国石油工业在他手上有了突飞猛进的发展,他最后官至国务院副总理、国务委员,成为"久经考验的忠诚的共产主义战士,无产阶级革命家、我国工业战线杰出的领导人,新中国石油工业和石化工业卓越的开拓者之一"(康世恩逝世时,新华社发布的悼词语)。

第八章

人民大会堂里响起的那句话向世界宣告:"中国人民用洋油的日子一去不复返了!"

首长还在 301 医院。还在 301 医院那个病房。

警卫参谋的那张军用简易床也还在走廊里摆着。这已经有快两年时间了。这天，管理员小陈兴冲冲地夹着一个大信封，手里还提着一台两喇叭的录放机，见了警卫参谋和其他几位陪床的同事，一脸兴高采烈，而且以掩不住的喜悦和焦虑并兼的口气急促地低声嚷着："就看这一回了！"

"什么呀？"警卫参谋等迫不及待地凑过来询问陈管理员手中拿的东西。

"听了就知道。"小陈卖了个关子。只见他把磁带往录放机里一插，又重重按下方块按钮，录放机随即嘶嘶嘶地响起——

"同志们……我国经济建设，国防建设和人民所需要的石油，过去大部分依靠进口，现在不管是在数量上或者在品种上，都已经基本自足了！"

谁？好熟悉的声音啊！

"是周总理在二届人大四次会议上的讲话。首长最爱听的……"小陈激动地说着。

"太好了！这回首长该有反应了吧！"警卫参谋和屋子里的人全都振奋起来。有人上前特意把声音又放大了一倍。

他们一边听着录音，一边紧张万分地看着床头躺着的首长脸部的每一丝细微反应。

啊——首长的脸在泛红！泛得红红的呀！有人惊叫起来！

可不，经过数百天"冰期"时代的首长真的脸上在发生奇妙的变化啊！

小陈和警卫参谋有些手忙脚乱地再把声音加大，并紧贴着首长的耳边——

"中国人民使用洋油的时代，即将一去不复返了！"

"哗——"雷鸣般的掌声。

第八章

"首长！首长您听到了吗？"

"首长，这是您最敬爱的周总理在向全世界宣布我国'使用洋油的时代一去不复返'的庄严时刻啊——首长！"

"首长，您这回该醒醒了首长……"小陈和警卫参谋及全屋子的人都流着泪水，站立在躺着的首长面前，一双双哭肿了的眼睛急切地期待着奇迹的出现——

神志混沌中的首长似乎明白了什么，眼皮微微地张开，瞳仁里闪出一丝光亮……啊，是总理！是总理在表扬我们大庆，表扬我们石油工业战线终于为国家甩掉贫油的帽子嘛！是的，就是总理的声音嘛！

总理，您在哪里？我寻您好苦好苦啊！几百个黑暗无光无声的日子啊！

"首长！首长！"忠于职守的管理员和警卫参谋一遍又一遍地叫喊着，又一遍一遍地放着周总理那洪亮有力的庄重宣言——他们仍在尽一切可能让首长从这熟悉的声音里重新启动起生命意识的脉搏……

他们是在祈求。

"好！好了嘛！以后这个地方可就热闹得很哪！值得庆贺！"月亮当头照射的秦老胡同内，将军洪亮爽朗的声音再次响起。这一天，他从前线得到一个重要喜讯：康世恩告诉他，6月1日上午9时，大庆第一列原油准时从萨尔图火车站驶出。

放下电话，将军搬了一把木椅，走到露天庭院中央，然后一屁股坐上。盘起双腿，昂首仰天……

喔，天上星星满庭，争相欲与其说话。想说什么？询问我大会战打得怎么样啦？同志们肚子饿得还顶得住吗？

喔，当然顶得起嘞！当然仗打得很好嘞！不过，现在我想的不是这些，是大油田到手了，怎么个开发法？这可是个大事情嘞，世界级大油田，弄坏了那是犯大罪嘞!

是啊,怎么个开发法呢?这与跟小鬼子干,跟"老蒋"的八百万反动军队干可不一样。

6月初的北京已经气温不低了,但深夜仍有些寒意,可此刻的将军浑身热腾腾的,他把松塌在裤腰上的圆领汗衫往胸口一捞,用右手扇晃起来,眼睛却依然瞅着满天的星星……

将军在倾听技术人员们各抒己见——当然现在是在前线的"干打垒"里:

李德生在说:"那回葡萄花构造的第一口井试油时,天气冷,零下40摄氏度。油从井里喷出来后,一直冲到十几米高,可等它落下时怎么就变成了一粒粒颗粒状的固体物了,再往地上一看,嘿,这不是黑'咖啡豆'嘛!早晨,井场上的职工们醒来一看,满地都是又黑又光亮的'咖啡豆',上去一踩,不滑又不碎,软绵绵的,跟海绵一样……我打电话跟康部长汇报,他也奇怪地笑了:咱们打油,怎么会丰收起'咖啡豆'了嘛!"

设计院的康振华、柏映群等人说:"大庆所处地域冬季漫长,地温低,而地下水位又高,油田的原油又是含蜡高、黏度高、凝固点又高,这'三高'在世界油田中也几乎是没有的。这个输油设计问题无从参考。一句话:难。"

"唉,阎王爷是有意跟咱过不去。好不容易搞了个大名堂吧,它偏偏不让你痛痛快快干下去。"不知谁在唉声叹气。

有人立即反对,站起来反驳:"啥话?既然我们把大油田都找到了,这'咖啡豆'有什么了不起。要我看,干脆把它冰起来,凝固成一块块硬家伙!这也好办嘛!像运煤似的,到时候用锯子一块块割开装上汽车火车的,有啥难嘛?"

那位唉声叹气者不服:"你这法子不行,石油石油,就得是流得动的油!咱不能让人笑话,会战了半天,费尽力气,结果净弄出些黑蛋蛋、黑块块的黑疙瘩嘛!"

第八章

"啥黑蛋蛋黑块块黑疙瘩？我看是你的心黑了！"

"你才心黑了！"

将军笑，扬扬手："今天不讨论心黑的问题，大家集中思想，想想有啥招把咱们的'咖啡豆'融成流得动的东西，这样我们才能进行下一步油田的大开发，你们说是不是？我想既然咱们找到的油是跟世界上其他的原油没啥本质区别，那就该有办法把'咖啡豆'变成我们想要的流得动的液体嘞！"

"老康，最近不是听说有个苏联集输油气专家叫维什么夫的看过了我们的油吗？"将军把目光转向一直在烟雾之中沉思的康世恩。

"维舍夫，叫维舍夫。"康世恩把烟头往地上一扔，用脚踩熄后说，"是，前些日子维舍夫先生正好要回国，我就请他上我们这儿来了一下，请教他怎么处理大庆油田的集输流程问题。维舍夫在苏联设计过许多油田的集输流程，我们的克拉玛依油田也是他给帮助设计的。可维舍夫看了我们大庆的油他摇头了，说他还没见过这种油，只好建议用他们的'巴洛宁'集输流程。也就是在井口保温采用热蒸气锅炉，油管线用蒸气管线伴随保温。原油的计量则用齿轮流量计或者翻斗计量器。这种方法是目前世界油田上常见的一种集输流程，还算比较经济。可是我们又觉得'巴洛宁'流程对大庆这么低温的地区仍然不行。维舍夫最后也没有办法了，说能解决的只有一种可能：把我们的油田搬到热带地方去。"

众人哄笑："这是狗屁话！"

其实维舍夫说的不是笑话，世界上有一个油田的原油跟大庆相似，在印尼，它确实是在热带的赤道上。大庆油田没那份福气。

余秋里听后笑不出来。一个大油田找到了，却解决不了原油从井口运送到输油站的问题，这不等于口渴的人跑到了海边——有水却解不了渴嘛！难道只有选择"巴洛宁流程"的可能？将军摇头自己否定了自己：在克拉玛依，他见过这种集输方法——几乎每口井上安装一个锅炉，再铺设大量钢管将油集运到

| 奠基者

油站。这种方法对只有少量油井的油田还可以,但像大庆这样特大型油田,以后的油井可能是几千几万口,假如都需要锅炉,这遍地燃烧着的锅炉紧挨着源源滚涌的油海之中,那不等于让人躺在随时要爆炸的巨型弹药库上嘛!绝对不成!不成!再说,要修那么多锅炉、铺设那么多进口的钢管,哪儿弄钱来呀?

将军陷入了举步维艰的境地。国家建设和国防事业天天在逼迫着,等待大庆的原油运到需要的地方,可这儿呢?有油却运不动。对了,不是"六一"从萨尔图发出了第一列原油吗?知道到了大连炼油厂那头怎么着?咳,三天没卸下去呀。漂漂亮亮、干干净净的火车站就因为这列原油,弄得面目全非。当地人甚至叫嚷谁再敢把这样的油弄到大连来,以后就再不让这样的人进火车站。要不是将军通过公安部、铁道部等下达"谁阻拦运油车进站,谁将被视为破坏国家建设罪"这样的命令,说不准大庆的油也只能留在萨尔图呢!

没辙了?不。甩掉洋拐棍,让技术人员们开动脑筋就会有法子。那些日子,余秋里天天往技术人员那儿"扎堆",甚至连办公的事都搬到了他们中间。你看他,手里总爱提着一根木棒,到那儿就跟技术人员们在地上比比画画,一蹲就是半天。这不,根据他的建议,还成立了由张文彬和焦力人任总负责的攻关大队。那热闹!放开手脚的攻关大队,拿出有点儿像前些年大炼钢铁的劲儿,在不同油井现场砌了一些锅炉进行试验。经过反复检查鉴定,觉得有一种采用封闭火墙加热风吹的采油树保温装置和围墙烟道式分离器保温装置相对效果比较好。这种俗称"三把火"的原油加热保温方案,即为:第一把火是在井口保温房进行热风吹——通过烟道往保温房送热风;第二把火是盘管炉加热原油;第三把火是值班房的采暖炉保温加热。试验场上,熊熊"三把火",使井口出来的"咖啡豆",果真在到达油站的整个过程中仍保持乌油滚滚状态。有人欢呼"胜利万岁",可将军的脸上仍不见笑容。

"我笑不出。因为这'三把火'时刻威胁着井场的安全,是三个隐患。"将军对人说。他的愿望是:尽可能让"三把火"变成"两把火""一把火",

并争取将火源与井场隔离,把明火变成暗火。

张文彬和焦力人受命朝这个目标继续试验。油建处的攻关小组经过三天三夜苦战,建起15米长的烟道分离器、保温炉和油嘴加热炉,使安全防火方面进了一大步;基建指挥部的玉门大队三小队,就地取材,建造"干打垒"加热炉,加热保温效率和防火效果也大有提高……如此这般,"三把火"真的变成了"两把火"。

攻关人员欣喜万分,邀来将军现场参观。

将军看后仍然摇头,并说:"'两把火'并没有彻底隔离井场火源。一个小小的火星都可能导致一场大火。这个方案,我还不能高枕无忧……"

完全言中。将军不仅没能高枕无忧,还差点连乌纱帽都飞走了:当年10月12日下午1点,中区6排20井突然发生大火,浓烟滚滚,烈焰腾空,油田数千名职工投入灭火战斗,由于火势猛,不得不求助哈尔滨消防队。

"怎么样了?已经烧了七八个小时了,怎么还没有扑灭呀?"将军在北京的石油部大楼里,不时拿起北京—萨尔图专线电话,又叫又喊。

"给我要军委空军!"将军已经向总理办公室请求,准备随时动用空军飞机前往支援灭火战斗。

又是一小时、两小时过去了。熊熊大火仍在大草原上燃烧着,火光和浓烟笼罩着战区全线。一线指挥的康世恩已经几次被人强行从火场拉下来,而在救火中受伤昏迷的勇士已经达到30多个……

"必须坚决地想尽一切办法把大火灭掉!不留一点儿火星!"喊了十多个小时的将军此刻嗓子完全沙哑了,但他仍举着电话叫喊着。

"余部长,火……灭了。终于灭了!"张文彬在电话那边说,颤抖的声音里带着哭腔。这是12日的0:30左右。

大火共烧了整整11.5个小时。放下电话的那一刻,将军发现自己毛衣内的衬衫早已湿透。

奠基者

"就是天大的困难,也要把难题给我攻下来!要不惜一切力量和代价!"将军的右臂这回在空中少有地连续上下挥动了三五回,每一挥都如飓风呼啸。

一位年轻教授进入了将军的视野:此人姓张名英,北京石油学院的副教授,他奉命带领的攻关组夜以继日地进行着设计和试验,那股勇猛的冲劲比当年七一四团在东南山的那场真枪真刀的血战差不了多少嘛!是的嘞,刘四虎又冲上来啦!将军的眼前浮现出一位满身是血却仍端着枪高喊着"杀啊"直冲向敌人的阵地的人……刘四虎渐渐变成了年轻教授张英——张英抱着图纸,在战区的油井之间来回地奔跑,汗水淋淋,终于设计出了一种只有"一把火"的"水套加热炉"。

"好嘛!这回我心头的石头能放下了。"将军的脸上露出笑意。

"可万一炉子爆炸怎么办?"试验时,有人担心地问将军。将军摆摆手:"爆炸没关系,既然是科学试验,哪有一帆风顺的?要允许失败,重要的是要从失败中总结经验教训。当然要尽可能避免不必要的牺牲和损失。这样吧,你们以后试验时,叫上我。"

别别,还是我自己去吧!张英朝将军做了个阿弥陀佛的手势,顶着大风走向井场。只见他来到新设计的热炉前,撅着屁股,像獾子刨洞似的头埋在地里,给炉子点火。

"张教授,你这方法不行,我们天天都像你这样点火,过不了两天就得让老婆孩子从家里赶出来!"工人们站在一旁笑话年轻的教授。

张英感到莫名其妙:"怎么呢?"

工人们说:"你这个设计不科学。"

年轻教授生气地:"我设计不科学,那你们自己设计呀!"

将军见年轻的教授气呼呼地回到设计室,便让食堂端来一碗玉米糊粥和两个菜团子。一边请他吃,一边说:"小张教授,我看你自己去实践一次,根据一个工人管理一条管线上的二十多个加热炉,统统点一次,看到底会发生些什

第八章

么事。"

年轻教授一愣,抬头看看将军,点点头,立即起身要走。

"别忙,先把这吃了。"将军指指桌上的粥和野菜团子。年轻教授很感激地看了一眼将军,随即狼吞虎咽起来。

一个上午过去,张英从油井上回到机关。他低着头,就是不敢抬头见人。将军看到了,笑眯眯地走到他身边,想笑又没笑出来:年轻教授满脸油污,两条眉毛烧掉了一条半。"怎么样,看来这个加热炉真得改一下嘞!你想一想,采油工天天要点火,这眉毛头发要都全烧光了,他们可都是年轻小伙子,你还让不让他们找对象、跟媳妇亲热了?"将军的话把年轻教授逗乐了。

"我马上重新设计。"张英抱起一堆图纸,精神抖擞地进了设计室。

趁着年轻教授进行设计改进时,将军走进了另一位教授的房间。秦同洛,人高马大,不像个教书匠,倒像个搬运工。可惜他太瘦了,瘦得如一根柴火棍儿。"你怎么啦?饿的还是有病了?"将军好不怜悯。

秦教授不好意思地用双手提了提快落下的裤腰带,说:"我饭量大,定的口粮吃不饱。"

"那你一天能吃多少?"

"够饱,得五斤左右吧。"教授说完自己先不好意思地笑了。

将军也笑了:"五斤?!好,五斤就五斤。"

几天后,大肚子教授秦同洛一天五斤口粮就这么在会战全线传开了。说是余部长、康副部长特批的。一起特批可以放开肚子吃饱饭的还有张英等几个知识分子。

攻克集输流程战斗中,又一个年轻技术人员进入了将军的视野:他姓冯名家潮。单薄瘦小,马来西亚归国华侨,工作中被人称为"拼命三郎"。将军非常欣赏他,才二十多岁的石油学院毕业生,却是从玉门来的"老石油"了,业务上相当有一套。技术座谈会上,他提出一个"挂灯笼"的集油流程方案,引起将军和康世恩的极大兴趣。所谓"挂灯笼"方案，就是沿井铺设一条集油管线，再把油井一口一口地串联起来，各油井出来的油在井场加热计量之后，通过这条管线输到输油站。

小伙子聪明，有智慧！余秋里和康世恩对此频频叫绝。不过还是有些关键性技术让将军心存顾虑，于是请康世恩代为询问冯家潮。

"你这个办法不用蒸汽伴热管保温，而是利用井口保温后的余温，能保证管线冻不了？"

"绝对冻不了。"

"要是冻了呢？"

"这……"

"这可是要害问题。如果管线冻了，你们可要削尖脑袋钻到管线里把油给我顶出去！"

将军忍不住笑康世恩够绝，逼得年轻人没退路。

"这、这实际上是用热量互相补充的办法嘛！"年轻人一时语塞后又辩解道，"一口井好比一杯水，一条管线好比是一桶水，把一杯热水和一桶热水同时拿到室外去，到底谁先冻住了呢？当然是杯中水。现在集油管线是一口口油井串起来的，几十口井的热量汇集到一条管线里，它自然不会冻的。"

有道理，看康世恩这"老狐狸"还有什么难题出来。将军在一边乐着看大专家和小专家对阵。

"理论上是可行的。"瞧康世恩厉害嘞！他这么说："但实践中还有许多问题。你们要反复计算论证。还有一个回压问题，你们考虑了没有？"

"老狐狸"到底厉害。他继续发难："这十几口井串在一起，管内压力高，井口压力低，回压会不会把油井给憋死呢？"

将军为年轻人捏把汗：这可是致命的问题！

"不会！"年轻人大声回答，而且非常肯定，"举例：假如一个人能挑 50

第八章

斤的担子,你现在只让他挑20斤30斤,他会很轻松的,不会压倒的。回压也是同样道理,只要控制一个合理的压力,就不会影响油井生产。"

将军暗暗为年轻人叫好。

"我看不一定,要真被你们把油憋回去了,那我们辛辛苦苦采油干啥?"

"是嘛,集油管线干脆抽真空算了!"

众人不买年轻人的账。"是啊,管线抽真空行不行?抽真空,可以增产嘛!"这是康世恩的话,他也站到年轻人的对立面去了。

将军一下为年轻人捏把汗。

"康部长,如果这样的话,那您还要油嘴控制井口干什么?干脆打开井口敞喷算了嘛!"嘿,年轻人突然向康世恩发起炮火了!

也许谁也没有意识到会有这种事发生,会场的气氛一下凝固了。

康世恩扶扶眼镜片,脸色很不自然地手去抓烟盒。

年轻人猛然省悟,额上冷汗顿冒:"康、康部长,我的话可能过分了,可我不是有意对您……"才思敏捷的冯家潮这回结结巴巴前言不搭后语,一副可怜相。

"哈哈哈……"一阵大笑中,将军站起来。只见他朝冯家潮摆摆手,满脸欣赏地说:"小伙子,没关系,继续说,继续说下去。"

冯家潮胆怯地看了一眼康世恩,见康世恩的脸上已有笑意,便重新放开嗓子,将为什么不能搞管线抽真空等陈述了一遍。与会者听后,频频点头。

"怎么样老康,小伙子讲得蛮有道理啊!你看……"将军想给康世恩一个台阶,再说时间也不早了,已过午夜12点了。

康世恩点头起身,说:"我明白了。既然办不到,我们就不说抽真空的事。好,余部长说了,今天的会就到这儿,明天继续谈。"

宣布马拉松式的会议结束,与会者顿觉解放一般。但唯独冯家潮怀着忐忑不安的心情悄然从余秋里、康世恩身边溜过。这一切将军看在眼里。

"哎，老康，小伙子今天晚上有些吓着了。"将军给康世恩递过一支烟时，趁势用右胳膊轻轻提醒他。

"谁？"康世恩没有反应过来。

将军用嘴努努。

"他呀？我今天夜里还不能饶他！"康世恩声音很高地。

"你想怎么？"将军感到意外。

"他天亮前不把他的方案说服我，我就不让他睡觉！"康世恩发誓地一跺脚。

将军开心地笑："这些知识分子！老康也一个样！两个字：可爱！"将军大手一挥："好，你们去研究吧，不过不要弄得太晚了。至少得眯一会儿。"

康世恩没眯，回到办公室就让秘书将冯家潮叫到自己的办公室，一起叫来的还有张文彬和焦力人。

"小冯，你抽烟吗？"

"不不，我不会。"

"那我可就要抽了。"康世恩笑着从烟盒里取出十来支香烟，排在桌子上，说："今晚我们可准备拍板你的方案，你小冯可得把你的设计理由全部说出来。"

冯家潮激动万分，原来如此啊！于是，他把从井口到集油站的流程及原理仔仔细细地讲了一遍，然后又把自己的设计方案优劣之处也实实在在地陈述一通。

"老张、老焦，你们看呢？"康世恩征求张文彬和焦力人的意见。

"我看可以。"

"我也同意，这个方案是目前最佳方案。"

康世恩一拍桌子，站起身："好，就基本定它了！对了，我还得给它起个名字，总不能叫你那个挂灯笼流程吧！叫——萨尔图流程怎么样，小伙子？"

冯家潮异常激动："行。萨尔图流程！我们中国的！"

张文彬和焦力人笑了。他们俩不约而同地抬腕看表：嗨嗨，已经凌晨3点了，

第八章

还散不散嘛?

康世恩抓起桌上的烟卷:"我还没抽几支嘛!"可此时干打垒外,已东方欲白。寂静的萨尔图草原上,已飘起袅袅炊烟,雄鸡开始啼鸣……

冯家潮的"萨尔图流程"被确定后,余秋里指示康世恩立即召集会战指挥部高层领导,要求有关单位全力进行设计和试验。而这个流程在进行设计试验中碰到的问题也是一个又一个,如原油加热加温到多高为合适,集油管口径多大为好,管线埋多深为宜,等等,都得涉及一个关键性数据——K值。所谓K值,就是不同口径的管道在不同自然条件下、不同敷设方式下的总传热系数。这个K值在苏联教科书上可以查到,但K值选择什么样,对用材料、花的钱完全不一样,差异巨大。为了给国家既省钱又得符合大庆油田的生产需要,这一项工程意义非凡,为此,余秋里在石油部召开的党组会议上特别强调:"管线保温是个大问题。大庆油田在寒冷的季节里,气温下降到零下30多摄氏度,怎样保证输油管线畅通无阻,我们就要专门研究,确定这条管线在各种气温条件下该怎么办?输油温度应该多高?管线埋在地下温度变化情况如何?管线埋得多深?等等。这些数据我们可以从国外的一些书籍和文献中得到,但是我们不能完全依赖别人的资料和数据,而要从实际出发,在实践中去探索和追求。"

这是一个大会战中的部分战役。为了测K值,设计院的谭学陵等五名技术人员,在这一年的冬季,他们冒着零下三四十摄氏度的严寒,在冰天雪地里展开了一场场近似挖地雷的艰苦卓绝战斗,他们必须在每隔50~100米间,挖一个土坑,每个坑里蹲一个人,每个坑里蹲着的人每隔一段时间测一次温度,不管刮风下雪,必须不间断地进行测试。谭学陵他们就在如此寒冬腊月的冰雪中蜷伏在雪地里,一蹲就是十几个小时。饿了,从怀里取出石头一样硬的窝窝头咬上一口,再抓一把雪塞进嘴里润一润嗓子……10个月,6000多公里,测点1600多个,取得数据25万个。谭学陵等测试小组靠着学习将军部长的"红军二万五千里长征精神",终于完成了大庆地区土壤传热系数为3这一结论,从

奠基者

而解决了"萨尔图流程"中一个关键性的技术设计参数。

"萨尔图流程"的技术名称叫作"单管密闭常温输送流程"。1965年这项技术获得国家发明奖，1985年又被国家科委评为发明一等奖。然而这个流程的重要贡献者谭学陵同志却未能见到如此的国家荣誉，积劳成疾的他因患绝症而过早地离开了人世。临死前，谭学陵还在病榻上一遍遍计算着油田管线集输和计量的160多个公式并加以推导论证，将最后一份心血留给了油田，留给了后人。

我们今天的人们无法理解昨天创业者的许多事情，科学技术的发展让当代人更无法认识先辈们是怎样以又土又笨的办法给今天的现代化生活创造锦绣的。比如石油输油管，今天一条输油管可以从几千里几万里远的地方铺设到我们的家门口、铺设到我们的城市里，而且一路都见不着叠叠重重、形似网状的管线——因为它们都在地下，同时还看不到一台台冒着焦烟、令人胆战的加热炉——因为全自动化的加热设施根本不用热炉。但再先进、再现代化的今天，仍然是昨天先辈们用最土最笨的办法累积起来的结果。将军曾经如此动情地说过一段话：我们中国的石油工业，就是靠着从国家的实际出发，以毛泽东思想为指导方针，通过走自己的道路，敢于解放思想，破除迷信，把革命精神和科学实践相结合才实现了自己的目标。

革命精神，加科学实践，这正是余秋里在指挥大庆会战、实现中国富油富国之路的两个锐利武器。

战争使将军失去了一只胳膊，但将军在战斗的一生中常常有句朴实而豪迈的话——"拿下……"

将军的一生"拿下"过很多东西，"拿下"过江山社稷的天大事，也"拿下"过为战友遗腹子有口饭吃的百姓寻常事。他一生都在为别人、为社会、为国家"拿下"这"拿下"那，唯独没为自己"拿下"什么，不像有的人在多数时候或者关键时刻专门为自己的利益"拿下"什么事。

将军的"拿下"，是一种气魄，是一种胸怀，是一种壮志，是属于彻底的

第八章

无产阶级革命家才有的那种英雄气概和革命精神。

在大庆,将军要"拿下"的是一个世界级大油田!

听"拿下"两字似乎那么轻巧,好像信手拈来!可年轻的朋友们,你们知道当年的将军和他的千军万马是怎么个"拿下"的吗?

告诉你:那时他们就是定一口井位,也得跑断双腿去用小铁锤打桩。

告诉你:那时他们就是摆一块岩芯,也得跪在地上一排排地去摆齐。

告诉你:那时他们就是为运出一车油,也得顶着风雨在车子上测气温。

告诉你:那时他们就是流尽一身汗,也得把井台上的每样工具擦干洗净⋯⋯

工人是这样,干部是这样,将军也是这样。

但,他们就是"拿下"了今天仍然在支撑着国家经济命脉的中国第一个世界级大油田!

这就是为什么将军在1964年首都万人大会上用了十几个小时做汇报,人们仍然听得津津有味,热血沸腾!并恳请最好再讲三天三夜。

掌声四起。这是第几次响起了?将军已经记不清楚,他看到毛泽东在向他满意地点头微笑。他也看到了周恩来向他频频招手致意。他还看到叼着烟斗的贺龙元帅在向他挤眼⋯⋯但他看到更多的是数不清的那一张张因激动而欣喜若狂的笑脸——将军此刻正走向全国人民代表大会,走向那个庄严的人民大会堂主席台。

各位代表:

现在我把大庆石油会战的情况向大家作个汇报⋯⋯1960年以来,我们遵循毛主席关于集中优势兵力打歼灭战的原则,从全国三十多个石油厂矿、院校,抽调几万名职工,调集几万套器材设备,在大庆这个地区,展开了石油会战。目的是高速度、高水平地拿到大油田,开发大油田。大庆石油会战,已经进行三年多了。这一仗,确实打得很艰苦。那时候,几万人一下拥到一个大草原上,各方面遇到的困难,

奠基者

确实很多。上面青天一顶,下面草原一片……不说别的,就是几万人在草原上能否站住脚,也是个大问题。在这种情况下,到底是打上去,还是退下来,到底是坚持下去,硬啃下去,还是被困难吓住,躺下来?大庆油田的同志们,硬是鼓足干劲,苦干、硬干,团结一致,千方百计打上去。

经过三年多的艰苦奋斗,到底我们做了一些什么事情,取得了一些什么成果呢?第一,拿下了一个大油田。这个油田是目前世界上特大之一。现在已经探明的储量,大体上可以适应我国石油工业近期发展的需要……第二,建成了年产原油几百万吨的生产规模和大型炼油厂第一期工程,质量良好……第三,三年累计生产原油1000多万吨,油田生产管理水平不断提高……第四,进行了大量的科学研究工作,解决了世界油田开发上的几个重大技术难题……第五,经济效果好,国家投资已经全部收回,并开始为国家积累资金。1960年到1963年,四年共用国家投资7.1亿元;上缴利润9.44亿元,折旧1.16亿元,合计10.6亿元,投资回收率达到149%。除全部投资回收外,还为国家积累了资金3.5亿元。所以我们建设大庆油田,真正做到了又多、又快、又好、又省!……

"好!"主席台上,一个湖南口音,突然叫了一声,随即全场叫好,接着是暴风雨般的掌声。

将军情绪受到极大鼓舞,干脆将手中的稿子往旁边一放,对着麦克风运足力气:"我要说,更重要的一条是——通过大会战,我们锻炼和培养出了一支有阶级觉悟,有技术素养,干劲大、作风好、纪律强,能吃苦耐劳、能打硬仗的队伍!带着这支队伍,我敢再打上甘岭战役!"将军的右胳膊突然在空中用力一挥,那气壮山河的声音在人民大会堂久久回荡……

第八章

暴风雨般的掌声再次响起。有人竟然站着欢呼。

"同志们……由于大庆油田的发现和建成,我国经济建设、国防建设和人民需用的石油,过去大部分依靠进口,现在不管是在数量上或者在品种上,都已经基本自给了!""中国人民使用洋油的时期,即将一去不复返了!"几天后,人民共和国总理在将军站着的同一个地方向全世界庄严宣告道。

"毛主席万岁!"

"中国共产党万岁!"

"中华人民共和国万岁!"

"……"

人民大会堂沸腾了!几千双手在拼命鼓掌。欢呼。激动。难以言表的都想表达出来,直至极致。而这个场合上,唯有将军没有鼓掌——因为他只有一只手。但将军的神情则停在主席台中央的那枚闪闪发光的国徽上。他鼓足所有力气,在心里高喊了一声:谢谢人民,谢谢党!

……

现在将军要走了。301医院和专家们尽了一切力量。中央政治局和中央军委也尽了一切力量。但将军还是没能醒来——在他5年前倒下之后的1500多天后的那个夜晚的11:24,他的心脏停止了跳动……1999年2月3日。将军终年85岁。

哀乐响起的第一时间里,朱镕基总理来到将军的遗体前,深深地鞠下三躬。当总理再抬头时已是泪流满面。他喃喃地说着:"我一定要来看看老领导,可我来晚了,来晚了……"

见此景,将军的五个儿女:圆圆、方方、晓霞、晓红、晓阳,再也忍不住悲痛,欲绝的恸哭震得天坠地裂。301医院的医生、护士们和将军身边的工作人员,跟着发出撕心裂肺的哭声,与4年多来朝夕相伴却无法用语言交流的老首长告别……那一幕让人心碎。

首长夫人刘素阁轻轻地俯下身子,将自己的脸贴在丈夫的那张永远消失温度的冰冷的脸上,久久不起,在那儿缠绵地泣诉着:"你一句话没留就这样走了,你总得有句话呀!你说呀!……"

将军无语,只有盖在他遗体上的那面镰刀与锤子组成的鲜艳红旗,在泪河与万朵鲜花簇拥下跃跃而起,如火如荼……

江河呜咽。苍天肃穆。

将军秋里来,将军春里去。

将军给中华大地上留下一个永不散去的石油魂……